낯선 사람에게
말걸기

낯선 사람에게 말 걸기

TALKING TO STRANGERS

폴 오스터 산문집

김석희 민승남 이종인 황보석 옮김

TALKING TO STRANGERS: SELECTED ESSAYS, PREFACES, AND OTHER WRITINGS 1967-2017
by PAUL AUSTER

This Korean edition is published by arrangement with Carol Mann Agency through Shinwon Agency Co., Seoul.

일러두기
• 원주는 미주로, 옮긴이주는 각주로 처리했다.

차례

작문 노트 메모들

1

세상은 내 머릿속에 있다. 내 몸은 세상에 있다.

2

세상은 내 생각이다. 나는 세상이다. 세상은 당신의 생각이다. 당신은 세상이다. 나의 세상과 당신의 세상은 같지 않다.

3

인간 세상 외에는 세상이 없다. (여기서 **인간 세상**은 보이고, 느껴지고, 들리고, 생각되고, 상상될 수 있는 모든 걸 의미한다.)

4

세상에 객관적 존재는 없다. 존재는 우리가 지각할 수 있는 범위 안에서만 가능하다. 그리고 우리의 지각은 필연적으로 제한되어 있다. 따라서 세상은 한계를 지니며 어딘가에서 멈춘다. 하지만 내게 세상이 멈추는 지점에서 반드시 당신에게도 세상이 멈추는 건 아니다.

5

예술 이론은(그런 게 가능하다면) 인간의 지각 이론과 분리될 수 없다.

6

하지만 우리의 지각만 제한적인 것이 아니라 언어(우리가 그 지각들을 표현하는 수단)도 제한적이다.

7

언어는 경험이 아니다. 경험을 체계적으로 정리하는 수단이다.

8

그렇다면 언어의 경험이란 무엇인가? 그것은 우리에게 세상을 주었다가 빼앗아 간다. 단숨에.

9

인간의 타락은 죄나 위반, 부도덕한 행위의 문제가 아니다. 언어가 경험을 정복하는 것의 문제다. 즉, 세상이 말 속으로 떨

　　　　　　　　　　　　　작문 노트 메모들

어지는 것, 눈에서 입으로 내려가는 체험의 문제다. 그 거리는 8센티미터쯤 된다.

10

눈은 유동적인 세상을 본다. 말은 그 흐름을 붙잡고 고정하려는 시도이다. 그럼에도 우리는 경험을 언어로 바꾸기를 고집한다. 그래서 시가 쓰이고 일상의 삶이 말로 표현된다. 그것은 보편적 절망을 방지하는 — 그리고 야기하기도 하는 — 믿음이다.

11

예술은 〈인간의 기지를 보여 주는 거울이다〉(크리스토퍼 말로). 거울에 비치는 상(像)은 적절하다 — 그리고 깨지기 쉽다. 거울을 박살 내어 그 조각들을 재배열해 보라. 결과는 여전히 무언가의 반영일 것이다. 어떤 조합이라도 가능하고 조각들을 원하는 개수만큼 빼도 된다. 단 한 가지 필요조건은 적어도 파편 하나는 남겨야 한다는 것이다. 그렇다면 『햄릿Hamlet』에서 자연을 거울에 비추는 것은* 크리스토퍼 말로의 주장과 일맥 상통한다. 왜냐하면 자연의 모든 것들은 인간적이기 때문이다. 설령 자연 자체는 그렇지 않대도 말이다. (세상이 우리의 생각이 아니라면 우리는 존재할 수 없다.) 다시 말해, 어떤 상황에

* 『햄릿』 3막 2장에서 인용.

서건(고대건 현대건, 고전주의건 낭만주의건) 예술은 인간 정
신의 산물이다. (인간의 흉내이다.)

12

말에 대한 믿음을 나는 고전주의라 부른다. 말에 대한 의심
은 낭만주의라 부른다. 고전주의자는 미래를 믿는다. 낭만주의
자는 자신이 실망하게 될 것이고 자신의 욕망은 결코 실현되
지 못할 것임을 안다. 그는 세상이 말로 표현될 수 없으며 말의
손길이 미치지 못하는 곳에 존재한다고 믿기 때문이다.

13

언어에서 멀어진 기분을 느끼는 건 자신의 몸을 잃는 것과
같다. 말이 당신을 저버리면 당신은 무의 상(像)에 녹아든다.
사라져 버린다.

1967년

작문 노트 메모들

굶주림의 예술

굶주림의 예술

내가 볼 때 중요한 것은
굶주림을 방치하는 문화를 옹호하는 것이 아니라
소위 문화라는 것으로부터 굶주림의 힘과
동일할 정도로 강력한 힘을 가진 아이디어를
이끌어 내는 것이다.

— 앙토냉 아르토

한 젊은이가 도시로 온다. 이름도 집도 직장도 없다. 그는 글을 쓰기 위해 도시로 왔다. 그는 글을 쓴다. 아니다. 좀 더 정확하게 말해서 글을 쓰지 않는다. 그는 죽기 일보 직전까지 굶주린다.

그 도시는 크리스티아나(현재의 오슬로)이고 때는 1890년이다. 젊은이는 거리를 헤맨다. 도시는 굶주림의 미로이고 그는 어제나 오늘이나 매일 똑같은 나날을 보낸다. 그는 지역 신문사에 보내려고 청탁받지 않은 글들을 쓴다. 집세, 닳아빠진 옷, 곤궁한 다음 끼니 등을 걱정한다. 그는 고통받는다. 거의 미칠 지경이 된다. 그는 늘 쓰러지기 일보 직전이다.

그렇지만 그는 글을 쓴다. 가끔은 원고가 채택되어 비참한 상태를 잠시 벗어난다. 하지만 그는 너무 허약하여 지속적으로 글을 쓸 수가 없고 시작한 원고를 좀처럼 끝내는 법이 없다. 그가 쓰다 만 글 중에는 〈미래의 범죄〉라는 제목으로 자유 의지를 다룬 철학적 논문이 한 편, 서점의 화재를 다룬 풍유적인 글 한 편(책은 두뇌의 상징이다), 중세를 무대로 하는 「십자가의 표징」이라는 희곡이 한 편 있다. 그 일련의 과정은 엄혹하다. 글을 쓰자면 먼저 먹어야 한다. 그런데 그는 글을 쓰지 않으면 먹지 않으려 한다. 먹지 못하면 글을 쓸 수가 없다. 그래서 그는 글을 쓰지 못한다.

그는 글을 쓴다. 아니, 글을 쓰지 않는다. 그는 도시의 거리들을 헤맨다. 사람들이 보는 데서 자신을 상대로 중얼거린다. 사람들이 그를 보면 겁을 먹고 달아난다. 어쩌다 돈이 생기면 곧 남에게 주어 버린다. 그는 월세방에서 쫓겨난다. 음식을 먹으면 곧 모조리 토해 낸다. 어느 시점에 한 여자를 만나 잠시 교제하지만 굴욕감 외에는 아무것도 느끼지 못한다. 그는 굶주린다. 세상을 저주한다. 그는 죽지 않는다. 끝에 가서 아무런 그럴듯한 이유 없이 선원 계약을 맺고 배에 올라타 도시를 떠난다.

이상이 크누트 함순의 첫 장편소설 『굶주림Sult』의 기본 줄

거리이다. 이 소설은 플롯, 행위, 인물(서술자를 제외하고는) 등이 없다. 19세기 기준으로 본다면 소설 속에서 아무런 일도 벌어지지 않는다. 서술자의 과도한 주관성은 전통 소설의 기본적 관심사를 송두리째 파괴해 버린다. 함순의 한 에세이에는 공간과 시간의 문제에 직면했을 때 〈보이지 않는 우회〉를 계획하는 주인공이 등장하는데, 그 주인공과 마찬가지로 함순은 19세기 소설의 기본 구성 원칙인 역사적 시간을 우회해 버린다. 그는 주인공이 굶주림을 상대로 극단적인 투쟁을 벌이는 것에 관해서만 이야기한다. 주인공이 굶주림을 면하는 시기는 일주일에 이르지만, 소설에서는 한두 문장으로 처리된다. 내면의 지속적 흐름을 돋보이게 하기 위해 연대기적 시간은 생략된다. 임의적인 시작과 끝을 지닌 이 장편소설은 서술자의 마음속에 어른거리는 변덕을 충실하게 기록한다. 그의 마음속에서는 어떤 생각이 아주 신비롭게 일어나서 온갖 우여곡절을 겪으며 이어져 나가다 느닷없이 사라지고, 그러면 또 다른 생각이 생겨나서 뒤를 받치는 것이다. 떠오를 수 있는 모든 생각이 떠오르도록 허용된다.

이 소설은 그 어떤 보상적인 사회적 가치도 지니고 있지 않다. 『굶주림』을 펼쳐 들면 우리는 비참함의 어두운 아가리를 환히 볼 수 있지만, 비참함에 대한 구체적 분석은 전혀 없으며 그걸 해결하기 위해 어떤 정치적 행동을 해야 하는지도 언급되지 않는다. 노년(제2차 세계 대전 중)에 가서 파시스트로 돌변한 함순은 그 이전까지 계급 투쟁의 문제에 전혀 관심을 두지 않았고, 그의 서술자-주인공은 도스토옙스키의 라스콜니코프와 마찬가지로, 패배자라기보다는 지적 오만이 하늘을 찌르는 괴물이다. 『굶주림』에서는 연민이 아무런 역할도 하지 못한다. 주인공이 고통을 겪기는 하지만 그 자신이 선택한 고통일 뿐이다. 함순의 소설 미학은 너무나 엄격하여 독자가 인물에게 연민의 감정을 품는 것을 철저히 차단한다. 소설 첫머리부터 주인공은 굶지 않아도 되는 상황이라는 사실이 분명하게 제시된다. 굶주림에 대한 해결 방안을 도시에서 발견할 수 없다면 적어도 그 도시를 떠남으로써 찾을 수 있다. 하지만 강박적이고 자멸적인 자만심에 사로잡힌 이 청년의 행동은 가장 좋은 해결 방안에 대한 경멸감을 노골적으로 드러낸다.

나 자신을 징벌하기 위해 달리기 시작했다. 이 거리에서 저 거리로 계속 달리면서 조롱하는 마음으로 나를 밀어붙였다. 멈추고 싶을 때마다 나에게 속으로 맹렬히 비난을 퍼부었다. 이런 엄청난 노력 덕분에 나는 필레로까지 오게 되었다. 마침내 더는 달릴 수 없는 것에 분노하며, 또 거의 눈물을 흘리며 멈추어 섰을 때 온몸이 와들와들 떨렸고 결국은 어떤 집의 계단에 쓰러졌다. 〈이렇게 빨리 쓰러져선 안 돼!〉 나는 말했다. 나를 제대로 괴롭히기 위해 다시 일어섰고 그대로 서 있으려고 안간힘을 썼다. 나를 비웃고 나의 피로에 희희낙락하면서. 마침내 몇 분이 흐른 뒤 나는 고개를 끄덕이면서 나에게 앉아도 좋다는 허락을 내렸다. 계단 위 가장

굶주림의 예술

불편한 지점을 골라 앉았다.[1]

그는 자신의 가장 허약한 부분을 찾아내어 스스로에게 고통과 역경을 안겨 주려 한다. 다른 사람들이 쾌락과 편안함을 추구하는 것과 똑같은 방식으로. 그는 굶어야 하기 때문에 굶는 것이 아니라 내적 충동 때문에 굶는다. 말하자면 자기 자신을 상대로 단식 투쟁을 벌이는 셈이다. 소설이 시작되기 전에, 독자가 주인공의 운명을 목격하는 특별한 경험을 하기 전에 주인공의 행동 노선은 이미 결정되어 있다. 어떤 과정이 이미 작동 중인데, 비록 주인공이 그 과정을 통제하지는 못해도 주위에서 무슨 일이 벌어지는지 의식하지 못하는 것은 아니다.

내가 그것에 대하여 어떻게 할 수도 없으며 마음의 미친 듯한 변덕을 계속 따라가고 있다는 사실을 늘 의식했다. (……) 나는 나 자신으로부터 소외되어 있었으며 또 내 마음은 보이지 않는 힘들의 싸움터에 지나지 않았음에도, 그 순간 주위에서 벌어지는 일들의 모든 세부 사항을 의식했다.

거의 완벽한 고독 속으로 침잠했으므로, 그는 자신이 벌이는 실험의 주체인가 하면 대상이 된다. 굶주림은 이렇게 주체와 대상을 분열시키는 수단이고 변화된 의식을 가져오는 촉매이다.

나는 아주 분명히 깨닫게 되었다. 일정 기간 굶주림을 견뎌 내자 뇌수가 머리에서 조용히 빠져나가 나를 텅 빈 존재로 만들어 버린다는 느낌이 들었다. 내 머리는 가볍게 부유했고 더는 그 무게를 내 어깨에 느끼지 못했다……

설사 그걸 실험이라고 한들 과학적 방법과는 아무런 상관이 없다. 아무런 통제점이나 기준점이 없고 오로지 변수만 있기 때문이다. 또 이런 육체와 정신의 분리를 철학적 개념으로 설명할 수도 없다. 분명 우리는 관념의 세계에 들어선 것이 아니다. 그것은 극단적으로 강압적인 조건으로 인해 가능해진 물리적 상태이다. 정신과 육체는 점점 허약해져 왔다. 주인공은 자신의 생각과 행동에 대한 통제력을 상실했다. 그런데도 자신의 운명을 통제하겠다고 계속 고집을 부린다. 분명 역설인데, 소설의 전편을 통해 그런 순환 논리의 게임이 펼쳐진다. 주인공으로서는 옴짝달싹할 수가 없는 상황이다. 자발적으로 자신을 벼랑의 가장자리까지 내몰았기 때문이다. 굶주림을 포기하는 것은 승리를 의미하지 않는다. 단지 순환 논리의 게임이 끝났음을 의미할 뿐이다. 그는 살아남기를 바라지만 자신이 내건 조건이 충족되는 상황에서 살아남기를 바란다. 다시 말해 죽음과 얼굴을 마주 보게 되는 상태에서 살아남기를 원하는 것이다.

그는 단식한다. 하지만 기독교도들이 하는 방식으로는 아니다. 그는 천상의 생활을 기대하면서 지상의 생활을 부정하는 것이 아니다. 단지 주어진 삶 그대로를 살아가길 거부할 뿐이다. 그가 단식을 계속해 나갈수록 죽음이 점점 더 그의 삶에 침투해 들어온다. 그는 죽음에 다가가고 심연의 가장자리를 향해 기어간다. 일단 가장자리에 도달하면 거기에 매달린 채 앞으로 나아가지도 뒤로 물러서지도 못한다. 텅 빈 허공을 열어젖힌 굶주림은 그것을 밀봉할 힘을 지니고 있지 않다. 파스칼의 전율이 몰려오는 그 짧은 순간은 영원한 조건으로 변모된다.

그리하여 그의 단식은 모순이 된다. 단식을 계속한다는 것은 죽음을 의미하고 죽음이 오면 단식은 저절로 끝나게 된다. 따라서 단식을 계속하자면 살아 있어야 하지만 죽음 일보 직전의 상태를 유지해야 한다. 생을 끝장내겠다는 생각은 그 끝장이 늘 주위에 어른거리는 가능성으로 남도록 하기 위해 완강히 거부된다. 그의 단식은 목적을 제시하지도, 구원의 약속을 제공하지도 않기 때문에, 단식의 모순은 미해결의 장으로 남게 된다. 사정이 이러하므로 그것은 절망의 이미지를 남긴다. 그 절망은 죽음에 이르는 병과 자기 파괴적인 열정에 의해 생성된다. 절망에 빠진 영혼은 자신을 파괴하려 하고, 절망한다는 바로 그 사실 때문에 자신을 파괴하지 못하고 더욱더 깊숙이 절망으로 가라앉는다.

자기모멸이 궁극적으로 자기 정화의 역할을 하는 종교 예술(가령 17세기의 명상 시들)과는 다르게, 굶주림은 구원의 변증법을 흉내만 낼 뿐이다. 시인 풀크 그레빌은「내 죄악의 구렁텅이에서Down in the Depth of Mine Iniquity」라는 시에서 〈죄악의 운명적 거울〉을 들여다본다. 그 거울은 인간이란 〈그 자신의 타락의 열매〉임을 보여 준다. 하지만 시인은 그것이 2단계 과정의 첫 번째 걸음임을 인식한다. 그 거울에 그리스도가 계시되어 〈나의 죄악을 위해 그분이 죽었고 / 내가 두려워하는 지옥으로부터 나를 해방시키기 위해 그분이 오신다…….〉 그러나 함순의 소설에서는 사정이 다르다. 지옥의 깊이가 측정되기만 할 뿐 명상의 거울은 텅 비어 있는 것이다.

그는 지옥의 바닥을 쳤으나 하느님은 이 젊은이를 구해 주러 오지 않는다. 그는 사회적 협약에 기대어 스스로 일어설 수도 없다. 그는 뿌리가 없고 친구도 없으며 사물들도 박탈당했다. 그에게는 사물의 질서가 사라져 버렸고 모든 것이 무작위적인 것이 되었다. 그의 행동은 갑작스러운 변덕과 통제 불능의 충동에서 비롯할 뿐이다. 그리하여 혼란스러운 불만의 씁쓸한 좌절감만 남게 된다. 그는 조끼를 전당포에 맡기고 마련한 돈을 거지에게 줘버린다. 있지도 않은 친구를 찾아가기 위해 마차를 빌리고, 낯선 사람의 집 대문을 두드리며, 단지 그렇게 하고 싶다는 이유 하나만으로 지나가는 경관들에게 끊임없이 시간을 묻는다. 그러나 그런 행동으로 기쁨을 얻는 것도 아니다. 그런 행동들은 그를 아주 난처하게 한다. 생활을 안정시키고, 방황에 종지부를 찍고, 방을 마련하고, 차분히 앉아 글을 쓰고 싶은 마음이 굴뚝같지만 그가 자발적으로 행하는 단식 때문에 이런 욕망은 좌절된다. 일단 시작되면 굶주림은 그 행위자 ─ 희생자를 놓아주지 않으며, 단식의 교훈이 불망(不忘)의

　　　　　　　　　　　　　　　굶주림의 예술

것이 될 때까지 계속 그를 괴롭힌다. 주인공은 자신의 의지에 반(反)해 스스로 만들어 낸 힘에 사로잡히며, 그 힘의 요구 사항에 복종하도록 강요당한다.

그는 모든 것을 잃어버린다. 심지어 자기 자신까지도. 하느님 없는 지옥의 바닥에 도착하면서 그의 정체성은 사라진다. 함순의 주인공에게 이름이 없는 것은 우연이 아니다. 시간이 흐르면서 그는 진정으로 자아를 내던진다. 그가 자신에게 갖다 붙이기로 선택한 이름들은 순간의 충동에 따라 불려 나온 발명품들이다. 자신도 모르기 때문에 그는 자신의 정체가 무엇인지 말하지 못한다. 그의 이름은 거짓말이고 이 거짓말과 함께 그의 세상이라는 리얼리티는 사라져 버린다.

그는 굶주림이 마련해 준 어둠을 응시한다. 그가 거기서 발견한 것에는 언어가 배제되어 있다. 그에게 리얼리티는 사물 없는 이름들 혹은 이름 없는 사물들의 일대 뒤범벅이다. 자아와 세상의 연계는 끊어져 버린다.

잠시 어둠 속을 들여다보았다. 밑바닥이 없는 이 조밀한 어둠의 실체. 그것을 이해할 수 없었다. 내 생각은 그것을 파악하지 못했다. 그것은 깊이를 측정할 수 없는 어둠처럼 보였다. 그 존재가 나를 짓누른다는 느낌이 들었다. 눈을 감고 나지막이 노래 부르면서 나 자신을 즐겁게 하기 위해 침대 위에서 가볍게 몸을 흔들어 보았다. 하지만 아무 효과도 없었다. 어둠이 내 두뇌를 사로잡았고 나에게 한시의 평화도 주지 않았다. 내가 어둠 속으로 용해되어 아예 어둠이 되어 버린다면 어떻게 되는 것인가?

이러다가 정신을 잃고 마는 게 아닐까 크게 우려하는 바로 그 순간에, 그는 갑자기 〈쿠보아Kuboaa〉라는 새로운 단어를 발명하는 자신을 상상한다. 그것은 어떤 언어에도 있지 않고 어떤 의미도 지니지 않는 단어였다.

나는 굶주림이라는 즐거운 정신 이상 상태에 도달했다. 고통에서 해방되어 텅 빈 상태였고 내 생각은 더 이상 견제 당하지 않았다.

그는 단어의 의미를 생각해 내려고 애썼으나 그것이 뜻하지 않는 것들만 생각해 냈다. 그 단어의 뜻은 〈하느님〉도 〈티볼리 정원들〉도 〈소 전시회〉도 〈목장〉도 〈일출〉도 〈이민〉도 〈담배 공장〉도 〈실 꾸러미〉도 아니었다.

아니다. 그 단어는 실제로 정신적인 어떤 것, 어떤 감정, 혹은 마음의 상태를 의미하는 것이었다. 아, 알아낼 수만 있다면. 나는 정신적인 어떤 것을 발견하려고 생각하고 또 생각했다.

하지만 그는 성공하지 못한다. 그의 것이 아닌 목소리들이

끼어들기 시작해 그를 헷갈리게 만들고, 그러자 그는 혼란 속으로 더 깊숙이 가라앉는다. 그는 이제 자신이 죽어 가는 게 아닐까 싶을 정도로 격렬한 발작을 겪은 후, 자신의 목소리 외에 다른 소리는 듣지 못하는 상태로 벽에서 물러선다.

이 에피소드는 소설에서 가장 고통스러운 장면이다. 하지만 이것은 주인공이 겪은 언어병(病)의 많은 사례 중 하나일 뿐이다. 이야기 내내 그의 장난은 대체로 거짓말의 형태를 취한다. 전당포에서 잃어버린 연필을 되찾아 오면서(그는 팔아먹은 조끼의 주머니에다 실수로 연필을 넣어 두었다), 전당포 주인에게 이 연필로 〈철학적 의식〉에 관한 세 권짜리 논문을 썼다고 말한다. 별것 아닌 연필이지만 그래도 감상적 추억이 서려 있다고 말한다. 공원 벤치에서 만난 어떤 노인에게는 전기(電氣) 기도서의 발명자인 하폴라티 씨에 관한 환상적인 이야기를 들려준다. 그의 최후의 소유물이며 너무 낡아서 그냥 들고 다니기에는 창피한 초록색 담요를 가게 점원에게 싸달라고 부탁하면서, 실제로 포장하려는 것은 그 담요가 아니라 그 안에 들어있는 아주 비싼 도자기 두 개라고 말한다. 그가 구애하는 여자조차도 지어낸 이야기에서 벗어나지 못한다. 그는 여자를 위해 아주 어감이 좋은 이름을 지어내는데, 오로지 그 이름으로만 여자를 부른다.

이러한 거짓말들은 순간적인 장난기를 넘어서는 의미를 지닌다. 도덕의 영역에서 선과 악이 상대적 개념이라면, 언어의 영역에서는 거짓말과 진실이 상대적 개념이다. 언어는 사회적 규약이고 우리가 믿어 주는 한 위력을 발휘한다. 그러나 함순의 주인공은 더는 아무것도 믿지 않는다. 그가 볼 때 거짓말과 진실은 동일하다. 굶주림은 그를 그러한 어둠 속으로 밀어 넣었고 어둠에서 돌아올 길은 없다.

이처럼 언어와 도덕을 동일시하는 태도는 『굶주림』의 마지막 에피소드의 골격이 된다.

나의 두뇌는 더 명석해졌고 이제 내가 완전 붕괴의 단계에 와 있다는 것을 깨달았다. 나는 벽에다 양손을 붙이고 나를 벽에서 밀어내려 했다. 거리는 여전히 너울너울 춤추고 있었다. 나는 화가 나서 딸꾹질을 하기 시작했고 붕괴되지 않으려 온몸의 힘을 짜내며 격렬하게 저항했다. 쓰러지고 싶지 않았다. 선 채로 죽고 싶었다. 채소 도매상의 수레가 가까이 지나갔고 그 수레에 감자가 가득 실려 있는 것을 보았다. 하지만 분노와 고집이 발동해 그것이 감자가 아니라 양배추라고 생각했다. 그것이 틀림없이 양배추라고 거칠게 맹세했다. 나는 이 거짓말을 두고서 거듭거듭 맹세했는데, 명백한 위증죄를 저지르는 즐거움을 얻기 위해 일부러 그런 맹세를 했다. 나는 이 엄청난 죄악에 도취했고, 손가락 세 개를 공중으로 처들면서 떨리는 입술로 성부와 성자와 성령의 이름으로 그것은 틀림없이 양배추라고 말했다.

그리고 그게 끝이다. 이제 주인공에게는 죽느냐 사느냐의 두 가지 가능성만 남아 있다. 그는 사는 쪽을 선택한다. 그는 사회와 하느님과 자신이 뱉은 말들에 〈아니요〉라고 말한다. 그 날 늦게 그는 도시를 떠난다. 이제 더는 단식을 계속해야 할 필요가 없다. 단식의 효용은 끝난 것이다.

『굶주림』은 젊은 예술가의 초상이다. 하지만 그 초상은 다른 작가들이 젊은 날에 겪은 고통과는 별로 공통점이 없다. 함순의 주인공은 스티븐 디달러스*가 아니고, 『굶주림』에는 미학 이론에 대한 얘기가 단 한 마디도 나오지 않는다. 예술의 세계는 신체의 세계로 치환되었다. 그리고 원래의 텍스트는 내버려졌다. 굶주림은 은유가 아니고 문제의 핵심이다. 가령 랭보는 의도적으로 감각을 혼란스럽게 만들어 신체를 하나의 미학적 원칙으로 만들었지만, 함순의 주인공은 자신의 결핍 요소를 자신에게 유리하게 활용하기를 거부한다. 그는 허약하고 생각에 대한 통제권을 잃어버렸지만, 그래도 명징한 글쓰기를 하려고 계속 노력한다. 하지만 굶주림이 그의 생활에 영향을 미치는 것처럼 그의 글쓰기에도 영향을 미친다. 그는 자신의 예술을 위해 모든 것을 희생하고 심지어 최악의 타락과 비참함도 받아들일 용의가 있지만, 실제로 한 일이라고는 글쓰기를 불가능하게 만든 것뿐이다. 아무리 애쓴대도 빈속으로는 글을 쓸 수가 없다. 하지만 『굶주림』의 주인공을 바보 혹은 광인 취급하

---

* 제임스 조이스 소설 『율리시스*Ulysses*』의 등장인물.

는 것은 잘못이다. 겉으로 드러난 증거에도 불구하고 그는 자신이 무엇을 하는지 안다. 그는 성공하기를 원하지 않는다. 실패하기를 바란다.

소설 『굶주림』에는 뭔가 새로운 것이 있다. 예술의 성격에 관해 뭔가 새로운 생각을 내놓는다. 그것은 예술을 만들어 내는 예술가의 생활과 구분이 되지 않는 예술이다. 이렇게 말한다고 해서 자서전적 과도함의 예술이 존재한다는 뜻은 아니다. 단지 예술이란 예술 자체를 표현하기 위한 노력의 직접적 표출이라고 말하려는 것이다. 다르게 말하면 예술이란 굶주림의 예술, 혹은 결핍·필연·욕망의 예술인 것이다. 이 예술 속에서 확실함은 의심스러움으로 바뀌고 형태는 과정에 밀려난다. 이제 임의로 질서를 부여하는 일은 불가능하지만, 그런 만큼 어떤 명료성을 획득하려는 의무는 더 강해진다. 그것은 세상에 정답은 없다는 인식을 가지고 출발하는 예술이다. 그렇기 때문에 질문을 제대로 하는 것이 훨씬 중요하다. 그런 질문을 직접 살아 본 사람만이 그것을 발견한다. 사뮈엘 베케트는 말했다.

내가 말하고자 하는 것은 앞으로 예술의 형태가 없어지리라는 얘기는 아닙니다. 단지 새로운 형태가 등장하리라는 겁니다. 그 새로운 형태는 혼란을 인정하면서도 그 혼란이 대단한 어떤 것이라고 말하지 않는 그런 타입이 될 겁니다. (……) 혼란을 수용하는 형태를 발견하는 것, 이것이 오늘날 예술가에게 부여된 과업입니다.[2]

굶주림의 예술

함순은 작가로 발돋움하는 첫 번째 단계에서 이러한 예술가의 초상을 보여 주었다. 하지만 굶주림의 미학이 가장 명료하게 구체화된 것은 카프카의 단편 「단식 예술가Ein Hungerkünstler」에서였다. 이 작품에서는 함순의 주인공이 보여 준 단식의 모순이, 그리고 단식이 가져온 예술적으로 막다른 골목인 상황이 하나의 우화로 승화된다. 카프카의 단편소설은 단식을 예술로 여기는 한 예술가를 다루고 있는 것이다. 그런데 카프카의 단식 예술가는 예술가인가 하면 동시에 예술가가 아니다. 그는 자신의 단식 퍼포먼스가 존경받기를 바라지만, 동시에 그것이 예술과는 상관이 없기 때문에 존경받아서는 안 된다고 주장한다. 그가 단식을 선택한 것은 마음에 드는 음식을 발견하지 못했기 때문이다. 따라서 그의 퍼포먼스는 다른 사람들의 즐거움을 위한 구경거리가 아니라 자신의 절망을 토로한 것인데, 그걸 남들에게 구경해도 좋다고 허용한 것이다.

함순 소설의 주인공과 마찬가지로 단식 예술가는 자신에 대한 통제권을 상실했다. 우리 안에서 연극적인 행위를 내보인다는 것 외에 그의 예술은 그의 생활과 별반 다를 바 없다. 그가 만약 예술가가 아니었더라면 단식이 곧 그의 생활이었으리라. 그는 누구의 비위도 맞추려고 하지 않는다. 사실 그의 퍼포먼스는 이해될 수도 평가될 수도 없다.

그 누구도 밤낮없이 단식 예술가를 관찰할 수는 없었다. 그래서 그의 단식이 과연 엄정하고 지속적인 것인지 직접적인 증거를 내놓을 수 없었다. 오로지 단식 예술가 본인만이 그것을 알 수 있었다. 따라서 오로지 그만이 자신의 단식을 구경할 수 있는 가장 흡족한 구경꾼이었다.

이것은 남들에게 오해받는 예술가의 전형적 사례를 다룬 이야기가 아니다. 왜냐하면 단식은 본질상 다른 사람들의 이해를 거부하기 때문이다. 처음부터 불가능하고 또 확실히 실패로 끝날 수밖에 없다는 것을 알기 때문에, 단식은 점진적으로 죽음을 향해 나아가는 과정일 뿐 결실이나 파괴에는 도달할 수 없는 운명이다. 카프카의 단편에서 단식 예술가는 결국 죽는다. 매니저가 그에게 부과한 제한 사항들을 지키지 않았기 때문에, 즉 예술을 포기했기 때문에 죽는다. 단식 예술가는 너무 많이 나아갔다. 하지만 그것이 예술이란 행위에 내재된 위험이다. 예술을 하고자 한다면 목숨을 내놓을 각오가 있어야 한다.

결국 굶주림의 예술은 실존의 예술이라고 말할 수 있다. 그것은 죽음의 얼굴을 정면으로 쳐다보는 방법이고, 이때 죽음이란 바로 우리가 오늘 살고 있는 죽음이다. 하느님의 도움 없이, 구원의 희망 없이 살아가는 삶이다. 느닷없이 부조리하게 삶이 끝나는 것, 그게 죽음이다.

우리가 이보다 더 나아갈 수는 없다고 생각한다. 우리는 우리가 기꺼이 인정하려는 것보다 더 오래 여기에 머물렀는지도 모른다. 그러나 어느 때든 이런 사실을 깨닫는 예술가는 소수에 지나지 않는다. 예술을 하려면 용기가 필요하다. 무(無)로 끝날지도 모르는 예술을 위해 모든 것을 걸려는 사람은 그리 많지 않다. 하지만 바로 그것이 1890년에 집필된 장편소설『굶주림』에서 벌어진 일이다. 함순의 주인공은 모든 체제에 대한 모든 믿음을 체계적으로 내던진다. 그리하여 자기 자신에게 자발적으로 부과한 굶주림을 수단으로 무에 도달한다. 이제 그를 앞으로 나아가게 하는 것은 없다. 그런데도 그는 계속 앞으로 나아간다. 20세기로 곧장 걸어 들어간다.

1970년

뉴욕의 바벨탑

장편소설『하늘의 푸른빛 *Le Bleu du ciel*』의 서문에서 조르주 바타유는 실험을 목적으로 집필된 책과 간절한 욕구에 의해 집필된 책을 명확하게 구분한다. 바타유는 말한다. 문학은 본질적으로 교란을 일으키는 힘이며 〈공포와 전율〉 속에서 마주친 현존으로서 인생의 진실과 엄청난 가능성을 우리에게 계시할 수 있다. 그러니까 문학은 연속되는 하나의 흐름이 아니라 일련의 일탈 행위라는 것이다. 그리고 결국 우리가 소중하게 여기게 될 책은 통상 집필 당시의 문학 사상에 역행하는 책이라는 것이다. 바타유는 모든 위대한 작품의 집필 동기 혹은 하나의 불꽃에 대해 〈분노의 순간〉이라는 표현을 쓴다. 그런 불꽃은 의지를 발동해서 만들어 낼 수 있는 게 아니고 언제나 문학 바깥의 원천에서 온다. 그는 말한다. 〈저자가 꼭 쓰고 싶다는 간절한 마음 없이 쓴 책을 우리가 어떻게 오래 붙잡고 있겠는가?〉 자의식적인 실험은 문학적 규약의 장벽을 무너뜨리고 싶다는 간절한 소망에서 나온다. 그러나 대부분의 아방가르드 작품들은 살아남지 못한다. 그 작품들은 그런 의도가 아니었음에도, 파괴하려·했던 규범의 죄수가 되어 버린다. 예를 들어 당대에는 엄청난 소동을 일으켰던 미래주의 시들은 학자나 역사가를 제외하고는 아무도 읽지 않는다. 반면에 당대 문단에서 아무런 역할도 하지 못했던 카프카 같은 작가들은 서서히 중요한 작가로 인식된다. 우리의 문학적 감각을 되살려 주고 문학의 본령에 대해 새로운 생각을 갖게끔 하는 작품은 곧 우리의 생활을 바꾸어 놓는 작품이다. 그런 작품은 처음엔 난데없이 하늘에서 떨어진 것처럼 생소한 느낌을 준다. 문학적 규약에서 멀리 벗어나 있기 때문에 그 작품을 위해 새로운 자리를 마련해 주는 수밖에 없다.

루이스 울프슨이 쓴 『조현병 환자와 언어들*Le Schizo et les langues*』[3]이 바로 그런 책이다.

이 소설은 정말 황당무계하고 기존 소설과 전혀 다르다. 문학의 주변부에서 집필된 작품이기 때문이라고 말하는 것만으로는 아무래도 충분하지 못하다. 이 소설의 위치는 문학이 아니라 언어의 주변부인 듯싶기 때문이다. 미국인이 프랑스어로 쓴 이 소설은 미국 책이라는 인식 없이 읽으면 별로 의미가 없다. 하지만 앞으로 밝혀질 이유 때문에 이 소설은 번역의 가능성을 아예 배제해 버린다. 이 소설은 두 언어의 중간 지대를 배회하는데, 이 위태로운 현존으로부터 소설을 구조해 줄 수 있는 것은 아무것도 없다. 이 소설은 〈외국어로 집필하기를 선택한 작가의 소설〉 정도로는 충분히 설명되지 않는다. 작가는 달리 대안이 없었기 때문에 프랑스어로 소설을 썼다. 그것은 아주 엄청난 필요의 결과였고 소설 쓰기는 곧 생존의 행위였다.

루이스 울프슨은 조현병 환자이다. 그는 1931년생이고 뉴욕에 산다. 적당한 용어가 없어서 그의 책을 일종의 3인칭 자서전 혹은 현재의 회고록이라고 부르기로 하겠다. 그는 자신의 질병을 기록하면서 아주 기이한 기록 방식을 고안해 냈다. 울프슨은 자신을 〈조현병을 앓는 언어학도〉, 〈정신적으로 병든 학생〉, 〈치매에 걸린 관용구 학생〉 등으로 부르면서 건조한 임상 보고서와 창의성 풍부한 소설의 특징을 두루 갖춘 서술 문체를 사용한다. 그러나 소설에서 정신 착란이나 〈광기〉의 흔적은 조금도 드러나지 않는다. 문장은 명석하고 직설적이고 객관적이다. 우리는 저자의 강박증이 이룬 미로를 방황하면서 저자의 심정을 느끼게 되고, 그와 동일시하게 되고, 키릴로프*와 몰로이**의 괴곽함과 고통을 알아보게 된다.

울프슨의 문제는 영어다. 영어는 그에게 너무나 고통스러운 것이 되었고, 그래서 영어를 말하지도 듣지도 않으려 한다. 그는 10년 이상 정신 병원을 들락날락하면서 의사에게 협조하기를 끈질기게 거부했다. 이 책을 쓰던 시점(1960년대 후반)에 그는 어머니, 의붓아버지와 함께 비좁은 중하층 아파트에 살았다. 그는 하루 종일 책상에 앉아 주로 프랑스어, 독일어, 러시아어, 히브리어 따위의 언어를 공부하면서 시간을 보내고, 귓구

---

* 도스토옙스키 소설 『악령Бесы』의 등장인물.
** 베케트 소설 『몰로이Molloy』의 주인공.

굶주림의 예술

멍을 손가락으로 막거나, 이어폰으로 라디오의 외국어 방송을
듣거나, 한쪽 귀엔 이어폰을 다른 한쪽 귀엔 손가락을 집어넣
음으로써 영어가 침범해 들어오는 것을 막아 낸다. 이런 철저
한 준비에도 영어의 침범을 막아 내지 못하는 때가 있다. 예를
들어 그의 어머니가 방 안으로 갑자기 들이닥쳐 귀가 찢어질
듯한 목소리로 그에게 고함칠 때가 그렇다. 이 학생은 영어를
다른 언어로 번역하는 것만으로는 영어를 완전히 익사시킬 수
없음을 깨닫는다. 영어 단어를 외국어 단어로 번역한다고 해서
영어 단어가 죽지는 않는다. 영어는 옆으로 잠시 제쳐졌을 뿐
호시탐탐 그를 침범하려고 기회를 엿본다.

　이런 문제에 대응하기 위해 그가 개발한 시스템은 꽤 복잡
하다. 하지만 일단 그 시스템을 알고 나면 따라가기가 그리 어
렵지 않다. 그 시스템은 일정한 틀을 갖고 있기 때문이다. 자
신이 아는 여러 외국어 지식에 의거해 그는 영어 단어와 구절
을 외국어 철자, 음절, 단어 등의 음성적 조합으로 바꿀 수 있
다. 이렇게 바뀐 외국어의 조합은 의미나 소리 면에서 영어와
아주 유사하다. 그는 이런 언어의 곡예를 아주 자세하게 묘사
한다. 이런 언어유희는 때로 열 페이지에 이르기도 한다. 구
체적 사례를 제시하는 것이 이 변환 과정의 이해를 도우리라
생각한다. 가령 〈Don't trip over the wire(전선을 밟고 지나가
지 마시오)〉라는 영문은 이렇게 변환된다. 〈Don't〉는 독일어
〈Tu'nicht〉로, 〈trip〉은 동일한 뜻을 가진 프랑스어 〈trébucher〉
의 첫 네 글자로, 〈over〉는 독일어 〈über〉로, 〈the〉는 히브리어

⟨èth hé⟩로, ⟨wire⟩는 독일어 ⟨zwirn⟩으로 대체되는데, 이 독일어 단어의 가운데 세 글자가 영어 단어(wire)의 첫 세 글자와 일치하기 때문이다. 그리하여 최종적으로 변환된 문장은 이러하다. ⟨Tu'nicht tréb über èth hé zwirn.⟩ 이렇게 문장을 작성해 놓고 울프슨은 피곤하지만 만족감을 느끼면서 쓴다. ⟨설사 조현병 환자가 그날 외국어를 이용해 모국어의 또 다른 단어를 파괴하는 데서 즐거움을 얻지 못했다 할지라도(그는 환자여서 즐거움의 감정을 느끼지 못하므로), 적어도 당분간은 덜 비참한 기분을 느끼리라.⟩[4]

『조현병 환자와 언어들』은 이러한 변환들의 나열이 아니다. 이런 변환들이 책의 핵심을 차지하고 어떻게 보면 책의 목적을 규정해 주는 것은 사실이지만, 책의 실체는 다른 곳에 있다. 이처럼 언어에 몰두하는 울프슨의 일상생활과 인간의 조건을 보여 주는 것이 책의 실체이다. 뉴욕에 살고 뉴욕의 거리를 헤매는 것이 어떤 것인지, 이렇게나 직접적이고 생생한 느낌을 불러일으키는 책은 무척 드물다. 세부 사항을 관찰하는 울프슨의 눈은 지독하다고 해야 할 정도로 정밀하며, 그가 파악한 세밀한 뉘앙스는 아주 철저하면서도 권위 있게 제시된다. 가령 42번가 공공 도서관 열람실의 감옥 같은 분위기, 고등학교 무도회의 긴장감, 타임스 스퀘어의 매춘부, 도시 공원의 벤치에서 아버지와 나눈 대화 등이 엄청나게 자세히 묘사되어 있다. 객관화의 기이한 움직임이 계속 벌어지고, 울프슨 산문이 지닌 매력은 상당 부분 이러한 거리 두기의 결과이다. 거리 두기의

굶주림의 예술

행위는 일종의 미끼가 되어 우리를 울프슨 산문으로 끌어당긴다. 자신을 3인칭으로 처리함으로써 울프슨은 서술하는 자신과 묘사되는 자신 사이에 공간을 만들어 내어, 자기 자신에게 자신이 존재한다는 것을 증명해 보인다. 프랑스어도 이와 비슷하게 기능한다. 다른 언어를 통해 자신의 세계를 내다보고 또 영어에 함몰된 그 세계를 상대로 말장난을 겖으로써 새로운 시각을 얻는다. 새로운 시각 덕분에 그 세계는 덜 억압적으로 보이기도 하고, 또 그는 그 세계에 다소나마 어떤 영향을 미치는 듯한 느낌을 갖게 된다.

그의 문장이 일으키는 환기력은 엄청나다. 그는 무뚝뚝하고 건조한 문장으로 가난한 유대인들의 생활을 묘사한다. 그 광경이 너무나 생생하고 우스꽝스러워 셀린의 『외상 죽음*Mort à crédit*』의 첫 부분의 문장들을 연상시킨다. 울프슨은 자기가 무엇을 하는지 명확하게 아는 것이 틀림없다. 그의 목적은 미학적 효과를 거두려는 게 아니다. 모든 것을 기록하겠다는 결단, 가능한 한 정확하게 사실들을 기술하겠다는 결단 때문에 그는 자신이 처한 불합리한 상황을 폭로하게 된다. 그는 종종 그 상황에 초연함과 변덕스러움의 냉소적 태도로 대응한다.

그의 부모는 그가 너덧 살 무렵에 이혼했다. 아버지는 거의 평생을 주변부에서 보낸 별 볼 일 없는 인물이다. 직장도 없고 싸구려 여인숙에 살면서 카페에 앉아 시가를 피우며 인생을 허송한 자이다. 그는 아내가 의안(義眼)을 끼우고 있다는 사실을 아주 나중에야 알았으므로 〈비밀을 감춘 채로〉 결혼했다고 주장한다. 어머니가 두 번째로 결혼했을 때, 두 번째 남편은 어머니의 다이아몬드 반지를 가지고 사라져 버렸다. 하지만 어머니는 그를 추적했고, 그가 천 킬로미터는 떨어진 곳에서 비행기를 내려서는 순간 그를 붙잡아 감옥에 처넣었다. 그는 아내에게 다시 돌아간다는 조건으로 석방되었다.

어머니는 책 속에서 폭압적이고 숨 막히게 하는 인물로 나온다. 울프슨이 〈모국어〉를 영어 단어(mother language) 대신 프랑스어 단어(langue maternelle)로 쓴 부분은, 영어에 대한 그의 혐오감이 곧 어머니에 대한 혐오감이라는 점을 잘 보여준다. 어머니는 괴상한 사람이고 상스러운 괴물인데, 아들의 언어 공부를 너무나 우습게 생각하기 때문에 그의 앞에서 일부러 영어로 말하고 아들의 생활이 조금이라도 나아지게 하는 것과는 정반대로 행동한다. 어머니는 음량을 최대한 크게 맞추어 놓고 전자 오르간을 연주하면서 팝송을 부르는 걸로 많은 여가를 보낸다. 책을 펴놓고 책상에 앉아 있던 학생은 손가락으로 양 귓구멍을 꼭 막은 채 책상의 전등갓이 덜덜 떨리는 모습을 보게 되고, 온 방이 노래의 리듬에 따라 요동치는 것을 느낀다. 그뿐만 아니라 그 무지막지하게 시끄러운 팝송이 귓구멍을 뚫고 들어오면 그는 자동으로 팝송의 영어 가사가 생각나서 맹렬한 절망에 빠진다(이 소설의 어떤 장은 절반 정도를 「굿 나이트 레이디스Good Night Ladies」라는 팝송의 가사를 다른 언어로 번안하는 데 할애했다). 하지만 울프슨은 결코 어머니를 판단하지 않는다. 단지 묘사할 뿐이다. 그래서 때로는

굶주림의 예술

절제된 표현이 그에게 가벼운 웃음을 가져다주기도 하는데, 그로서는 당연한 반응인 듯하다.

당연한 얘기지만, 나쁜 시력은 어머니의 언어 능력에 전혀 영향을 미치지 못한다(오히려 그 반대인 듯하다). 어머니는 보통 때는 아주 높고 새된 목소리로 말한다. 하지만 아들의 정신 병원 입원을 예약하려 할 때에는 전화상으로 속삭일 줄도 안다. 그럴 때의 목소리는 아주 은밀한데, 물론 아들에게 알려 주지 않으려는 것이다.

영어의 상징인 어머니가 계속 제기하는 영어의 위협 이외에도, 학생은 가족 부양자인 어머니의 역할로부터 고통을 당한다. 책의 전편에 걸쳐 그의 언어적 활동과, 음식, 먹기, 음식의 감염 등에 대한 강박증은 대위법의 두 기둥을 이룬다. 그는 두 기둥 사이에서 끊임없이 망설인다. 밥을 먹어야 한다는 생각에 격렬하게 혐오감을 느끼는가 하면(식사가 언어 활동과는 정반대되는 일인 양), 어마어마하게 먹어 치워 몇 시간씩 끙끙 앓아 눕기도 한다. 그는 주방에 들어갈 때마다 외국어 책으로 단단히 무장하고, 외우고 있는 외국어 구절들을 커다란 목소리로 말한다. 동시에 포장지나 통조림 캔에 쓰인 영어 단어들을 읽지 않으려고 필사적으로 노력한다. 그는 악령을 물리치기 위한 마법의 주문처럼 외국어 구절을 중얼거리면서 손에 잡히는 첫 번째 봉지를 뜯는다. 대체로 가장 먹기 간편한 음식을 담은 봉지인데, 그 때문에 영양가도 가장 낮다. 그는 음식을 재빨리 입속에 처넣는다. 그러면서 음식이 입술에 닿지 않게 무척 신경쓴다. 그렇게 조심하는 이유는 자신의 입술에 기생충의 알과 유충이 잔뜩 묻어 있다고 생각하기 때문이다. 이런 동작을 몇차례 반복하다 보면 그는 자기 비난과 죄책감에 휩싸이게 된다. 질 들뢰즈는 이 책의 서문에서 지적한다. 〈음식을 먹을 때그가 느끼는 죄책감은 어머니의 영어를 들었을 때의 죄책감과똑같다. 그것은 동일한 죄책감이다.〉

내가 볼 때, 바로 이 지점에서 울프슨의 개인적 악몽은 언어의 보편적 문제로 확대된다. 말하기와 먹기 사이에는 근본적인연계가 있다. 울프슨의 과장된 듯한 행동에 의해 우리는 그 둘의 관계가 얼마나 밀접한지 깨닫게 된다. 생물학적으로 볼 때말하기는 입의 2차적 기능으로 기이하면서도 변태적인 행위이다. 그리고 언어에 관한 신화는 종종 음식과 연결되어 있다. 아담은 낙원에 사는 피조물들에 이름을 지어 주는 권력을 부여받지만, 지식의 나무를 먹었다는 이유로 낙원에서 쫓겨난다. 신비주의자들은 하느님의 말씀을 받아들이기 위해 단식한다. 그리스도의 몸, 살이 된 말씀은 영성체에서 수령된다. 마치 입의 생명 보존 기능, 먹기의 역할이 말씀으로 전이된 듯하다. 우리 인간을 창조하고 정의하는 것이 바로 언어(말씀)인 까닭이다. 울프슨이 먹는 것에 공포를 느끼고 탐식 행위에 죄책감을느끼는 것은 자신이 스스로에게 부과한 책무를 배반했다고 느끼기 때문이다. 입을 자신을 살려 주는 언어(말씀)를 발견하는

굶주림의 예술

데 사용하지 않고 먹는 데 사용했기 때문이다. 하지만 먹는 것은 하나의 타협이다. 이미 부정 타서 받아들일 수 없는 세계이기는 하지만, 그 세계에 존재하면서 언어를 발견하려면 먹어야 하기 때문이다.

결국 울프슨이 추구하는 바는 언젠가 다시 영어를 말할 수 있으리라는 희망을 실현하는 것이다. 그러한 희망이 책의 여러 갈피에서 언뜻언뜻 비친다. 언어 변환 시스템의 발명이나 이 소설을 쓴 일 등은 그가 병의 신비주의적 고뇌를 넘어서서 앞으로 천천히 나아가려는 계획의 일환이다. 누군가가 자신에게 일방적으로 치료법을 처방하는 것을 거부하고 자신의 문제를 직접 대면하도록 자신을 몰아붙이며, 그 문제를 스스로 해결함으로써 다른 사람들 사이에서 살아 나갈 가능성을 내면에서 희미하게 감지하는 것이다. 또한 자신의 일인(一人) 언어의 한계를 돌파해 사람들의 언어로 진입할 가능성을 감지하는 것이다.

이러한 투쟁의 결과로 그가 내놓은 책은 무엇이라고 규정하기가 까다롭다. 하지만 그것을 치료의 방책일 뿐이라고 내쳐서는 안 된다. 또는 의과 대학 도서관의 서가를 채우는 또 다른 정신병의 서류 정도로 여겨서도 안 된다. 갈리마르 출판사가 『조현병 환자와 언어들』을 정신 분석 시리즈의 하나로 출판한 것은 심각한 잘못이라고 생각한다. 하나의 꼬리표를 붙임으로써 이 책이 지닌 엄청난 힘, 혹은 이 책의 도처에서 발견되는 〈분노의 순간〉을 누그러트리려 했던 것이다.

한편 우리가 이 책을 사례 연구로 보지 않는다 하더라도, 기존의 문학적 기준으로 이 책을 판단하거나 다른 문학 작품과의 유사성을 찾아보기가 망설여진다. 울프슨의 방법은 어떻게 보면 제임스 조이스의 『피니건의 경야*Finnegans Wake*』나 레몽 루셀의 소설들에서 발견되는 정교한 말장난을 떠올리게 한다. 하지만 이러한 유사성을 너무 강조하다 보면 이 책의 주제를 놓치기 쉽다. 루이스 울프슨은 문학의 바깥에 서 있는 사람이고, 그러므로 그를 공정하게 대접해 주자면 우리는 그의 관점에서 이 책을 읽어야 한다. 이런 방식을 취할 때에만 우리는 이 책의 진정한 가치를 발견할 수 있을 것이다. 이 책은 세상에 대한 우리의 지각을 바꾸어 놓을 진귀한 작품이다.

1974년

굶주림의 예술

다다의 유골

초기 아방가르드 운동 중 하나인 다다는 오늘날까지도 우리에게 영향력을 미치고 있다. 비록 단명했지만(1916년 취리히의 카바레 볼테르에서 야간 행사로 시작되어 1922년 트리스탄 차라의 희곡 「가스가 들어찬 마음 *Le Coeur à gaz*」에 대한 격렬한 항의로 사실상 끝나 버렸다) 그 정신은 저 멀리 역사 속으로 사라지지 않은 것이다. 그때로부터 50년 이상이 흐른 지금도 철철이 다다에 관한 책이나 전시회가 기획된다. 우리가 다다가 제기한 문제들을 추적하는 데는 학술적 관심 이상의 이유가 있다. 다다의 질문이 곧 우리의 질문인 것이다. 예술과 사회의 관계, 예술과 행동, 행동으로서의 예술 등에 대해 이야기할 때 우리는 다다에 시선을 돌려 하나의 원천 혹은 사례를 찾아내려고 한다. 우리는 다다라는 운동 자체를 알고 싶어 하는 한편 그것이 현재를 이해하는 데에도 도움이 되리라 생각한다.

이와 관련하여 후고 발의 일기는 좋은 출발점이다. 다다의 핵심 창립자였던 발은 다다 운동을 맨 처음으로 그만둔 사람이기도 한데, 1914년부터 1921년까지 그가 쓴 일기는 아주 귀중한 문서이다.[5] 『시간으로부터의 탈주*Flucht aus der Zeit*』는 1927년 독일에서 발이 41세에 위암으로 사망하기 직전 처음 발간되었다. 이 책은 발이 자신의 일기 중에서 명백한 파당적 관점을 가지고 편집한 일기로만 구성되어 있다. 이것은 자화상이라기보다 내적인 발전 혹은 정신적 성장에 대한 기록이다. 일기는 아주 엄정한 변증법적 방식으로 진행되어 나간다. 전기적 세부 사항은 별로 없지만 생각의 모험들은 우리를 사로잡기에 충분하다. 발은 아주 예리한 사상가이다. 초기 다다 운동에 참여한 경력이 있으므로 그는 취리히 그룹의 훌륭한 증언자이다. 다다는 그의 복잡한 정신적 발달 과정 중 하나의 단계일 뿐이기 때문에, 그의 눈을 통해 본 다다는 우리가 전에 보지 못했던 관점을 제공한다.

후고 발은 시대의 인물이었고 그의 일생은 20세기의 첫 25년 동안 유럽 사회가 보여 준 열정과 모순을 고스란히 구체화하고 있다. 그는 니체의 저작을 열심히 읽었고, 표현주의 극단의 무대 매니저 겸 희곡 작가였고, 좌파 언론인이었으며, 보드빌 피아니스트였고, 시인 겸 소설가였으며, 바쿠닌, 독일 지식인들, 초기 기독교, 헤르만 헤세의 작품을 각각 다룬 연구서를 펴냈고, 가톨릭으로 개종했다. 그는 생애의 이런저런 시기에 당대의 거의 모든 정치적·예술적 관심사에 손을 댄 듯하다. 이토록 많은 활동을 했지만 발의 태도와 관심은 평생 일관되었다. 총체적으로 볼 때 그의 일생은 근본적 진리, 혹은 절대

굶주림의 예술

적 리얼리티 속에 자신의 존재를 뿌리내리려는 지속적인 열정과 시도로 요약할 수 있다. 예술가 기질이 넘쳐서 철학자는 될수 없었고, 철학자 기질이 넘쳐서 예술가는 될 수 없었다. 세상의 운명에도 관심이 많아 개인의 구원에만 몰두할 수 없었고, 너무나 내성적이어서 실천적인 행동주의자는 되지 못했다. 후고 발은 이런 내적·외적 욕구에 답변해 줄 해결안을 얻기 위해 투쟁했다. 아무리 깊은 고독에 빠져 있어도 자신을 사회로부터 독립된 존재로 여기지 않았다. 그는 모든 것을 아주 힘들게 획득하는 사람이었다. 정체성을 고정하는 법이 없었고, 도덕적 성실성이 너무나 철저해 그 시대와는 전혀 어울리지 않게 아주 무모하고 이상적인 제스처도 스스럼없이 취하는 사람이었다. 이런 특성을 이해하려면 카바레 볼테르에서 소리 시sound poem를 낭송하는 발의 그 유명한 사진을 들여다보기만 하면된다. 사진 속에서 그는 몹시 특이한 의상을 입고 있어서 〈양철인간〉과 치매 걸린 주교의 중간쯤에 해당하는 인물처럼 보인다. 끝이 뾰족한 마술사 모자를 쓰고 앞을 응시하는 그의 얼굴에는 압도적인 공포의 표정이 어려 있다. 아주 잊기 어려운 표정인데, 이런 사진 하나만 가지고도 그의 성격을 읽어 볼 수 있다. 내부가 외부와 격돌하고, 한 어둠이 다른 어둠을 만나고 있는 표정인 것이다.

『시간으로부터의 탈주』의 프롤로그에서 발은 책의 전반적인 분위기를 보여 주는 문화적 검시(檢屍)를 해 보인다. 〈1913년의 세계와 사회는 이렇게 보였다. 생활은 완전히 제약을 받았고 족쇄가 채워졌다. (……) 가장 중요한 문제는 이러했다. 현재의 사태에 종지부를 찍을, 강력하면서도 신선한 힘이 과연 있는가?〉 1917년 칸딘스키 관련 강연에서 그는 그러한 생각을 좀 더 긴급하게 말한다. 〈천 년 된 문화가 붕괴하고 있다. 기둥도 대들보도 기반도 더는 없다. 모두 무너져 버렸다. (……) 세계의 의미가 사라져 버렸다.〉 이러한 느낌은 우리에게 새롭지 않다. 그것은 제1차 대전 당시 유럽의 지적 분위기와 근대적 감수성의 기반이 무엇이었는지 다시 한번 확인해 줄 따름이다. 그러나 발이 프롤로그에서 추가로 말한 내용은 우리가 예상하지 못했던 것이다. 〈철학은 예술가에게 지배당하는 듯 보인다. 새로운 충동은 예술가에게서 나오는 듯 보인다. 예술가는 재탄생의 예언자인 듯하다. 칸딘스키와 피카소의 이름을 말할 때, 우리는 화가가 아니라 사제를 말하고자 하는 것이다. 장인이 아니라 새로운 세계와 새로운 천국의 창조자를 뜻하는 것이다.〉 완전한 재생의 꿈은 황량한 비관론과 양립할 수 없다. 그러나 발은 재생의 꿈과 비관론의 양립에서 아무런 모순도 느끼지 못한다. 둘 다 동일한 접근 방식의 한 부분인 것이다. 가장 힘든 시기에 발을 지탱해 준 것은 바로 이 믿음이었다. 그의 초기 극단 작업(〈오로지 연극만이 새로운 사회를 창조할 수 있다〉), 칸딘스키에게서 영향을 받은 예술론(〈모든 예술적 수단과 힘의 통합〉), 그리고 취리히에서의 다다 활동에 이르기까지 이 믿음은 굳건했다.

발의 일기에는 이런 진지한 생각이 잘 표현되어 있다. 그리

굶주림의 예술

하여 일기를 읽는 우리는 다다의 시작에 관한 여러 신화를 말끔히 흩어 버리게 된다. 당초에는 다다를 젊은 병역 기피자 집단의 젠체하는 호언장담, 혹은 코미디언 마르크스 형제들의 고의적인 광대 짓 정도로 보는 경향이 있었던 것이다. 물론 카바레 취리히의 공연에 광대 짓이 일부 포함되기는 했지만, 발이 볼 때 그것은 목적을 위한 수단이었고 필요한 카타르시스였다. 〈완벽한 회의가 완벽한 자유를 가능하게 한다. (……) 어떤 대상이나 대의에 대한 믿음이 끝장나면 그 대상이나 대의는 카오스로 돌아가고 그리하여 공동의 재산이 된다. 그런데 우리에게는 이처럼 강력하게 생산된 카오스가 필요하다. 그래야만 변화된 믿음의 바탕 위에 완전히 새로운 건물을 세우기에 앞서 총체적인 철수가 가능한 것이다.〉 그렇다면 이 초기 단계는 이렇게 이해해야 한다. 다다는 오래된 인본주의적 이상의 흔적이고, 표준화를 강조하는 기계화 시대에 개인의 위엄을 다시 주장하는 운동이며, 절망과 희망의 동시적 표현이다. 발의 카바레 취리히 공연과 그의 소리 시, 혹은 〈단어가 없는 시〉가 이를 증명한다. 발은 일상 언어를 포기하기는 했어도 언어 자체를 파괴할 의도는 없었다. 인류가 타락하기 이전의 언어를 회복하려는 신비주의적인 욕망 때문에, 발은 이 새롭고 정서 환기적인 형태의 시를 단어의 마법적 본질을 파악하는 한 방법으로 여긴다. 〈이 소리 시에서 우리는 언론이 남용하고 부패시킨 언어를 완전히 포기한다. 우리는 단어의 내밀한 연금술로 돌아가야 한다.〉

발은 카바레 볼테르의 공연 이후 일곱 달 만에 취리히를 떠났다. 피곤하기도 했지만 다다가 발전해 가는 방식에 환멸을 느꼈기 때문이다. 갈등은 주로 차라와의 관계에서 생겨났는데, 차라는 다다를 국제적 아방가르드 운동의 하나로 만들고 싶어 했다. 편집자 존 엘더필드는 발의 일기 해설에서 이렇게 요약한다. 〈일단 한발 물러나자 발은 자신들이 해온 활동에서《다다의 지나친 자부심》을 읽어 낼 수 있게 되었다. 그는 다다이스트들이 자신들을 새로운 인물로 격상시키기 위해 관습적 도덕을 회피한다고 보았다. 그들이《초자연》에 다가가기 위한 방법으로 비합리주의를 환영한다고 보았고, 학계를 파괴하는 가장 좋은 방법으로 선정주의를 선택했다고 보았다. 그는 이 모든 것을 의심하게 되었다. 그는 카바레 볼테르의 혼란과 절충주의를 부끄럽게 여겼다. 차라리 시대로부터의 고립이 개인적 목표를 향해 다가가는 더 확실하고 정직한 길이라고 생각했다.〉 그렇지만 몇 달 뒤 발은 취리히로 돌아가 다다 갤러리의 행사에 참여하고 칸딘스키를 주제로 중요한 강연을 했다. 하지만 또다시 차라와 불화했고 두 사람은 영영 갈라섰다.

1917년 7월 차라의 지휘 아래 다다는 간행물, 선언서, 선전 캠페인 등을 갖추고 하나의 운동으로 공식 출범했다. 차라는 지칠 줄 모르는 조직가였고 마리네티 스타일을 닮은 진정한 아방가르디스트였다. 그는 마침내 피카비아와 제르너의 도움을 얻어 다다를 카바레 볼테르의 원래 사상에서 벗어나게 했다. 엘더필드가 말한 〈구축과 부정의 절묘한 균형〉보다는 반

굶주림의 예술

(反)예술의 소동 속으로 나아갔다. 몇 년 뒤 다다 운동은 분열이 일어나 두 개로 쪼개졌다. 휠젠베크, 조지 그로스, 헤르체펠데 형제 등이 이끄는 독일 그룹은 접근 방법이 다분히 정치적이었다. 차라의 그룹은 1920년 파리로 옮겨 갔고 미학적 아나키즘을 옹호했는데 이것이 나중에 초현실주의로 발전했다.

차라는 다다에 정체성을 부여했지만, 동시에 발이 열망했던 도덕적 목적을 그 운동으로부터 빼앗아 버렸다. 다다를 하나의 교리로 만들고 일련의 이상적 프로그램을 부여함으로써, 차라는 다다를 자기모순과 무능력 쪽으로 끌고 갔다. 발이 당초에 모든 사상과 행동의 체계에 반대하는, 진정한 가슴으로부터의 호소로 만들고자 했던 운동은 그저 많은 조직 중의 하나로 추락하고 말았다. 무한한 도발과 공격의 길을 연 반예술은 본질적으로 진정성이 없는 사상이었다. 예술에 반대하는 예술이라는 것도 결국은 예술의 일종으로서, 예술이면서 예술이 아닐 수는 없는 노릇이었다. 차라는 한 성명서에 이렇게 썼다. 〈진정한 다다이스트는 다다를 반대한다.〉하지만 이것을 하나의 도그마로 설정하기란 불가능하다. 이러한 모순을 일찍이 간파한 발은 다다가 하나의 운동으로 추락하는 조짐을 보이자 다다를 떠났다. 남은 사람들은 다다를 일종의 허풍 같은 것으로 만들어 점점 더 극단으로 밀어붙였다. 이때 이미 진정한 동기는 사라져 버렸고 결국 다다는 죽었다. 지속해 온 투쟁의 후유증 때문이 아니라 무기력 때문에 죽었다.

한편 발의 견해는 1917년 못지않게 오늘날에도 타당해 보인다. 다다에는 다양한 시기와 경향이 있지만, 발이 참가했던 때에 가장 힘찼던 것 같다. 그 시대는 오늘날의 우리에게 아주 설득력 있게 호소한다. 어쩌면 이단적인 견해일지 모른다. 하지만 차라가 이끈 다다 운동을 살펴보면 이 점이 분명해진다. 차라의 지도 아래 다다는 피로해졌고, 부르주아 예술 세계의 타락한 교환 체제에 굴복했으며, 지원을 얻으려 했던 관중들에게서 분노만 샀다. 다다의 차라 분파는 현대 자본주의 사회에서 예술이 얼마나 허약해질 수 있는가를 생생하게 보여 준다. 마르쿠제가 말한 〈억압적 관용〉의 보이지 않는 울타리에 갇혀 맥을 못 쓰는 것이다. 하지만 발은 다다를 목적 그 자체로 보지 않았기 때문에 유연했고, 다다를 수단으로 시대 비판이라는 더 높은 목적을 이루고자 했다. 발이 생각한 다다는 일종의 과격한 회의, 기존의 이데올로기를 싹 쓸어 내기, 그리고 주위의 세상을 철저하게 점검하기를 가리키는 이름이었다. 이런 상태를 유지할 경우 다다의 에너지는 결코 소진되지 않을 것이다. 그것은 언제나 현재에 머무는 아이디어인 것이다.

1921년 발은 어릴 적 신앙인 가톨릭으로 돌아왔는데, 이는 겉보기만큼 이상한 일이 아니다. 그의 사상에 진정한 균열이 없었다는 뜻이고, 여러모로 그가 더 성장하기 위해 한 걸음 내디뎠다는 뜻이다. 그가 더 오래 살았더라면 또 다른 변신을 시도했을 가능성이 충분하다. 그의 일기에서는 사상과 관심사 들이 계속 겹친다. 가령 다다 시기에도 기독교에 대한 언급이 반복된다. 〈이런 노력에도 불구하고 우리가 와일드와 보들레르

굶주림의 예술

를 넘어설 수 있을지 잘 모르겠다. 혹은 우리가 계속 낭만주의
자로 남는 것은 아닐지 의심이 든다. 기적을 일으키는 다른 길,
반대 의사를 표명하는 다른 방법이 아마 있을 것이다. 가령 금
욕주의와 교회.〉 가톨릭에 심취한 시기에는 신비주의적 언어
에 대한 관심이 높았는데, 이 언어는 다다 시기의 소리 시 이론
과 유사하다. 그는 1921년에 쓴 일기의 마지막 부분에서 이렇
게 말한다. 〈사회주의자, 심미주의자, 수도사, 이 셋은 현대 부
르주아지 교육이 철폐되어야 한다는 데 의견이 일치한다. 새로
운 이상은 이 셋에게서 새로운 요소들을 가져와야 한다.〉 발은
짧은 생애 동안 이 서로 다른 관점들을 종합하려고 애썼다. 오
늘날 우리가 그를 중요한 문학인으로 여기는 까닭은, 그가 새
로운 해결안을 발견했다기보다 당대의 문제들을 아주 명료하
게 지적했기 때문이다. 세상에 과감히 맞선 그의 지적인 용기
는 휴고 발을 당대의 모범 지식인으로 만들어 준다.

1975년

관념과 사물

존 애시버리는 아주 가까운 거리에서 친밀하게 말을 걸어오는 시인이다. 우리는 그의 세계를 우리의 세계로 인식하고 그의 언어는 우리가 일상에서 만나는 언어이다. 하지만 그처럼 우리의 확실성을 사정없이 허물어 버리고, 또 그처럼 풍성하게 우리 의식의 애매모호한 지역을 탐구하는 시인도 없을 것이다. 우리는 그의 시를 읽을 때마다 방심했다가 균형을 잃고 놀라게 된다. 어조의 단조로움과 친밀함에 유혹당하기 때문에 일탈감은 그만큼 더 혼란스럽다. 평범한 사물이 기이한 사물로 바뀌고, 조금 전까지만 해도 분명해 보였던 것이 갑자기 의심스러운 무엇으로 돌변해 버린다. 모든 것이 제자리에 그대로 있으나 어떤 것도 예전과 같지 않다.

전체가 불안정 속에 안정을 취한다.
진공의 좌대 위에 쉬고 있는 우리 지구 같은 구체,
하나의 탁구공,

세찬 물줄기 위에 안전하게 자리 잡은.

애시버리는 미국 현대 시의 주변부에 서 있다. 그래서 많은 비평가들은 그의 작품이 의도적으로 애매모호하거나 추상적으로 쓰였다고 본다. 하지만 그의 시는 다른 동시대 시인들과는 다른 준거 틀에서 구상된다. 일반적으로 말해서 미국 시는 경험적 믿음이라는 편견을 토대로 쓰여 왔고, 그래서 세상에 대한 〈상식적〉 견해라고 불리는 것을 구체화한다. 이러한 틀 안에는 광범위한 가능성이 존재하지만, 출발점은 언제나 사물의 세계이다. 윌리엄 칼로스 윌리엄스는 〈시는 관념이 아니라 사물을 가지고 표현해야 한다〉라는 유명한 말을 남겼다. 이는 새로운 시를 지향하는 외로운 외침이 아니라 20세기 미국 시에 널리 퍼져 있던 사상을 표현한 것이다. 그러나 애시버리의 시에서는 강조점이 바뀐다. 그 역시 지각된 대상의 세계에서 시작하지만, 그가 볼 때 지각이란 문제가 있는 것이어서 다른 시인들이 당연하게 여기는 경험적 확신을 그는 별로 믿지 않는다. 때때로 그는 윌리엄스의 공식을 뒤집어서 시는 사물이 아니라 관념을 가지고 표현해야 한다고 말하는 듯하다.

글쓰기란 무엇인가?
나의 경우에는 생각이 아니라 관념을 종이 위에
적어 놓는 것이다. 더 정확히 말하면
생각에 대한 관념을 적는 것이다.

애시버리가 보기에 리얼리티는 늘 달아나는 것이고 사물은 겉보기와 실제가 일치하는 법이 없다. 사물들은 서로 별개의 개체로 떼어 놓을 수 없고 구성 분자로 고립시킬 수 없다. 그것들은 늘 겹치고 상호 작용하면서 결국에는 끊임없이 변하는 거대한 전체로 녹아든다. 〈모든 사물들은 스스로를 언급하는 듯 보이나 / 그 사물들로부터 나온 이름은 다른 어떤 지시 대상을 가리킨다.〉 애시버리가 이런 유동의 상태를 다루는 방식은 논리보다는 연상에 의존한다. 우리가 사물 자체에 대해서는 결코 알지 못하리라는 이런 비관론은 역설적이게도 모든 것에 열려 있는 시를 만들어 낸다. 〈한때 신기루가 있던 곳에 틀림없이 생명이 있다.〉 사물은 다른 사물을 유도하고 또 서로의 속으로 사라져 버린다. 전체에 대한 우리의 감각도 순간순간 바뀌어 버린다. 애시버리는 자기 자신을 면밀히 관찰함으로써 이런 혼란 속에서 일관성을 유지한다. 내가 볼 때 그의 가장 큰 재주는 자신의 주관성을 충실히 믿어 준다는 것이다.

사물들에 대한 나의 지각을 내가 너무 지나치게
비틀어 버린다는 것을 안다.
그 지각은 개인적인 것이고 앞으로도 그러할 것이다.

이는 19세기 후반 프랑스 상징주의자들의 발언을 연상시킨다. 가령 보들레르의 공감각, 랭보의 체계적인 감각 교란, 스무 살의 말라르메가 한 말, 〈사물이 아니라 사물의 효과를 묘사하

　　　　　　　　　　　　　　굶주림의 예술

라〉 등을 떠올리게 한다. 하지만 애시버리와 이들 사이에는 교훈적 차이들이 있다. 상징주의자가 일상생활의 단조로움에서 벗어나 고도로 증류된 언어로 사물의 신비한 본질을 환기하려 했다면, 애시버리는 바로 그 일상생활을 추구한다. 진부한 것에서 행복을 찾으려는 그의 시어는 추론적이고 수사적이며 심지어 장황하기까지 하다. 사물을 에둘러 가려는 집요한 말하기의 방식인데, 그것은 앞에 직접 나서서 존재를 알리기를 거부하는 리얼리티를 은연중에 암시한다.

이제 나이 쉰이 되어 가는 애시버리는 상실과 동경의 시인이 되었다. 그는 가장 좋은 작품들 안에서 새로운 원숙성과 예술가로서의 확고한 방향 의식을 보여 준다.

다만 이것은 확실하다.
아름다운 것은 구체적인 어떤 것과 관련해서만 그러하다.
체험되었든 혹은 체험되지 않았든 삶은 집단적 과거에 대한 향수에 바탕을 둔 어떤 형태로 수렴된다.

그 집단적 과거는 현재의 분산으로 인해 증발되었다. 애시버리는 세상에 대한 통합된 비전이 없다는 사실을 슬퍼하며, 그의 시는 이러한 부재를 노래하는 만가이다. 우리는 이에 대한 증거를 그의 지각이 상대적이라는 점, 상식이 부정되고 대신 개인적 감각이 자리 잡는다는 점에서 찾아볼 수 있다. 애시버리는 세상과 지속적으로 상호 작용할 수 있다는 가능성으로부터 절연된 국외자로서 글을 쓴다. 교묘한 기술과 유머에도 불구하고 그의 시는 본질적으로 향수를 노래한다.

애시버리처럼 시를 쓰는 시인은 없으며 그가 거주하는 시의 영토는 자신만의 것이다. 결국 이 시인의 가장 놀라운 점은 창작 솜씨의 교묘함이 아니라, 늘 자기 자신으로 머무는 독특한 재주라고 할 수 있다. 애시버리의 이러한 시적 작업은 우리를 뒤흔들어 놓는다. 우리는 그가 발표하는 시마다 오로지 그만이 말해 줄 수 있는 것을 말해 주리라고 기대할 수 있다.

1975년

굶주림의 예술

진실, 아름다움, 침묵

1938년 477쪽짜리 『시 선집*Collected Poems*』을 발간했을 때 로라 라이딩은 아직 30대였다. 대부분의 시인이 겨우 활동하기 시작할 나이에 로라는 대가의 반열에 올랐으며, 그때까지 문학계에 기여한 업적을 살펴보면 아주 인상적이다. 시집 아홉 권, 비평집과 단편집 여러 권, 장편소설 한 권을 펴냈고 세이진이라는 작은 출판사도 차렸다. 코넬 대학교를 졸업한 직후인 1924년, 『퓨지티브*The Fugitive*』지는 로라를 〈올해의 발견, 미국 시의 샛별〉이라고 불렀다. 나중에 유럽에 건너가 로버트 그레이브스와 친밀하고도 격정적인 관계를 맺던 시절에는 국제 아방가르드의 주요 인물이 되었다. 당시 젊은 W. H. 오든이 로라의 시에 지나치게 경도되자 로버트 그레이브스는 오든에게 편지를 보내 로라를 너무 흉내 내지 말라고 질책하기도 했다. 『모더니스트 시 고찰*A Survey of Modernist Poetry*』을 그레이브스와 공동 집필할 때 보여 준 꼼꼼한 텍스트 비평은 윌리엄 엠프슨에게 영향을 주어 『애매성의 일곱 가지 유형*Seven Types of*

Ambiguity』이라는 책을 쓰게 했다. 그러나 1938년 이후 라이딩은 시를 쓰지 않았다. 시뿐만 아니라 단편소설도 에세이도 쓰지 않았다. 시간이 흐르면서 로라 라이딩의 이름은 거의 잊혔고 새로운 세대의 시인과 작가 들에게 그는 존재하지 않았던 인물처럼 느껴졌다.

　로라가 다시 공공의 장에 나온 것은 1962년이었다. BBC 방송에 출연해 자신의 시를 몇 편 낭독하고 왜 시를 떠나게 되었는지 철학적·언어적 이유를 밝혔다. 이후 그의 작품이 여러 번 출판되었다. 그리고 최근에 두 종류의 책이 나왔다. 하나는 시 선집인데 시에 관한 로라의 사상을 밝히는 서문이 달렸고, 나머지 하나는 『말하기*The Telling*』라는 산문 작품인데 로라는 이것을 〈개인적 복음서〉라고 말했다. 로라 라이딩은 분명 돌아왔다. 비록 1938년 이래 시를 쓰지 않았지만 신작 『말하기』는 초기 작품들과 관련이 있고, 또 오랜 기간 침묵을 지키긴 했어도 로라의 이력에는 일관성이 있다. 로라 라이딩과 로라 (라이딩) 잭슨 — 그가 현재 사용하는 결혼 후 이름 — 은 여러모로 서로를 비추는 거울상이다. 라이딩이든 잭슨이든 로라는 언어의 보편적 진실, 인간성의 본질을 드러내는 말하기의 방식을 획득하려고 애쓴다. 로라는 말한다. 〈나는 언어에 의해 부과된 이상을 꿈꾼다. 그 이상을 실현해 가는 모든 단계는 (인간의) 존재가 구현하는 성취감이 구체적으로 표현된 정도이다. 그 이상 속에 우리의 인간성이 구현되는 것이다.〉 때때로 좀 거창해 보이기도 하는 이러한 이상을 로라는 일관되게 고수해 왔다. 바핀 것이 있다면 방법론 정도이다. 1938년까지 로라 라이딩은 시가 그런 목표를 달성하는 가장 좋은 방법이라고 보았다. 그러나 이후 의견을 수정했고 시를 포기했을 뿐 아니라 시가 언어적 진실을 향해 나아가는 도정의 주된 장애물 중 하나라고 여겼다.

그의 시를 보면 가장 먼저 눈에 띄는 것이 목적과 방식의 일관성이다. 애초부터 로라 라이딩은 자신이 어디를 향해 가는지 알았으며, 자신의 시를 독립된 서정시가 아니라 거대한 시적 프로젝트의 일환으로 읽어 달라고 요구했다.

> 우리는 우리가 무엇인지 혹은
> 무엇이 아닌지 더 잘 알아야 한다.
> 우리는 바람이 아니다.
> 집 없는 어질어질한 상태로 우리를 유혹하는
> 변덕스러운 기분이 아니다.
> 우리는 더 잘 분간해야 한다.
> 우리 자신과 낯선 자들을.
> 우리가 아닌 것들이 많이 있다.
> 존재하지 않는 것들이 많이 있다.
> 우리가 굳이 되어야 할 이유가 없는 것들이 많이 있다.
> ──「바람의 이유The Why of the Wind」중에서

이 시는 라이딩의 본질을 잘 보여 준다. 담화의 추상적 차원,

궁극적 질문에 대한 고집, 권선징악의 경향, 명료하면서도 재빠르게 돌아가는 생각, 〈집 없는 어질어질한 상태〉 같은 엉뚱한 단어들의 병치 등이 그러하다. 이 시에는 구체적 세상이 등장하지 않는다. 언급되더라도 하나의 은유로, 관념과 정신적 과정을 축약해 주는 언어로 등장할 뿐이다. 예를 들어 바람은 실제의 바람이 아니라 변화하는 것, 유동의 관념을 가리키는 것, 관념으로서만 그 영향을 느낄 수 있는 것으로 제시된다. 이 시는 어떤 느낌을 진술하거나 개인적 체험을 환기하는 것이 아니라 하나의 논증으로 움직인다. 그 움직임은 일반화를 향해 나아간다. 그러니까 시인이 근본적인 진실이라고 생각하는 것의 발성(發聲)을 향해 나아간다.

〈우리는 바람이 아니다〉라는 말은 곧 〈우리는 변화하는 존재가 아니다〉라는 뜻이다. 로라 라이딩은 이 명제를 그가 추구하는 프로젝트에 주어진 것으로 여긴다. 이는 증명할 수는 없어도 그의 시 전반에서 작동하는 원칙이다. 그는 절대적이며 침공 불가한 영구적 자리를 발견하기 위해 세상의 껍질을 벗기고 또 벗긴다. 그의 시는 세상에 대한 구체적 지각에 바탕을 두고 있지 않기 때문에, 순전히 정신적인 분위기, 그의 형이상학적 탐색이 자아내는 분위기 안에서만 존재하는 경향을 보인다. 그의 시는 아주 진지하지만 때로는 에밀리 디킨슨을 연상시키는 날카로운 위트의 순간도 있다.

이어 살아 있는 사람들이

죽음이라고 부르는 막간에 대한

묘사가 이어진다.

그러나 나는 그것을 짧은 질병이라고

말하겠다. 그것은

이번의 아프지 않음에서 다음번의

아프지 않음까지만 지속되는 것이니까.

그것은 우연하게 발생한다.

나는 신을 만났다.

「아니,」신이 말했다. 「당신이 벌써?」

「아니,」내가 말했다. 「당신이 아직도?」

―『시 선집』중「그다음에

이어지는 것Then Follows」중에서

처음에는 이런 시들이 어떤 문제를 다루려는 것인지 진의를 제대로 파악하기가 어렵다. 로라 라이딩은 거의 아무것도 보여주지 않는다. 이미지, 감각적 세부 사항, 진정한 〈표면〉의 부재가 처음에는 아주 난감하다. 마치 눈이 가려진 듯한 느낌이 든다. 하지만 로라는 의도적으로 그렇게 한 것이고 그 작업은 그가 전개하려는 주제에서 중요한 역할을 한다. 그는 관찰 가능한 것을 관찰하려고 하기보다 관찰 가능한 것의 개념을 파악하려고 한다.

당신은 보고 있는 것처럼 가장한다.

나는 당신이 이미 보았다고 가장한다.

우리는 이러한 가장하는 눈들을 통해

신비 안에 들어서고 언어를 갖게 되었다.

볼 수 있는 광경은 없다.

보이는 것은 이미 광경이 아니다.

당신이 그것을 볼 수 있는 광경으로 만들었다.

그것은 광경이 아니다. 이것이 그 원인이다.

자, 이제 보았으므로 눈을 감자.

그러면 우리들 사이에서 검은 축복이 지나간다.

빠르게 천천히 지나가는 축복.

지금보다 나쁘지도 좋지도 않은 어떤 것을 보거나, 말하거나, 행동했다는 축복.

— 「축도Benedictory」 중에서

여기에 존재하는 것은 시인의 목소리뿐이다. 우리는 〈눈을 감으면서〉 이 특별한 관심이 어린 목소리에 귀 기울이게 되고 그 뉘앙스에 아주 예민하게 반응하게 된다. 말브랑슈는 주의력이 영혼의 자연스러운 기도라고 말했다. 로라 라이딩의 훌륭한 시들은 우리를 황홀한 듣기의 상태로 유인한다. 목소리 안에서 우리는 모든 주의력을 기울이게 되고 그리하여 시의 전개에 적극적으로 참여하게 된다. 목소리는 생각나는 대로 말하는 것이 아니라 엄정한 명상으로서 생각의 복잡한 과정을 따라간다.

굶주림의 예술

그리하여 목소리는 거의 즉각적으로 우리에게 내면화된다. 추상적 개념을 로라처럼 잘 다루는 시인도 없으리라. 장식이 전혀 없고 앙상한 본질만 내세웠으므로 로라의 시는 일종의 수사법, 혹은 음악처럼 흘러가는 순수 논증으로 등장한다. 그리하여 주제와 반주제의 상호 작용을 창출하고 음악이 주는 것과 같은 형태적 기쁨을 준다.

> 그리고 대화 중의 대화는 시간 속의 시간처럼 사라진다.
> 둔탁한 가정(假定) 위에 변화의 종을 울리며.
> 대화에 대화가 이어지고 더는 할 말이 없게 된다.
> 영원한 독백인 진리만 남는다.
> 그 어떤 대화자도 진리를 부정하지 못하고,
> 진리는 진리만이 부정할 수 있다.
> ──「말하는 세계The Talking World」 중에서

그러나 이런 강한 힘은 약한 힘이 될 수도 있다. 이러한 시들을 성공시키는 데 필요한 높은 정신적 정밀성을 유지하기 위하여 로라 라이딩은 일종의 시적 벼랑 끝 전술을 펼 수밖에 없는데, 그 결과로 이길 때보다 질 때가 많다. 우리는 로라가 시를 떠나게 된 이유가 시 안에 잠재되어 있음을 알게 된다. 우리는 로라의 시를 대단히 존경하면서도 뭔가 빠져 있다는 느낌, 그것이 표현하고 있다는 경험의 전체 범위를 표현하지 못한다는 느낌을 받는다. 이런 결핍의 원천은 역설적이게도 로라의

언어관에 자리 잡고 있다. 그 언어관은 여러모로 시의 이상과 불화한다.

오라, 말들이여, 입으로부터,
입속의 혀로부터
혀 속의 무모한 마음으로부터
조심하는 머릿속의 입으로부터.

가라, 말들이여, 그곳으로.
목소리의 전율하는 실체에 의해
의미가 혼탁해지지 않는 그곳으로…….
　　　　　　　　　　　　　　—「가라, 말들이여,
　　　　　　　그곳으로Come, Words, Away」 중에서

　이것은 스스로를 패배시키는 욕망이다. 시야말로 언어가 입속에 남게 하고자 언어를 사용하는 것이다. 우리가 〈목소리의 전율하는 실체〉를 가장 깊이 체험하고 이해하는 방식이다. 로라 라이딩이 우리의 공감을 이끌어 내려고 하는 접근법에는 너무 차가운 구석이 있다. 만약 그가 추구하는 언어의 진실이 인간의 진실이라고 한다면, 인간적인 것을 희생시켜 그 진실을 얻으려 하는 일은 모순처럼 보인다. 말의 구체적 속성을 부정하는 것, 즉 말이 불완전한 인간의 불완전한 도구라는 사실을 부정하는 것이 바로 로라가 시도하려는 바이다.

그의 시적 열정이 최고조에 달했던 1938년의 『시 선집』 서문에서 로라 시의 동인(動因)인 초월의 욕망을 읽을 수 있다. 그는 이렇게 쓴다. 〈나는 여러분에게 시의 모든 존재 이유를 추구하기 위해 쓰인 시들, 방법론의 기록인 시들을 제공하려 한다. 시의 존재 이유들을 점진적으로 통합함으로써 시 속의 존재는 시간 속의 존재보다 더 사실성을 띠게 된다. 더 선량하기 때문에 더 사실적이고, 더 진실되기 때문에 더 선량한 것이다.〉 30년 뒤 로라는 시에 열렬히 반대하는 입장을 옹호하기 위해 거의 똑같은 논리를 편다. 〈시인에게는 시를 쓴다는 사실만으로 진실의 문제를 해결한 것처럼 보일 수 있다. (……) 그러나 시 안에서는 단지 예술의 문제만이 해결될 뿐이다. 예술의 정직성은 인공적 기술을 통해서만 성취되기 때문에 불가피하게 진실을 속이게 된다. 시의 예술은 다른 어떤 예술보다 더 교묘하고 극심하게 진실을 속인다. 왜냐하면 말해진 단어가 그 유일한 수단이기 때문이다.〉

심오하고 강렬한 것처럼 보이지만, 이 언명은 이상할 정도로 애매모호하다. 그가 말한 진실이란 구체적으로 무엇인지 규정되어 있지 않기 때문이다. 단지 그 진실이 시간 너머, 예술 너머, 감각 너머에 있다는 것 이외에는. 이러한 이야기는 우리를 플라톤적 관념론의 바다에 빠트려서 지금 우리가 어디에 있는지 알기 어렵게 만든다. 그뿐만 아니라 우리는 그의 말을 납득하지 못한다. 그것은 시에 관한 발언으로서는 별로 신빙성이 없어 보인다. 발언의 본질이 결코 시에 관한 것이 아니기 때문이다. 로라 라이딩은 분명 시의 범위를 넘어서는 문제들에 관심이 많다. 문제는 그것들이 마치 시의 유일한 관심사인 것처럼 강조함으로써 요지를 헷갈리게 만든다는 점이다. 그는 시의 객관적 부적합성 때문에 시를 포기한 것이 아니었다(시가 인간의 다른 행위에 비추어 적합하다거나 적합하지 않다고 볼 만한 근거는 없으므로). 단지 그가 볼 때, 시가 더는 자신이 말하고자 하는 바를 말할 수 없으므로 시를 포기한 것이었다. 그는 〈시의 한계에 도달했다〉라고 느낀 것이었다. 하지만 그가 도달한 곳은 시의 한계가 아니라 그의 한계인 것처럼 보인다.

그래서 1938년 이래 그는 언어를 전반적으로 탐구하는 일에 더 열중했으며, 『말하기』에서는 예전에 시를 통해 세심히 다루려 했던 많은 문제를 심도 있게 논의하는 것을 발견할 수 있다. 기존의 어떤 문학 장르로도 분류되지 않을 법한 그 책은 탈무드의 구조를 취하고 있다. 이 책의 핵심 부분인 「말하기」는 원래 50페이지가 채 안 되는 짧은 텍스트로, 각 문단에 일련번호가 붙어 있으며 1967년 『첼시Chelsea』지에 기고한 것이었다. 이 〈핵심 텍스트〉는 외부 사물을 거의 지칭하지 않는 아주 추상적인 산문으로 이루어져 있는데, 로라는 일련의 논평, 논평에 대한 논평, 주석, 부록 등을 추가하여 과거에 내린 여러 결론에 살을 붙이고 다양한 문학적·정치적·철학적 문제를 언급한다. 『말하기』는 로라가 자신의 의식을 대면하고 면밀히 살핀 기록이다. 〈인간의 궁극은 언어의 궁극으로 표현된다〉라는 사상에 근거하여, 그는 〈인간적으로 완벽한 언어 사용(《예술적으로 완벽한 언어 사용》과 반대되는 것)》의 이상을 추구한다. 그럼으로써 존재의 본성을 발굴하려고 한다. 또다시 그는 절대적인 것, 혹은 세상에 대한 요지부동의 통합된 비전을 향해 나아간다. 그는 말한다. 〈우리 존재의 본성을 우리가 날씨를 알듯이 알 수는 없다. 날씨는 순간의 감각을 통해서 아는 것이기 때문이다. 날씨는 계속 변하지만 우리의 존재, 인간성에 내재한 존재는 불변이다. (······) 그것은 변하지 않고 그대로 있는 것을 감각함으로써만 알 수 있다.〉 로라 (라이딩) 잭슨은 예전의 시인 신분을 괄호 속에 넣어 두었지만, 동시에 『말하기』를 시인으로서 했던 노력을 성공적으로 이어 가는 작업이라고 여긴다. 〈『말하기』에서 내가 말한 대로 말하는 일, 내가 그 책에서 말한 대로 이런 것들을 말하는 일은 시인으로서 품었던 희망의 한 부분이다.〉

『말하기』의 첫 문단은 책 전체에 걸쳐 그가 대면하는 문제의 핵심을 제시한다.

우리에 관해 뭔가 말해져야 할 것이 있고, 우리 모두는 그 말하기를 기다리고 있다. 본의 아닌 무지 속에서, 우리는 오래된 인간 생활, 새로운 인간 생활, 환상적인 인간 생활의 이야기들을 서둘러 듣는다. 그러면서 시원하게 대답되지 않은 궁금증의 시간이 지나가기를 간절히 바라는 것이다. 우리는 우리라는 존재가 설명 가능하지만 실제로는 설명되지 않음을 안다. 우리에 관해 별로 중요하지 않은 것들은 많이 말해졌지만, 정작 중요한 것은 말해지지 않았다. 사소한 것들로는 그 중요한 것의 자리를 채우지 못한다. 우리가 우리 자신이 아닌 그 어떤 것들에 대해 알게 되더라도(그것들도 우리의 보편적 세상에 존재하므로 우리가 알아야 하겠지만), 그 앎은 공허를 꺼트리지 못하고 공허로 남겨 두고 말 것이다. 우리 자신에 대해 빠진 이야기가 말해질 때까지, 그 밖의 공허한 이야기들은 결코 우리를 만족시키지 못할 것이다. 우리는 그 빠진 이야기를 계속 듣고 싶어 할 것이다.

여기서 우리에게 즉각적인 인상을 주는 것은 로라의 글쓰기가 대단히 화려하다는 점이다. 그 조용한 긴급함과 강력한 문장은 계속 그의 말을 듣고 싶은 마음이 들게 만든다. 우리는 전에 들었던 것과는 전혀 다른 무언가를 듣게 되리라는 기대감을 갖게 된다. 그 무언가가 너무나 중요해서 이어지는 말들에 귀 기울이는 것이 큰 이익이 되리라는 예감을 갖게 한다. 〈우리는 우리라는 존재가 설명 가능하지만 실제로는 설명되지 않음을 안다.〉 이어지는 문단에서 우리는 왜 과학이나 종교, 철학, 역사, 시 등 여러 학문이 우리의 존재를 설명해 주지 못하는지 듣게 된다. 갑자기 모든 것이 옆으로 제쳐진다. 사물에 대한 완전히 새로운 접근법이 보일 듯하다. 그러나 로라가 설명을 제공하는 지점에 이르면, 우리는 이미 만난 바 있는 저 신비하고 믿기 어려운 플라톤주의를 마주친다. 결국 로라는 자신이 만든 또 다른 신화를 제시하기 위해 기존 사상이 지닌 신화 만들기

굶주림의 예술

경향을 거부한 것처럼 보인다. 그의 신화는 기억의 신화인데, 달리 말하면 인간에게는 개인으로 분화되기 이전의 전인(全人) 시기를 기억하는 능력이 있다고 믿는 것이다. 그는 말한다. 〈우리의 다(多)가 모든 것을 포함하는 전(全)이 되기를. 한때 전일(全一)이었던 전(全)이 다시 일(一)이 되기를.〉 다른 곳에서는 이런 말도 한다. 〈우리가 우리의 창조를 기억하기를! 그 창조의 기억을 내부에 갖추기를. 그리고 인식하기를. 그 기억을 통하여 존재의 전(前) 시간이 있었고 그 시간으로부터 존재가 흘러와 지금의 우리가 되었음을 알기를.〉 문제는 우리가 그의 이런 신념을 의심한다는 데 있지 않다. 우리는 로라가 진정한 신비주의적 체험을 보고한다고 느낀다. 우리가 받아들이기 어려운 것은 그가 이런 체험이 모든 사람에게 가능하다고 본다는 사실이다. 어쩌면 그럴지도 모른다. 하지만 알 길이 없다. 안다고 하더라도 증명할 길이 없다. 로라 (라이딩) 잭슨은 이 순전히 개인적인 체험을 아주 엄격하고 객관적인 방식으로 언급한다. 그리하여 두 종류의 양립할 수 없는 담론이 서로 뒤섞인다. 그의 주관적 지각이 객관적 세계로 투사된다. 로라는 그 세계를 쳐다볼 때마다 자신이 발견한 사항들을 확인하게 된다. 그러나 그가 객관적 사실이라고 주장하는 것과 검증 가능한 사실은 구분이 불가능하다. 그 결과 우리에게는 공동의 장이 주어지지 않고 우리는 그와 신념을 나눌 장소를 발견하지 못하게 된다.

그렇지만 로라의 책을 쓸모없다고 내던져 버린다면 잘못된 일일 것이다. 설사 『말하기』가 약속을 이행하지 못했대도 멋진 문장과 창의적인 형태는 여전히 아주 귀중한 자료이다. 읽기가 짜증 나는 경우가 있기는 해도 엄청난 야심 때문에 비상한 책으로 남을 것이다. 더욱 중요한 사실은 그 책이 소급적으로나마 로라 라이딩의 과거 작품들에 대해 말해 준다는 것이다. 결국 그는 시인으로 읽히고 기억될 것이다. 그의 시관이 어떻든 우리는 로라를 중요한 시인으로 여길 수밖에 없다. 그의 시관에 동의하지 않는다고 해서 로라를 존경하지 못할 이유는 없다.

> 장미들은 봉오리, 아름답구나.
> 한 이파리가 모험을 향해 기울어진다.
> 장미들은 충만하고 모든 꽃잎은 앞으로 기운다.
> 아름다움과 힘은 서로 구분하기 어렵구나.
> 장미들이 만개하여 생명을 활짝 뿜낸다.
> 그 얼굴에 어린 죽음이 어려 있구나.
> 이어, 정지, 기울어짐, 그리고 추락.
> 하지만 아무도 〈장미가 죽었어〉라고
> 말하지 않는다.
> 하지만 인간은 죽는다. 그렇게 말하고 또 본다.
> 인간은 하나의 기나긴 뒤늦은 모험이니까.
> 그의 꽃봉오리는 하나의 목적,
> 그의 충만함은 더 큰 목적,
> 그의 만개는 재생,

그의 죽음은 비좁은 장소에서의

급박한 낙화.

경주의 호루라기가 불리기도 전에 달아나는

장미에 눈물 흘리지 마라.

인간에게는 그의 의지에 말고는

자비를 베풀지 마라.

그가 의지를 가지면 그의 일은 끝난 것이니.

진실의 자비, 그것은 진실이 되는 것.

　　　　　　　　　──「마지막 서약The Last Covenant」 중에서

　『말하기』의 보충 장 중 하나인 「의사 통신문으로부터의 발췌Extracts from Communications」에서 로라는 작가와 작품 사이의 관계를 설명하는데, 그것은 당초 그가 시인으로 품었던 야망을 잘 보여 준다. 〈만약 당신이 써낸 것이 진실하다면, 당신이 작가로서 진실하기 때문이 아니라 하나의 존재로서 진실하기 때문이다. 문학에는 진실과 등가를 이루는 것이 없다. 글쓰기에서 말해진 것이 진실하다면, 그것은 문학적 성취가 아니다. 단지 인간적인 성취인 것이다.〉 이런 생각은 좋은 사람만이 좋은 시를 쓸 수 있다는 벤 존슨의 문학 정신과 별반 떨어져 있지 않다. 이는 우리의 문학적 의식의 한 극단을 이루며, 시를 본질적으로 도덕의 틀 안에 위치시킨다. 시인 로라 라이딩은 이 원칙을 충실히 지키다가 위기의 순간에 도달했다. 그는 그것을 〈기술과 신념의 균열이 너무나 절대적이어서 메울 수 없

을 것 같은 위기의 순간〉이라고 느꼈다. 그는 시를 쓸 때, 예술의 요구가 언제나 진실의 요구를 압도한다고 결론지었다.

아름다움과 진실. 이 오래된 문제가 다시 등장하여 우리를 괴롭히는 것이다. 로라 라이딩은 그 둘 사이에서 자신의 시작 행위를 희생시켰다. 그는 자신이 그 오래된 문제에 답변을 했다고 생각하는 듯하나, 과연 그랬는지는 논쟁의 대상이다. 우리의 손에 남은 것은 그가 남긴 시들뿐이고, 우리는 무엇보다도 아름다움 때문에 그것들에 마음이 끌린다. 로라 라이딩을 태만한 시인이라고 부를 수는 없다. 확고한 원칙에 입각하여 그런 태만을 스스로 선택했기 때문이다. 약 40년의 부재 끝에 다시 등장한 이 시들은 고고학적 기적의 힘으로 우리를 강타한다. 마치 시간의 모래밭에서 새롭게 발굴된, 저 오래전에 실종된 도시처럼.

1975년

굶주림의 예술

케이크와 돌
베케트의 프랑스어에 관한 짧은 글

『메르시에와 카미에*Mercier et Camier*』는 사뮈엘 베케트가 처음 프랑스어로 쓴 소설이다. 1946년 탈고 후 1970년까지 출간되지 않았으며, 그의 장편들 중 영어로 번역된 마지막 작품이기도 하다. 그토록 오래 출간이 미뤄진 건 베케트가 이 작품을 아주 좋아하지는 않았음을 뜻할지도 모른다. 사실 그가 1969년에 노벨상을 수상하지 않았더라면 『메르시에와 카미에』는 아예 세상의 빛을 보지 못했을 듯하다. 베케트가 이 소설의 출간을 꺼렸다는 사실이 선뜻 이해되지 않는데, 비록 『머피*Murphy*』와 『와트*Watt*』를 떠올리게 하면서 1950년대 초의 걸작들을 고대하게 하는 과도기적 작품인 것은 분명하나 그럼에도 베케트의 다른 여섯 편의 소설에서는 볼 수 없는 특별한 강점과 매력을 지닌 뛰어난 작품이기 때문이다. 베케트는 그의 최고작이라고는 할 순 없는 작품에서도 여전히 베케트로 남아 있으며, 그를 읽는 건 그 누구를 읽는 것과도 다르다.

나이를 정확히 가늠할 수 없는 중년의 두 남자 메르시에와 카미에는 모든 걸 뒤로하고 여행을 떠나기로 한다. 플로베르의 부바르와 페퀴셰, 로럴과 하디, 그리고 베케트의 작품 속 다른 〈유사 커플〉처럼 둘은 별개의 인물이라기보다 함께 움직이는 두 구성 요소이고 상대 없이는 존재할 수 없다. 그들의 여행 목적은 밝혀지지 않고 목적지도 분명하지 않다. 〈그들은 여행에 나서기 전에, 여행에서 어떤 이득을 기대하고 어떤 불행을 염려해야 할지 최대한 차분하게 따져 보고, 어두운 면과 장밋빛 면을 번갈아 보면서, 긴 의논을 거쳤다. 의논을 통해 그들이 얻은 유일한 확신은, 미지의 땅으로 경솔하게 떠나선 안 된다는 것이었다.〉 쉼표의 대가 베케트는 이 몇 문장에서 목표에 대한 가능성을 전부 지워 버린다. 간단히 요약하면 메르시에와 카미에는 만나기로 합의하고, 만나고(힘든 소동을 겪은 후), 출발한다. 그들이 그 어디에도 닿지 못하고 도시의 경계를 두 번 건넌 게 전부라는 사실은 책의 진행에 전혀 방해가 되지 않는다. 이 책은 메르시에와 카미에가 무엇을 하는지에 관해서가 아니라 그들이 어떤 사람들인지에 관해 이야기하기 때문이다.

아무 일도 일어나지 않는다. 아니, 더 정확하게 말하자면, 일어난 일은 일어나지 않은 일이다. 보드빌 소품 같은 우산, 배낭, 비옷으로 무장한 두 주인공은 도시와 그 주위의 시골을 정처 없이 돌아다니며 다양한 사물들과 인물들을 만난다. 그들은 온갖 술집들과 공공장소들에서 자주 그리고 오래 쉬고, 엘랑이라는 마음 따뜻한 매춘부와 어울리고, 경찰 하나를 죽이고, 얼마 안 되는 소지품을 서서히 잃어버리고, 사이가 멀어진다. 이것

굶주림의 예술

들은 외적 사건들이며, 위트와 우아함, 비애를 지닌 문장들로 명확하게 서술되고 군데군데 아름다운 묘사(〈멀지 않은 바다가 동쪽으로 사라져 가는 골짜기들 너머로 살짝 보이는데, 희끄무레한 하늘의 벽처럼 희끄무레한 주춧돌의 모습이다〉)가 곁들여진다. 하지만 이 책의 진짜 알맹이는 메르시에와 카미에의 대화에 있다.

> 우리 할 말 없으면 아무 말도 하지 말자, 카미에가 말했다.
> 우린 할 말이 있어, 메르시에가 말했다.
> 그런데 왜 못 하는 거지? 카미에가 말했다.
> 못 하니까, 메르시에가 말했다.
> 그럼 조용히 있자고, 카미에가 말했다.
> 그래도 해봐야지, 메르시에가 말했다.

만델시탐의 『단테에 관한 이야기 *Разговор о Данте*』에 이런 유명한 구절이 있다. 〈지옥 편, 그리고 특히 연옥 편은 인간의 걸음걸이를 찬양한다. 걸음의 박자와 리듬, 발과 그 모양······ 단테에게는 철학과 시가 언제나 움직이고 언제나 서 있다. 가만히 서 있는 것도 갖가지 축적된 움직임이며, 사람들이 서서 말할 수 있는 자리를 만드는 것도 알프스에 오르는 것만큼 힘든 일이다.〉 단테의 가장 훌륭한 독자 가운데 하나인 베케트는 이러한 교훈을 철저하게 배웠다. 『메르시에와 카미에』의 산문은 신기하게도 걷는 속도로 움직이며, 얼마쯤 읽다 보면 말들

속 어딘가에 깊이 묻힌 조용한 메트로놈이 메르시에와 카미에의 도보 여행의 리듬을 맞추고 있다는 분명한 인상을 받기 시작한다. 멈춤, 공백, 대화와 서술의 갑작스러운 교대는 이 리듬을 깨기보다는 그 영향력(이미 확립된) 아래 자리하여 분열이 아닌 대위와 실현이라는 결과로 이어진다. 신비한 정적이 일종의 중력 혹은 고요로 각각의 문장을 감싼 듯하여, 독자는 문장과 문장 사이에서 시간을 흐름을, 아무런 서술이 이루어지지 않을 때조차 계속해서 움직이는 발걸음을 느낀다. 〈그들은 술집에 앉아, 습관대로, 이런저런 이야기를 나누었고, 그들의 대화는 뚝뚝 끊겼다. 그들은 각자 하고 싶은 대로, 혹은 마음이 시키는 대로 말을 했다가, 침묵에 빠져들었다가, 서로의 이야기를 들었다가, 듣지 않았다.〉

이러한 시간 개념은 물론 **타이밍**에 대한 개념과 직접적으로 연결되며, 『메르시에와 카미에』 다음에 곧바로 『고도를 기다리며 En attendant Godot』가 이어진 것도 우연이 아닌 듯하다. 어떤 면에서는 이 소설이 그 희곡의 준비 운동으로 보일 수도 있다. 극작품에서 완성된 무대 위 말장난이 소설에 이미 등장한다.

뭐로 드릴까요? 바텐더가 말했다.
당신이 필요해지면 그때 말하겠소, 카미에가 말했다.
뭐로 드릴까요? 바텐더가 말했다.
먼저 것과 같은 걸로, 메르시에가 말했다.

굶주림의 예술

손님은 드신 게 없는데요, 바텐더가 말했다.

이 신사분과 같은 걸로, 메르시에가 말했다.

바텐더는 카미에의 빈 잔을 보았다.

그게 뭐였는지 잊어 먹었습니다, 그가 말했다.

나도, 카미에가 말했다.

난 아예 모르지, 메르시에가 말했다.

　하지만 『고도를 기다리며』가 고도의 부재 — 그 어떤 존재보다 강력한 무대 장악력을 지닌 부재 — 라는 암묵적 드라마로 유지되는 데 반해 『메르시에와 카미에』는 공백 상태에서 진행된다. 한 순간에서 다음 순간으로 넘어갈 때 무슨 일이 벌어질지 예상하기란 불가능하다. 긴장감이나 음모로 고무되지 않은 행위는 완전에 가까운 정적이라는 배경에서 일어나는 듯하고, 말은 할 말이 아무것도 남지 않은 바로 그 순간에 말해지는 듯하다. 비는 작품의 첫 단락부터 마지막 문장까지(〈그리고 그는 어둠 속에서 더 잘 들을 수 있기도 하여, 긴 하루가 막았던 소리들, 이를테면 사람들의 웅얼거림, 그리고 물에 떨어지는 비 소리를 들을 수 있었다〉) 전체를 지배한다 — 끝없이 내리는 아일랜드의 비, 그것에는 형이상학적 관념의 지위가 허용되고 따분함과 괴로움 사이를, 그리고 비통함과 익살스러움 사이를 떠도는 분위기를 만든다. 희곡에서와 같이 등장인물들은 눈물을 흘리지만, 그건 슬픔을 씻어 내기 위해서가 아니라 눈물의 헛됨을 알기에 나오는 눈물이다. 마찬가지로, 웃음은 눈물이 소진되었을 때 나오는 것일 뿐이다. 모든 것이 시간의 침묵 속에서 서서히 이울어 가며 진행되고, 블라디미르와 에스트라공과는 달리 메르시에와 카미에는 구원에의 희망도 없이 견뎌 내야만 한다.

그 모든 것의 핵심어는 탈소유인 듯하다. 가진 것 없이 시작한 베케트는 더 적은 상태로 끝을 맺는다. 그의 작품들에서 움직임은 덜어 내기를 향하며, 그는 우리를 체험의 한계 — 미학적 판단과 도덕적 판단이 분리되지 않는 곳 — 로 이끈다. 이것이 그의 작품들 속 등장인물들의 여정이며 작가로서의 길이기도 했다. 『발길질보다 따끔함More Pricks than Kicks』의 풍부하고 복잡하고 경쾌한 산문에서 『잃어버린 사람들Le Dépeupleur』의 황량한 결핍에 이르기까지 그는 뼈대가 드러날 정도로 서서히 살을 줄여 왔다. 그가 30년 전 프랑스어로 글을 쓰기로 한 건 이러한 과정에서 분명 결정적인 사건이었다. 거의 상상도 할 수 없는 결정이었다. 그러나 다시 말하건대, 베케트는 다른 작가들과 다르다. 그는 작가로서 진가를 발휘하기 전에 자신에게 쉽게 주어졌던 것을 버려야만 했다. 문장가로서 타고난 재능과 싸워야만 했다. 지난 백 년 동안, 디킨스와 조이스를 제외하면 베케트의 초기 산문에서 볼 수 있는 힘과 지성을 지닌 영문학 작가는 없었을 것이다. 예를 들어 『머피』는 언어가 너무도 조밀하여 짧은 서정시의 밀도를 지닌다. 베케트는 프랑스어(그 자신이 〈스타일이 없다〉고 말한 언어인)로의 전환을 통해 기꺼이 처음으로 돌아가 다시 시작했다. 『메르시에와 카미에』는 이 새 삶의 시작점에 서 있으며, 우리가 주목해야 할 흥미로운 사실은 베케트가 영어 번역본에서 프랑스어 원본의 4분의 1 가까이를 쳐냈다는 점이다. 구절들, 문장들, 단락 전체가 버려져서 우리에게 주어진 건 번역본일 뿐 아니라 편집본이기도 하다. 이러한 손질은 이해하기 어렵지 않다. 원본에는 과거의 반향들이, 장식과 기발한 수식들이 지나치게 많이 남아 있으며, 비록 매우 훌륭한 내용이 상당량 사라지긴 했지만 베케트는 그것들이 살려 둘 만큼 좋지는 않다고 생각한 모양이다.

그럼에도, 아니 어쩌면 그 때문에 『메르시에와 카미에』는 거의 나무랄 데 없는 작품이 된다. 베케트가 몸소 번역한 그의 작품들이 모두 그러하듯, 이 번역본도 원본의 직역이라기보다 하나의 재창조, 영어로의 〈귀환〉이라고 할 수 있다. 프랑스어 원문이 아무리 간결해도 영어 번역에는 늘 약간의 부가 요소가 덧붙으며, 말씨나 뉘앙스를 살짝 비튼다거나 적시에 뜻밖의 단어를 넣는 등의 작업은 결국 베케트의 본원은 영어임을 상기시킨다.

조르주, 하고 카미에가 말했다. 샌드위치 다섯 개요. 네 개는 포장, 하나는 덤으로. 그는 코네르 씨를 우아하게 돌아보며 말했다. 아시다시피, 나는 모든 걸 고려하죠. 내가 여기서 먹을 샌드위치 하나는 나머지 네 개를 갖고 돌아갈 힘을 줄 겁니다.

궤변이로군요, 코네르 씨가 말했다. 다섯 개를 포장해서, 출발한 다음, 어질어질하면, 포장을 뜯어서, 하나를 꺼내서,

먹고, 기력을 되찾으면, 남은 걸 갖고 가요.

그렇게 대답했는데도 카미에는 먹기 시작했다.

그의 버릇을 잘못 들이고 있군, 코네르 씨가 말했다. 어제
는 케이크, 오늘은 샌드위치, 내일은 빵 껍질, 그리고 목요일
에는 돌.

겨자, 카미에가 말했다.

여기엔 프랑스어를 능가하는 간결함이 있다. 〈raisonnement
du clerc(학자의 논법)〉은 〈sophistry(궤변)〉로, 〈pain sec(딱딱
한 빵)〉은 〈crusts(빵 껍질)〉로 옮겼고, 〈crusts〉는 다음 문장의
〈mustard(겨자)〉와 모음운을 이루어 이 대화에 원문보다 만족
스러운 깔끔함과 경제성을 부여한다. 모든 것이 최소한으로 줄
었고, 단 하나의 음절도 부적절하지 않다.

우리는 케이크에서 돌로 움직이고, 베케트는 한 페이지 한
페이지 거의 무에서 하나의 세계를 구축한다. 메르시에와 카미
에는 여행을 떠나고, 어디로도 가지 않는다. 하지만 여정의 걸
음걸음마다 우리는 그들이 있는 바로 그곳에 있고 싶어진다.
베케트가 어떻게 그걸 가능하게 만드는지는 수수께끼다. 그의
작품들에서는 적은 것이 좋은 것이다.

1975년

굶주림의 예술

추방의 시

파울 첼란은 루마니아에서 태어난 유대인이었고 프랑스에 살면서 독일어로 시를 썼다. 제2차 세계 대전의 희생자였고 강제 수용소에서 살아남았으며 쉰이 되기 전에 자살했다. 첼란은 추방의 시인이었고 자신이 쓴 시의 언어에서조차 국외자였다. 그의 생애는 고통의 전형적 사례였고 20세기 중반 유럽에서 벌어진 일탈과 파괴의 표상이었다. 그의 시는 도전적일 정도로 특이하고 언제나 절대적으로 그의 것이었다. 독일에서 그는 릴케와 트라클의 동급으로 여겨지고 횔덜린의 형이상학적 서정성을 계승한 시인으로 평가된다. 다른 곳에서도 그의 작품은 높이 평가되는데, 조지 스타이너는 최근 이런 말을 했다. 〈첼란은 1945년 이후 유럽의 주요 시인 중 한 사람이다.〉하지만 첼란은 아주 읽기 어려운 시인이다. 그의 시어는 조밀하면서도 불투명하다. 그는 독자에게 많은 것을 요구한다. 특히 후기 시는 너무나 격언적이어서 여러 번 거푸 읽어도 제대로 이해하기가 어렵다. 아주 지적이고 현기증 나는 언어의 힘을 구사하는 첼란 시는 페이지 위에서 폭발적인 힘으로 튀어 오르고, 따라서 그의 시를 처음 읽는 사람들은 아주 인상적인 경험으로 그 만남을 기억하게 된다. 가령 홉킨스나 에밀리 디킨슨의 시를 처음 발견했을 때 느끼는 기이하면서도 흥분된 느낌을 받는 것이다.

첼란은 1920년 부코비나의 체르노비치에서 태어났고 본명은 파울 안첼이다. 그곳은 한때 합스부르크 제국의 일부였던 만큼 여러 언어가 뒤섞인 지역이었다. 독일-소련 불가침 조약이 맺어진 뒤인 1940년 소련에 합병되었고 그다음 해 나치에 점령되었으며 1943년에는 소련에 재점령되었다. 첼란의 부모는 1942년 강제 수용소에 보내졌고 돌아오지 못했다. 수용소에서 간신히 도망친 첼란은 1943년 12월까지 강제 노동 수용소에 있었다. 1945년 부쿠레슈티로 갔고 그곳에서 번역가, 출판사 교정원 등으로 일했으며 1947년 빈으로 갔다가 1948년 마침내 파리에 영구 정착했다. 그는 그곳에서 결혼했고 고등 사범 학교의 독일 문학 교사로 취직했다. 그의 작품으로는 일곱 권의 시집과 만델시탐, 웅가레티, 페소아, 랭보, 발레리, 샤르, 뒤 부셰, 뒤팽 등 외국 시인 20여 명의 시를 번역한 시집이 있다.

첼란은 시작(詩作)에 뒤늦게 손대기 시작하여 서른 살이 다 되어서야 첫 시집을 발간했다. 따라서 그의 모든 시는 유대인 대학살 이후에 쓰였고 도처에 그 기억이 스며들어 있다. 말할 수 없는 것을 말하려는 것이 그의 시이고, 그의 시는 말해질 수 있는 것의 한계를 계속 위협한다. 첼란이 그 어떤 것도 잊어버

　　　　　　　　　　굶주림의 예술

리지 않고 또 용서하지 않기 때문이다. 전쟁 도중 부모가 사망한 사건과 자신이 겪은 체험들이 첼란 시 전편을 통하여 강박적으로 되풀이되는 주제이다.

> 추방으로 인해
> 물 뿌려진 이름들과 함께.
> 이름들과 씨앗들과 함께,
> 당신의 고귀한 피로 가득찬 꽃받침 속으로,
> 게토-장미의 꽃받침 속으로
> 가라앉은 이름들과 함께,
> 그 장미로부터 당신은 우리를 바라본다
> 아침 심부름으로 그토록 많은 이들이 죽었으되
> 영원히 죽지 않는 당신은.
> ──「왕관을 쓰고Hinausgekrönt」 중에서

전후에도 첼란의 삶은 불안정했다. 그는 심한 박해감으로 고통받았고, 그 영향으로 만년에는 반복해서 신경 쇠약에 시달렸다. 결국 1970년에 더는 못 견디고 센강에 투신 자살했다. 첼란은 짧은 창작 기간에 수백 편의 시를 써내면서 슬픔과 분노를 토로했다. 첼란 시처럼 분노하는 시는 없으며 첼란 시처럼 쓸쓸함의 기억이 강하게 침투된 시도 없다. 첼란은 과거의 괴룡(怪龍)과 계속 대결을 벌였고 결국에는 괴룡에게 잡아먹히고 말았다.

「죽음의 푸가Todesfuge」는 첼란의 최고 시는 아니나 그를 유명하게 만들어 준, 가장 널리 알려진 시이다. 이 시는 전쟁이 끝나고 몇 년 뒤인 1940년대 후반에 나왔는데, 〈아우슈비츠 이후 독일어로 시를 쓰는 것은 불가능하다〉라는 아도르노의 논평과 좋은 대조를 이룬다. 「죽음의 푸가」는 강제 수용소를 직접 언급할 뿐만 아니라 그 형태가 끔찍이도 아름다워 독일 독자들에게 강한 영향을 주었다. 이 시는 말로 된 푸가이다. 계속 두드려 대는 듯한 리듬의 반복은 아주 비좁은 공간, 가시철조망으로 둘러싸인 감옥처럼 밀폐된 공간을 연상시킨다. 두 페이지 정도에 걸친 이 시는 다음 두 연으로 시작하고 끝난다.

새벽의 검은 우유, 우리는 그것을 황혼에 마신다
우리는 한낮에도 동틀 무렵에도 마신다 밤에도 마신다
우리는 마시고 또 마신다
우리는 공중에 무덤을 판다 거기에는 우리 모두를 위한 방이 있다
한 남자가 집에 산다 그는 뱀들과 논다 글을 쓴다
어둠이 내리면 독일에 편지를 쓴다 황금빛 머리칼의 마르가레테여
글을 쓰고 집 밖에 나서면 별들이 반짝인다
그는 휘파람을 불어 사냥개들을 부른다
그는 유대인들에게 휘파람을 불어 땅속에 무덤을 파게 한다

굶주림의 예술

그는 우리에게 명령한다 그 춤을 위해 연주하라고

(……)

새벽의 검은 우유, 우리는 당신을 밤중에 마신다

우리는 한낮에 당신을 마신다 죽음은 독일에서 온 주인

우리는 황혼에도 동틀 무렵에도 당신을 마신다 우리는
마시고 또 마신다

죽음은 독일에서 온 주인 그의 눈은 푸르다

그는 납 탄환으로 당신을 쏜다 그의 겨냥은 정확하다

한 남자가 집에 산다 황금 머리칼의 마르가레테여

그는 우리를 잡으려 사냥개들을 푼다 그는 우리에게 공
중 무덤을 준다

그는 뱀들과 논다 꿈을 꾼다 죽음은 독일에서 온 주인

너 황금 머리칼의 마르가레테여

너 잿빛 머리칼의 술라미트여

「죽음의 푸가」는 놀라운 절제력과 정서적 주제의 형태적 승
화에도 불구하고 뜻이 잘 드러나는 시이다. 1960년대 중반 첼
란은 이 시에 혐오감을 느껴서, 시 선집에 이 시가 실리는 것을
허락하지 않았다. 당시 그의 시는 아주 추상적인 경지를 탐사
하는 중이었는데 「죽음의 푸가」는 뜻이 너무 명백하고 사실적
이라고 생각했기 때문이었다. 이런 사실을 감안하고 이 시를

살펴보면 첼란 시 전편에서 발견되는 공통적 특징을 많이 발견할 수 있다. 언어의 긴장된 에너지, 개인적 고뇌의 객관화, 감정과 이미지 사이의 비상한 거리 두기 등이 그것이다. 첼란은 일찍이 자기의 시에 대해 이렇게 논평한 바 있다. 〈이 언어에서 중요한 것은 (……) 정확성이다. 그 언어는 형체를 바꾸지도 않고 시화(詩化)하지도 않는다. 그것은 이름을 지어 주고 구성한다. 그것은 소여와 가능의 범위를 측정하려고 애쓴다.〉

가능이라는 개념은 첼란의 시에서 핵심이 되는 주제이다. 이 개념을 통해 첼란의 시관, 혹은 첼란의 현실 감각에 침투할 수 있다. 이처럼 첼란 시에 스며든, 〈리얼〉한 것에 대한 욕망을 이해하지 못한다면 첼란의 또 다른 언명(〈리얼리티는 존재하지 않으며, 직접 탐구하여 획득해야 한다〉)은 우리에게 커다란 혼란감을 안겨 줄 수 있다. 이렇게 말하는 첼란은 주관성으로 침잠하자거나 상상적 세상을 구축하자고 주장하는 것이 아니다. 시가 탐색해야 할 거리를 규정하고, 모든 가치가 전도된 세상의 모호성을 정의하자는 것이다.

말하라 —
하지만 예와 아니요를 구분하지 마라
너의 발언에 이런 의미를 부여하라:
그것에 그늘을 주어라.

그늘을 충분히 주어라

굶주림의 예술

한밤과 한낮과 한밤이 나뉘어
너를 둘러싼 것을 알 수 있을 만큼,
그만큼 충분히 주어라.

주위를 돌아다보라:
그것이 어떻게 갑자기 살아 오르는지 보라 —
죽음이 있는 곳에서! 살아 오르는 것이다!
그늘을 말하는 자 진실을 말하는 자이다.
　　　　　—「말하라, 너 또한Sprich auch du」 중에서

　1958년 브레멘시에서 중요한 문학상을 수상한 직후 한 연설에서, 첼란은 전쟁 이후 그에게 온전히 남은 것은 언어뿐이라고 말했다. 비록 그 언어가 〈죽음을 가져오는 말의 천 가지 어둠〉을 통과했지만 말이다. 그가 말하는 언어는 독일어, 즉 나치의 언어이면서 그의 시의 언어이다. 첼란은 말했다. 〈이 언어로 시를 쓰려고 했습니다. 나 자신의 리얼리티에 대해 어떤 조망을 얻기 위해서 말입니다.〉 이어 그는 시를 병 속에 든 메시지에 비유했다. 〈언젠가 그 병이 저쪽 해안가에 도착하기를 바라면서 힘껏 병을 던지는 것입니다. 마음의 해안가에 말입니다. 이런 의미에서 시는 현재 진행형입니다. 시는 무엇인가를 향해 나아가고 있습니다. 그 무엇은 어떤 것일까요? 사람이 살 수 있는 탁 트인 공간, 말을 건넬 수 있는 당신, 혹은 우리가 손으로 어루만질 수 있는 리얼리티.〉

따라서 시는 이미 알려진 세상을 기록하는 것이 아니라, 세상을 발견하는 과정이다. 그러한 글쓰기 행위는 첼란에게 있어 개인적 모험을 요구한다. 첼란은 자신을 표현하기 위해서가 아니라 삶을 정립하고 이 세상에 우뚝 서기 위해 시를 썼다고 할 수 있다. 바로 이런 절박한 필요의 느낌이 독자들에게 강하게 호소한다. 첼란 시는 문학적 유물 이상의 것이다. 그것은 살아남기 위한 수단이다.

반 고흐를 논한 1946년의 논문에서 마이어 샤피로는 리얼리즘의 개념을 진술했는데, 그것은 첼란 시에도 그대로 적용될 수 있다. 〈나는 오늘날 통용되는 좁은 의미의 리얼리즘을 지지하지 않는다. 리얼리즘이란 결국 외부적 리얼리티를 강력한 욕망이나 욕구의 대상, 인간이 소유하거나 성취할 수 있는 것으로 보는 태도이다. 이 때문에 리얼리티는 예술의 필연적 터전이 된다.〉 이어 마이어 교수는 〈나는 가능한 것으로부터 달아나는 것이 두렵습니다〉라는 고흐의 말을 인용하면서 다음과 같이 주장한다. 〈개개의 대상을 축소하는 원근법에 대항하면서 고흐는 대상을 실물보다 더 크게 만든다. 물감을 두껍게 사용하는 것은 이런 전략의 일환이다. 사물의 이미지에 유형의 물성을 포함하고, 사물 못지않게 단단하고 구체적인 것을 캔버스 위에 창조하려는 광기 어린 노력의 일환이다.〉

인생관과 예술관이 고흐와 비슷한 첼란은, 고흐가 물감을 사용한 방식으로 언어를 사용했다. 그래서 두 사람의 작품은 그 정신이 비슷한 바가 많다.[6] 반 고흐의 화필이나 첼란의 문장

굶주림의 예술

은 구상화를 지향하지 않았다. 그들이 볼 때 〈객관적〉 세계는 그들 자신의 지각과 깊이 연계되어 있었다. 리얼리티에 침투하려는 노력 없이 리얼리티를 파악하기란 불가능하다고 보았다. 예술을 계속해서 이어지는 과정으로 보고 작업해 나가고자 했던 태도는 이런 욕망과 관련이 있다. 반 고흐가 그린 대상이 〈리얼리티처럼 리얼한〉 구체성을 획득한 것과 마찬가지로, 첼란의 시어도 사물의 조밀성을 지녔다. 첼란은 시어에 실체성을 부여했고, 그리하여 시어가 단순히 거울 노릇을 하는 게 아니라 이 세상, 혹은 그의 세상의 일부가 되게 했다.

첼란의 시들은 직접적인 해설을 거부한다. 그의 시는 A에서 B로 움직이거나 단어에서 단어로 건너뛰는 직선적 진행을 하지 않는다. 그의 시는 조밀한 의미로 짜인 복잡한 그물망으로서 모습을 드러낸다. 여러 언어로 이루어진 말장난, 간접적인 신상 발언, 의도적으로 잘못한 인용, 괴상한 신조어, 이런 것들이 첼란 시를 묶어 주는 힘줄이다. 그의 시를 순서대로 따라간다거나 모든 단계의 국면 전환을 그대로 읽어 내기란 불가능하다. 그의 시를 읽을 때는 텍스트를 꼼꼼히 읽기보다 시 전체의 어조나 의도를 따라가는 편이 낫다. 첼란은 명시적으로 말하지 않으나, 의사를 명백하게 전달하지 못하는 일은 없다. 그의 시에는 군더더기가 없고 지각을 방해하는 불필요한 요소가 없다. 독자는 마치 삼투압이 작용하듯 자신의 피부로 미묘한 뉘앙스, 어조, 문맥의 왜곡 등을 파악한다. 이것들은 시의 분석적 내용 못지않게 중요한 요소들로서 시의 의미를 이룬다. 첼란의 문장 조직 방법은 조이스의 『피니건의 경야』의 그것과 비슷하다. 그렇지만 조이스의 소설이 축적과 팽창의 예술로 무한을 향해 소용돌이쳐 내려가는 나선형이라면, 첼란의 시는 계속해서 안쪽으로 붕괴하면서 그 시의 전제들을 부정하고, 그리하여 제로의 상태에 거듭 도달한다. 우리는 부조리의 세계에 도달하는데, 그 세계에 순응하기를 거부하는 정신에 의하여 그곳까지 인도된 것이다.

첼란의 후기 시 중 하나인 「라르고Largo」를 살펴보자. 독자들이 첼란 시를 읽을 때 늘 만나게 되는 난해함의 전형적 사례이다.[7] 마이클 햄버거는 이 시를 이렇게 번역했다.

같은 마음을 가진 당신, 황야를 헤매는 가까운 자:
우리는 죽음보다 더 큰 크기로
함께 누워 있네
가을의 크로커스, 시간이 없는 자,
우리의 숨 쉬는 눈꺼풀 밑에 붐비고,
한 쌍의 검은 새
우리 곁에 매달려 있네
저기 저 위에 있는 우리의
표류하는 하얀 친구들 아래

그들은 우리의 유전(流轉).

그러나 독일어 원시는 번역 시에서 빠져나가는 것들을 잘 보여 준다.

Gleichsinnige du, heidegängerisch Nahe:

über-

sterbens-

gross liegen

wir beieinander, die Zeit-

lose wimmelt

dir unter den atmenden Lidern,

Das Amselpaar hängt

neben uns, unter

unsern gemeinsam droben mit-

ziehenden weissen

Meta-

statsen.

첫 행의 〈heidegängerisch(황야를 헤매는 자)〉는 명백하게 하이데거를 암시하는데, 그의 사상은 많은 점에서 첼란과 비슷했으나 친나치 세력으로 살인자들의 편에 섰다. 첼란은 1960년대에 하이데거를 방문한 바 있다. 두 사람이 무슨 말을 나눴는지는 알려지지 않았지만, 전쟁 중에 하이데거가 취한 입장을 논했을 것으로 추측해 볼 수 있다. 이 시가 하이데거를 암시한다는 사실은 그의 철학서에 자주 나오는 말인 Nahe(가까운), Zeit(시간) 등으로 뒷받침된다. 바로 이것이 첼란의 방식이다. 그는 그 무엇도 직접적으로 지칭하지 않는다. 그는 언어의 피륙으로 의미를 짜 넣으면서 보이지 않는 것을 위한 공간을 창조한다. 이것은 우리가 걸을 때 풍경의 전개와 함께 생각이 펼쳐지는 방식과 유사하다.

3연에는 두 마리의 검은 새가 나온다(검은 새는 동화의 단골손님으로 주로 수수께끼를 의미하며 나쁜 소식을 가져온다). 독일어 원시에 〈Amsel〉이라는 단어가 나오는데, 첼란의 본명인 〈Anczel〉을 떠올리게 한다. 동시에 귄터 그라스의 장편소설 『개 같은 날들Hundejahre』을 환기시킨다. 전쟁 시기 유대인과 나치의 애증 관계를 묘사한 소설이다. 이 소설의 유대인 주인공 이름이 〈Amsel〉이다. 조지 스타이너의 말을 빌리자면, 『개 같은 날들』 전반에 걸쳐 〈하이데거의 형이상학적 용어를 절묘하게 비틀어 놓은 패스티시가 펼쳐진다.〉

시 끝 부분에 나오는 〈저기 저 위쪽에 있는 우리의 / 표류하는 하얀 친구들〉은 대학살의 유대인 희생자들을 가리킨다. 화장장에서 태워진 시체들의 연기를 가리키는 것이다. 「죽음의 푸가」 같은 초기 시에서 「라르고」 같은 후기 시에 이르기까지 유대인 희생자들은 허공에 살고 있다. 우리가 매일 숨 쉬는 바로 그 공기 중에 있다. 사람의 영혼이 연기로 화하고 먼지가 되고 다시 공중의 허무가 되어 버린 것이다. 그것이 〈우리의 유

굶주림의 예술

전)인 것이다.

유대인 대학살에 대한 첼란의 집착은 역사적 사실 너머까지 거슬러 올라간다. 첼란에게 그것은 원초적 순간, 전 우주 최초의 원인이며 최후의 결과이다. 첼란은 하느님에게서 버림받은 사람 같은 목소리로 말하고 있지만 실은 종교적인 시인이다. 그는 무의미한 것으로부터 의미를 만들어 내려는 노력을 멈추지 않는다. 유대인의 정체성을 정면에서 파악하려고 애쓴다. 부정, 신성 모독, 아이러니가 경건한 신앙의 태도를 대신한다. 그는 정의의 형태들을 모방한다. 성경 구절들은 왜곡되고 전도되어 구절들끼리 서로 모순을 일으킨다. 그렇게 함으로써 첼란은 절망의 근원, 모든 사물에 깃든 부재에 다가간다. 첼란의 〈부정의 신학〉에 대해 많은 말이 있어 왔다. 그것은 「시편 Psalm」의 첫 연에 잘 표현되어 있다.

아무도 다시는 흙과 진흙으로 우리를 빚지 않는다,
아무도 우리의 먼지를 논하지 않는다.
아무도.

우리는 그대를 찬미한다, 아무도 아닌 자여.
그대를 위해 우리는
활짝 피어나려 한다.
그대를
향하여.

아무것도 아닌 것,
우리는 과거에도 그랬고, 지금 그러하며,
앞으로도 그러하리라, 활짝 피어나며:
아무것도 아닌 것,
아무도 아닌 자의 장미.

생애 마지막 10년 동안, 첼란은 자신의 시를 새로 가다듬어 지도 없는 새로운 땅으로 걸어 들어갔다. 초기 시의 긴 시행과 호흡은 간략하면서도 거의 헐떡거리는 형태로 바뀌었다. 단어 들은 음절로 분리되었고, 비정통적인 말의 덩어리가 고안되었 으며, 초기 시의 환원주의적이고 자연스러운 어휘들은 과학, 기 술, 정치적 사건에 대한 언급으로 대체되었다. 제목 없는 짧은 시들은 직관의 섬광을 따라 재빠르게 움직이고, 그 메시지는 마이클 햄버거가 지적한 바와 같이 〈급박하면서도 과묵하다〉. 그 시들 속에는 위축과 확대가 공존한다. 첼란은 내면의 가장 깊은 곳을 여행함으로써 자신을 버리고 자신보다 더 큰 힘에 합류한 듯하다. 동시에 고립으로 더욱 깊이 침잠한 듯하다.

회흑색 황무지 저 너머에
실낱 같은 햇살.
나무 높이의
생각은 빛의 음조를 터트리고
인류를 넘어선 곳에

아직 부를 만한
노래가 있나니.

이러한 시들에서 첼란은 목표를 아주 높게 설정했고, 그 목
표에 부합하기 위해 자기 자신을 넘어서야 했다. 정체성에 매
달리기 위해 허공 속으로 삶을 밀어 넣어야 했다. 처음부터 재
앙으로 끝날 수밖에 없는, 불가능한 투쟁이었다. 시가 영혼을
구제하거나 세상을 회복시켜 줄 수는 없는 노릇이니까. 시는
단지 주어진 것을 확인할 뿐이니까. 결국 첼란의 절망은 너무
커져서 감당할 수 없는 것이 되었고, 그리하여 세상은 첼란에
게 더는 존재하지 않게 되었다. 아무것도 남지 않았으므로 더
는 할 말이 없게 되었다.

당신은 나의 죽음,
모든 것이 나로부터 떨어져 나갈 때
나는 당신을 붙들 수 있으리라.

1975년

추방의 시   97

순수와 기억

제1차 대전의 참호에서 썼던 초기 시에서 노년의 후기 시까지 주세페 웅가레티의 작품은 죽음과 대면해 온 하나의 장구한 기록이다. 웅가레티의 시는 어조가 신비하고 분노의 범위가 좁으며 전적으로 자연 세계에서 가져온 이미지로 구축되어 있다. 그럼에도 미리 예상할 수 있는 뻔한 결과를 피하며 기법의 제약적인 면에도 불구하고 무한한 에너지와 창의력을 지녔다는 인상을 준다. 웅가레티의 시어는 가볍게 사용되는 법이 없다. 〈내가 침묵 중에 어떤 시어를 발견하면 그것은 심연처럼 내 생활에 들어와 박힌다.〉웅가레티 시의 힘은 바로 이런 절제에서 흘러나온다. 50년 이상 시를 쓴 사람치고 웅가레티는 1970년 사망할 때까지 그다지 많은 작품을 발표하지 않았다. 그래서 그의 시 전집은 2백여 페이지에 불과하다. 선배인 말라르메와 마찬가지로 웅가레티 시의 원천은 침묵이다(물론 방법은 아주 다르지만). 그의 시는 표현 자체의 엄청난 어려움에 대한 표현이다. 그의 시를 읽으면 마지못해 시어들을 종이 위에

굶주림의 예술

적은 듯한 느낌이 든다. 그래서 아주 강력한 단어들도 곧 사라질 위험에 처한 듯하다.

1888년에 태어난 웅가레티는 파운드, 조이스, 카프카, 트라클, 페소아 등의 현대 작가들과 같은 세대이다. 그들과 마찬가지로 웅가레티의 중요성은 문학적 업적뿐만 아니라 이탈리아 후대 작가들에게 끼친 영향으로도 평가받는다. 웅가레티 전에는 이렇다 할 이탈리아 현대 시가 존재하지 않았다. 그의 첫 시집 『매몰된 항구*Il porto sepolto*』가 1916년 80부 한정판으로 출판되었을 때, 그것은 아무런 선례가 없어서 하늘에서 뚝 떨어진 듯했다. 짧은 파편 같은 시들, 길이가 메모나 비문 정도밖에 안 되는 시들은 당시 이탈리아 시단을 지배하던 19세기 후반의 문학적 규약에서 훌쩍 벗어나 있었다. 끔찍한 전쟁 상황은 새로운 종류의 표현력을 요구했고, 당시 막 시적 훈련을 마친 웅가레티에게 전선은 모든 타협의 무용성을 가르쳐 준 훈련장이었다.

보초Veglia

치마 콰트로, 1915년 12월 23일

하룻밤 내내
학살당한 동료 병사
옆에 웅크리고 있었다
그의 위협적인 입은
보름달 쪽으로 돌아가 있었고

통통 부어오른 손은

내 침묵 안으로 들어온다

나는 사랑이 가득한

편지를 썼다.

그처럼 삶에 꼭 매달린

적이 없었다.[8]

   당대 이탈리아 시에 비하면 간결하면서도 강건한 그의 초기
시는 다소 격렬해 보이지만, 웅가레티는 시단의 반항아가 아니
었다. 그의 작품에는 미래파나 다른 아방가르드 그룹의 특징이
었던 자의식적 사보타주 정신이 전혀 없었다. 웅가레티에게 과
거와의 결별은 문학적 전통을 포기하는 것이 아니라, 바로 앞
의 선배 시인들이 다룬 것보다 훨씬 오래된 과거와의 연계를
강조하는 방식이었다. 그는 자신과 자신의 진정한 원천 사이에
놓인 땅들을 정리했다. 그는 다른 독창적인 예술가들처럼 자
신만의 전통을 창조했다. 만년의 웅가레티는 비평 작업을 많이
했고 공고라, 셰익스피어, 라신, 블레이크, 말라르메 같은 외국
시인들의 시도 많이 번역했다.

   웅가레티가 자신만의 시적 과거를 발명하려 했던 이유는 어
쩌면 어릴 적의 특수한 생활 환경 때문이었을 것이다. 출생지와
교육 환경 덕분에 그는 이탈리아에서 태어나 자란 사람의 제
약에서 많이 벗어날 수 있었다. 그는 토스카나 농부 집안 출신
이었으나 스물네 살이 될 때까지 이탈리아 땅에 발을 딛은 적

굶주림의 예술

이 없다. 원래 루카 출신인 그의 아버지는 수에즈 운하 건설 공사에 참가하기 위해 이집트로 이민했다. 웅가레티가 태어날 무렵 그는 알렉산드리아 보하렘만에 있는 아랍인 구역에서 제과점을 운영했다. 웅가레티는 프랑스 학교에 다녔다. 그가 유럽을 처음 경험한 것은 제1차 세계 대전이 벌어지기 1년 전 파리에서였다. 파리에서 피카소, 브라크, 데 키리코, 막스 자코브를 만났고 아폴리네르와 친한 친구가 되었다(제1차 세계 대전이 휴전된 1918년 그는 파리로 이사한 뒤 아폴리네르가 좋아하던 이탈리아 시가를 가지고 그의 집을 찾았으나 아폴리네르가 사망한 직후였다). 이탈리아 군대에서 복무한 시기를 제외하면 웅가레티는 1921년까지 이탈리아에 살지 않았다. 1921년이면 시인이 되어야겠다고 마음을 굳힌 지 오래된 무렵이었다. 웅가레티는 문화적 혼혈인이었고 그의 과거를 구성하는 다양한 요소가 끊임없이 작품 속으로 흘러들었다. 이러한 점은 장시 「강들I fiumi」에 잘 표현되어 있는데, 시의 마지막 부분은 이러하다.

나는 인생의 계절들을
살펴보았다.

이것들이
나의 강들이다.

이것은 세르키오강이다.

지난 2천 년 동안 내 나라의 농부들이
물을 길러 왔고 나의 부모 또한 그러했다.

이것은 나일강이다.
나의 탄생과 성장을 지켜보았고
그 드넓은 평야에서 내가 알지 못하는 것들로
괴로워하는 모습을 지켜보았다.

이것은 센강이다.
그 어지러운 흐름 속에 뒤섞이며
나를 재형성했고
나 자신에 대해 알게 되었다.

이것들이 내가 이손초강에서
헤아려 본 강들이다.

이것은 나의 향수
각각의 강에서 느낄 수 있다.
이제 밤이 되었고
인생은
그림자들의 화관처럼
보인다.

굶주림의 예술

이런 초기 시에서 웅가레티는 과거를 영원한 현재의 형태로 파악하려 한다. 시간은 지속하는 상태로 존재하는 것이 아니라, 하나의 축적물 혹은 각 순간의 집적으로 존재하면서 기억 속에서 되살아나 현재에 가까이 있는 것으로 등장한다. 순수와 기억 (웅가레티 에세이의 프랑스어판에 붙은 제목)은 웅가레티 시에 박힌 두 개의 모순된 열망이다. 그의 모든 시는 자아의 과거를 파괴하지 않고 자아를 새롭게 하려는 끊임없는 노력이다. 웅가레티의 가장 중요한 관심사는 정신적으로 자기를 정의하기 위한 탐구인데, 달리 말하면 시간의 통제를 벗어난 자신의 본질을 발견하려는 것이다. 그 탐구는 항구성과 비항구성 사이에서 펼쳐지는 드라마이고 근본에는 인간의 죽음이 있다. 전쟁 시 「보초」에서 보이듯이 웅가레티는 죽음과 대면할 때 생을 가장 강렬하게 느낀다. 자신의 다른 시를 논평한 글에서 웅가레티는 그 과정을 이렇게 설명한다. 〈그것은 비존재로부터 나오는 존재를 아는 것, 무로부터 파생되는 존재를 아는 것, 유가 곧 무로부터 나온다는 파스칼적 앎이다. 끔찍한 역설의 의식이다.〉

웅가레티의 초기 시가 기본적으로 종교적인 색채를 띤다고 보더라도 이 시들에 깃든 감수성은 수도사의 것이 아니다. 또 정신의 문제를 해결하려면 육체적인 것을 부정하라고 제시하는 법도 없다. 그 시들을 지탱하고 또 생명을 주는 것은 사실 영 (靈)과 육(肉)의 갈등이라고 할 수 있다. 웅가레티는 모순의 사람이다. 그는 시에서 자신을 〈고통의 인간〉이라고 지칭했는데, 동시에 열정과 욕망의 인간이기도 하다. 그는 〈맹렬한 혼음〉에 갇히는가 하면, 〈네 허리춤의 암말 / 너를 고뇌 속으로 밀어 넣고 / 나의 노래하는 품 안으로 뛰어들게 한다〉라고 노래하기도 한다. 따라서 죽음에 집착하는 그의 태도는 병적인 자기 연민이나 피안에 대한 욕구에서 나오는 것이 아니라 살고 싶다는 야만적 욕망에서 나오는 것이다. 격렬한 관능성과 구체적인 사물의 세계에 대한 굳센 집착 때문에, 그의 시들은 사랑과 허영이라는 불화하는 힘들의 갈등 사이에서 팽팽해진다.

두 번째 주요 시 선집인 『시간의 감정*Sentimento del Tempo 1919-1935*』에서부터 시작되는 후기 시에서, 과거와 현재의 거리는 더 멀어진다. 그 균열이 너무 커져서 의지의 행동 혹은 은총의 행동으로 메울 수 없어지고 만다. 파스칼도 그렇고 레오파르디도 그렇지만, 이 허무에 대한 지각은 무관심한 우주를 마주하는 무서운 고뇌의 중심적 은유가 된다. 20대 후반에 웅가레티가 가톨릭에 귀의한 것은 이 〈끔찍한 의식〉의 결과라고 해석할 수 있다. 웅가레티의 개종을 명확히 보여 주는 「라 피에타*La Pietà*」라는 장시는 아주 황량한 작품인데, 웅가레티의 고뇌를 드러내는 주석으로 읽을 만하다.

당신은 나를 삶으로부터 추방했습니다.
그러면 나를 이제 죽음으로부터 추방하시겠습니까?
어쩌면 인간은 그런 희망을 가질 자격조차 없는지도 모르겠습니다.
회한의 샘 또한 말라붙었습니까?

만약 죄악이 더는 정화를 불러오지 못한다면
죄악이 무슨 소용입니까?
육체는 한때 자신이 아주 강력했다는 것을
거의 기억하지 못합니다.
영혼 또한 지치고 황폐해졌습니다.
하느님, 우리의 허약함을 살펴보소서.
우리는 확신을 원합니다.

  안전한 땅에 머무르기를 거부하고 〈확신〉의 위로도 없는 상태에서, 그는 자기 파멸의 이미지로 자신을 위협하면서 심연의 가장자리로 자신을 끌고 간다. 하지만 이 형이상적 모험 행위는 그를 절망 앞에 무릎 꿇게 하는 것이 아니라 지속적인 힘을 주는 듯하다. 『시간의 감정』에서 하나의 중추로 기능하는 「미리 계획된 죽음La morte meditata」과 같은 시들, 그리고 그다음에 발간된 시집 『슬픔*Il Dolore 1936-1947*』의 모든 시, 특히 어린 아들의 죽음을 노래한 「너는 분쇄되고Tu ti spezzasti」에서 그 힘을 느낄 수 있다. 자신을 의식의 극한에 위치시키겠다는 웅가레티의 결단은, 역설적이게도 그 극한에 대한 공포를 치유하게 해준다.
  보통의 시인 같았더라면 개인적 슬픔과 공포를 늘어놓은 시가 되었을 경계를 웅가레티는 명상의 힘과 통찰을 통하여 훌쩍 뛰어넘는다. 웅가레티 시는 자아를 뛰어넘는 사물로서 우뚝 선다. 시 속 자아가 모든 자아 혹은 일반적 자아의 한 사례로 취급되지 않기 때문에 하나의 독특한 대상이 된 것이다. 독자는 웅가레티 시를 읽을 때마다 시 속에 든 시인의 현존을 느낀다. 앨런 맨델봄은 번역 시의 서문에서 이렇게 말한다. 〈웅가레티의 《나》는 멀리 나아간다기보다 장중하고 느릿느릿하며 집중적이다. 그의 동경은 드라마가 된다. 《나》가 절망의 무작위적 중심이 아니라 중력에 의해 묶인 **신체**이기 때문이다. 그 《나》는 단단하고 뻣뻣하고 실체적인 대상으로서 소망하기보다 의지를 발동하고, 몽상하기보다 《발굴》한다.〉

웅가레티의 후기 시들은 약속된 땅이라는 단 하나의 이미지 안에서 정점에 이른다. 그것은 『아이네이스*Aeneis*(베르길리우스의 서사시)』와 성경에 나오는 약속의 땅이다. 로마와 사막을 위한 약속의 땅이다. 「칸초네Canzone」, 「디도의 심리 상태를 묘사하는 코러스Cori descrittivi di stati d'animo di Didone」, 「팔리누루스를 위한 송가Recitativo di Palinuro」, 「약속된 땅을 위한 최후의 코러스Ultimi cori per la Terra Promessa」 같은 주요 시는 그의 모든 전작을 언급하면서 그것들에 최종적인 의미를 부여하는 듯하다. 베르길리우스의 무대를 시에 가져왔다는 것은 시력(詩歷) 말기에 귀향했다는 뜻이다. 사막은 젊은 시절의 풍경을 되살려 놓았지만 또다시 그를 최후의 영원한 추방 속으로 밀어붙인다.

우리는 마음속에 남은 초창기의
이미지를 품은 채 사막을 건넌다.

살아 있는 사람이 약속된 땅에 대해
알 수 있는 건 이것뿐이다.

　1952년과 1960년 사이에 쓰인 「최후의 코러스」는 『노인의
공책*Il Taccuino del Vecchio*』에 수록되었다. 이 시는 웅가레티 시
의 본질적 주제들을 다시 천명한다. 웅가레티의 우주는 그대로
남아 있고 그는 초기 시와 별반 다르지 않은 언어로 죽음을 준
비한다. 그의 진짜 죽음, 그에게 실제로 벌어지는 최후의 죽음.

　　솔개는 그 푸른 발톱으로 나를 잡는다.
　　태양의 정점에 올라가
　　나를 사막 위로 떨어트려
　　갈까마귀의 밥으로 준다.
　　나 이제 더는 어깨에 진흙을 묻히지 않으리.
　　불은 내가 깨끗하다는 것을 알리라.
　　깩깩거리는 부리들
　　자칼의 냄새나는 아가리.
　　이어 그는 모래밭을 지팡이로
　　헤집어 가며 찾으리라. 그 베두인족은
　　희고도 흰 뼈를
　　가리키리라.

　　　　　　　　　　　　　　　　1976년

죽은 자들을 위한 책

지난 몇 년 동안 에드몽 자베스처럼 많은 비평적 관심과 찬사를 받은 프랑스 작가도 없을 것이다. 모리스 블랑쇼, 에마뉘엘 레비나스, 장 스타로뱅스키 등이 자베스의 작품을 열광적으로 논평했고, 자크 데리다는 이런 단정적 발언을 했다. 〈지난 10년 동안 프랑스에서 나온 작품치고 자베스의 텍스트에서 선례를 가져오지 않은 것은 없다.〉 1963년 『물음의 서 *Le Livre des questions*』를 첫 권으로 펴낸 이래 자베스는 이 시리즈⁹의 책을 계속 펴냈다. 모두 새롭고 신비한 문학 작품으로, 규정하기 어려운 만큼 화려한 데가 있었다. 장편소설도, 시도, 에세이도, 희곡도 아닌 『물음의 서』는 문학 장르의 종합이면서 파편, 아포리즘, 대화, 노래, 논평 등으로 이뤄진 모자이크이다. 그 책은 〈말할 수 없는 것을 어떻게 말할 수 있는가〉라는 핵심 질문을 중심으로 회전한다. 주제는 유대인 대학살인 동시에 문학 자체이기도 하다. 자베스는 놀라운 상상력을 발휘하여 그 둘을 동일한 주제로 다룬다.

굶주림의 예술

나는 당신에게 유대인의 어려움에 대해 말씀드렸는데, 그것은 글쓰기의 어려움과 같은 것입니다. 유대교와 글쓰기는 똑같은 기다림, 똑같은 희망, 똑같은 소모이기 때문이지요.

에드몽 자베스는 1912년 부유한 이집트 유대인의 아들로 태어나 프랑스어를 쓰는 카이로 동네에서 성장했다. 젊은 시절 막스 자코브, 폴 엘뤼아르, 르네 샤르와 교류했고 1940년대와 1950년대에 자그마한 시집을 여러 권 발간했는데, 거기 실린 시들은 나중에 『나는 나의 집을 짓는다*Je bâtis ma demeure*』에 다시 수록되었다. 그 시점에 이르러 시인으로서의 명성은 확고해졌지만 프랑스에 살지 않았기 때문에 아주 널리 알려지지는 않았다.

1956년 수에즈 위기는 자베스의 생활과 작품 활동을 완전히 바꾸어 놓았다. 나세르 체제에 의해 추방되어 프랑스에 정착하게 된 그는, 집과 재산을 모두 빼앗긴 채 난생처음 유대인으로 사는 것의 어려움을 경험하게 되었다. 그 전에는 자신이 유대인이라는 것이 하나의 문화적 사실로서 삶의 우연한 요소에 지나지 않았다. 그러나 이제 유대인이라는 사실 하나로 고통받게 되었고 그리하여 타자가 되었다. 이 갑작스러운 추방의 감각이 그를 설명하는 가장 기본적인 형이상학이 되었다.

어려운 시절이 뒤따라왔다. 자베스는 파리에 직장을 잡았고 그의 글은 대부분 출퇴근길 지하철 안에서 집필되었다. 파리에 자리 잡은 지 얼마 되지 않아 갈리마르 출판사에서 그의 시집이 나왔다. 그 시집은 앞으로 다가올 것들의 선언이라기보다 새로운 파리 생활과 흘러가 버린 과거 사이의 경계 짓기였다. 자베스는 탈무드와 카발라 등 유대 텍스트를 연구하기 시작했다. 이러한 독서가 유대교 신앙으로의 복귀로 이어지지는 않았으나 유대의 역사 및 사상과 자신의 연계성을 확인하는 계기가 되었다. 자베스를 감동케 한 것은 토라라는 1차 텍스트보다 디아스포라에서 집필된 저술과 랍비의 주석이었다. 자베스는 이런 책들에서 유대인의 강한 힘을 발견했고 그 힘이 생존의 양식을 제공했음을 알아보았다. 추방과 메시아의 강림 사이에 놓인 긴 시간 동안 하느님의 사람들은 성경의 사람들이 되었다. 자베스는 성경이 고국의 의미와 무게를 감당하게 되었다고 여겼다.

유대인의 세계가 성문법, 말의 논리에 바탕을 두고 있다는 것은 부정할 수 없다. 따라서 유대인의 나라에는 독특한 축척이 존재한다. 왜냐하면 그것은 하나의 책이기 때문에 (……) 유대인의 고국은 성경과 성경에서 파생된 주석들이다.

『질문의 서』의 핵심에는 하나의 이야기가 있다. 사라와 유켈이라는 젊은 연인이 나치 강제 송환 시기에 헤어진다. 유켈은 작가인데 〈증언하는 사람〉으로 묘사된다. 유켈은 자베스의 분신이고 때로 그의 말은 자베스의 말과 구분되지 않는다. 사라는 강제 수용소에 끌려간 젊은 여인인데 정신 이상이 되어 귀

굶주림의 예술

환한다. 하지만 그 이야기는 직접 말해지지 않는다. 전통적인 서사와는 아주 거리가 멀다. 그 이야기는 암시되거나 논평되거나 아니면 사라와 유켈이 주고받는 열정적이고 강박적인 연애편지 속에서 튀어나온다. 그 연애편지는 육체에서 분리된 목소리인 것처럼 난데없이 등장하여 자베스가 말하는 〈집단적인 비명…… 영원한 비명〉을 질러 댄다.

　　사라　나는 당신에게 편지를 썼어요. 나는 당신에게 편지를 씁니다. 나는 당신에게 편지를 썼어요. 나는 당신에게 편지를 씁니다. 나는 내 말 속에서 피난처를 찾습니다. 그 말은 나의 펜이 우는 것입니다. 내가 말하는 한, 그리고 내가 글을 쓰는 한, 나의 고통은 조금 무뎌집니다. 자음은 내 신체, 모음은 내 영혼일 정도로 말 하나하나에 매달립니다. 이건 마법인가요? 나는 그의 이름을 씁니다. 그것은 내가 사랑하는 남자가 됩니다…….

유켈은 책의 말미에서 이렇게 말한다.

　　나는 당신의 옷, 당신의 피부, 당신의 살, 당신의 피를 통하여 당신을 읽습니다. 사라, 우리가 사용하는 언어의 모든 단어를 통하여, 우리 종족의 모든 상처를 통하여, 당신이 나의 것임을 읽습니다. 사람들이 성경을 읽듯이, 당신의 것이며 나의 것인 이야기를 읽습니다.

책의 〈중심 텍스트〉인 이 이야기는 탈무드의 방식에 따라 광범위하면서도 애매모호하게 해석된다. 자베스의 독창적인 측면은 가상의 랍비들을 설정하여 이런 대화에 끌어들이고 그들이 말과 시로 텍스트를 해석하게 한 데 있다. 책을 집필하는 문제와 말씀의 성격에 대해 언급한 랍비들의 주석은 간략하고 은유적이며, 작품의 나머지 부분과 아름다우면서도 정교한 대위를 이룬다.

「그는 유대인입니다. 그는 벽 쪽으로 기대면서 구름이 흘러가는 것을 봅니다.」 레브 톨바가 말했다.
「유대인은 구름하고는 아무 상관이 없어요. 그는 자신과 인생 사이의 계단을 헤아리고 있어요.」 레브 잘레가 말했다.

사라와 유켈의 이야기가 충분히 말해지지 않았고 또 자베스가 암시하듯이 말해질 수 없기 때문에, 랍비들의 주석은 어떻게 보면 집필되지 않은 텍스트에 대한 탐구 같은 것이다. 고대 유대 신학의 감추어진 하느님처럼 텍스트는 그 부재의 미덕 때문에 존재한다.

주님, 내가 당신을 모르는 척도만큼 당신을 압니다. 왜냐하면 당신은 찾아오는 분이기 때문입니다.
— 레브 로드

따라서 『물음의 서』에서 벌어진 일은 곧 『물음의 서』를 쓰는 일이다. 더 자세히 말해서, 그것을 쓰려는 시도 혹은 독자가 그 탐사와 망설임을 증언하도록 허용되는 과정이다. 베케트의 『이름 붙일 수 없는 자L'Innommable』의 화자가 〈말하지 못하는 무능력과 침묵하지 못하는 무능력〉으로 저주받았다면, 자베스의 서사는 아무 데도 도달하지 못하고 그 자신을 중심으로 계속 배회한다. 모리스 블랑쇼는 자베스를 다룬 탁월한 논문에서 이렇게 말했다. 〈그 글쓰기는 (……) 그 자신을 중단하는 행위에 의해 성취되어야 한다.〉 『물음의 서』의 어떤 페이지를 들춰 보아도 이런 까다로움의 느낌이 묻어난다. 격리된 진술이나 문단이 하얀 공간에 의해 분리되어 있고, 이어 괄호, 이탤릭체, 괄호 안의 이탤릭체 등으로 절단되어 있다. 그래서 독자의 눈은 끊어짐 없는 단일 시야에 익숙해지지 않는다. 독자는 저자가 집필한 방식 그대로 단속적인 읽기를 하게 된다.

한편 『물음의 서』는 아주 구조적이고 디자인이 건축적이다. 이 책은 〈책의 문턱에서〉, 〈그래서 당신은 책 속에 들어가게 될 것이다〉, 〈부재하는 사람들의 책〉, 〈살아 있는 사람들의 책〉, 이렇게 4부로 구성되었으며 자베스는 각 부를 하나의 물리적 공간으로 취급한다. 일단 문턱을 넘어서면 일종의 마법에 걸린 영역, 가사 상태에서 유지되어 온 상상의 세계로 들어가게 된다. 사라는 어떤 시점에 이렇게 쓴다. 〈나는 내가 어디에 있는지 더는 알지 못합니다. 나는 압니다. 나는 아무 데도 아닌 곳에 있습니다. 여기에 있습니다.〉 굉장히 신화적인 차원을 지닌 이 책은 자베스에게 있어 과거와 현재가 만나 서로 용해되어 버린 장소이다. 고대의 랍비들이 현재의 작가와 대화를 나누고, 놀랍도록 아름다운 이미지가 아주 황량한 묘사와 나란히 놓이고, 환상적인 것과 상식적인 것이 한 페이지에 담기는 등의 사실은 조금도 이상하지 않다. 독자는 책의 문턱에서 저자를 만나는 순간부터 일찍이 경험해 보지 못한 공간으로 들어가게 된다.

「이 문 뒤에서는 무슨 일이 벌어지고 있습니까?」

「어떤 책이 그 페이지를 털어 내고 있습니다.」

「그 책의 줄거리는 무엇입니까?」

「비명 소리를 의식하게 되는 것입니다.」

「나는 랍비들이 저 안으로 들어가는 것을 보았습니다.」

「그들은 우대받는 독자입니다. 그들은 소규모 단체로 와서 우리에게 주석을 내놓습니다.」

「그들은 책 읽기를 완료했습니까?」

「읽는 중입니다.」

「그들은 순전히 재미 삼아 여기 들렀나요?」

「그들은 그 책을 예견했습니다. 그들은 그 책을 만날 준비를 하고 있었습니다.」

「그들은 책의 주인공들을 아나요?」

「그들은 우리의 순교자들을 압니다.」

「책은 어디에 놓여 있습니까?」

「책 속에.」

「당신은 뭐 하는 사람입니까?」

「나는 집의 문지기입니다.」

「당신은 어디 출신인가요?」

「나는 방랑해 온 사람입니다…….」

이 책은 〈어렵게 시작하여 ─ 그것은 존재하기와 글쓰기의 어려움이다 ─ 어렵게 끝난다〉. 아무런 대답도 주지 않는다. 그 어떤 대답도 주어질 수 없다. 상상 속의 랍비들이 말했듯이, 〈유대인은 모든 질문을 또 다른 질문으로 대답하기 때문이다〉. 자베스는 이런 아이디어를 위트와 웅변으로 전달하고, 때때로 탈무드의 정밀한 논리를 떠올리게 한다. 그럼에도 그는 자신의 말에 도취하여 망상에 빠지는 법이 없다. 그는 자신의 말이 바람 속에 내던져진 〈모래알〉에 지나지 않는다는 것을 잘 안다. 책의 중심에는 허무가 있다.

「우리의 희망은 지식을 얻자는 것입니다.」 레브 멘델은 말했다. 하지만 제자들이 모두 그의 의견에 동의하는 것은 아니다.

「우선 선생님이 〈지식〉이라는 단어에 부여한 의미에 대해 합의해야 합니다.」 가장 나이 많은 제자가 말했다.

「지식은 곧 질문입니다.」 레브 멘델이 말했다.

「우리는 질문들로부터 무엇을 얻습니까? 더 많은 질문들을 유도하는 질문으로부터 무엇을 얻습니까? 질문이란 불만족스러운 답변으로부터 생겨나는 것이 아닌가요?」두 번째 제자가 물었다.

「새로운 질문의 약속.」레브 멘델이 대답했다.

「우리가 질문하기를 멈추어야 하는 순간이 올 겁니다. 가능한 답변이 없거나 더 질문을 하기가 어려워지면. 그런데 우리가 왜 시작해야 합니까?」가장 나이 많은 제자가 말했다.

「여러분도 알다시피, 논증의 끝에 이르면 늘 해결되지 못한 결정적 질문이 나옵니다.」레브 멘델이 말했다.

「질문은 절망으로 가는 길입니다. 우리는 우리가 무엇을 알려고 하는지 결코 알지 못할 겁니다.」두 번째 제자가 말했다.

자베스 글의 표현과 원천은 대부분 유대교에서 나오지만, 『실낙원Paradise Lost』을 기독교 작품이라고 말하는 식으로 『물음의 서』를 유대인의 작품이라고 단정할 수는 없다. 내가 보기에 자베스는 유대 사상의 특징에 동화하려고 의식적으로 노력한 최초의 시인이지만, 그와 유대교의 가르침은 철저한 복종의 관계라기보다 감정과 은유의 관계이다. 그 〈책〉은 그의 중심적 이미지이다. 그것은 유대인의 성경(미드라시의 수많은 주석을 만들어 내게 한 원천)을 가리키지만, 동시에 말라르메의 이상적인 책(그 자체 안으로 접혀 들어가는, 온 세상을 담은 책)을 암시하기도 한다. 마지막으로 자베스의 책은 19세기 말에 시작된, 지속적인 프랑스 시적 전통의 일환으로 간주되어야 한다. 자베스는 이 전통을 유대의 담론과 결합하려 한다. 그는 이 작업을 강한 확신 속에서 진행하기 때문에 둘의 결합이 거의 눈에 띄지 않는다. 『물음의 서』는 자베스가 자신의 유대인 정체성을 발견했기 때문에 생겨났다. 마리나 츠베타예바는 이렇게 노래한 바 있다. ⟨대부분이 기독교 신자인 이 세상에서 모든 시인은 유대인이다.⟩ 바로 이런 정신이 자베스 작품의 정중앙에 놓인 핵이고 그로부터 모든 것이 흘러나온다. 자베스가 볼 때, 먼저 글쓰기 자체를 문제 삼지 않고서는 대학살에 관해 아무것도 쓸 수가 없다. 언어를 극한까지 밀어붙이려면 작가는 자신을 의심의 유배지, 불확실성의 사막으로 추방해야 한다. 사실상 그가 반드시 해야 할 일은 부재의 시학을 창조하는 것이다. 죽은 사람들을 다시 살려 낼 수는 없다. 하지만 그들의 말을 들을 수는 있고 그들의 목소리는 ⟨책⟩ 속에 살아 있는 것이다.

1976년

카프카의 편지들

우리는 조금씩 카프카에 대해 알기 시작한다. 그는 현대 작가들 중에서 가장 개인적이고 접근하기가 까다로우며 생애와 예술은 자주 오해받아 왔다. 그가 생전에 발표한 작품이 얼마 되지 않는다는 사실은 잘 알려져 있다. 친구 막스 브로트의 헌신이 아니었다면 카프카라는 이름은 1924년 그의 사망과 함께 사라져 버렸을 것이다. 브로트는 미발표 유고를 사후에 모두 불태워 달라는 카프카의 부탁을 무시해 버렸다. 카프카 작품은 등장 자체가 미스터리와 모호함에 둘러싸여 있다. 왜 그의 장편소설들은 미완성인가? 그 탁월함과 독창성에도 왜 저자는 소설들을 파기하라고 했을까? 카프카에게는 일정한 이미지가 있었다. 몸을 움츠리는 관료, 현대 사회의 전형적인 피해자, 일종의 그림자 인간. 대중의 마음속에서 그는 『변신*Die Verwandlung*』의 그레고르 잠자가 되었다.

하지만 여러 해에 걸쳐 그의 생애에 관한 많은 사실이 알려지면서 이러한 이미지는 바뀌게 되었다. 일기, 명상과 잠언집,

밀레나와 펠리체에게 보낸 열정적 편지들, 브로트와 구스타브 야누흐가 쓴 전기와 회고록 등은 카프카가 대중의 생각보다 훨씬 복잡하고 세련되고 매력적인 사람임을 보여 주었다. 밀레나 폴락은 카프카와의 연애가 끝장난 뒤 브로트에게 보낸 편지에서 분명히 말했다. 〈그의 책들은 놀랍습니다. 그 자신은 더욱 놀라운 사람입니다……〉

　카프카는 엄청난 모순을 내포한 성격의 소유자였다. 친구와 친지들에게 그는 놀라운 재치와 매력을 가진 사람, 아주 관대한 사람, 멋지게 대화를 이끌어 나가는 사람, 백절불굴의 정신을 지닌 사람으로 기억된다. 그들이 카프카에 관해 써놓은 이야기를 읽어 보면, 그의 희생정신, 순수함과 성실함, 잊어버릴 수 없는 인품 등에 강한 인상을 받게 된다. 간단히 말해서 그만 한 사람은 없었다. 야누흐의 『카프카와의 대화 *Gespräche mit Kafka*』에서 그는 성인으로 묘사되기까지 했다. 반면에 『일기 *Tagebücher*』 속의 카프카는 자기 자신과 대결하는 사람, 자기 회의로 괴로워하는 사람, 거의 병적일 정도로 자신의 단점을 의식하는 사람으로 나온다. 카프카는 결혼, 가정, 공동체, 글쓰기의 욕구(그 때문에 약혼은 두 번이나 파국을 맞이했다) 사이에서 분열되었고, 가정과 위압적인 아버지의 숨 막히는 영향력에서 벗어나지 못했으며, 자기 향상의 노력(정원 가꾸기, 채식주의, 목수 일, 히브리어 공부 등)에 강박적으로 집착했고, 작가로서의 재능을 인지하고는 있었지만 써놓은 글을 깊이 확신하지 못했다(발행인, 평론가, 친구 들이 열광적인 반응을 보였음에도 불구하고). 그는 젊은 도라 디아만트와 사랑에 빠져 함께 베를린으로 건너간 말년에 이르기까지 조금도 행복하지 못했다. 그는 자신에게 엄청나게 높은 기대치를 설정했기 때문에 결국에는 실패할 수밖에 없었다. 하지만 그 치열한 노력, 자신을 초월하려는 채워지지 않는 허기는 그의 작품을 그토록 중요한 문학의 금자탑으로 만들었다. 그의 단편소설에 나오는 단식 예술가와 마찬가지로, 카프카에게 예술과 인생은 불가분의 것이었다. 그의 예술에서 성공한다는 것은 인간으로서 자신을 완벽하게 연소시킨다는 뜻이었다. 그는 남에게 인정받기 위해서가 아니라 삶이 글쓰기에 달려 있었기 때문에 글을 썼다. 그는 일기에 이렇게 썼다. 〈글쓰기는 기도의 한 형태이다.〉

작가의 편지를 읽는 것은 때때로 난처한 일이 될 수 있다. 개인적인 영역에 침범해 들어간다는 느낌, 일반인을 의식하지 않고 쓴 글을 엿본다는 느낌이 들 뿐만 아니라 때로는 독자로서의 당초 의도와는 다르게, 작가의 작품을 이해하는 데 도움을 주는 대목을 전혀 발견하지 못하기 때문이다. 편지를 읽는 일차적인 목적이 그것인데 말이다. 하지만 카프카의 경우 편지는 기본 연구 자료이다. 일기의 내면적 싸움과 전기의 객관적 이야기 중간쯤에 해당하는 그의 편지들은 카프카와 세상의 관계를 이해하게 해주고, 카프카라는 위인의 맥락 속으로 침투해 들어가는 수단을 제공한다. 여기서 하나의 결론이 자연스럽게 도출된다. 카프카는 타고난 작가였고 엉성한 문장을 쓴다거나 자신을 서투르게 표현하는 일 따위는 아예 못하는 사람이었다.

19세였던 1902년 그는 동료 학생인 오스카 폴락에게 변덕스럽고 상상력 넘치는 편지를 보냈는데, 여기서 설명한 작가관은 그의 등록 상표가 되었다.

나는 나의 멋진 책상에 앉았어. 넌 그걸 모를 거야. 네가 어떻게 알겠니? 사람을 교육한다는 멋진 목적을 가진 책상이지. 작가의 무릎이 들어가는 곳에 두 개의 무시무시한 나무 대못이 있어. 자, 잘 들어 봐. 만약 조심하면서 조용히 앉아서 멋진 글을 쓴다면 아무 문제도 없어. 하지만 흥분을 하게 되면 — 가령 몸이 약간만이라도 흔들리면 어김없이 대못이 무릎을 찔러. 아, 정말 아프지. 퍼렇게 멍든 자국을 너에게 보여 줄 수 있다면. 이게 무엇을 의미하는지는 분명해. 〈흥분시키는 것은 쓰지 마라. 글을 쓰는 동안 몸을 떨지 마라.〉

이태 뒤 그는 오스카 폴락에게 이런 편지를 보냈다.

우리를 상처 주고 찌르는 책들만 읽어야 한다고 생각해. 만약 우리가 읽는 책이 정수리를 내려치는 타격으로 우리를 깨우지 않는다면, 무엇 때문에 그걸 읽어야 하겠어? (……) 우리는 이런 책을 필요로 해. 재앙처럼 영향을 미치는 책, 우리를 깊이 슬프게 만드는 책, 자기 자신보다 더 사랑하는 사람의 죽음 같은 책, 모든 사람에게서 떨어져 혼자 숲속으로 추방된 느낌을 주는 책, 자살 같은 책. 우리 내부의 얼어붙은 바다를 깨트리는 도끼 같은 책. 이게 나의 믿음이야.

브로트는 카프카의 편지를 제일 많이 받은 친구였고, 우정을 나눈 20년 동안 카프카는 브로트에게 영혼을 드러내 보였다. 브로트에게 보낸 편지들은 서한집에 실린 다른 편지들보다도 내밀하면서도 개인적이고 문학적인 문제, 그리고 카프카의 일상생활에서 벌어진 수많은 사건을 특히 많이 다룬다. 또 카프카가 말년에 옮겨 다닌 여러 요양원에서 만난 사람들과 그곳들의 분위기를 세세하게 묘사한다. 그 편지들을 읽노라면 두 사람의 깊은 우정, 끈끈한 신뢰, 강한 유대에 감탄하게 된다. 그것들만으로도 하나의 놀라운 책이 될 법하다. 그 밖에 다른 편지들도 있다. 카프카가 책의 발행인인 쿠르트 볼프에게 보낸 편지에는 겸손한 내용이 가득하다. 자신의 작품을 하도 낮추어 말해서 그런 단편소설을 발간해 주는 볼프가 마치 특혜를 베푼 것 같은 인상을 줄 정도다. 카프카는 정서 장애를 겪는 어린 소녀 민제 아이스너와도 편지를 교환했는데, 그 소녀에게 친구가 되어 주고, 격려해 주고, 또 자상한 조언도 하면서 어려운 청소년기를 헤쳐 나가도록 도와주었다. 브로트의 여동생에게는 아이들의 교육에 관한 긴 논문 같은 편지를 써 보냈다. 출판사 발행인과 잡지사 편집자 들에게 후배 문인의 작품을 적극적으로 추천하는 편지도 보냈다. 마르틴 부버, 로베르트 무질, 프란츠 베르펠을 비롯해 당시의 주요 작가들에게도 편지를 썼다. 우리는 아주 다양한 관점에서 카프카를 관찰할 수 있고 또 다양한 사람과 교제하는 그를 만날 수 있다. 그리하여 그의 개성이 어떻게 발전했는지 지켜볼 수 있고, 인간 카프카와 대면할 수 있다. 이 책의 가치는 아무리 강조해도 지나치지 않을 것이다. 덕분에 우리의 카프카 읽기는 영구히 예전과는 다른 무언가가 되었다.

이 책의 마지막 여덟 페이지는 〈대화 쪽지〉로 구성되어 있는데, 임종의 병상에 누워 있던 카프카가 도라 디아만트와 로베르트 클롭슈토크에게 휘갈겨 쓴 짧은 글들이다. 두 친구는 카프카가 죽을 때까지 곁을 지켰고 카프카는 그들을 자신의 〈작은 가족〉이라고 불렀다. 카프카는 후두 결핵을 앓았고 말하는 것이 금지되어 있었다. 식사는 너무나 고통스러운 행위였기 때문에 병이 말기로 진행되는 동안 그는 거의 굶어 죽다시피 했다. 이 짧은 쪽지들은 카프카가 쓴 모든 글 중에서 가장 슬픈 내용을 담고 있다. 카프카는 꽃으로 둘러싸인 병상에 누워서 두 친구의 시중을 받는다. 단편소설 「단식 예술가」의 교정을 보면서 죽음이 다가오기를 기다리고 있다.

그저 물을 한 사발 크게 마실 수 있다면. (……) 작약은 너무 약하기 때문에 직접 보살펴 주고 싶어. (……) 라일락을 양지로 옮겨 놔 줘. (……) 어쩌면 앞으로 일주일은 더 버틸 수 있을 거야. (……) 뉘앙스란 묘한 거야. (……) 내가 당신들 얼굴에 기침을 할지 모르니 조심해. (……) 내가 당신들을 너무 힘들게 하는 것 같아. 이건 미친 짓이야. (……) 공포, 공포, 공포. (……) 주된 이야깃거리가 없다면 대화의 주제는 없는 거야. (……) 문제는 말이야, 내가 물을 단 한 컵도 마시지 못한다는 거야. 물론 물을 마시고 싶다는 생각이 드는 건 좋은 일이지만. (……) 저거 멋지지 않아? 저 라일락. 죽어 가면서도 물을 마시고 계속 들이켜네. (……) 잠시 당신들 손을 내 이마에 얹어 나를 격려해 줘.

마침내 의사가 그를 살펴보고 나갔다.

그래, 도우러 온 사람이 도움을 주지 못하고 다시 가네.

그는 마흔한 살이었고 미래에 대한 희망을 가득 품고 새로운 인생을 시작할 수도 있는 나이였다. 오늘날까지도 그의 죽음은 견딜 수 없는 상실감을 안겨 준다.

1977년

굶주림의 예술

레즈니코프 × 2

1. 결정적 순간

찰스 레즈니코프는 눈의 시인이다. 그의 작품의 문턱을 넘는 건 물질의 선사(先史)를 꿰뚫어 보는 것이며, 아직 언어가 창조되지 않은 세계에 노출된 자신을 발견하는 것이다. 그의 시에서 보기는 늘 말하기에 선행한다. 그의 시적 표현은 눈의 소산이며, 눈에 보이는 것을 존재의 비정하고 해독되지 않은 암호로 옮겨 적은 것이다. 그러므로 글쓰기라는 행위는 현실의 질서 정연한 배열이라기보다 현실의 발견이라고 할 수 있다. 글쓰기는 사물들과 그 이름들 사이에 자리하는 과정이다. 시인이 그 조용한 중간 지대에 서서 주의 깊게 응시함으로써 사물들은 마치 처음 보는 것처럼 보이고 이름을 부여받게 되는 것이다. 시인은 처음 태어난 인간인 동시에 마지막 인간이다. 아담이며 만대의 끝, 바벨탑을 세운 자들의 무언의 후예다. 왜냐하면 그는 눈으로부터 말하는 법을 배워서 입으로 보는 습성을 고쳐야 하기 때문이다.

그리하여 시는 말하기가 아니라 포착하기가 된다. 세상은 본래 존재하는 것으로 간주될 수가 없다. 세상은 세상을 향해 나아가는 행위 속에서만 생겨난다. 〈Esse est percipii(존재는 지각됨이다)〉라는 조지 버클리*의 주장을 레즈니코프만큼 충실히 신봉한 미국 시인은 없을 것이다. 그것은 레즈니코프에게 글쓰기의 지침이 되는 데서 그치지 않았다 — 그의 작품들 속에 **단단히 박혀 있고,** 도덕적 도그마의 위력을 지녔다. 레즈니코프를 읽는 건 무엇도 당연시할 수 없음을 이해하는 것이다. 우리는 기성 세계 한복판에 있는 자신을 발견하는 것이 아니다. 생득권에 따라 자동으로 우리의 주변 환경을 소유하는 것이 아니다. 응시의 견실함, 그 자체로 종교적 행위의 가치를 지닐 만큼 강렬한 지각의 순수성을 통해 각각의 순간, 각각의 사물을 비활성 물질의 불명료함으로부터 비틀어 떼어 내어 획득해야만 한다. 석판은 깨끗이 비워졌다. 시인은 그 빈 석판에 자신의 책을 쓸 수 있다.

대개 겨우 한 문장으로 이루어진 짧은 시들이 레즈니코프 작품의 핵심을 이룬다. 그는 소설, 전기, 드라마, 긴 서사시, 역사적 명상록, 책 한 권 길이의 다큐멘터리 시도 써냈지만, 짧은 서정시들이야말로 레즈니코프적 상상력의 원본이며 다른 것들은 모두 거기에서 나온다. 정확성과 단순성으로 유명한 그 시들은 모름지기 시가 열망해야만 하는 것에 관한 일반적인

---

* 17세기와 18세기의 영국 고전 경험론을 대표하는 철학자로, 우리가 지각하는 것만이 실체이며 지각하지 못하는 것의 실체는 없다는 극단적인 경험론을 펼쳤다.

굶주림의 예술

전제에 역행한다. 다음의 세 가지 예를 살펴 보자.

4월 April
잔가지들의 단호한 선이
새싹들로 모호해지다.

달밤 Moonlit Night
나무 그림자들이 잔디밭 검은 웅덩이에 눕다.

다리 The Bridge
구름 속 강철 뼈대들.

요점은, 요점이 없다는 것이다. 적어도 전통적 의미에서는 말이다. 이 시들은 보편적 진리를 주입하거나 기교로 독자를 감동시키거나 체험의 모호성을 끌어내리려고 애쓰지 않는다. 이 시들의 목적은, 한마디로 명료함이다. 보는 것과 말하는 것의 명료함. 그러나 이 시들이 불안하리만큼 검소하다고 해서 이들이 지닌 야망의 대담함을 보지 못해선 안 된다. 지극히 짧은 이 시들도 레즈니코프 시학의 요지를 담고 있기 때문이다. 레즈니코프 시학은 글쓰기 이론인 동시에 시적 순간의 윤리학이며, 그 메시지는 그의 모든 작품에서 달라지지 않는다. 시는 단순한 말들의 구성을 넘어서야 한다는 것이 그 메시지이다. 그렇다면 예술은 무언가를 위한 것이다. 달리 말하면 예술이 무언가를 이루기 위한 노력의 부수적 산물에 가깝다는 뜻이다. 모든 시는 지각하려는 노력, **밖으로** 나아감이어야 한다. 시는 세상을 표현하는 방식이라기보다 세상에 존재하는 방식이어야 한다. 메를로 퐁티*의 『지각의 현상학*Phénoménologie de la perception*』에 담긴 응시에 대한 설명은 레즈니코프의 시에서 일어나는 과정을 정확히 묘사한다고 할 수 있다.

······어떤 물체가 내 눈앞에 존재하면서 그 풍성함을 펼쳐 보이는 것을 지켜보겠다는 일념으로 그것을 응시하면, 그 물체는 일반적 유형을 나타내기를 중단한다. 그리고 나는 각각의 지각 ─ 내가 처음으로 발견하는 광경의 지각만이 아닌 ─ 이 독자적으로 지식의 탄생을 재현하고 거기엔 창조성의 요소가 있음을 인식하게 된다. 내가 나무를 나무로 인지하기 위해서는, 그 친근한 의미 너머에서, 눈에 보이는 광경의 순간적 배열이 처음부터 다시 시작되어야 한다. 식물의 왕국에 발을 들인 첫날처럼 나무의 개별적 개념의 윤곽을 잡아야 한다.

이미지즘**이 맞다. 그러나 근원이 그렇다는 말이지 방법이 그렇다는 뜻은 아니다. 레즈니코프는 이미지를 초월의 매개물

* 20세기 프랑스 실존주의 철학자이자 현상학자.
** 1910년대에 영국과 미국을 중심으로 전개된 반낭만주의 시 운동으로 이미지를 표현 기법의 중요한 항목으로 인식, 명료하고 견고한 이미지를 강조했다.

굶주림의 예술

로 삼거나 정신이라는 천상의 영역에서 말로 표현할 수 없는 모습으로 나부끼게 만들 의향이 없다. 상징주의에서 이미지즘, 객관주의로의 이행은 하나의 직렬 회로가 아니라 일련의 단락 회로들을 통해 이루어진다. 레즈니코프가 이미지스트들에게서 배운 건 에고의 요구들로 장식되지 않은 이미지 자체의 가치—힘—였다. 시는 레즈니코프의 손에서 상상의 행위가 아니라 이미지 만들기가 된다. 은유에서 벗어나 실체를 파고들고, 가능하기만 한 것보다는 실재하는 것을 붙잡으려 한다. 그의 시는 세상보다 크지도 작지도 않은, 지각된 세계의 기준에 맞는다. 레즈니코프는 1968년 L. S. 뎀보와의 인터뷰에서 이렇게 말한다. 〈나는 무언가를 보고, 보는 걸 기록합니다. 그 과정에서 논평을 삼갑니다. 내가 나를 감동시키는 무언가를 이뤄냈다면— 대상을 잘 그려 냈다면 — 누군가는 나처럼 감동할 것이고, 또 누군가는 이렇게 말하겠지요. 《도대체 이게 뭐야?》둘 다 옳을지도 모릅니다.〉

시인의 주된 의무가 보는 일이라면 그것과 비슷하면서도 덜 분명한 명령도 내려지는데, 바로 보이지 않아야 할 의무이다. 보기와 보이지 않음이 결합된 레즈니코프의 등식은 포기 없이는 성립되지 않는다. 시인은 보기 위해 자신은 보이지 않아야 한다. 사라져야 한다. 익명성 속에서 자신을 지워야 한다.

나는 거리의 소리가 좋다—

그러나 나, 홀로 떨어져,
열린 창문 옆에
닫힌 문 뒤에 있다.

*

나는 혼자다 ─
그리고 혼자인 게 기쁘다,
너무 늦게까지 돌아다니는 사람들,
자정 이후 골목의 낙엽을 헤치고
천천히 걷는 사람들,
나는 그런 사람들을 좋아하지 않는다.
닫힌 상점들 앞
자동판매기의 작은 거울들에 비친
내 얼굴을
좋아하지 않는다.

레즈니코프가 쓴 대부분의 시가 도시에 뿌리를 둔 건 우연이 아닌 듯하다. 현대 도시에서만 보는 사람이 보이지 않을 수 있기 때문이다. 공간에 자리를 잡고서도 투명 인간이 될 수 있기 때문이다. 그는 풍경 속으로 들어가 그 일부가 되고도 아웃사이더로 남는다. 그리하여 객관주의자가 된다. 달리 말해 이방인의 시선으로 봄으로써 자신을 둘러싼 세계를 창조한다. 중요한 건 사물 자체이고, 보이는 것은 보는 이가 사라졌을 때에만 생명을 얻는다. 소유를 향한 움직임은 있을 수 없다. 보기는

굶주림의 예술

존재를 창조하기 위한 노력이고, 무언가를 소유하는 건 그걸 사라지게 하는 행위가 될 것이다.

그럼에도 보는 행위는 **마치** 보는 이와 보이는 사물 사이에 관계를 형성하려는 시도인 듯하다. 눈은 **마치** 낯선 세계로 유배된 이방인이 그곳에서 자리를 찾는 도구인 듯하다. 하나의 세계를 구축한다는 건 무엇보다 관계를 구축하고 인식하는 일이기 때문이다. 하나의 사물을 발견하고 단독성 안에 그것을 고립시키는 작업은 그저 시작, 첫발일 뿐이다. 세계는 단순히 축적물이 아니라 과정이다. 눈은 세계로 들어갈 때마다 앞서 지나간 모든 것의 삶에 참여한다. 객관성이 전제라면 주관성은 암묵적 조직자이다. 하나 이상이 존재하는 즉시 기억이 존재하게 되며, 기억이 있기 때문에 언어가 존재한다. 언어는 눈에서 태어나지만 눈 너머에 있다. 눈 안에, 그리고 눈 밖에 시가 있다.

1968년 템보와의 인터뷰에서 레즈니코프는 이런 말도 한다. 〈세상은 아주 넓고 나는 그 전체를 증언할 수는 없을 겁니다. 내 느낌들만 증언할 수 있겠지요. 보고 들은 것만을 말할 수 있고 최대한 잘 말하려고 애씁니다. 내가 보고 들은 것에 대해 여러분이 나와 같은 느낌을 갖게 된다면, 그 시는 성공한 셈이지요.〉

뉴욕은 레즈니코프의 고향이었다. 나무꾼이 숲을 손바닥처럼 훤히 알듯 레즈니코프는 뉴욕을 잘 알았고 한창때는 브루클린과 리버데일을 오가며 하루에 약 16~32킬로미터를 걷곤 했다. 도시의 삶에 그토록 심취한 시인은 드물며 레즈니코프는 수십 편의 짧은 시에서 도회 풍경의 기이하고 덧없는 아름다움을 포착해 낸다.

희부연 겨울 아침 —
나뭇가지들 사이에 박힌 초록 보석
그것이 신호등이라고 멸시하지 마라.
*
이 차가운 황혼에
다리를 건너는 당신
이 빛의 벌집들을,
맨해튼의 건물들을 즐겨라.
*
지하철 레일들,
너 땅속에 묻힌 광석이었을 때
행복이 뭔지 알았을까,
이제 전등 불빛이 너를 비춘다.

하지만 레즈니코프가 주목하는 것은 도시에서 발견하는 사물들만이 아니다. 그는 거리를 메운 사람들에게도 똑같이 관심을 기울인다. 그에게는 아무리 짧은 만남도 그냥 지나칠 만큼 사소하지 않으며 깨달음의 원천이 될 수 없을 정도로 평범하지도 않다. 많은 가능성들 중 다음의 두 예를 보자.

굶주림의 예술

나는 땅거미가 내릴 때 42번가를 걷고 있었다.

길 건너편에 브라이언트 공원이 있었다.

뒤에서 남자 둘이 걷고 있었고

그들의 대화가 조금 들려왔다.

한 남자가 동행에게 말했다.

「네가 해야 할 건,

하고 싶은 일이 무엇인지 결정하고

끈기 있게 계속하는 거야. 끈기 있게!

그럼 결국 성공하게 되어 있어.」

나는 그런 훌륭한 충고를 하는 사람을 보려고

고개를 돌렸고

그가 노인이라는 사실에 놀라지 않았다.

그런데 열띤 충고를 들은

그의 동행도

노인이었다.

바로 그때 공원 건너편

건물 꼭대기의 거대한 시계가

빛나기 시작했다.

*

찢어진 신발을 신은 부랑자

더럽고 구겨진 옷 ─

더러운 손과 얼굴 ─

주머니에서 빗을 꺼내더니

정성스레 머리를 빗는다.

언뜻 본 도시의 풍경에서 우러나는 감정은 사진을 볼 때 느끼는 기분과 비슷하다. 이런 맥락에서 카르티에 브레송의 〈결정적 순간〉은 매우 중요한 개념이다. 중요한 건 준비 태세이다. 매번 시를 쓰거나 사진을 찍게 되리라 기대하고 거리로 나설 수는 없겠지만, 기회가 찾아오면 언제든 잡을 준비는 되어 있어야 한다. 〈작품〉은 세상이 주어야만 생겨날 수 있는 법이니, 세상을 끊임없이 바라보고 시로 이어질 작업을(그 작업에서 시가 나오지 않는다고 해도) 계속해야 한다. 레즈니코프는 다른 대부분의 시인처럼 〈공상에 잠긴 상태〉가 아니라, 눈을 똑바로 뜨고, 마음을 활짝 열고, 주위의 삶으로 들어가는 데 에너지를 집중한 채 도시를 걸어 다닌다. 주위의 삶으로 들어가는 건 그가 거기서 떨어져 있기 때문이다. 그리하여 다음의 역설이 시의 핵심에 자리하게 된다. 모든 문이 닫혀 있음을 알면서도 세계의 실재를 받아들이고 그 안으로 들어가는 것. 시인은 고독한 방랑자, 군중 속의 인간, 얼굴 없는 필경사이다. 시는 고독의 예술이다.

아니, 고독 그 이상이다. 시는 유배이며 좋든 싫든 유배와 타협하여 유배 상태를 유지하는 것이다. 레즈니코프는 고립감을 유지하는 성격을 지닌 기질적 아웃사이더였을 뿐 아니라 **다름**의 상태로 태어나기도 했다. 그리고 유대인으로서, 미국 유대인 이민자의 아들로서 그가 지닌 공동체 의식은 국가적이기보

굶주림의 예술

다는 민족적인 것이었다(시인으로서 그의 꿈은 도보로 전국을 여행하며 유대교 교당이 보이면 들어가서 자신의 작품을 읽어 주고 음식과 잠자리를 얻는 것이었다). 도시에 관한 그의 시 — 말하자면 미국적인 시 — 가 사물의 표면에, 일상의 껍데기에 머문다면, 유대인으로서의 정체성에 관한 시에서 그는 자신에게 어느 정도 서정적 자유를 허용한다. 그리하여 노래하는 가수가 된다.

다른 사람들이야
골짜기에 넘쳐흐르는 물이 되어
시체들, 뿌리 뽑힌 나무들, 모래밭
남기라지,
우리 유대인들은
풀잎마다 맺힌 이슬,
오늘 짓밟힌다 해도
내일 아침 다시 찾아오지.

레즈니코프는 이렇듯 유대인의 과거에 깊은 유대감을 느끼면서도, 자신이 유대인임을 확인하는 것만으로 본질적 고독을 극복할 수 있으리란 망상은 결코 품지 않는다. 그는 이중으로 유배되었기 때문이다. 유대인으로서 유배되었고 유대교로부터도 유배되었다.

내게 히브리어는 얼마나 어려운지,
어머니, 빵, 태양을 뜻하는 히브리어조차도
외국어지. 시온, 나는 얼마나 멀리 유배되었는지.

*

시온, 그대의 시인들의 히브리어는
화상에 바르는 기름과 같지,
기름처럼 시원하지,
일이 끝난 후
밤거리에 떠도는
꽃이 만발한 산울타리 향기.
솔로몬처럼,
나도 이방인들의 말과 결혼하고 또 결혼했지만
술람미의 여인*이여, 그대 같은 이는 없네.

　불안정한 위치라고 말하지 않을 수 없다. 레즈니코프는 미국과 유대인 사회 중 어느 한쪽과 완전히 동화되지도, 그렇다고 완전히 분리되지도 않은 채 불안정한 중간 지대를 차지하며 둘 중 어느 것도 자신의 세계라고 주장할 수 없다. 그럼에도, 혹은 그리하여 이 모호성 덕분에 중간 지대는 지극히 비옥한 땅이 된다. 어떤 이들은 그를 기본적으로 유대인 시인이라(그 용어가 어떤 의미이건) 여기고, 어떤 이들은 본질적으

＊　솔로몬의 신부.

　　　　　　　　　　　　　굶주림의 예술

로 미국 시인(그 용어가 어떤 의미이건)이라고 보기 때문이다. 하지만 결국 두 가지 시각은 모두 옳다고 해도 과언이 아니다. 둘 다 옳지 않다고 해도 결과는 같을 것이다. 레즈니코프의 시는 레즈니코프 자신이다. 미국 유대인, 혹은 하이픈으로 연결된 외국계 미국인인 유대계-미국인의 시에서 〈유대인〉과 〈미국인〉이라는 용어는 대등한 관계를 이루기보다는 완전히 다른 제3의 용어로 합쳐진다. 즉, 동시에 두 곳에 존재하는 상태, 달리 말해 아무 데도 없는 상태가 된다.

우리는 그 증거만 찾아보면 된다. 최근 블랙 스패로 출판사에서 두 권으로 나온 『시 전집*Complete Poems 1918-1975*』에는 유대인을 주제로 한 시가 놀랍도록 많다. 뉴욕 유대인 이민자의 삶에 대한 시뿐만 아니라, 고대와 현대 유대인 역사의 다양한 에피소드를 다룬 긴 서사시도 있다. 그중 일부 시들의 제목을 보면 레즈니코프의 관심사를 알 수 있다. 「다윗 왕King David」, 「차꼬를 찬 예레미야 — 예언들 정리Jeremiah in the Stocks: An Arrangement of the Prophecies」, 「패배한 유대교 회당 — 1096년The Synagogue Defeated: Anno 1096」, 「로마 지배하의 팔레스타인Palestine under the Romans」, 「마카베오 제5서The Fifth Book of the Maccabees」, 「바빌론의 유대인들Jews in Babylonia」. 350페이지에 달하는 시집 두 권의 1백 페이지 이상을 이 시들이 차지하며, 이는 전체 분량의 3분의 1에 가깝다. 레즈니코프 시 중 잘 알려진 것들의 성격 — 간결한 도시 서정시, 즉각적인 감각 정보의 기록 — 을 고려하면 그가 집필 활동의 많은 부분을 **책들로부터** 영감을 얻은 작업물에 할애했다는 건 이상한 일이다. 시인들 중에 허세가 가장 적다고 할 수 있는 레즈니코프는 일부 동시대 시인들 — 이를테면 파운드나 올슨 — 과 같이 현학적 곡예를 펼치려는 성향을 보인 적이 없지만, 기이하게도 그의 많은 글이 독서에 대한 직접적 반응(거의 번역에 가까운)이다. 외견상으로는 현실과 동떨어진 주제를 다루는 이 시들이 그의 가장 사적인 작품이라는 사실은 반전이 아닐 수 없다.

도식의 형태를 빌려 간단히 설명하자면 이러하다. 미국은 레즈니코프의 현재이고, 유대교는 그의 과거이다. 그에게 유대인 역사에 매몰되는 행위는 결국 뉴욕 거리로 나서는 행위와 다르지 않다. 둘 다 자신의 존재를 받아들이려는 시도이다. 그러나 과거는 직접 지각할 수 없다. 책을 통해 경험할 수 있을 뿐이다. 따라서 레즈니코프는 다윗 왕이나 모세 같은 성경 속 인물에 관한 글을 쓸 때 사실상 자신에 관한 글을 쓰는 것이다. 마음이 아무리 편한 순간에도 조상에 관한 생각이 그의 뇌리를 떠나지 않는다.

신과 전달자God and Messenger

신께서 모세에게 말씀을 전하신
산처럼
황량한 보도 —

갑자기 도로에서
자동차 범퍼
내 다리를 환히 비추네.

　요점은, 유대인 레즈니코프와 미국인 레즈니코프는 서로 분리될 수 없다는 것이다. 레즈니코프 시들이 지닌 각각의 측면은 그의 작품 전체와의 관계 속에서 읽어야만 한다. 각각의 관점이 결국 다른 모든 작품 속에 살아 있기 때문이다.

황혼에 물든 거리의 나무 —
대칭을 이룬 벌거벗은 나뭇가지들에 미동도 없이 매달린
꼬투리들 —
하지만 만일 신처럼 우리에게도 한 세기가
눈 깜짝할 순간이라면
광포한 성장을 보게 되겠지.

　다시 말해, 눈은 적절하지 않다. 보이는 것조차 진정으로 보이는 것이 될 수 없다. 우리를 부단히 〈좁은 현재만이 살아 있는〉 장소, 영원으로부터의 유배지, 인간이 지닌 가능성의 충만함이 배제된 곳으로 밀어 넣는다. 모든 작품에서 인간의 지각을 줄기차게 주장하는 레즈니코프이지만, 한편으로는 그 한계를 인식하고 시에 반성적 특성을 담아내어 가장 솔직한 서정시에까지 자기 회의가 배어 있다. 레즈니코프는 겉보기에 단순성을 지녔으나 결코 원초적이지 않다. 환원주의자라고 한다면 고도로 세련된 환원주의자이다. 노련한 장인으로서 모든 시가 〈굶주림과 침묵, 땀〉의 산물임을(그가 한 작품에서 말했듯이) 우리 독자들이 잊게 만든다.

그러나 레즈니코프의 작품에는 시간과 영원 사이의 다리가, 신과 인간 사이의 연결 고리가 있다. 인간이 자아의 요구를 가장 격렬하게 절제해야만 하는 영역, 즉 법이라는 개념이 바로 그것이다. 유대교적 의미에서의 법, 더 나아가 영어적 의미에서의 법. 그의 시집 『증언*Testimony: The United States (1885-1915) Recitative*』에서 읽기는 보는 행위와 같다. 〈주(註): 다음에 이어질 모든 내용은 몇몇 주(州)의 판례집에 기초한다.〉 레즈니코프가 관찰하고 생기를 불어넣은 대상은 말, 인간의 언어다. 그리하여 목격하는 행위는 창조하는 행위와 — 그리고 그 짐을 어깨에 짊어짐과 — 동의어가 된다. 레즈니코프는 뎀보와의 인터뷰에서 이렇게 말한다. 〈법정에 서서 과실 사건에 대해 증언한다고 가정해 봅시다. 증언대에 서서《그는 과실을 저질렀습니다》라고 말할 순 없는 노릇이지요. 그건 어떤 사실이 이미 확실하다는 결론이니까요. 증언대에서 우리가 말해야 하는 건 그가 어떻게 행동했는가입니다. 길을 건너기 전에 멈췄는가? 주위를 살폈는가? 그가 과실을 저질렀는지 아닌지에 대한 판결은 배심원단이 내리고, 시인으로서 당신이 하는 말에 대한 판결은 독자가 내리지요. 즉, 법정 증언과 시인의 증언에는 유사점이 있습니다.〉

변호사 교육을 받고(변호사로 일한 적은 없지만) 수년간 법률 백과사전 연구원으로 근무하기도 한 레즈니코프는, 법의 작용을 시적 과정의 기술에 활용했을 뿐 아니라 근본적인 미학적 이상으로도 삼았다. 그는 자전적인 장문의 시「한 작가의 초년기Early History of a Writer」에서 법 공부가 시인으로서 수련에 어떻게 도움이 되었는지 설명한다.

> 4년을 법 공부에 매달린 대가로 얻은 비싼 기계
> 글쓰기에는 무용지물이리라 생각했던
> 그 기계가 도움이 되었다.
> 문장들을 비집어 열어 정확한 의미를 보고
>
> 단어들을 저울질하여
> 내 목적에 맞는 살이 든 것만 골라내고
> 나머지는 빈껍데기처럼 버리게 해주었다.
> 나는 모든 단어와 구절을
> 문서나 판사의 소견처럼 세심히 살피고
> 어조와 함축에도 귀 기울여
> 압축적이고, 필수적이고, 간단명료한 것만 남길 수 있었다.

『증언』은 레즈니코프가 시인으로서 이룬 가장 중요한 성취일 것이다. 조용한 놀라움을 주는 이 작품은 너무도 교묘하게 쓰여 예술 작품이라기보다 하나의 문서로 잘못 읽히기 십상이며, 미국적 삶의 만화경인 동시에 레즈니코프가 자신의 시 원칙들을 가지고 한 궁극적 실험이다. 독립된 작은 단편으로 구성되어 있고 각각은 실제 재판을 정제하여 쓴 것인데, 작품 전반이 주는 느낌은 극히 일관되었다. 레즈니코프는 가르칠 교훈도, 딴 속셈도, 옹호할 이데올로기도 없다. 단지 사실들을 제시하고자 할 뿐이다. 예를 들어 보자.

결혼할 당시
앤드루에겐 5만 달러가량이 있었고
폴리는 무일푼이었다.
「그는 광산으로 갔고
나는 그가 고꾸라져서
목이 부러지길 바라요.
나는 그냥 그가 싫어요.
그가 내 몸을 만질 때마다 소름이 끼쳐요.」

〈앤디, 난 무정하게 보일지 모를 편지를
쓰려고 해,
당신을 사랑해야 하지만
사랑하지 않는다는 걸 당신도 알 테고
앞으로도 결코 사랑할 수 없으리란 걸 난 알아.
그러니 나와 이혼해 주는 게
최선이라고 생각하지 않아?

그렇게 해주면

난 당신이 준

덴버의 집을 팔지 않아도 될 거고

델타의 목장을 당신에게 돌려줄 거야.

일단 이혼한 다음에

당신이 나를 좋아하고 내가 당신을 좋아하게 되면

다시 결혼하는 거지. 폴리가.〉

*

제시는 열네 살이라고 말하는 사람도 있었지만

열한 살이었고,

이제 막 걸음마를 시작한

아기를 돌보고 있었다 —

제시가 갑자기 아기 기저귀를 벗기더니

옥수수빵을 굽던 뜨거운 재에

아기를 앉혔고

아기가 비명을 지르자

턱을 갈겼다.

　　어떤 시인도 『증언』의 레즈니코프보다 자신을 보이지 않게 만들기는 힘들 것이다. 그와 비견할 만한 현실 접근을 보인 작가를 찾으려면 세기말의 위대한 산문 작가들에게 눈을 돌려야 할 것이다. 레즈니코프는 체호프나 초기 조이스 작품에서처럼 사건이 스스로 말하게 한다. 모든 걸 말해 줄 정확한 세부를 선택하여 작가 자신은 최대한 말하지 않은 채 남고자 한다. 이러한 제한은 역설적이게도 극소수에게만 가능한 정신의 개방성을 요구한다. 주어진 것을 받아들이고, 판사가 되고 싶은 유혹에 빠져들지 않고 인간 행동의 목격자로 남는 능력 말이다.

동일한 테크닉을 많이 활용하였으나 훨씬 덜 만족스러운 『홀로코스트*Holocaust*』와 비교하면 『증언』의 성공이 한결 돋보인다. 미국 정부에서 출간한 『뉘른베르크 재판 이전의 범죄 재판들*Trials of the Criminals Before the Nuremberg Tribunal*』과 예루살렘에서 열린 아이히만 재판 기록을 참고한 레즈니코프는, 『증언』에서 미국 재판 기록에 파묻힌 드라마들을 탐사할 때 썼던 냉정한 다큐멘터리 스타일로 독일의 유대인 말살을 다뤄 보려 시도한다. 문제는, 내가 보기엔 규모에서 나온다. 레즈니코프는 일상의 대가(大家)로, 작은 사건들의 중대성을 이해하고 보통 사람의 삶에 공감하는 능력이 불가사의할 정도다. 『증언』 같은 작품에서 그는 우리에게 사실을 제시하는 동시에 이해하게 만들며 그 두 제스처는 분리 불가능하다. 그러나 『홀로코스트』의 경우 사실이 우리에게 이미 전달된 상태이다. 도무지 알 수도 없고 생각할 수도 없는 홀로코스트란 것을 우리가 이해하기 위해선 — 이해가 가능하다는 가정하에 — 그것이 사실 너머에서 다뤄져야 한다. 1960년대 페터 바이스의 희곡 『수사*Die Ermittlung*』의 접근법처럼, 레즈니코프의 시는 온갖 잔혹 행위를 이야기하면서도 그것을 심판하기는 단호히 거부한다. 그렇지만 그러한 태도는 거짓 객관성을 띤다.『홀로코스트』는 독자에게 〈당신이 결정하라〉고 말하는 것이 아니라, 결정은 이미 내려졌고 우리가 과거의 잔혹 행위들을 다룰 수 있는 유일한 방법은 그것들에 내재한 감정적 배경을 제거하는 것이라고 말한다. 문제는 우리가 감정적 배경을 제거할 수 없다는 것이다. 그 배경은 필수적인 시작점이니까.

『홀로코스트』는 레즈니코프 작품의 한계를 보여 준다는 점에서 교훈적이다. 결점이 아닌 한계 말이다. 이 한계는 하나의 공간을 구획하여 서술하게 해주고 하나의 세계를 창조하게 해준다. 레즈니코프는 본질적으로 **이름 붙이기**의 시인이다. 그는 시를 언어에 담긴 것이라기보다 언어 이전에 발생하여 언어가 발견되는 순간에 결실을 맺는 무언가라고 여긴다. 그리고 말하려는 바를 정확하게 말하고자 애쓰다 보니 자연 그대로의, 깐깐한, 거의 뻣뻣하기까지 한 스타일이 탄생한다. 레즈니코프의 작품을 한 단어로 설명한다면 바로 겸허함 — 언어에 대한, 그리고 자신에 대한 — 일 것이다.

내가 말해 온
어리석음 때문에
두렵다.
나는 침묵의
다이어트를 하고,
조용함으로

스스로를 강하게 만들어야 한다.

레즈니코프에게 삶은 쉽지 않았을 것이다. 그는 시를 쓰는데 바친 오랜 세월 동안(스물네 살인 1918년 첫 시집을 출간한후 1976년 초 죽음을 맞이할 때까지 지속적으로 시집을 냈다)충격적일 만큼 철저히 외면받았다. 대부분의 책이 한정된 부수로 출판되었고(그중 다수를 자비로 냈다) 생계 문제로 압박감과 싸워야 했다.

> 먹고살 돈을 버는 일을 온종일 했더니
> 피곤했다. 나의 일은 또 하루를 잃었구나,
> 생각이 들었지만, 그래도 천천히 시작했더니,
> 천천히 힘이 생겨났다.
> 당연히 밀물은 하루 두 번 들어온다.

레즈니코프는 60대 후반이 되어서야 조금씩 인정받기 시작했다. 뉴 디렉션스 출판사에서 그의 시 선집 『맨해튼 물가에서By the Waters of Manhattan』를 냈고, 몇 년 후 『증언』 첫 권을 선보였다. 두 책이 성공을 거뒀지만 — 그를 찾는 독자도 늘어 갔지만 — 뉴 디렉션스는 작가 명단에서 레즈니코프를 빼기로 했다. 세월이 흘렀다. 그러다 1974년 블랙 스패로 출판사에서 『살기와 보기의 샘가에서: 새 시 선집By the Well of Living & Seeing: New & Selected Poems 1918-1973』을 출간했다. 그보

굶주림의 예술

다 중요한 것은 이 출판사가 레즈니코프의 작품을 모두 모아 책으로 펴내는, 오래 지연된 프로젝트에 착수했다는 사실이다. 시무스 쿠니의 지적이고 감각적인 편집하에 지금까지 두 권짜리 『시 전집』과 『홀로코스트』, 사후 발표 소설 『매너 음악*The Manner Music*』, 그리고 『증언』의 첫 두 권이 나왔고, 앞으로 『증언』의 나머지 부분과 『회곡집*Collected Plays*』도 출간될 예정이다.

레즈니코프는 무명작가의 삶을 살았을지언정 작품에 분노의 작은 흔적조차 남기지 않았다. 분노하기엔 너무도 긍지가 높았고, 자신의 작품이 세상에서 어떤 운명을 맞이하는지 신경 쓰기엔 창작하기에 바빴다. 사람들은 조용히 말하는 이에겐 늦게 귀 기울인다. 하지만 레즈니코프는 사람들이 결국 자신의 말을 듣게 될 것임을 알았다.

찬미의 노래Te Deum

나 승리 때문에
노래하지 않네,
가진 거라곤
흔한 햇살
산들바람
봄의 아낌없는 선물뿐.

승리를 위해서가 아니라

내가 최선을 다해 해낸

하루의 일 때문에,

연단 위의 자리를 위해서가 아니라

평범한 식탁을 위해.

1974년, 1976년, 1978년

2. 〈우리 어머니에게 일어났던 일이 떠올라……〉

1974년 나는 『유러피언 주데이즘*European Judaism*』이라는 영국 잡지의 편집자 앤서니 루돌프에게서 찰스 레즈니코프의 여든 번째 생일 기념호에 실을 평론을 써달라는 청탁을 받았다. 당시 나는 4년간의 프랑스 생활을 막 끝낸 참이었고, 레즈니코프의 작품에 관한 그 짧은 평론이 미국에 돌아와서 처음 쓴 글이었다. 귀국을 기념하기에 알맞았다.

그해 늦여름 리버사이드 드라이브에 있는 아파트로 이사했다. 글을 탈고한 후 레즈니코프가 지척에 — 웨스트엔드가에 — 산다는 사실을 알게 되어 혹시 만나 볼 수 있을지 묻는 편지를 원고 사본과 함께 보냈다. 몇 주가 지나도록 답장이 없었다.

나는 10월 초 어느 일요일에 결혼을 하게 되었다. 식은 아파트에서 정오경에 올릴 예정이었다. 하객들이 도착하기 직전인 11시에 전화벨이 울리더니 낯선 목소리가 나와 통화하고 싶다고 했다. 〈찰스 레즈니코프예요.〉 억양 없는 어조로 말했는데, 반복적 리듬이 빈정대는 느낌을 주었지만 분명 유쾌한 목소리였다. 나는 물론 그 전화가 기쁘고 영광스러웠지만 지금은 통화하기가 어려울 것 같다고 설명했다. 곧 결혼식을 올릴 참이라 말을 조리 있게 할 수 있는 상태가 아니라고 했다. 레즈니코프는 그 말을 듣고 무척 재미있어하며 웃음을 터뜨렸다. 〈결혼식 날 신랑에게 전화하기는 처음이네요!〉 그가 말했다. 〈마젤 토브, 마젤 토브!〉* 우리는 그다음 주에 그의 아파트에서 만나기로 약속했다. 나는 전화를 끊고 제단을 향해 행진했다.

대형 주상 복합 건물 22층에 자리한 레즈니코프의 아파트에서는 허드슨강이 시원하게 내려다보이고 창문으로 햇살이 쏟아져 들어왔다. 나는 대낮에 도착했고, 좀 오래된 크럼케이크와 함께 커피를 여러 잔 마시며 서너 시간 머물렀다. 그 방문은 내게 강한 인상을 남겨서 10년 가까이 지난 지금까지도 고스란히 기억이 난다.

나는 인생을 살면서 훌륭한 이야기꾼들을 꽤 만나 보았지만 그중 레즈니코프가 챔피언이었다. 그날 레즈니코프의 이야기는 30~40분씩 이어지기도 했는데, 그는 이야기가 요지에서 아무리 멀리 벗어나도 흐름을 완벽하게 통제했다. 그는 이야기를 잘하는 데 꼭 필요한 인내심을 갖추고 있었고, 이야기가 흘러가는 과정에서 발생하는 아주 사소한 돌발 상황까지도 음미할 줄 알았다. 여담이 꼬리에 꼬리를 물고 이어지는 게 처음엔 정처 없는 방랑으로 보였는데 나중에 알고 보니 정교하

---

* Mazel tov. 유대인의 축하 인사.

고 체계적으로 원을 그린 것이었다. 예를 들면, 그는 할리우드에 살다가 왜 뉴욕으로 돌아왔을까? 이 이야기는 무수한 작은 사건을 동반했다. 공원 벤치에서 어떤 남자의 형제를 만난 일, 누군가의 눈동자 색깔, 어느 나라의 경제 위기. 15분 후 내가 이야기의 미로 속에서 완전히 길을 잃었다고 느끼기 시작했을 때, 그리고 레즈니코프 역시 길을 잃었으리라 확신하고 있을 때, 그는 천천히 출발점으로 돌아오기 시작했다. 〈그래서 나는 할리우드를 떠나게 된 거지요.〉 그가 지극히 명확하고 확실하게 선언했다. 돌이켜 보니 모든 이야기가 완벽하게 아귀가 맞았다.

그의 어린 시절, 언론인이 되려다 포기한 일, 법 공부, 부모님 밑에서 모자 세일즈맨으로 일하며 메이시스 백화점에 견본품을 보여 주러 가서 바이어를 기다리며 벤치에 앉아 시를 쓰던 일에 관한 이야기를 들었다. 걷기 — 특히 뉴욕에서 케이프 코드까지의 (도보!) 여행 — 이야기도 들었는데, 예순 살이 훌쩍 넘어서 시작한 습관이라고 했다. 너무 빨리 걷지 않는 것이 중요하다고 그는 말했다. 시속 3킬로미터 미만의 속도를 유지해야만 보고 싶은 걸 모두 볼 수 있다는 것이었다.

그날 그를 찾아가면서 당시 막 출간된 나의 첫 시집 『폭로 *Unearth*』한 부를 들고 갔다. 시집을 본 레즈니코프는 지나간 이야기 하나를 들려주었는데, 그의 작품들이 너무도 오랜 세월 지독한 외면을 받았다는 점에서 그 회고담은 더 의미심장하다. 1918년 그의 첫 시집을 내준 사람은 새뮤얼 로스(훗날 제임스 조이스의 『율리시스』 해적판을 잡지에 연재하여, 미국에서는 선정성 때문에 출간이 금지되었던 그 소설이 1933년 재판을 통해 미국 내 출간 허가를 받도록 계기를 마련해 준 일로 유명해졌다)였다. 당시 미국의 대표 시인은 에드윈 알링턴 로빈슨이었고, 레즈니코프는 그 위대한 인물이 격려해 주기를 바라며 그에게 자신의 시집 한 부를 보냈다. 어느 날 오후에 레즈니코프가 로스의 서점을 방문했는데 마침 로빈슨이 들어왔다. 로스가 그를 맞이하러 갔고, 레즈니코프는 서점 안쪽 구석에 서서 다음과 같은 장면을 목격했다. 로스가 매대에 진열된 레즈니코프의 책을 자랑스럽게 가리키며 이 훌륭한 젊은 시인의 작품을 읽어 보았느냐고 물었다. 〈예, 읽어 봤습니다.〉 로빈슨이 적의에 찬 거친 목소리로 대답했다. 〈쓰레기였어요.〉

레즈니코프가 1974년 내게 말했다. 〈그래서 난 에드윈 알링턴 로빈슨을 다시는 만날 수 없었지요.〉

내가 외투를 입고 떠나려고 할 때에야 레즈니코프는 내가 보낸 평론에 관한 이야기를 꺼냈다. 레즈니코프 자신은 의식적으로 생각해 본 적 없었을 문제들을 다룬, 극히 난해하고 아리송한 스타일의 글이었기에 그의 반응을 전혀 가늠할 수 없었다. 그러나 긴 대화를 나누는 동안 그가 평론에 대해 침묵하는 모습을 보고는 나의 글이 마음에 들지 않은 모양이라고 생각하게 되었다.

〈그 기사 말인데,〉 그가 거의 퉁명스럽게 말했다. 〈그걸 보고 우리 어머니에게 일어난 일이 떠올랐어요. 어느 날 우리 어머니가 길을 걷는데 낯선 사람이 다가와 머리칼이 아름답다고 아주 친절하고 정중하게 칭찬하더래요. 사실 그때까지 우리 어머니는 자신의 머리칼을 자랑스럽게 여긴 적이 없었고 머리칼이 장점이라고 생각하지도 않았지요. 하지만 어머니는 낯선 사람의 칭찬에 힘입어 남은 하루 내내 거울 앞에 서서 멋을 부리며 자신의 머리칼에 감탄했지요. 당신의 평론이 나에게 바로 그런 역할을 해줬어요. 그 평론 덕에 난 오후 내내 거울 앞에 서서 나에게 감탄을 보냈지요.〉

몇 주 후 레즈니코프에게서 내 시집에 대한 편지를 받았다. 편지는 찬사로 가득했고 그의 진심을 — 진짜로 마음먹고 앉아서 내 시집을 읽었음을 — 확신하게 해주는 인용문이 무수히 들어 있었다. 더없이 소중한 편지였다.

레즈니코프가 세상을 떠나고 몇 년이 지난 후 라호이아에서 편지 한 통이 날아왔다. 최근 레즈니코프의 문서들을 사들인 캘리포니아 대학 도서관 미국 시 아카이브에서 일하는 친구가 쓴 편지였다. 자료를 정리하다가 레즈니코프가 소장하고 있던 내 시집 『폭로』를 발견했다는 것이었다. 놀랍게도 책의 여백에 짧은 메모가 아주 많이 적혀 있었으며, 시를 정확하게 읽고 리듬을 이해하기 위해 모든 시에 강세 표시를 해놓았더라고 친구는 전했다. 나는 이미 세상을 떠난 레즈니코프에게 그 어떤 말도, 행동도 전할 수 없었기에 그저 이승에서 감사의 마음만을 품었다.

에드윈 알링턴 로빈슨과 찰스 레즈니코프, 고인이 된 두 시인이 지금 어디에 있는지는 모르겠지만, 분명 레즈니코프가 훨씬 더 좋은 곳에 있을 것이다.

1983년

바틀부스의 어리석은 소행들

조르주 페렉은 열두 권의 책과 빛나는 명성을 남기고 1982년 마흔여섯의 나이로 죽었다. 이탈로 칼비노의 말에 따르면, 〈그는 전 세계적으로 독특한 문학인의 한 사람이었고 그 누구도 닮지 않은 작가였다〉. 우리가 그를 접하기까지 상당한 시간이 걸렸다. 그러나 이제 그의 주요 작품인 『인생 사용법La Vie mode d'emploi』이 마침내 영어로 번역되었으므로 현대 프랑스 문학을 예전과 같은 시각에서 보기는 어렵게 되었다.

그는 1920년대에 프랑스로 이민한 폴란드 유대인 가정에서 태어났다. 아버지는 1940년 독일의 프랑스 침공 때 죽었고 어머니는 1943년 강제 수용소에서 죽었다. 그는 나중에 이렇게 썼다. 〈나는 어린 시절의 기억이 없다.〉 그의 문학 경력은 일찍 시작되었고 열아홉 무렵에는 이미 『NRF』와 『새로운 문학Les Lettres Nouvelles』에 비평문을 게재했다. 그의 첫 장편소설 『사물들Les Choses』은 1965년 르노도상을 수상했고, 이후 사망할 때까지 대략 한 해에 한 권 꼴로 책을 썼다.

비극적인 가정사를 감안하면 페렉이 본질적으로 코믹 작가라는 사실은 의외이다. 생애 마지막 15년 동안 그는 울리포 (Oulipo, Ouvroir de Littérature Potentielle, 가능 문학의 워크숍)라는 모임의 적극적인 회원이었는데, 이것은 레몽 크노와 수학자 프랑수아 르 리오네가 결성한 특이한 문학회이다. 울리포는 작가들에게 각종 황당한 프로젝트를 제안했다. S-7 방식(유명한 시에 나오는 모든 단어를 사전에서 찾은 다음 각 단어의 일곱 번째 아래 칸에 실린 단어로 대체하는 것), 리포그람(텍스트에서 철자 한두 개를 제거하는 것), 이합체시(離合體詩),* 회문(回文),** 글자 바꿔 넣기, 애너그램,*** 각종 다양한 〈문학적 제약〉 등이 그 예이다. 울리포의 주도적 회원이었던 페렉은 2백 페이지가 넘는 장편소설을 모음 e가 들어가지 않는 단어로만 썼다. 그다음에는 모음으로는 e만 들어간 단어로만 또 다른 장편소설을 썼다. 이런 말장난은 그에게 아주 자연스러운 놀이였다. 그는 소설을 쓰는 것 이외에 『르 푸앵*Le Point*』이라는 시사 잡지에다 매주 난해하기 짝이 없는 십자말풀이를 출제하기도 했다.

조르주 페렉을 읽으려면 유희 정신에 푹 빠질 각오를 해야 한다. 그의 책에는 지적 함정과 암유(暗喩)와 비밀 장치가 가득하다. 톨스토이나 토마스 만 수준으로 심오하지는 않다고 하

---

 * 각 행의 처음과 끝 글자를 맞추면 어구가 되는 시.
 ** 거꾸로 읽어도 같은 말이 되는 말.
 *** 철자 순서 바꾸기.

더라도, 루이스 캐럴이나 로런스 스턴 스타일로 흥미진진하다. 가령 『인생 사용법』에서 페렉은 유명한 미국 노래, 아서 스탠리 제퍼슨 작 「와이오밍의 거트루드Gertrude of Wyoming」의 악보를 언급한다. 그런데 아주 우연히도 나는 아서 스탠리 제퍼슨이 코미디언 스탠 로럴의 본명인 것을 안다. 이건 우연히 눈치챈 암유이고 그 밖에 내가 알지 못하는 다른 천 가지 암유가 충분히 있을 수 있다.

수학을 좋아하는 독자를 위해 이 소설에는 마법의 사각형과 체스 말의 움직임이 숨겨져 있다. 하지만 숨겨진 것을 발견하지 못한다고 해서 소설을 즐기지 못한다는 법은 없다. 책을 많이 읽는 독자는 카프카, 애거서 크리스티, 멜빌, 프로이트, 라블레, 나보코프, 쥘 베른을 비롯해 기타 무수한 작가에게서 직간접적으로 인용한 문장들을 발견할 것이다. 그러나 인용의 원천을 모른다고 해서 소설을 즐기는 데 지장을 받는 것은 전혀 아니다. 호르헤 루이스 보르헤스와 마찬가지로, 페렉은 기이한 지식과 엉뚱한 박식의 저장고이다. 독자는 자신이 사기를 당하고 있는지 어떤 깨달음을 얻고 있는지 확신하지 못한다. 하지만 장기적으로 보면 그건 문제가 되지 않는다. 독자를 소설 속으로 끌어당기는 것은 페렉의 영리함이 아니라 교묘하면서도 명석한 스타일과 끝없는 리스트, 카탈로그, 묘사 등을 통하여 독자의 흥미를 지속시키는 언어의 흐름이기 때문이다. 페렉은 물질세계의 뉘앙스를 표현하는 데 비상한 재주를 지녔다. 그의 손에 걸리면 벌레가 갉은 탁자도 흥미의 대상이 될 수 있다.

굶주림의 예술

〈이렇게 한 뒤에 그는 원래의 나무에서 남은 것을 용해하여 저 환상적인 내부의 자국을 드러낼 계획이었다. 그것은 나무 안에서 살아온 벌레들에 대한 정확한 기록이 될 터였다. 그 벌레들의 눈먼 실존, 순일한 전념, 완고한 여정을 구성했던 모든 정적·광물적 축적을 드러낼 터였다. 벌레들이 빽빽한 나무 한가운데서 살아남기 위해 먹고 배설한 모든 과정, 딱딱한 나무에 아주 은밀한 굴의 연결망을 만들어 낸 저 명백하면서도 가시적이고 또 혼란스러운 이미지를 보여 줄 터였다.〉

『인생 사용법』은 거대한 지그소 퍼즐처럼 구성되어 있다. 페렉은 파리의 아파트 한 동을 무대로 삼아, 서문과 발문이 달린 아흔아홉 개의 짧은 장에서 각 집, 그리고 각 집에 사는 사람들의 과거와 현재를 자세하게 묘사한다. 우리는 또한 그 아파트에 55년 동안 살아온 늙은 화가 세르주 발렌이 그린 그림을 보게 된다. 〈생애 마지막 몇 달 동안에 화가 세르주 발렌은 그의 전 존재를 닮은 그림을 그려야겠다고 마음먹었다. 그의 기억 속에 들어 있는 모든 것, 몸을 스치고 지나간 모든 감각, 모든 환상, 열정, 증오를 캔버스 위에 그려야겠다고 생각했다. 그것은 그의 일생을 구성하는 소소한 부분들의 총합이 될 터였다.〉

그리하여 전체적으로 나타난 것은 자기 충족적이면서도 서로 연결된 일련의 이야기들이다. 이야기들은 아주 명쾌하게 서술되고, 기묘한 것에서 현실적인 것에 이르기까지 범위도 아주 넓다. 살인과 복수의 이야기도 있고, 지적 강박증의 이야기도 있고, 사회 풍자를 담은 유머러스한 이야기도 있고, (거의 예기치 않은 것이지만) 깊은 심리적 통찰을 보여 주는 이야기도 있다. 페렉의 소우주에는 괴짜, 열정적인 수집가, 골동품 수집가, 세밀화가, 풋내기 학자가 산다. 이 만화경적 세계에서 주인공이라고 할 만한 인물을 지목한다면 퍼시벌 바틀부스일 것이다. 이 영국인 백만장자 괴짜는 정신 이상적이면서도 쓸모없는 50년짜리 프로젝트를 수행하는데 그것이 소설 전체를 관통하는 상징 역할을 한다. 바틀부스는 젊은 시절, 자신의 부가 권태로운 생활을 가져오리라는 것을 깨닫고 10년 동안 세르주 발렌에게 수채화를 배우기로 마음먹는다. 그는 그림에는 별 재능이 없지만 마침내 흡족한 기량을 갖춘 수준에 이른다. 이어 하인 한 명을 데리고 20년 동안 세계 일주 여행에 나서는데 목적은 오로지 5백 개의 서로 다른 항구와 해항을 수채화로 그리는 것이다. 수채화가 완성되자마자 그는 파리의 가스파르 윙클러라는 사람에게 보내는데, 이 사람 역시 같은 아파트 같은 동에 살고 있다. 윙클러는 퍼즐 제작 전문가로 바틀부스가 자신의 수채화들을 각각 750조각짜리 지그소 퍼즐로 만들기 위해 고용한 사람이다. 20년 동안 하나씩 하나씩 퍼즐로 만들어진 수채화들이 나무 상자에 보관된다. 바틀부스는 여행에서 돌아와 아파트에 칩거하면서 그 퍼즐들을 조직적으로 또 연대기순으로 맞추어 나간다. 퍼즐 조각을 붙이려는 목적으로 고안된 교묘한 화학적 과정에 따라, 퍼즐 조각의 가장자리는 아주 완벽하게 풀칠되어 이음새가 보이지 않게 되고, 그리하여 수채화는 원래의 완벽한 상태를 회복한다. 새것처럼 복원된 수채화는 나

굶주림의 예술

무 받침대에서 내려져 20년 전 그림을 그렸던 장소로 보내진
다. 거기서 사전에 약속한 바에 따라 수채화는 그림의 모든 흔
적을 지워 버리는 용해액 속에 넣어지고, 그리하여 바틀부스에
게는 아무 흔적도 없는 깨끗한 종이만 남는다. 달리 말하면 시
작할 때 그대로인 백지만 남는 것이다. 하지만 이 프로젝트는
계획대로 진행되지 않는다. 바틀부스는 5백 개의 수채화를 모
두 완성할 정도로 오래 살지 못한 것이다. 페렉은 아흔아홉 개
장의 마지막 문단에서 이렇게 썼다. 〈1975년 6월 23일이고 저
녁 8시이다. 지그소 퍼즐 앞에 앉아 있던 바틀부스는 방금 죽
었다. 식탁보 위에 놓인 439번째 퍼즐, 황혼의 하늘에 아직 끼
워지지 않은 검은 부분은 X 자 꼴이었는데 죽은 사람이 손에
든 조각은 W 자 모양이었다.〉

　『인생 사용법』의 다른 많은 이야기와 마찬가지로, 바틀부스
의 기이한 이야기는 세상에 임의적인 질서를 부여하려는 인간
의 정신적 노력을 우화로 만든 것이다. 페렉의 등장인물들은
되풀이하여 그들의 계획 안에서 사기를 당하고, 위협을 당하
고, 좌절을 당한다. 이 책의 어두운 측면이라고 한다면 이처럼
실패의 불가피성을 강조하는 점이라 할 수 있다. 바틀부스의
자기 파괴적인 프로젝트조차 완성이 되지 못한다. 우리는 소
설의 에필로그에서 세르주 발렌의 거대한 그림(그것은 우리가
지금까지 읽어 온 책과 같은 것이라 할 수 있는데)은 예비 스케
치 너머로 나아가지 못함을 알게 된다. 따라서 페렉 자신도 등
장인물들이 저지르는 어리석은 짓을 저지르는 셈이 된다. 이런

자기 조롱의 정신이 이 읽기 까다로운 소설을 납득할 수 있는 작품으로 만들어 준다. 흥청망청 떠들고 놀기와 농담하기에도 불구하고, 그 따뜻한 인간애가 우리를 끌어당긴다.

1987년

굶주림의 예술

포의 유골 & 오펜의 파이프

1980년대에 쓴 유실 원고 두 편

I

2013년 뉴욕 공립 도서관에서 열린 「버그 컬렉션Berg Collection」의 큐레이터 아이잭 지워츠가 내 문서들 속에서 메모 형식의 초고 하나를 발견했는데, 1982년 봄 내가 뉴저지 사우스오렌지에 있는 시턴홀 대학교에서 한 연설과 관련된 것인 듯하다. 완성해서 타이핑한 원고는 유실되었다. 다음은 그 초고의 일부를 발췌한 것이다. 말라르메의 소네트는 그날 밤 사용한 번역본 대신 헨리 웨인필드의 훌륭한 번역본을 실었다.

오늘 밤 이 자리에 서게 되어 무척 행복합니다. 첫째로 여러분과 시에 관한 생각을 나눌 기회를 얻어서이고, 그뿐 아니라 이 방문이 저에겐 귀향이라고 할 수 있기 때문이기도 합니다. 저는 이 도시에서 자랐고 어렸을 때 시턴홀 캠퍼스에서 네다섯 블록밖에 떨어지지 않은 곳에 살았습니다. 당시 시턴홀은 작은 대학이었고 1950년대부터 솟아오르기 시작한 번쩍거리는 새 건물들은 없었습니다. 친구들과 여기 와서 얼마나 자주 놀았는지 기억합니다. 운동장에서 뛰어다니거나 넋을 잃고 대학생들을 구경하기도 했지요. 글자가 들어간 스웨터, 격자무늬 치마, 새들 슈즈 차림의 거인들…….

　저는 이 도시의 공립 학교에 들어갔고, 1961년 말인가 1962년 초 어느 저녁에 우리 9학년 농구 팀이 바로 이곳 시턴홀 농구 코트에서 시턴홀 사립 학교 9학년 팀과 시합을 벌였습니다. 지역 경찰 자선 협회의 기금을 마련하기 위한 행사였죠. 그 시합은 청춘기의 짜릿한 경험들 가운데 하나였습니다. 월터 듀크스와 닉 워크먼이 뛰었던 코트에서 경기했는데 관중석이 꽉 찼던 것으로 기억합니다. 우리가 30 대 29로 진 것도 기억합니다. 어느 시점에 우리 팀 최고 선수가 상대 팀 공을 빼앗은 뒤 정신없는 상황에서 몸을 돌려 코트 끝에서 끝까지 공을 몰고 가서는 수비의 방해 없이 레이업 슛을 넣었습니다. 자살골이었죠. 시턴홀 고교는 2점을 거저 얻으면서 승리를 거머쥐었습니다.

　시합에 참가한 모든 선수가 선물을 받았는데, 경찰 자선 협회에서 주는 펜이라 〈PBA〉* 라는 글자가 새겨져 있었습니다. PBA는 마침 제 이름 폴 벤저민 오스터의 머리글자이기도 하여 그 펜을 소중히 간직하면서 맞춤형 집필 도구로 삼았습니다! 마침 제 인생에서 문학이 새로운 의미를 갖기 시작한 시기이기도 해서 ─ 열넷, 열다섯 때였죠 ─ 그 PBA 펜으로 사춘기의 첫 시들과 단편소설들을 쓰게 되었습니다. 물론 형편없는 작품들이었지만 대단히 진지하고 열정적으로 썼죠. 따라서 시턴홀

---

　*　Police Benevolent Association, 경찰 자선 협회.

은 현재의 저를 만드는 데 좋건 나쁘건 극히 중요한 역할을 했다고 해도 과언이 아닐 것입니다.

오늘 밤의 연설을 준비하면서 과거의 기억과 귀향에 관한 생각을 떨쳐 버리기가 힘들었으며, 이 자리에서 말씀드릴 주제는 현대 프랑스 시인데도 자꾸만 고향과 결부하여 생각하게 되었습니다. 여기서 고향은 미국을 뜻합니다. 에드거 앨런 포의 이름이 제 머릿속에서 조금씩 메아리치기 시작했습니다. 포, 최초로 프랑스에 영향력을 미친 미국 시인. 포가 죽음을 몇 개월 앞두고 강연을 하러 **그의** 고향인 버지니아주 리치먼드로 갔던 일이 계속 떠올랐습니다. 저 자신이 지금 고향에서 하는 일과 다르지 않죠. 이런 식으로 두 가지 주제가 계속 연결되었고, 결국 저는 오랜 세월 대서양 너머로 오간 프랑스와 미국 사이의 문학적 영향력, 그리고 한 언어로 쓰인 시들이 다른 언어로 쓰인 작품들에 흡수된 신기한 방식을 오늘 강연의 주제로 삼아야겠다고 결심하였습니다.

포를 생각하기 시작하면서 제일 먼저 떠오른 이미지는, 1875년 볼티모어에서 열린 그의 묘비 제막식이었습니다. 물론 포는 그보다 26년 전인 1849년에 세상을 떠났으며, 모두가 알다시피 그의 죽음은 충격적이고 불가사의했습니다. 포는 슬픔으로 얼룩진 그 마지막 해에 아내와 사별하고 걸작『유레카 Eureka』를 완성했으며 애처롭도록 필사적으로 새 아내를 찾아다녔고 ─ 이스트코스트를 누비며 수많은 여자에게 프러포즈를 했지만 전부 퇴짜 맞았죠 ─ 그러다 강연을 하러 리치먼드로 갔고 거기서 좋은 반응을 얻자 고향에 정착해야겠다고 생각했지만, 결국 볼티모어에서 이해할 수 없는 이상한 폭음을 하고 마흔 살의 나이에 시궁창에서 죽음을 맞이했습니다. 이 모든 사실은 이미 널리 알려졌지만 그다음 일어난 일은 잘 알려지지 않았습니다. 포의 무덤엔 몇 년간 묘비도 없었습니다. 그러다 사촌인 닐슨 포가 묘비를 주문할 돈을 마련했지만, 포 자신이 지어냈을 법한 섬뜩한 운명의 장난으로 포의 묘비를 만들던 채석장에 탈선한 기차가 굴러떨어지는 바람에 거의 완성되어 가던 묘비가 박살 나고 말았습니다. 닐슨은 다시 묘비를 살 형편이 못 되었고, 불쌍한 포는 이름 없는 구덩이에서 20년을 더 묻혀 있어야 했습니다. 그 연옥기 중간쯤에 볼티모어의 한 교사 단체에서 두 번째 묘비를 마련하기 위한 기금을 모으기 시작했고, 10년이라는 긴 세월이 흐른 후에야 마침내 묘비가 세워졌습니다. 포의 시신을 발굴하여 남은 유골을 다른 자리에 재매장한 후 볼티모어 웨스턴 여자 고등학교에서 기념식이 열렸습니다. 당시의 대표적인 미국 시인이 모두 초대되었지만 전부 참석을 거절했습니다. 롱펠로, 홈스, 휘티어, 그리고 이제 망각 속으로 사라진 다른 이름들. 결국 단 한 명의 시인만이 웨스턴 여자 고등학교에 방문해 자리를 빛내 주었는데, 훗날 미국의 가장 위대한 시인이 되었으며 어쩌면 포 못지않게 〈위험한〉 명성을 지녔던 뉴저지의 월트 휘트먼이었습니다.

그로부터 5년 후인 1880년에 휘트먼은 『견본 시절Specimen Days』이라는 제목으로 출간될 책에 포에 관한 짧은 글을 쓰니다. 그중 「에드거 포의 중요성Edgar Poe's Significance」이라는 제목의 챕터에 1875년 11월의 그 행사에 참석한 휘트먼을 다룬『워싱턴 스타The Washington Star』기사가 일부 인용되어 있습니다.

당시 워싱턴을 방문 중이던 〈은발 노시인〉은 볼티모어로 갔고, 뇌졸중의 마비를 겪은 불편한 몸으로 다리를 절룩이며 연단에 올라가 조용히 자리에 앉았다. 그는 연설을 사양하면서 이렇게 말했다. 〈나는 오늘 이 자리에 참석해 포를 추모하고 싶은 강한 충동을 느꼈고 그 충동에 따랐습니다. 그러나, 나의 소중한 친구들이여, 나는 연설을 하고 싶은 마음이 조금도 없고 그 마음에도 따라야만 합니다.〉 하지만 휘트먼은 기념식이 끝난 후 비공식적인 자리에서 이렇게 말했다. 〈오랫동안, 사실 최근까지도 포의 작품을 싫어했습니다. 나는 과거에도 그랬고 지금도 역시 시에서 맑은 햇살이 비치고 신선한 바람이 불기를 바랍니다. 힘과 건강이 넘치며 거친 폭풍우 같은 열정 속에서도 광란에 빠지지 않기를, 늘 영원한 도덕성을 배경으로 하기를 바랍니다. 포의 작품은 앞선 요건들에 부합하지 않지만 천재성 덕분에 특별한 인정을 받았으며, 나 또한 그러한 특성을 받아들이고 그의 진가를 이해하게 되었습니다.〉

휘트먼이 그 기념식에 몸소 참석한 유일한 주류 시인이었다면, 정신으로 방문한 시인도 있습니다. 기념식 이후 수년이 지나 그날을 회고하는 형식을 취하고는 있지만, 그의 참여도 휘트먼의 참석만큼 중요한 의미를 지닌다고 믿습니다. 지금 저는 스테판 말라르메와 그의 매우 아름다운 소네트 「에드거 포의 무덤Le tombeau d'Edgar Poe」에 관해 이야기하는 것입니다. 이 시는 본래 볼티모어 기념식 **이후** 포 기념 서적을 발간하기 위해 의뢰되었습니다. 세라 휘트먼이라는 인물이 의뢰했는데, 월트 휘트먼과는 아무 관련이 없습니다. 그는 포가 생애 마지막 몇 개월 동안 사귄 약혼자들 중 하나였으며, 포의 문학적 명성이 유지될 수 있도록 수년간 부지런히 활동했습니다. 세라 휘트먼이 직접 번역한 말라르메의 시는 이 기념 서적에 담긴 유일한 외국 시였는데, 말라르메가 당대의 가장 중요한 프랑스 시인이었을 뿐 아니라 그때부터 — 휘트먼과 더불어 — 오늘날의 시인들에게 지속적으로 영향을 미쳐 왔다는 점에서 무척 흥미롭습니다.

에드거 포의 무덤

마침내 영원이 그를 그 자신으로 바꾸면서
그 시인 칼 빼들고 다시 일깨우네
그의 목소리에서 죽음이 노래하는 승리의 찬가
들은 적 없어 두려움에 질린 그의 세기를.

그들, 마치 몸부림치는 히드라처럼,

그들의 언어에 더 순수한 의미 부여하는 천사들 노래 들
으며
더럽고 부정한 점액을 섞어 만든
마법의 약을 부었노라고 요란하게 주장했지.

땅과 하늘의 전쟁, 아아 슬프도다!
우리들의 이해가 얕은 돋을새김으로
포의 눈부신 무덤 장식할 수 없다면,

알 수 없는 재앙으로 여기 떨어진 평온한 돌덩어리
이 화강암이라도 늘 경계를 이루게 하라
미래를 향한 신성 모독의 검은 비행(飛行)에.

하지만 말라르메가 포와 관련된 건 비단 이 시를 통해서만
이 아니었습니다. 말라르메는 겨우 스무 살이던 1862년부터
포의 시를 프랑스어로 번역하기 시작해 1888년까지 작업을 이
어 갑니다. 1883년 「에드거 포의 무덤」이 프랑스어로 처음 출
간되었을 때 — 말라르메를 다룬 베를렌의 에세이에 실렸죠
— 말라르메는 사실을 혼동하여 베를렌에게 그 시가 1875년
볼티모어 기념식에서 낭독되었다는 내용의 글을 써서 보냈습
니다. 누구보다 세심하고 정직한 인물이었던 말라르메가 고의
로 그런 실수를 저질렀을 리 없습니다. 그러니까 실제로 그런
일이 있었다고 믿었던 것이며, 이는 포에 대한 말라르메의 무

의식적 애착이 얼마나 강했는지 보여 줍니다.

물론 말라르메 이전에는 앞선 세대의 거장 보들레르가 있었습니다. 보들레르는 포가 프랑스에서 오늘날까지도 이어지는 엄청난 명성을 얻는 데 누구보다 큰 공을 세웠습니다. 포의 삶을 다룬 그의 첫(아주 긴) 에세이는 일찌감치 1852년에 발표되었습니다. 아마 여러분도 거의 모두 아시겠지만, 보들레르는 포의 모든 소설을 프랑스어로 옮기는 중요한 책무를 떠맡았습니다. 보들레르는 단순히 포를 문학적으로 흠모하여 그에게 매료된 것이 아닙니다. 포는 그에게 지극히 영웅적인 인물이었습니다. 현대 작가의 가장 완벽한 본보기, 추방자로서의 작가, 자신이 속한 사회의 구속과 불화하는 천재. 1852년의 에세이에 이런 구절이 있습니다.

에드거 포의 삶은 애통한 비극이었다. (……) 내가 방금 다양한 문서들을 읽고 얻게 된 믿음은, 포에게 미국이 하나의 커다란 우리cage, 거대한 회계 조직이었고 그가 평생 이 적대적인 분위기의 영향력에서 벗어나기 위해 분투했으리란 점이다.

이런 정서는 미국 내에서 포가 실은 미국 작가가 아니라 영어로 글을 쓴 프랑스 작가였다는 믿음을 키우게 되었습니다. 그의 유명한 소설 대부분이 유럽을 배경으로 하며, 「모르그가의 살인 사건The Murders in Rue Morgue」, 「도둑맞은 편지The

포의 유골 & 오펜의 파이프

Purloined Letter」등 널리 알려진 탐정 소설은 프랑스인 오귀스트 뒤팽을 주인공으로 파리에서 펼쳐집니다. 포는 문학사가들이 초기 미국 문학에 적용한 분류의 틀에 맞지 않았습니다. 그는 워싱턴 어빙과 달리 전설적 신세계였던 과거(뉴욕의 네덜란드인들)와도, 너새니얼 호손과 달리 식민지였던 과거(뉴잉글랜드 청교도들)와도 관련이 없었습니다. 무엇보다, 진실로, 그는 미국적 취향에 알맞도록 낙천적이지가 않았지요. 그러나 볼티모어 기념식 50년 후인 1925년 또 한 사람의 뉴저지 출신 시인이자 휘트먼 이래 가장 의식적으로 〈미국적인〉 시인이라 할 수 있는 윌리엄 카를로스 윌리엄스는 저서 『미국인의 기질*In the American Grain*』에서 포를 두고 이렇게 말했습니다.

우리는 혼란스러운 상태에서 포를 〈자연의 과오〉, 〈프랑스인들에게 발견되기에 적합한 인물〉, 혹은 노련하지만 이해할 수 없는 작가라고 부르나, 그는 자신이 존재했던 장소와 시대가 빚어낸 정신이었다. 우리는 체면을 세우기 위해 그에 대해 터무니없는 평을 해왔다. 그 작가의 뛰어난 정확성에서 벗어날 다른 방법은 알지 못하여…….

포가 보여 준 건 신세계, 더 나은 표현을 사용하자면 **새 지역**, 미국이다. 새로 일깨워진 **장소적** 정신의 최초의 위대한 표현이다.

포는 미국 최초로 문학은 **진지한 것**이며 예의가 아닌 진실의 문제라는 인식을 제공한다.

월리엄스는 이어서 포의 문학 비평에 관해 상세하게 이야기합니다. 그 근면한 작가가 짧은 생애 동안 새로 나온 미국 책에 관해 쓴 평론과 기사 들 — 포는 주변 어디에서나 발견할 수 있는 범속함을 공격하고 또 공격하며, 영국과 유럽 모델에 의존하지 않는 확연히 미국적인 문학이 어떤 것이어야 하는지 규정하기 위해 애씁니다. 이런 점에서 — 어쩌면 이런 점에서만 — 포는 휘트먼과 닮았습니다. 휘트먼은 순수한 미국적 접근법에 입각하여 글을 쓰고자 한 미국 작가였으니까요.

월리엄스는 또 이렇게 썼습니다. 〈그리하여 포는 자신의 독창성 때문에 고통받아야 했다. 새로운 무언가를 창조해 내면, 설령 그것을 당신네 마당에서 자란 소나무로 만들었대도 당신이 무엇을 이뤘는지 아는 사람이 없다.《이름》이 없기 때문이다. 포가 인정받지 못한 이유이다. 그는 미국인이었다. 미국이라는 지역의 산물이지만 그곳 사람들에겐 경악스럽고 상상조차 할 수 없는 존재였다. 미국인들과 그는 서로에게 놀라 입을 딱 벌렸다. 나중에는 서로 증오했다. 그는 혐오감에, 그들은 불신에 젖었다. 코앞에 있는 존재가 불가해하게 보인 것이다. (⋯⋯) 여기 포가 등장한다. 그는 결코 괴상하거나 고립된 작가, 기이한 문학적 인물이 아니다. 오히려 그의 안에는 미국 문학이 닻을 내리고 있다. 오직 그의 안에, 확고하게.〉

이제 우리는 20세기에 있고, 월리엄스와 동시대를 산 가장 저명한 시인 셋 — 엘리엇, 파운드, 스티븐스 — 모두 프랑스에서 영감을 얻었다는 사실은 흥미롭습니다. 거의 같은 시기에

포의 유골 & 오펜의 파이프

말라르메의 제자 폴 발레리는 포가 쓴 「시의 원칙」(이 에세이는 십중팔구 장난으로 쓴 것입니다) 번역본을 시 이론의 토대로 삼았고, 엘리엇, 파운드, 스티븐스는 보들레르, 랭보, 말라르메, 라포르그 등 19세기 말 프랑스 시인들의 작품에 몰입했습니다. 그리고 바로 이 시기에 프랑스의 또 다른 중요한 시인 발레리 라르보는 휘트먼에게 지대한 영향을 받아 『풀잎Leaves of Grass』을 번역했을 뿐 아니라 휘트먼의 작품에서 발견되는 개방적 어조와 언어적 화려함에 직접적으로 상응하는 프랑스어 시를 쓰기 위해 애쓰게 됩니다. 달리 말해, 각 나라의 시인들이 새로운 아이디어를 얻고자 대서양 너머로 눈을 돌린 것입니다. 엘리엇은 이렇게 말합니다. 〈내게 필요한 시, 나 자신의 목소리를 활용하는 법을 알려 줄 시는 영국에 전혀 존재하지 않았고 오직 프랑스에서만 찾을 수 있었다.〉 파운드는 말합니다. 〈사실상 영국 시 예술의 발전은 프랑스에서 훔친 것들로 이루어졌다.〉 스티븐스는 말합니다. 〈프랑스어와 영어는 하나의 언어를 이룬다.〉

시인이 영감을 얻기 위해 다른 나라의 시인에게 시선을 돌린다는 건 자국의 언어나 문학 안에서 얻기 힘든 무언가를 찾고 있으며 자신이 속한 문화의 속박에서 벗어나고 싶다는 의미입니다. 그러나 결국 그 무언가를 자신의 것으로 만들려면 자신이 있는 곳으로 가지고 와야 합니다. 맹목적 모방은 흥미로운 것을 만들어 낼 수 없지만, 어떤 독창적인 예술가라 할지라도 다른 예술가들이 하는 일에 늘 주의를 기울입니다. 진공 상태에서 일할 수 있는 사람은 없지요. 다른 이의 작품에서 얻은 영감을 **자신의 목적에 맞게** 활용하는 것이 중요하며, 그러기 위해선 먼저 목적을 세워야 합니다. 휘트먼과 라르보의 관계는 좋은 사례입니다. 라르보는 〈인종과 민족, 국가의 다양성에 민감하고 도처에서 이국적인 것을 발견해 내는 위트 있고 국제적인 시인, 한마디로 휘트먼처럼 쓰되 휘트먼에게 결여된 코믹하고 즐거운 무책임함의 분위기를 지닌 쾌활한 시를 쓸 수 있는〉 시인을 창조해 내고 싶다고 썼습니다. 라르보는 영감을 얻기 위해 휘트먼을 바라보긴 했지만 자신에게 맞지 않는 면은 거부했으며, 그 결과 완전히 독창적이고, 완전히 프랑스적이고, 완전히 라르보 자신인 시인이 됩니다.

라르보, 아폴리네르, 상드라르 등 20세기 초 최고의 프랑스 시인들 다수의 용기와 기백이 대서양 건너 휘트먼에 대한 반응이라면, 이들이 1950년대 미국의 특정 시 계파들 — 특히 친프랑스적이었던 존 애시버리와 프랭크 오하라가 속한 뉴욕 시파 시인들 — 작품에서 볼 수 있는 용기와 기백에 기여한 바가 큰 것도 사실입니다.

가끔 저는 1918년에 죽음을 맞이한 기욤 아폴리네르의 영혼이 대서양을 건너 날아와 7년간 새로 태어날 자리를 찾아다니다가 마침내 프랭크 오하라의 정신과 육체에 머물기로 한 것 같다는 느낌을 받습니다. 이 두 시인의 유사점들은 놀랍다 못해 불가사의하기까지 합니다. 작품에서 발견되는 충만함, 자신이 살던 시대와의 하나 됨, 도시적 감성, 시 창작에 깃든 문

포의 유골 & 오펜의 파이프

체적 자유. 그뿐만 아니라 두 사람 다 당대의 급진적 화가들과 (아폴리네르는 입체파, 오하라는 추상 표현주의파) 어울려 살면서 그들에 관한 시를 썼고, 둘 다 지독히도, 지독히도 젊은 나이 — 아폴리네르는 38세, 오하라는 40세 — 에 요절하여 그런 영혼은 지상에 오래 머물기엔 너무 밝고 강렬하게 타오른다는 생각을 하게 만듭니다.

아폴리네르는 프랑스 최초의 진정한 현대 시인으로서 20세기의 경이들과 모순들을 수용했고, 자동차와 비행기와 거대 도시의 세계를 아주 편안하게 느꼈습니다. 사뮈엘 베케트가 번역한 그의 시 「지대Zone」의 첫 부분을 보십시오.

마침내 너는 이 오래된 세계가 지겹다

오늘 아침 다리들이 메에에에 운다 에펠탑 오 양 떼들이여

그리스 로마의 고대에 사는 게 진저리 난다

여기선 자동차들마저 고풍스러워 보인다
종교만이 젊음을 유지해 왔다 종교는
비행장의 격납고처럼 단순함을 유지했다

유럽에서 오직 너만이 고대가 아니다 기독교여
가장 현대적인 유럽인은 당신 교황 비오 10세

그런데 창문의 감시를 받는 너는 이 아침
교회에 들어가 참회를 하려 해도
부끄러움이 가로막는다
너는 소리쳐 노래하는 전단 카탈로그 벽보를 읽는다

오늘 아침 그것들은 시다
산문으로는 신문과
25상팀짜리 잡지를 가득 채운 각종 범죄 사건들
거물급 인사의 신상 명세와 가지각색 기사 제목들이 있다

나는 오늘 아침 멋진 길을 보았다
이름은 생각나지 않지만
깨끗하고 빛나는 태양의 클라리온 같은 길
관리자들과 노동자들과 예쁜 속기 타이피스트들이
월요일 아침부터 토요일 저녁까지
하루에 네 번씩 지나간다
오전에 세 번 사이렌이 신음하고
종 하나가 정오를 맞이하며 사납게 짖는다
광고판과 벽보의 글자들이
표시판과 게시판이 앵무새처럼 떠든다
파리의 오몽티에빌로와 테른 거리 사이에 있는
이 공장가의 아름다움을 나는 사랑한다

포의 유골 & 오펜의 파이프

40년 후 오하라는 「그들에게서 한 발 물러서A Step Away from Them」란 시에서 점심시간에 맨해튼 미드타운을 걷습니다. 마주치는 광경과 소리와 사람을 사색에 잠긴 눈으로 응시하고, 복잡하게 뒤엉킨 뉴욕의 거리와 보도를 아름답게 그려내고, 얼마 전 세상을 떠난 친구들을 생각합니다. 그렇게 주위의 것들에 기쁨과 애석함, 활기를 느끼다가 돌연 이런 구절로 시를 마무리합니다. 〈파파야 주스 한 잔 / 그리고 일터로 돌아가네. 내 마음은 내 / 주머니에, 그건 피에르 르베르디의 시들이지.〉

르베르디는 아폴리네르의 동시대 시인으로 많은 사랑을 받았습니다. 오하라는 이 마지막 구절에서 이렇게 말하는 듯합니다. 르베르디는 나와 함께 있다. 그의 작품은 지금 내가 보는 모든 것을 볼 수 있도록 도와주었다. 그를 본보기로 삼지 않았더라면 내가 있는 곳을 발견할 수 없었을 것이다.

모든 시인이 하나의 장소, 하나의 언어, 하나의 문화에 속합니다. 하지만 시인의 임무가 새로운 눈으로 세계를 보고 모두가 그냥 스쳐 지나가는 것들을 재음미하고 재발견하는 것이라면, 시인의 〈장소〉는 나머지 사람들에겐 낯선 곳처럼 보이는 게 이치에 맞습니다. 시인은 벽돌 벽이나 산, 꽃을 보며 우리보다 많이 생각해 왔습니다. 그리하여 시인이 그것들에 관해 이야기할 때 우리는 놀라게 됩니다. 시인은 그동안 우리가 전혀 생각하지 못했던 것들을 이야기하고, 따라서 그의 말은 낯설게 들립니다. 어쩌면 한 번 더 들어야 이해할 수 있을지 모릅니다.

어쩌면 우리가 시인의 말을 알아듣기까지 백 번이, 혹은 백 년이 필요할지 모릅니다.

이야기는 다시 포에게로 돌아옵니다. 사람들에게 이해받지 못한 불운의 이단아 에드거 앨런 포, 그래도 그는 미국인이었습니다. 1875년 기념식 초대를 거절했던 시인들보다 — 모방꾼, 가짜라고 포가 공격했으며 사실 그럴 만도 했던 롱펠로, 휘티어보다 — 더 뼛속 깊이 미국인이었습니다. 포를 무명에서 구원해 준 건 프랑스였습니다. 하지만 이후 우리는 포를 미국의 시인으로 되찾아 올 수 있었습니다.

포와 휘트먼은 완전히 다른 작가들이었지만 둘 다 철저히 미국인이었으며, 휘트먼 자신이 말년에 그런 사실을 깨달을 수 있었다는 사실은 매우 의미심장합니다. 여기서 제가 말하는 미국인이란 어떤 의미일까요? 미국이라는 문제를 직접적으로 다루는 작가입니다. 19세기 상반기에 미국의 작가가 다루어야 할 문제로는 신생국으로서의 새로움, 어마어마한 크기, 미국인의 물질주의적 광기뿐 아니라 미국의 이념, 제2의 에덴이 될 운명을 지닌 나라의 유토피아적 꿈도 있었습니다. 물론 휘트먼은 이 모든 것을 작품 속에 수용했고, 반면 포는 미국의 전통 결여, 저속함, 늘 돈에 결정권을 주는 세태에 질려 뒷걸음질 쳤습니다. 하지만 포의 작품은 미국인이 아니고서는 쓸 수 없는 것이었습니다. 포를 사랑한 두 거장 보들레르와 말라르메가 프랑스가 아닌 다른 나라에서는 나올 수 없었던 것처럼 말입니다. 프랑스는 미국과 정반대되는 문제를 겪고 있었습니다. 지

포의 유골 & 오펜의 파이프

나치게 많은 전통, 지나치게 긴 과거, 지나치게 많아서 현재를 난장판으로 만든 기념물들, 황야가 남지 않은 현실, 자신을 잃어버리고 재창조할 공간이 없다는 사실. 보들레르로 시작하는 프랑스 시의 이야기는 과거의 기념물들을 조금씩 갉아먹어 숨쉴 공간을 마련하는 것이었습니다. 바로 그런 이유로 보들레르가 포에게 매혹된 듯합니다. 자신의 나라와 불화했다는 점에서 말입니다. 그건 후대의 많은 프랑스 시인이 휘트먼에게 끌린 이유이기도 합니다. 휘트먼은 그들에게 시원한 바깥공기의 신화를 가르쳐 주었고…….

II

2012년, 묵은 미출간 원고를 모아 놓은 상자에서 이 편지를 발견했다. 조지 오펜이 세상을 떠나고 몇 주인가 몇 개월이 지난 후 그에 관한 글을 써달라고 내게 의뢰한 마이클이라는 사람에게 쓴 편지였다. 내게 그런 청탁을 했을 법한 마이클이 세 명 떠오르긴 하지만 그중 누구였는지는 기억이 나지 않는다. 이 편지를 보내지 않은 이유도 분명하지 않은데, 아마도 내 글이 부적절하게 느껴졌기 때문인 듯하고……

브루클린, 1984년 10월 24일

마이클에게,

두 달 전 자네의 전화를 받은 후 조지의 작품에 관한 글을 써보려고 애썼지만 아직 아무 성과가 없네. 아무래도 내겐 그의 죽음이 너무 생소해서 그게 방해가 되는 듯하네. 내가 그의 작품을 중요하게 여긴다는 건 — 내가 읽은 어떤 미국 시보다 중요하지 — 하늘이 아는 일이지만, 어쨌거나 그의 작품은 그 자리에 있고 내가 뭐라고 말하건 앞으로도 그 자리에 있을 걸세.

포의 유골 & 오펜의 파이프

그의 작품은 계속 살아남기 위해 조지를 필요로 하지 않네. 일단 쓰인 이상 영원히 그렇지.

그럼에도 내가 그의 시들을 마음에 품고 산다는 사실을 자네가 꼭 알아주었으면 하네. 오랜 세월, 잊을 수 없는 짧은 시구들이 반복해서 의식 속으로 밀려들곤 했지. 강렬하고 단순한 아름다움을 지닌 시구들이 나 자신도 알 수 없는 이유로 갑작스럽게 떠오르곤 하네. 잊을 수 없는 시구들이라는 단순한 이유만으로 그것들은 내 안에서 큰 소리로 말하는 듯하네.

예를 들면,
평평한 바다처럼
우리가 있는 여기, 빈 지대
우리가 비워진.

예를 들면,
삶의 희미한 소리
속의 패밀리 카들
우리가 덕을 본 증가의 소음
우리가 소유한 것. 우린 자신과 화해할 수 없어.
아무도 화해를 못 하지, 우리 함께
땅에서 솟았음에도.

예를 들면,

궁극적으로 공기가
맨 햇살인 곳에서
서정적 귀중품을 발견해야만 하지.

예를 들면,
— 세라, 작은 씨앗이여,
격렬하고 근면한 작은 씨앗이여, 이리 와 우리에게 세상을
보게 하라
반짝이는: 맥스, 이 씨앗은 말을
할 것이다! 세상에 다른 말들은
없고
우리 아이들이 하는 말들만 있을 것이다.

예를 들면,
우리는 무엇으로 살아야 한다고
믿는가? 응답.
창작이 아니라 — 그냥 응답 —
시가 시도하는 모든 것.

예를 들면,
행성의
시간.
돌에서 나온 피, 죽은 돌에서

포의 유골 & 오펜의 파이프

나온 생명. 어머니
자연! 왜냐하면 우리는 자신들처럼 버림받은
그래서 형제인 타자들을 발견하니까.

예를 들면,
세상을 의심하는 건 불가능하지, 세상은 보이고
돌이킬 수 없으니까
세상은 이해될 수 없고, 난 그 사실이 치명적이라고 믿는다.

당장 할 수 있는 최선은 몇 가지 기억을 내놓는 것이네. 나는 조지와 절친한 사이였다고는 할 수 없어도 데면데면한 관계는 아니었고, 그가 어떤 사람인지 알 수 있을 만큼 자주 만나고 편지도 주고받았지.

우리는 1973년에 서신 왕래를 시작했네. 당시 나는 아직 프랑스에 살고 있었고, 바르의 깊은 시골에서 오래된 농가의 관리인으로 일했지. 그런데 알고 보니 조지와 메리 부부도 그 지역에서 산 적이 있었고, 조지는 나에게 보낸 첫 편지에서 그 사실을 언급했네. 〈주소가 바르Var군요. 《오브젝티비스트 출판사》 전에 《투 퍼블리셔스》를 세웠을 때 메리와 나는 싼 인쇄소와 싼 거처를 구하다가 1930년 바르의 툴롱에서 인쇄소를, 르보세에서 집을 찾았지요. (……) 포도밭에 있는 집이었는데, 포도 수확 때를 제외하곤 오래 비어 있던 곳이었어요. 서쪽에서 르보세로 들어가는 도로 근처에 있었지요. 1963년(쯤) 다시 가서 보니 집이 여전히 그 자리에 있더군요. 수리를 잘 해서 아주 예뻤어요. 그 집은 늘 예뻤지만. (……) 우리가 거기서 낸 책들은 윌리엄스의 『중편소설과 산문들Novellette and Other Prose』, 파운드의 『어떻게 읽을 것인가How to Read』, 『객관주의 작품집The Objectivist Anthology』 (……) (발간 이력들) (……) 바르를 사랑했으며, 앞으로도 언제나 사랑할 겁니다(나는 1943년에 103연대와 함께 마르세유에 상륙했지요).〉

장소를 통한 유대감, 그건 좋은 시작이었네. 나는 조지의 40년 전 삶을 발견한 듯했고, 그것이 그에게, 우리 둘 다에게 의미를 지녔지. 지금 그의 편지들을 다시 보니 바르에 관한 언급이 또 있군. 내가 1974년에 뉴욕으로 돌아온 후 그에게 보낸 사진들에 관한 편지인 게 분명하네. 편지는 이렇게 시작되지. 〈폴에게, 우린 사진을 받고 기뻤소 — 들에 난 오솔길이 우리를 르보세로 데려다줬소 — 르보세의 공기를 마시는 기분이었고—〉

조지와 나는 1976년 봄부터 만나기 시작했고 우리의 만남에서 가장 선명한 기억으로 남은 건 사소한 일들이네. 왜 중요하게 느껴지는지는 수수께끼지만 그 일들은 뇌리에 박혀 조지를 생각할 때마다 제일 먼저 떠오르곤 한다네. 이를테면 포크로에 있던 그의 집에 처음 갔을 때 그는 부엌에서 설거지를 하고 있었지. 분홍 고무장갑을 끼고 비눗물에 팔꿈치까지 담그고서. 젊은 추종자를 감동시킬 만한 덕망 있는 시인의 모습이라고 하긴 어려웠지만, 조지는 원래 누구에게도 가식이 없었지.

그날(어쩌면 얼마 지나지 않은 다른 날이었을 지도 모르겠군) 우리 모두 산책을 나갔는데, 꽤 쌀쌀한 오후였고 조지는 마땅한 외투가 없었네. 그가 손에 잡히는 대로 외투를 꺼냈는데 공교롭게도 조카딸 앤디의 외투였고, 목과 소매에 모피가 달려서 여성이 입을 법한 옷이었지. 조지는 아무 망설임 없이 그 외투를 입고(설상가상으로 그에겐 사이즈가 너무 작았지) 우리와 함께 외출했네. 특히 인상적인 건 그가 그 옷에 대해 단 한 마디도 하지 않은 점이었어. 다른 사람 같았으면 민망해하며 그 민망함을 감추기 위해 농담이라도 했겠지. 하지만 조지는 아무 말도 하지 않았을뿐더러 옷을 아예 의식조차 하지 않는 것 같았네. 분명 사소한 사건이었지만 조지의 본질적인 면을 알 수 있게 하지. 그는 자의식이 적었고 겉모습에 철저히 무관심했지. 여기서 겉모습은 옷차림만을 말하는 게 아니라네.

그해 봄에 나는 친구와 버클리에 살았는데, 조지와 만나고 얼마 안 되어 소프트볼 게임을 하다가 희한한 충돌 사고로 목을 다쳤네. 어느 날 아침 목에 깁스를 하고 친구 집 포치에 서 있는데 조지가 오른손에 지팡이를 들고 느릿느릿 걸어오더군. 우리는 놀라며 인사를 나눴고, 조지가 말하기를 무슨 치료사를 만나러 가는 길인데 메리가 누구한테 추천받은 여자 치료사라더군. (그의 기억력 장애가 이미 시작된 상태였는데 아직 초기였고 증상이 심각하진 않았네.) 조지가 내 목을 보고 그 치료사가 나도 고쳐 줄 수 있을지 모르니 함께 가보지 않겠느냐더군. 그래서 우리는 그 기적의 여인을 찾아갔네. 집은 큰 문제 없이 찾았는데 조지가 초인종을 눌러도 응답이 없더군. 다시 초인종을 눌러 봤지만 역시 감감무소식이었고 안에 아무도 없는 게 분명했지. 그때 조지의 얼굴에 갑자기 의심이 어리더니 내게 오늘이 무슨 요일인지 묻더군. 〈수요일입니다.〉 내가 대답했지. 〈그래서 집에 없구먼. 화요일로 약속을 잡았거든.〉

지금 돌이켜 보면 불길한 전조가 담긴 이야기지만 당시엔 조지 자신도 그 상황을 코미디로 여겼네. 그는 껄껄 웃고는 누구에게나 일어날 수 있는 대수롭지 않은 일로 넘겨 버렸지.

1년인가 2년 후에 조지와 메리가 잠시 뉴욕을 방문했네. 그들은 브루클린하이츠에 있는 친구네 아파트에 묵었고, 나는 아내와 어린 아들을 데리고 그 집에 저녁을 먹으러 갔네. 제임스 웨일(엘리자베스 출판사 사장)이 먼저 방문해 그들과 오후를 보냈고 우리가 도착했을 때도 아직 거기 있었지. 아기를 데리고 갔기 때문이었는지 아니면 그저 조지와 메리가 우리를 따뜻하게 반겨 주어서였는지, 제임스는 우리를 친척으로 오해했네. 조지와 내가 좀 닮고(둘 다 검은 머리에 검은 눈이니까) 메리와 내 아내도 닮은 데(몸집과 금발)가 있긴 했지만, 우리가 그냥 친구 사이라고 아무리 말해도 그는 믿으려 하지 않았지. 자기를 놀린다고 생각하면서 의견을 바꾸지 않았네. 이 일 역시 사소한 것이지. 언급할 가치도 없을 정도로 아주 사소하다고 볼 수도 있겠지. 하지만 우리가 서로에게 품었던 애정이 너무도 분명해서 다른 사람 눈에 가까운 친척으로 보였다고 생각하면 가슴이 뭉클해진다네.

그 후 1980년 나는 『파리 리뷰 *The Paris Review*』에 조지와의 인터뷰를 실을 계획을 세웠네. 그를 다시 만날 핑계를 찾다가, 인터뷰가 새로운 독자들에게 조지를 소개하여 그의 시가 다른 영역에서도 주목받게 할 좋은 방법이 되리라 생각했던 거지. 『파리 리뷰』에서도 선뜻 아이디어를 받아들여 줘서 나는 조지에게 편지로 인터뷰를 제안했네. 그는 다음과 같은 내용의 답장을 보내왔지.

폴에게,

무척 솔깃한 제안이오. 폴을 만나 이야기를 나눌 수 있다는 것도 기쁘고. 다만 걱정되는 건, 내가 이미 한 말들 외에 새로운 말을 할 수 있는가의 문제요. 게다가 지금 내 상태가 한심하다오. 노망이 든 건지 — 요즘 총기가 많이 떨어졌고 『원시 *Primitive*』 이후 아무것도 못 쓰고 있소.

총기가 떨어져서 두렵다는 말은 아니오. 익숙한 거리에서 집으로 돌아가는 길을 찾을 수 없을 때 의지할 수 있는 거라곤 나 자신에게, 그리고 다른 사람들에게 사실을 시인하는 것뿐이지. 그 사실을 부인할 의도는 없지만, 〈아, 작은 거인들의 추락은 슬프도다.〉

그래도 나와 메리에겐 폴을 만나 이야기하는 일이 얼마나 큰 기쁨인지 모른다오.

폴이 이 일을 추진한다면 나도 최선을 다하겠소.

나는 일을 추진했고 1981년 2월 샌프란시스코로 날아갔네. 조지와 메리가 공항으로 마중을 나와 주었고 나는 그들의 집에서 며칠을 묵었지. 지금은 그때 일들이 많이 희미해졌네. 어느 날 저녁 식사 때 샴페인을 마신 기억이 나는군. 산책도 몇 번 나간 기억이 있는데, 메리가 그들의 작은 개를 데리고 부두 끝까지 간 사이 나는 조지와 벤치에 앉아 있곤 했지. 어느 날 아침엔 다 함께 YMHA* 센터에 갔네. 의사가 조지에게 운동을 권했고 메리는 수영을 즐겼지. YMHA 센터에 가는 건 그들의 일상이었고 나 때문에 중단할 이유는 없었지. Y에서 메리는 여자 탈의실로, 조지와 나는 남자 탈의실로 갔네. 조지는 집에서 나올 때 운동화만 챙겨 신었지 옷차림은 평소와 똑같아서(오픈칼라 셔츠, 단추 달린 스웨터, 편안한 바지) 나는 그가 운동복으로 갈아입을 모양이라고 생각했네. 그게 아니라면 왜 나를 데리고 탈의실에 갔겠는가? 조지가 라커 앞으로 가서 문을 열었네. 운동용품이 잔뜩 들었으리라는 예상과 달리 라커는 비어 있었네. 조지는 주머니에서 파이프를 꺼내 라커 선반에 조심스럽게 올려놓더니 문을 닫았네. 그러곤 말했지. 〈좋아. 가지.〉 그게 전부였네. 그 라커는 파이프를 위한 것이었지. 오직 파이프만을.

그건 미국 전역의 과자 가게와 담배 가게에 진열되어 있는 옥수수 속대로 만든 싸구려 파이프였네. 1~2달러면 살 수 있

---

* Young Men's Hebrew Association, 유대교 청년회.

는, 디자인은 조잡하고 세련되지 못하지만 실용적인 국민 파이프. 조지는 늘 그 파이프를 지니고 다녔고 주 3회 운동을 하는 동안 라커에 둘 때만이 유일한 예외였네. 그건 그렇고 사실 조지에겐 운동이 꼭 필요하진 않았네. 그는 몸 상태가 아주 좋았고 60대 후반과 70대 초반에도 젊은이처럼 날씬하고 꼿꼿하고 튼튼했지. 그러나 무너지는 정신은 메디신 볼을 던진다고 구제받을 수 있는 게 아니었네.

그래도 1980년의 그 방문 기간에 그는 생각보다 상태가 훨씬 좋았네. 단어가 생각나지 않아 말을 더듬을 때도 있었지만 기지가 넘치는 순간들도 있었고, 과거에 그에게 들은 어떤 말보다 정확하고 재미난 말을 자연스럽게 구사하기도 했지. 인터뷰가 성공하지 못한 건 조지 탓이 아니었네. 문제는 나의 서투름이었지. 사전에 질문 목록을 뽑아 놓긴 했지만 막상 녹음기가 돌아가기 시작하자 그 질문들이 너무 어리석다는 느낌에 사로잡혔네. 그래서 목소리가 떨리고 말을 입 밖에 내기가 힘들었지. 우리 세 사람은 오랜 시간(몇 차례에 걸쳐 서너 시간씩) 식탁에 모여 앉아 있었고, 조지와 메리는 최선을 다했네. 하지만 나는 그들을 알고 그들에게 마음을 썼기에, 그들과 시의 영역을 넘어선 관계를 맺고 있었기에 바람직한 인터뷰 진행자의 자세를 취할 수가 없었지. 대상과 거리를 두어야 하고, 곤란한 질문을 하려면 무자비한 면도 있어야 했지만 나는 그러지 못했네. 그래서 결과는 만족스럽지 못했지. 조지가 과거에 여러 인터뷰에서 한 말들이 반복되었고, 메리가 이미 자서

전에 담은 사건들이 소개되었네. 지금 그 생각을 하니 마음이 아프군. 인터뷰가 실패로 끝나서가 아니라, 그게 애초에 좋은 아이디어가 아니었기 때문이지. 그것이 조지와의 마지막 만남이었다고 생각하니 마음이 더 괴롭군.

나는 그 테이프를 딱 한 번 들었네. 뉴욕에 돌아와서 바로. 카나리아들 노랫소리가 배경음처럼 들려서 깜짝 놀란 기억이 나는군. 조지와 메리의 부엌 창가에 사는 새들이었는데, 그날 우리가 이야기하는 동안 새들이 우리 뒤에서 노래하고 있었던 거지. 새들 노랫소리가 얼마나 크게 녹음되었는지 숲속에서 인터뷰를 한 것 같았다니까. 테이프는 지난 3년 반 동안 내 책상 서랍에 처박혀 있었네. 난 녹음기가 없지만 설령 있다고 해도 그 테이프를 다시 들을 용기를 낼 수 있을 것 같진 않군. 그 마지막 방문 즈음에 메리가 만든 동판화가 지금 내 책상 오른쪽 책꽂이에 있네. 가로세로 6센티미터 정도밖에 안 되는 아주 작은 작품이지. 작은 새 네 마리가 담긴 동판화, 난 그걸 부적처럼 간직하고 있네. 볼 때마다 카나리아들의 노랫소리가 들려. 노랫소리는 서랍 속에서 흘러나와 천천히 방 전체로 퍼져 나가지.

포의 유골 & 오펜의 파이프

타자기를 치켜세움

샘 메서의 그림과 함께

3년 반 뒤 나는 다시 미국으로 돌아왔다. 1974년 7월 어느 날이었는데, 뉴욕에서 보낸 첫날 오후에 나는 가방들을 풀었다가 내 소형 에르메스 타자기가 망가진 것을 알았다. 덮개가 안쪽으로 움푹 우그러든 바람에 키들이 엉망으로 꼬이고 뒤틀려서 수리를 해보려야 해볼 도리가 없었다.

　하지만 나로서는 새 타자기를 살 만한 여유가 없었다. 그 시절에는 돈이 충분했던 적도 별로 없었지만 하필 그 무렵에는 거의 완전히 파산 상태였으니까.

　이틀 뒤, 대학 시절 친구 하나가 나를 자기 아파트로 저녁 식사에 초대했다. 이런저런 이야기가 오가던 중에 나는 내 타자기가 어떻게 되었는가 하는 얘기를 꺼냈고, 그 친구는 자기에게 더 이상 쓸 일이 없어서 벽장에다 처박아 둔 타자기가 한 대 있다고 했다. 1962년에 중학교 졸업 선물로 받았던 것인데, 만일 내가 그거라도 사고 싶어 한다면 기꺼이 넘겨주겠다는 것이었다.

우리는 값을 40달러로 하자는 데 합의했다. 그 타자기는 서독에서 제조된 올림피아 포터블이었다. 그 나라는 이제 존재하지 않지만, 1974년 그날 이후로 내가 쓴 모든 단어는 그 기계로 타이프 친 것이다.

처음엔 나는 그 타자기에 대해서 많은 생각을 하지 않았다. 1년이 지나고 10년이 지났어도 그런 수동식 타자기로 일을 하는 것이 이상하다거나 혹은 막연하게라도 별나다고 생각해 본 적은 없다. 유일한 대안은 전동식 타자기였지만 나는 그 새로운 장치가 내는 소음이 싫었다. 끊임없이 모터가 돌아가는 소리, 헐렁한 부분들에서 나는 징징거리고 덜걱거리는 소리, 손가락들에 짜르르 느껴지는 교류의 맥동. 나는 조용한 올림피아 타자기가 더 좋았다. 그 타자기는 터치감이 좋았고 다루기에 수월했고 믿을 수가 있었다. 그리고 내가 키보드를 두드리지 않을 때면 아무 소리도 내지 않았다.

그중에서도 가장 좋은 점은 망가질 염려가 없어 보였다는 것이다. 리본을 바꾸고 키들에 엉겨 붙은 잉크를 이따금씩 솔로 털어 내야 하는 것 말고는 유지 관리를 위해 달리 손쓸 일이 별로 없었다. 1974년 이후로 나는 롤러를 두 번인가 세 번 바꾸었는데, 그것은 내가 대통령 선거 때 투표를 하러 가야 하는 것보다도 더 드물게 타자기를 들고 수리점을 찾아가기만 하면 되었다는 얘기다. 그것 말고는 어떤 부품도 교환할 필요가 없었다. 단 한 번의 심각한 파손은 1979년에 내 두 살짜리 아들이

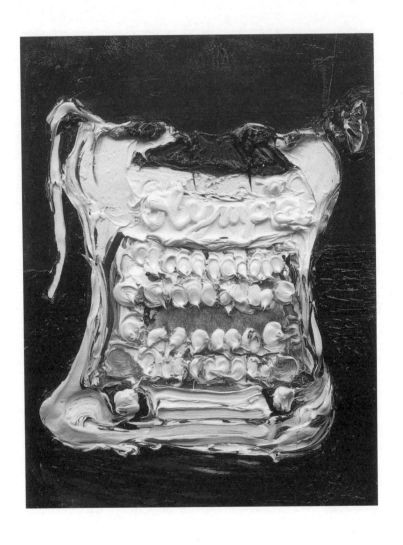

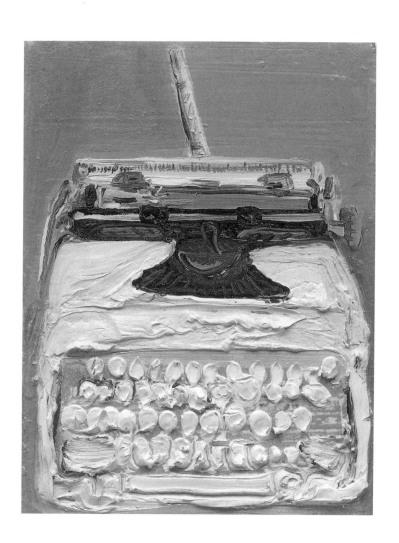

캐리지 리턴 암을 부러뜨린 거였지만 그것은 타자기의 잘못이 아니었다. 그날 나머지 시간 동안 나는 절망감에 빠져 있다가 다음 날 아침에 그것을 코트 스트리트에 있는 수리점으로 들고 가 땜질로 암을 제자리에 갖다 붙였다. 지금 그 자리에는 작은 흠집이 남아 있기는 하지만 작동에는 아무런 하자가 없었고, 그 뒤로도 리턴 암은 계속 그대로 붙어 있다.

컴퓨터와 워드 프로세서에 대해서는 이야기를 해봤자 별 소용이 없을 것이다. 일찍이 나는 그런 놀라운 기계들 중 하나를 사고 싶은 생각이 들기도 했지만, 너무도 많은 친구들이 내게 잘못된 버튼을 눌렀다 하루, 혹은 한 달 동안 작업한 일을 날려버리는 것과 관련된 끔찍한 이야기를 들려주었다. 그리고 또 갑작스러운 정전으로 인해 원고 전체가 눈 깜짝할 사이에 날아가 버릴 수 있다는 경고도 수없이 들었다. 나는 기계들과 사이가 좋았던 적이 없다. 그리고 만일 누르게 되어 있는 잘못된 버튼이 있다면 결국 그것을 누르고 말게 되리라는 것도 알고 있었다.

그래서 나는 내 고물 타자기를 고수했고, 그사이 1980년대는 1990년대가 되었다. 내 친구들은 하나씩 차례로, 모두 매킨토시와 IBM으로 옮아갔다. 나는 발전의 적, 디지털 전향자들의 세계에서 마지막 남은 비전향자처럼 보이기 시작했고, 내 친구들은 새로운 방식에 저항하는 나를 놀려 댔다. 나를 노랑이라고 부르거나 아니면 반동분자, 옹고집이라고 부르는 식으

타자기를 치켜세움

로. 하지만 나는 개의치 않았다. 그들에게 좋은 것이 반드시 내게도 좋은 법이라고는 없는데, 무슨 이유로 내가 있는 그대로도 완전히 행복할 때 변화를 해야 할까?

하지만 그때까지 나는 내 타자기에 특별한 애착을 느끼지 않았다. 그것은 단지 내가 일을 하도록 해준 도구일 뿐이었으니까. 하지만 이제는 그것이 멸종 위기에 있는 종, 20세기 호모 스크립토루스homo scriptorus의 마지막 가공품들 중 하나가 되었으므로 나는 그것에 대해 어느 정도의 애정을 갖기 시작했다. 좋건 싫건, 나는 그 타자기와 나의 과거가 같다는 것을 알았다. 그리고 시간이 지나면서 우리의 미래 또한 같다는 것도 알게 되었다.

2년인가 3년 전, 나는 종말이 다가왔다는 느낌이 들어서 브루클린 문구점 주인인 리언을 찾아가 타자기 리본을 50개 주문해 달라고 했다. 그는 내가 부탁한 사이즈의 리본을 긁어모으기 위해 며칠 동안 이리저리 수소문을 해야 되었다. 나중에야 알게 된 일이지만, 그중 일부는 캔자스시티 같은 멀리 떨어진 곳에서 우송된 것들이었다.

나는 그 리본들을 할 수 있는 한 최대한으로 아껴 쓰고 있다. 페이지에 찍힌 글자들이 거의 보이지 않을 때까지 타이핑을 하면서. 공급이 중단되고 나면 다른 어떤 리본들이 남아 있을 가망이라곤 거의 없는 거니까.

내 타자기를 어떤 영웅적인 인물로 바꾸려는 것은 결코 내

의도가 아니었다. 그것은 어느 날 내 집으로 들어섰다가 그 기계에 매료된 샘 메서가 한 일이다. 예술가들의 열정에 대해서는 설명할 도리가 없다. 이 일은 지금까지 여러 해 동안 계속되었는데, 맨 처음부터 나는 그 느낌이 상호적이었던 게 아닌가 싶다.

메서는 좀처럼 어디든 스케치북 없이는 가지 않는다. 그는 끊임없이 그림을 그리고 격정적으로 달려들어 빠른 손놀림으로 붓을 휘두른다. 순간순간 화판에서 눈을 들어 자기 앞에 있는 사람이나 사물을 곁눈질하면서. 그러므로 메서와 함께 앉아 식사를 할 때에는 언제나 그의 화판 앞에서 당신이 포즈를 취하고 있다는 점도 염두에 두어야 한다. 지난 7~8년 동안 우리는 내가 그 점에 대해 더 이상 생각하지 않을 만큼 여러 번 그런 과정을 거쳤다.

나는 그가 처음 찾아왔을 때 그에게 타자기를 가리켰던 것은 기억하지만 그가 뭐라고 했는지는 기억이 나지 않는다. 하루인가 이틀 뒤에 그가 다시 찾아왔다. 그날 오후 나는 집에 없었지만 그는 아내에게 타자기를 한 번 더 살펴보러 1층에 있는 내 방으로 내려가도 되겠느냐고 물었다. 그가 거기에서 무엇을 했는지는 아무도 모를 일이지만, 나는 내 타자기가 그에게 무슨 말인가를 했다고 믿어 의심치 않는다. 그리고 어느 때인가부터는 그가 어떤 식으로든 타자기를 설득해 영혼을 드러내도록 했다고까지 믿게 되었다.

그 뒤로도 샘은 몇 번을 더 찾아왔고 찾아올 때마다 새로 그림을 그리거나 스케치를 하거나 사진을 찍었다. 그는 홀린 듯 내 타자기에 빠져들었고 조금씩 그 생명 없는 물체를 개성과 품격을 지닌 존재로 바꾸었다. 그 타자기는 이제 나름대로의 기분과 욕구를 가지고 있어서 울적한 분노와 열광적인 기쁨을 표현하며, 금속으로 된 회색 몸체 안에 갇혀 있는 심장이 뛰는 소리까지도 들리는 지경이다.

　나는 그 모든 일로 마음이 흔들린다는 것은 인정해야 한다. 그림들은 훌륭하게 완성되었고 나는 내 타자기가 그처럼 가치 있는 존재임을 스스로 입증한 것이 자랑스러웠지만, 그와 동시에 메서는 나로 하여금 내 오랜 동반자를 다른 식으로 보지 않을 수 없게 했다. 지금도 나는 적응 과정에 있다. 그러나 내가 이 그림들 중 하나(우리 집 거실 벽에 두 점이 걸려 있다)를 볼 때면 내 타자기를 물체로 생각하기가 어려워진다. 천천히, 그러나 분명히 물체가 인물로 바뀌었기 때문이다.

　우리는 지금까지 사반세기 이상의 시간을 같이 보냈다. 내가 어느 곳으로 가건, 그 타자기도 나와 함께 갔다. 우리는 맨해튼, 뉴욕주 북부, 그리고 브루클린에서 살았고, 캘리포니아와 메인으로, 미네소타와 매사추세츠로, 그리고 버몬트와 프랑스로 함께 여행했다. 그 기간 동안 나는 수없이 많은 연필과 펜으로 글을 썼고, 몇 대의 자동차들과 몇 대의 냉장고들, 그리고 몇 곳의 아파트와 집 들이 나를 거쳐 갔다. 또 나는 수십 켤

레의 신발을 닳아 해지게 했고 수십 벌의 스웨터와 재킷 들을 입다 버렸고 수많은 손목시계와 자명종과 우산을 잃어버리거 나 내버렸다. 모든 것이 부서지고 낡아 못 쓰게 되어서 결국에 는 그 용도를 잃게 되지만 내 타자기는 지금도 여전히 나와 함 께 있다. 내가 26년 전에 소유했고 지금도 소유하고 있는 유일 한 물건은 그것 하나뿐이다. 몇 달만 더 지나면 그것은 정확히 나와 반평생을 함께한 셈이 될 것이다.

오래되어 낡고 시대에 뒤처진 고물, 기억으로부터 빠르게 사라져 가는 시대의 유물인 이 타자기는 내게서 떠난 적이 없 었다. 우리가 함께 지낸 9천4백 일을 돌이켜 보는 동안에도, 이 놈은 지금 내 앞에 앉아서 오래되고 귀에 익은 음악을 토닥토 닥 내보낸다. 주말 동안 우리는 코네티컷에 와 있다. 여름이다. 그리고 창문 밖의 아침은 따갑고 푸르고 아름답다. 지금 타자 기는 주방 식탁 위에 있고 내 손은 그 타자기에 놓여 있다. 한 글자 한 글자씩, 나는 그 타자기가 이런 단어들을 치는 것을 지 켜보았다.

2000년 7월 2일

잡문들

『뉴욕*New York*』지의 질의에 대한 답변

〈뉴욕〉이라는 말을 들을 때마다 내 마음에 가장 먼저 떠오르는 것은 센트럴 파크 남쪽의 콜럼버스 서클 모퉁이에 있는 우리 할아버지네 60층 아파트에서 창밖을 내다보던 풍경이다. 창문은 열려 있고, 나는 손에 1페니짜리 동전을 쥐고 창가에 서서, 동전이 도로에 떨어지는 것을 보려고 그것을 창밖으로 내던지려 하고 있다. 그때 나는 기껏해야 네 살이나 다섯 살이었을 것이다. 내가 막 손가락을 펴려는 순간, 할머니가 나를 바라보면서 소리쳤다.

「안 돼! 그 동전이 누군가에게 맞으면 머리 속으로 곧장 뚫고 들어갈 거야!」

〈찰스 번스타인〉이라는
말이 들어간 스물다섯 개의 문장
프린스턴 대학에서 열린 시 낭송회의 소개말

찰스 번스타인은 시인입니다. 찰스 번스타인은 평론가입니다. 찰스 번스타인은 말하는 사람입니다. 찰스 번스타인은 글을 쓰든 말을 하든 말썽을 일으킵니다. 역시 말썽쟁이로 여겨지는 나는 〈찰스 번스타인〉이라는 말이 가리키는 말썽꾸러기를 특히 좋아합니다.

찰스 번스타인은 미국 시단에 논쟁의 정신을 다시 도입했습니다. 우리의 글쓰기는 대부분 피폐한 분위기에서 이루어지지만, 찰스 번스타인은 우리가 이 넓고 어수선한 나라의 시민으로서 함께 참여하는 모든 언어 활동에 함축된 의미를 저자와 독자 양쪽 모두 깨닫게 하고자 오랫동안 열심히 노력해 왔습니다. 우리가 찰스 번스타인의 말에 동의하느냐 않느냐보다 중요한 것은 그의 말에 귀를 기울이는 것이 더욱 중요해졌다는 사실입니다.

이따금 찰스 번스타인은 탈무드의 랍비를 연상하게 합니다. 이따금 찰스 번스타인은 보르시치 벨트의 한 호텔에서 심야

관객을 위해 혼자 공연하는 희극 배우 — 2주 동안 공연하기로 되어 있고, 절대로 같은 소재를 두 번 사용하지 않는 배우 — 를 연상하게 합니다. 이따금 찰스 번스타인은 개척 시대 미국 서부의 한 술집에 들어가 우유 한 잔을 주문한 다음, 그를 비웃는 무례하고 난폭한 자들을 주먹과 총과 꾀로 모조리 물리치는 닳고 닳은 도시인을 연상하게 합니다.

내가 말하고자 하는 바는 찰스 번스타인은 예측할 수 없다는 겁니다. 찰스 번스타인은 어디에나 있습니다. 찰스 번스타인은 자신이 보고 듣고 실행하는 진실을 그대로 말하고 쓰는 데 전적으로 헌신하는 엄격한 사람입니다.

찰스 번스타인이 무엇을 생각하고 있는지에 흥미를 가진 사람은 오랫동안 별로 많지 않았습니다. 이제 사람들은 자녀들에게 찰스 번스타인의 생각을 듣게 하려고 많은 돈을 지불합니다. 지금 찰스 번스타인은 이곳 프린스턴 대학에서 생각을 나누어 주고 있지만, 내년에는 뉴욕주 버펄로에서 시 문학 담당 교수로 임명되어 좀 더 항구적으로 자기 생각을 베풀기 시작할 것입니다. 찰스 번스타인에게는 아주 잘된 일이라고 생각합니다. 또한 찰스 번스타인의 학생들 — 이 학생들도 나중에 말썽쟁이가 될 테지만 — 에게도 대단히 유익하리라고 생각합니다.

덧붙여 말하면, 찰스 번스타인은 『소피스트*The Sophist*』, 『저항*Resistance*』, 『작은 섬/거슬림*Islets/Irritations*』, 『내용의 꿈*Content's Dream*』, 『스티그마*Stigma*』, 『지배적 이권*Controlling*

Interests』, 『책임 의식*Senses of Responsibility*』, 『시적 정의*Poetic Justice*』를 포함하여 많은 시집을 출판했습니다. 오래전에 찰스 번스타인이 구겐하임 재단의 장려금을 받은 것은 〈시적 정의〉였다고 믿습니다. 찰스 번스타인이 오늘 여기서 우리에게 자작시를 낭송해 주는 것도 시적 정의라고 믿습니다. 세상에는 정의보다 시가 훨씬 많다는 것을 아는 시인은 얼마 되지 않는데, 찰스 번스타인은 그 몇 안 되는 시인 가운데 하나이기 때문입니다.

이제 우리 모두 자리에 앉아서 경청할 준비가 되었으니, 〈찰스 번스타인〉이라는 말을 마지막으로 한 번만 더 되풀이하겠습니다. 하지만 이 마지막이 나는 제일 좋은데, 말하는 즐거움을 맛볼 수 있게 해주니까요. **자, 그럼 찰스 번스타인을 모시겠습니다.**

1990년 3월 14일

잡문들

고섬 핸드북

뉴욕시에서 더 나은 삶을 사는 법, S.C.(소피 칼)에게 개인적으로 전하는 지침(소피의 부탁에 따라……)

미소 짓기

미소가 요구되는 상황이 아니어도 미소를 짓는다. 화가 날 때, 기분이 비참할 때, 세상에 처참하게 짓밟힌 기분이 들 때 미소를 짓고 — 그 때문에 달라지는 것이 있는지 확인한다.

길거리에서 낯선 사람들에게 미소를 보낸다. 뉴욕은 위험할 수도 있는 곳이니 조심해야 한다. 원한다면 여자에게만 미소를 보낸다. (남자는 짐승이고, 착각하게 만들면 안 된다.)

어쨌든, 낯선 사람들에게 되도록 자주 미소를 보낸다. 당신에게 돈을 주는 은행원, 음식을 갖다 주는 웨이트리스, 지하철에서 마주 앉은 사람에게 미소를 보낸다.

당신에게 미소로 응답하는 사람이 있는지 확인한다.

매일 당신이 미소를 몇 번이나 받는지 기억한다.

사람들이 미소로 응답해 주지 않아도 실망하지 않는다. 당신이 받는 미소 하나하나를 귀중한 선물로 여긴다.

낯선 사람에게 말 걸기

당신이 미소를 보내면 당신에게 말을 거는 사람들이 있을 것이다. 따라서 상대를 기분 좋게 해줄 말들을 준비해 둔다.

그중에는 당신이 먼저 호의를 보인 것에 당황하거나 위협을 느끼거나 모욕을 받아 말을 거는 이들도 있을 것이다. (〈무슨 문제라도 있어요?〉) 그런 때는 즉시 칭찬을 보내어 상대의 경계심을 없앤다. 〈아뇨, 넥타이가 너무 예뻐서 감탄하는 중이었어요〉 또는, 〈원피스가 정말 마음에 들어요〉.

그 외의 사람들은 친절한 영혼의 소유자로서 자신을 향한 인간의 접근에 기꺼이 응하며 당신에게 말을 걸 것이다. 이 경우 대화를 최대한 길게 끈다. 무슨 말을 하는지는 중요하지 않다. 중요한 건 진정한 접촉이 이루어지도록 최선을 다하는 것이다.

할 말이 떨어지면 날씨 이야기를 꺼낸다. 냉소가들은 진부한 화제로 여기지만 사실 날씨 이야기보다 빨리 대화를 이끌어 내는 주제는 없다. 가만히 생각해 보면, 체감 온도나 센트럴 파크 적설량에 몰입하는 것이 형이상학적이고 심지어 종교적이기까지 하다는 점을 깨닫게 될 것이다. 날씨는 훌륭한 균형 장치이다. 누구도 날씨를 어떻게 할 수 없으며, 날씨는 부자건 가난뱅이건, 흑인이건 백인이건, 건강한 사람이건 환자건 누구에게나 같은 방식으로 영향을 미친다. 날씨는 차별하지 않는다. 나에게 비가 내리면 당신에게도 내린다. 우리가 직면한 대부분의 문제와 달리, 날씨는 인간이 만든 상태가 아니다. 날씨는 자연, 혹은 신, 혹은 다른 이름으로 부를 수도 있는, 통제할 수 없는 우주의 힘에서 나온다. 낯선 사람과 날씨 이야기를 하는 건 무기를 내려놓고 악수를 나누는 것이다. 선의의 표시이고, 대화 상대와 공통된 인간성을 지녔음을 인정하는 것이다.

분열과 증오, 불화가 만연한 세상에서 우리를 화합하게 하는 몇몇 주제를 기억하는 건 좋은 일이다. 낯선 사람을 대할 때 그것들을 중요하게 여기고 지켜 나갈수록 이 도시의 사기는 더 높아질 것이다.

거지들과 노숙인들

당신에게 세상을 재창조하라고 요구하는 건 아니다. 그저 세상에 주의를 기울이고 당신 자신보다 주변의 것들에 대해 더 많이 생각하기를 바란다. 적어도 밖에 있는 동안에는, 길을 걸어 다니는 동안에는.

불쌍한 사람들을 무시하지 마라. 그들은 어디에나 있고, 우리는 그들을 보는 데 너무 익숙해져서 그들이 존재한다는 사실을 잊기 시작한다. 잊지 마라.

가진 돈을 가난한 사람들에게 다 주라는 건 아니다. 그렇게 해도 가난은 여전히 존재할 것이다(공연히 가난한 사람만 하나 더 늘 뿐이다).

그렇긴 해도 우리는 인간으로서 비정한 마음을 갖지 말아야 할 의무가 있다. 우리의 몸짓이 아무리 작고 희망 없는 것이라 하여도, 반드시 행동해야 한다.

빵과 치즈를 쟁여 둔다. 집에서 나갈 때마다 샌드위치를 서너 개씩 만들어 주머니에 넣는다. 그리고 배고픈 사람을 볼 때마다 샌드위치를 하나씩 준다.

담배도 쟁여 둔다. 상식은 담배가 건강에 해롭다고 하면서 담배를 피우는 사람들에게 얼마나 큰 위안이 되는지는 말하지 않는다.

한두 개비만 주지 않는다. 한 갑을 다 준다.

주머니에 샌드위치가 많이 들어가지 않는다면 가까운 맥도널드로 가서 형편이 되는 만큼 밀 쿠폰을 산다. 치즈샌드위치가 떨어지면 밀 쿠폰을 나누어 준다. 당신은 맥도널드 음식을 좋아하지 않을지도 모르지만 대부분의 사람은 좋아한다. 여러 대안과 비교했을 때 가격에 비해 가성비가 뛰어나기 때문이다.

밀 쿠폰은 날씨가 추울 때 특히 유용하다. 배고픈 사람이 배를 채울 수 있을 뿐 아니라 실내로 들어가 몸을 따뜻하게 녹일 수도 있기 때문이다.

배고픈 사람에게 쿠폰을 줄 때 할 말이 생각나지 않으면 날씨 이야기를 꺼낸다.

한 장소를 선택하여 가꾸기

뉴욕에서 방치되는 건 사람만이 아니다. 사물 또한 방치된다. 다리나 전철같이 커다란 사물만이 아니라 바로 우리 눈앞에 있는 작고 거의 눈에 띄지 않는 사물, 이를테면 보도, 벽, 공원 벤치도 여기 포함된다. 주위를 자세히 살펴보면 거의 모든 것이 허물어져 가고 있음을 알게 될 것이다.

도시의 한 장소를 선택하여 당신의 것으로 삼는다. 거기가 어디건 그게 무엇이건 상관없다. 길모퉁이건, 지하철 입구건, 공원에 있는 나무 한 그루건. 그곳을 당신 책임으로 받아들인다. 깨끗하게 관리한다. 아름답게 만든다. 그곳을 연장된 당신 자신, 정체성의 일부로 생각한다. 당신의 집처럼 자랑스럽게 여긴다.

매일 같은 시간에 당신의 장소로 간다. 그곳에서 일어나는 일을 한 시간쯤 지켜본다. 그곳을 지나치거나 그곳에서 멈추거나 무언가를 하는 모든 사람을 기억에 담는다. 메모도 하고 사진도 찍는다. 매일의 관찰을 기록으로 남기고 그 사람들이나 그 장소, 혹은 당신 자신에 관해 배울 게 있는지 확인한다.

그곳을 찾은 사람들에게 미소를 보낸다. 가능한 한 언제든 그들과 대화한다. 할 말이 떠오르지 않으면 날씨 이야기로 시작한다.

1994년 3월 5일

조르주 페렉을 위한 엽서들

1

조르주 페렉에 대해 생각할 때면 **기쁨**이라는 단어가 제일 먼저 떠오른다. 우리의 세계를 바꾸고 책이 지닌 무한한 가능성을 접하게 해주는 작품을 처음 읽는 순간의 경이감과 행복감, 그것들을 포착해 내는 일에서 페렉을 능가할 현대 작가는 내가 알기론 없다. 열정적인 독서가는 모두 그런 체험을 해보았다. 그런 일은 대개 아주 어렸을 때 일어나며, 일단 그런 순간을 체험하면 책이 하나의 독자적인 세계임을 이해하게 된다. 그 세계는 우리가 일찍이 여행해 본 어떤 곳보다 훌륭하고 풍요롭다. 그리하여 우리는 독자가 된다. 물질세계의 허영을 외면하고 무엇보다도 책을 사랑하기 시작하는 것이다.

2

내가 페렉에게 가장 감탄하는 점은 그의 작품에 담긴 **순수**와 **풍부함**의 희귀한 조합이다. 두 가지 특성은 한 작가에게서 함께 발견되기가 거의 불가능하다. 세르반테스는 그 둘을 모두 지녔고 스위프트와 포도 그랬다. 디킨스와 카프카에게선 그것들의 섬광을 볼 수 있고, 어쩌면 호손과 보르헤스의 특정 페이지들에서도 볼 수 있을 것이다. 여기서 **순수**는 목적의 절대적 순수성을 의미한다. **풍부함**은 상상력에 대한 절대적 믿음을 의미한다. 그것은 비등(沸騰), 악마적 웃음, 기쁨을 특징으로 하는 문학이다. 그것은 우리가 책과 함께 할 수 있는 유일한 체험일 뿐 아니라 다른 모든 것을 가능하게 해주는 근본적 체험이기도 하다.

3

모든 평론가가 페렉의 글이 지닌 눈부신 독창성과 천재성을 이야기한다. 나 또한 그의 천재성, 그 뛰어난 정신의 풍부한 복잡성에 경외감을 느끼지만, 내가 그의 작품에 끌리는 이유는 그것이 아니다. 나를 매료시키는 건 그가 보여 주는 세상을 향한 관심, 이야기하고자 하는 욕구, 다정함이다. 페렉의 책에서 발견되는 모든 트릭과 울리포적 퍼즐의 저변에는 인간적 감정의 저수지, 연민의 파도, 유머의 윙크, 그 모든 것에도 불구하고 우리가 살아 있어 다행이라는 무언의 신념이 자리한다. 절제를 감정의 결여와 혼동해선 안 된다. 예를 들어 그는 『W 또는 유년의 기억 *W ou le Souvenir d'enfance*』에서 사실들을 고통스러울 정도로 자세히 담아내는데, 영혼의 상처가 너무 크고 마음이 박살 나서, 사실들의 무미건조한 나열을 넘어서는 서술은 도덕적으로 불가능하기 때문이다. 그럼에도 내게는 지난 20년간 읽은 책 가운데 손꼽을 정도로 친밀하고 감동적인 작품이다.

4

데이비드 벨로스가 쓴 전기 『조르주 페렉: 말 속의 삶*Georges Perec: A Life in Words*』(그 자체로 뛰어난 작품이다)에는 파리 북쪽 예술가 마을 물랭 당데에서의 페렉의 삶에 관한 이야기가 몇 구절 들어 있다. 그중 트뤼포 감독의 영화 「쥘과 짐」의 마지막 장면이 물랭 당데에서 촬영되었다는 내용이 있다. 벨로스가 쓰기를, 차가 물로 뛰어들 때 배경에 있는 집을 자세히 보면 〈1960년대 하반기 내내 조르주 페렉이 거의 주말마다 와서 묵으며 글을 쓰게 될 방 창문〉이 보인다고 했다. 나는 그 사실을 알고 무척 놀랐다. 트뤼포와 페렉은 거의 같은 시대를 살았다. 영화감독 트뤼포는 1932년에 태어나 1984년에 52세를 일기로 세상을 떠났다. 페렉은 1936년에 태어나 1982년에 46세를 일기로 세상을 떠났다. 두 사람의 나이를 합쳐야 한 노인의 수명만큼을 산 것이다. 어릴 때 전쟁을 겪은 그 세대 프랑스 이야기꾼 중 그 두 사람은 나에게 가장 큰 의미를 지니는 이들이다. 나는 계속해서 그들의 작품을 감상하며 영원히 그들에게서 배움을 얻을 것이다. 그들의 삶이 그런 기묘하고 전혀 있음 직하지 않은 방식으로 교차했다는 사실을 알게 되니 가슴이 뭉클해진다. 페렉이 그 방에 들어가기 6년 전(그 방에서 그는 〈e〉라는 글자가 전혀 들어가지 않은 책을 썼다) 트뤼포는 그 방을 영

화에 담았다. 지금 그들이 어디에 있건, 나는 그들이 그 사실에
관한 이야기를 나누고 있기를 바랄 따름이다.

2001년

베케트를 추모하며

그의 백 번째 생일에

나는 스물네 번째 생일 몇 주 후인 1971년 2월에 파리로 갔다. 그때까지 나는 시를 쓰고 있었으며, 베케트와의 첫 만남도 시인 자크 뒤팽으로부터 시작되었다. 뉴욕에서 대학에 다닐 때부터 자크 뒤팽의 시를 번역했던 나는 파리에서 그와 가까운 친구가 되었고 마침 자크가 마그 갤러리에서 출판 책임자로 일하고 있어서 그 갤러리 소속의 프랑스계 캐나다인 화가 장폴 리오펠을 만날 수 있었다. 나는 장폴을 통해 미국인 화가 조앤 미첼을 만났다. 두 사람은 베퇴유에서 한 집에 살고 있었는데, 그 집은 한때 모네의 소유였다고 했다. 그 전에 조앤은 그로브 출판사 창립자이자 발행인 바니 로싯과 결혼했었고, 바니는 베케트와 잘 아는 사이였다. 어느 날 저녁 조앤과 나는 베케트의 작품에 관해 이야기했는데, 베케트가 내게 얼마나 중요한 작가인지 알게 된 그가 나를 올려다보며 물었다. 〈베케트를 만나고 싶어요?〉 〈예, 물론 만나고 싶죠.〉 내가 대답했다. 〈그럼 그에게 편지를 보내 봐요. 나한테 소개받았다고 하고.〉 조앤이 말했다.

나는 집으로 가서 베케트에게 편지를 썼고 사흘 후 답장이 왔다. 다음 주에 라 클로즈리 데 릴라 레스토랑에서 만나자는 내용이었다.

그해가 언제였는지 정확히 기억나지는 않는다. 이르면 1972년, 늦으면 1974년이었을 것이다. 반씩 양보해서 1973년이라고 하자.

그 후로는 베케트를 한 번밖에 더 만나지 못했고 —— 1979년에 다시 파리를 방문했을 때 —— 수년간 수십 통의 편지를 교환했다. 우리의 관계를 우정으로 분류하긴 어렵겠지만, 내가 그의 작품을 얼마나 찬양했는지 고려한다면(젊었을 땐 우상 숭배에 가까웠다) 그와의 사적인 만남과 단속적인 서신 왕래는 내게 지극히 소중하다. 많은 기억 중 그가 너그러운 마음으로 베풀어 준 도움들에 관해 이야기하자면, 내가 『랜덤 하우스 20세기 프랑스 시*Random House Book of Twentieth-Century French Poetry*』를 낼 때 아폴리네르, 브르통, 엘뤼아르의 시들을 번역해 주었고, 어느 오후에 파리의 한 카페에서 자신이 얼마나 프랑스를 사랑하고 그곳에서 성인 시절을 보낸 사실을 얼마나 큰 행운으로 여기는지 감동적으로 연설해 주었으며, 내가 출간한 책이나 번역서, 그의 작품에 관해 쓴 평론을 보낼 때마다 친절하고 격려 어린 편지로 답해 주었다. 재미난 일들도 있었다. 그가 처음이자 마지막으로 뉴욕에 머물렀던 경험에 관해 진지한 표정으로 한 이야기(〈날씨가 얼마나 더웠는지 난간을 붙들고 간신히 버텼다니까〉). 그리고 우리가 처음 만났을 때 그가 손을 흔들어 웨이터를 부르려다 실패한 후 나를 향해 부드러운 아일랜드 악센트로 한 말. 〈세상에서 바텐더 시선을 끄는 일만큼 어려운 게 없다니까.〉

그날 오후 그가 라 클로즈리 데 릴라에서 한 말 중에 특히 기억에 남는 것이 있는데, 인간 베케트에 관해 많은 사실을 알게 해줄 뿐 아니라 모든 작가가 안고 살아야 하는 딜레마 — 영원한 의심, 자신이 창작한 것의 가치를 판단할 수 없음 — 를 이야기해 주기도 하기 때문이다.

대화 중에 그가 1940년대 중반에 쓴 자신의 첫 프랑스어 소설 『메르시에와 카미에』를 영어로 옮기는 작업을 이제 막 마쳤다는 이야기를 꺼냈다. 『메르시에와 카미에』를 일찍이 프랑스어로 읽은 나는 그 작품에 대한 열정을 숨기지 않았다. 〈경이로운 작품입니다.〉 내가 말했다. 하지만 베케트는 고개를 저으며 말했다. 〈아, 아니, 아니, 별로예요. 사실 원문을 25퍼센트쯤 잘라 냈어요. 영문판은 프랑스어판보다 훨씬 짧을 거예요.〉 그래서 내가 물었다. 〈왜 그러셨습니까? 아주 멋진 작품인데. 덜어 낼 게 없는데.〉 베케트는 다시 고개를 저었다. 〈아, 아니, 별로예요, 별로.〉

그다음엔 다른 이야기로 넘어갔다. 그러다 5분인가 10분쯤 지났을 때 그가 갑자기 테이블 너머로 몸을 기울여 내 눈을 들여다보면서 물었다. 〈정말 그 작품이 좋았어요, 응? 정말로 좋은 작품이라고 생각했어요?〉

잡문들

그가 사뮈엘 베케트였음을 기억하기 바란다. 그조차도 자신의 작품이 지닌 가치를 알지 못했던 것이다. 작가는 그걸 알 수가 없다. 최고의 작가들조차도.

〈그럼요. 정말로 좋은 작품이라고 생각했습니다.〉 내가 대답했다.

2005년

바이 더 북*
『뉴욕 타임스 북 리뷰』와의 대담

현재 침대 옆 탁자에 있는 책들은?

두 권뿐이다. 라이브러리 오브 아메리카에서 나온 제임스 볼드윈의 『에세이 모음집 *Collected Essays*』과 『초기 장편 및 단편 소설들 *Early Novels and Stories*』. 고등학교 때(1965년에 졸업했으니 오래전이다) 이후 최근까지 볼드윈은 읽지 않다가 요즘 쓰는 소설이 주로 1950년대와 1960년대를 배경으로 해서 의무적으로 다시 보게 되었다. 의무감은 금세 기쁨과 경외감, 감탄으로 바뀌었다. 볼드윈은 픽션과 논픽션 양 부문에서 주목할 만한 작가이며 나는 그를 미국의 20세기 거장 반열에 올리고 싶다. 그의 대담함과 용기, 엄청난 감정의 폭(끓어오르는 분노에서부터 섬세함의 극치를 이루는 다정함까지)뿐 아니라 글 자체의 질, 끌로 정교하게 다듬은 듯한 우아한 문장들 때문

---

* By the Book. 『뉴욕 타임스』의 작가 인터뷰 칼럼.

이기도 하다. 볼드윈의 산문은 〈고전적으로 미국식〉이라고 할 수 있으며 이는 헨리 데이비드 소로를 고전적이라고 하는 것과 같은 의미이다. 최고 기량의 볼드윈은 최고 기량의 소로에 필적한다는 것이 나의 믿음이다. 참으로 묘한 일은, 내가 그 두 권의 책을 다 읽은 지 1년이 넘게 지났는데도 아직 침대 옆 테이블에 놓아두었다는 것이다. 이유는 나도 잘 모르겠지만 그저 그 책들을 거기 두는 게 좋아서인 듯하다. 그 책들은 내게 위안을 준다.

가장 최근에 읽은 위대한 작품은?

프랜 로스의 『오레오Oreo』이다. 1974년 작은 출판사에서 처음 출간된 이 소설은 거의, 어쩌면 전혀 주목받지 못하고 세상에서 사라졌다가 2015년에 뉴 디렉션스 출판사에서 다시 나왔다. 안타깝게도 로스가 쓴 유일한 소설이고, 더욱 안타까운 건 로스가 1985년에 50세를 일기로 세상을 떠났다는 사실이다. 하지만 이 작품은 신명 나는 작은 걸작이며, 내가 최근에 우연히 발견한 아주 유쾌하고, 웃기고, 지적인 소설 가운데 하나이다. 이 독창적인 작품은 학구적인 산문체와 흑인 속어, 이디시어가 매우 효과적으로 섞인 경이로운 혼합 언어로 쓰였다. 이 책을 읽으며 백 번은 폭소를 터뜨렸는데, 2백 페이지 조금 넘는 짧은 작품이니 평균 한 페이지 건너 한 번씩 박장대소한 꼴이다.

최근에 처음으로 읽은 최고의 고전 소설은?

버지니아 울프의 『등대로*To the Lighthouse*』이다. 나는 열여덟 살 때 울프의 소설 『파도*The Waves*』와 『올랜도*Orlando*』를 읽었는데 썩 마음에 들지는 않아서 그 후 51년 동안 울프를 독서 목록에서 지웠다. 얼마나 큰 실수였는지. 『등대로』는 내가 읽어 본 소설 중 손꼽을 만큼 아름다운 작품에 속한다. 이 소설은 가슴 깊이 파고들어 나를 전율하게 만들었고 계속해서 눈시울을 적시게 했다. 길고 반복적인 문장들이 이루는 음악, 절제된 감정의 깊이, 미묘한 구조적 리듬들이 너무도 감동적이어서 한 구절을 서너 번씩 읽으며 되도록 천천히 음미했다.

잘 알려지지 않은 책 중 가장 좋아하는 작품은?

『서양의 잡초들*Weeds of the West*』. 삽화가 풍부한 628페이지 분량의 안내서로 마흔 명의 잡초 전문가가 쓰고 서양 잡초 학회에서 펴냈다. 컬러 사진이 아주 화려하지만 이 책에서 내가 가장 좋아하는 건 야생화의 이름들이다. 유럽전호 Bur Chervil, 파리잡이개정향풀Spreading Dogbane, 해골잎돼지풀Skeletonleaf Bursage, 끄덕이는도깨비바늘Nodding Beggarsticks, 뻣뻣한매의수염Bristly Hawskbeard, 솜방망이 Tansy Ragwort, 복된밀크시슬Blessed Milkthistle, 가난뱅이풀 Poverty Sumpweed, 누운땅빈대Prostrate Spurge, 영원한완두콩

덩굴Everlasting Peavine, 원추버들Panicle Willowweed, 배찢는 브롬Ripgut Brome. 수많은 풀이 실려 있고, 그 이름들을 혼자 소리 내어 읽는 순수한 즐거움을 누리노라면 어김없이 기분이 좋아진다. 미국 땅의 시들이다.

가장 들려주고 싶은 뉴욕 이야기는?

나의 뉴욕 이야기는 아주 많다. 오랜 세월 뉴욕에서 살면서 수십 가지 이야기가 생겨났다. 최근 대통령 선거에 출마한 후보자 하나가 이민자를 향해 증오를 쏟아 내고 있으니, 여기서는 이민자가 주인공으로 등장하는 이야기를 하고 싶다. 내가 주로 이용하는 브루클린 지역의 문구점 주인은 중국 출신이다. 조수는 멕시코 출신이고, 계산대에서 일하는 여자는 자메이카에서 왔다. 몇 개월 전 어느 쌀쌀한 오후에 물건값을 치르려고 계산대 앞에 서 있는데 자메이카인 계산원이 내가 코를 흘리는 모습을 보았다(추운 날씨였으니까). 그는 못 본 척하거나 콧물을 닦으라고 말해 주는 대신 클리넥스 통에서 휴지를 뽑더니 계산대 너머로 몸을 기울여 코를 닦아 주었다. 무척이나 부드러운 손길이었고 말은 한 마디도 하지 않았다. 그가 허락도 없이 내 몸에 손을 댄 건 잘못된 행동이었을까? 분명 그렇게 생각하는 사람도 있을 것이다. 하지만 내 생각에 그건 보기 드문 친절이었으므로, 도와줘서 고맙다고 말했다. 브루클린 인민 공화국에서의 삶을 보여 주는 또 하나의 사례였다.

작품을 쓸 때 어떤 책을 읽나? 집필 중에 피하는 책은?

소설을 쓸 때는 소설을 읽지 않는다. 소설을 탈고한 후, 그리고 새 작품에 들어가기 전에만 읽는다. 하지만 시, 역사책, 전기, 그리고 쓰고 있는 작품과 관련된 정보를 얻는 데 도움이 되는 책은 읽는다. 사실 젊었을 때보다 독서량이 훨씬 줄었으며, 내 책을 쓰느라 기진맥진하여(몸과 마음이 다) 저녁을 먹은 후 소파에 늘어져 텔레비전으로 메츠 경기(야구 시즌에는)를 보거나 아내 시리(나처럼 일에 지쳐 녹초가 된)와 함께 TCM*에서 옛날 영화를 본다. 내 소견으로는, 지난 20년간 미국인의 삶에서 가장 위대한 두 가지 발전은 TCM(모두의 거실에 고급 시네마테크를!)과 자기 접착식 우표의 발명에서 비롯하지 않았나 싶다.

당신의 서가에 꽂힌 책 중 사람들이 보고 깜짝 놀랄 만한 것은?

『영어 말하기: 포르투갈어와 영어 대화 최신 안내서*English as She Is Spoke: A New Guide to the Conversation in Portuguese and English*』. 페드로 카롤리노가 쓴 책으로 1883년 미국에서 처음 출간되었으며 마크 트웨인의 서문이 들어 있다. 트웨인이 〈더할 수 없이 부조리한 책〉이라고 했듯이 정말이지 터무니없

---

* 〈Turner Classic Movies〉의 약자로, 고전 영화를 주로 방영하는 미국의 텔레비전 채널.

는 책이다. 영어를 전혀 모르는 사람이 쓴 영어 안내서이기 때문이다. 백 페이지 넘게 이런 문장이 가득하다. 〈거기에 너무 많은 상당한 도서관이 하나 있고, 그건 배움에 대한 당신의 사랑 증거이다.〉 〈수영하는 것보다 쉬운 없다, 그건 두려워 안 하는 것 하지 않는다.〉 이 책은 다다이즘 자체이며, 트웨인의 말처럼 〈영원성이 보장된다〉.

선물로 받은 책 중 최고의 작품은?

열일곱 살 때 생일 선물로 받은 이사크 바벨의 『단편집*The Collected Stories*』. 그 책은 마음속 문 하나를 열어 주었고, 그 문 너머에는 내가 평생을 보내고픈 방이 있었다.

가장 좋아하는 소설 주인공은? 그리고 가장 좋아하는 반(反)영웅 혹은 악당은?

돈키호테와 라스콜니코프.

어릴 때 어떤 독자였나? 어떤 아동서와 작가를 제일 좋아했나?

〈피터 래빗〉에 관한 기억이 생생하게 남아 있다. 어머니께서 수십 번은 읽어 주셨을 것이다. 그리고 세 권짜리 세트로 된 한스 크리스티안 안데르센. 아홉 살인가 열 살 때 할머니께서 여섯 권으로 이루어진 로버트 루이스 스티븐슨 전집을 사주셨는데, 그 책들을 읽고 〈서기 1751년 나는 앞이 보이지 않는 거센 눈보라 속에서 비틀거리며 조상 대대로 살아온 나의 집으로 돌아가는 길을 찾으려 애쓰고 있었다〉 같은 흥미진진한 문장으로 시작하는 소설을 쓰고 싶다는 생각을 품게 되었다. 처음 내 돈으로 산 책은 『에드거 앨런 포 단편소설 및 시 전집The Complete Tales and Poems of Edgar Allan Poe』(모던 라이브러리 자이언트 시리즈)이고, 열 살이나 열한 살 때였을 것이다. 처음 문학적 열정을 갖게 해준 건 코넌 도일의 셜록 홈스다. 어린 시절의 최대 실수는 두 번째로 산 책이다. 보리스 파스테르나크가 노벨상을 받으면서 세상에서 가장 뜨거운 관심을 받는 작가로 급부상했다. 왜 그렇게 야단들인지 알고 싶어서 『닥터 지바고Доктор Живаго』를 샀다. 열한 살 때쯤이었다. 한 페이지를 읽었는데 무슨 이야기인지 도통 갈피를 잡을 수가 없었다. 당시의 이해력으로는 도저히 뜻을 알 수 없는 책이었기에 포기해야 했다. 지금까지도 『닥터 지바고』를 읽지 못했다. 그 후로 파스테르나크의 시는 많이 읽었는데도 그 소설로는 단 한 번도 돌아가지 못했다.

문학 만찬회를 열어서 작가 세 명을(고인이건 생존 인물이건) 초대한다면 누구를 선택하겠는가?

디킨스, 도스토옙스키, 호손.

실망스러운, 과대평가된, 좋지 않은 ─ 좋아해야 할 것 같긴 한데 좋아하지 않는 책은?

『허클베리 핀의 모험*Adventures of Huckleberry Finn*』을 좋아하지 않는 건 아니다. 사실 앞쪽 3분의 1은 그동안 읽은 미국 소설 중 최고에 속하며, 이 눈부신 3분의 1 때문에 거의 모든 사람이 나와 의견을 같이한다. 하지만 트웨인은 이렇듯 경이로운 시작을 해놓고는 원고를 내려놓고 몇 년간 손도 대지 않았다. 그다음 3분의 1은 여전히 훌륭하고 뛰어난 부분도 많지만 (헉과 짐이 개성 넘치는 등장인물들과 강으로 나가는 유명한 장면들), 처음 3분의 1의 깊이와 독창성은 없다. 마지막 3분의 1에서 톰 소여가 이야기에 들어오면서 이 소설은 무너져 버린다. 어조와 정신 면에서 너무 유치하고, 짐이 잔인한 장난을 당하는 부분은 앞에 나오는 모든 것에 역행하는 듯하다.

2017년 1월 12일

서문들

20세기 프랑스 시

1

프랑스와 영어는 단일한 언어이다.

— 월리스 스티븐스

이 한 가지 사실만은 확실하다. 만약 윌리엄이 이끈 군대가 1066년 영국 땅에 도착하지 않았더라면 우리가 아는 영어는 존재하지 않았을 것이다. 그 후 3백 년간 프랑스어는 영국 궁정에서 공식어로 사용되었다. 백 년 전쟁이 끝날 무렵에 가서야 프랑스와 영국은 단일 국가로 존립할 수 없다는 사실이 분명해졌다. 영국 구어로 시를 쓴 최초의 시인 중 한 사람인 존 가위도 상당수의 작품을 프랑스어로 썼고, 초창기의 가장 위대한 시인으로 칭송되는 초서도 『장미 이야기*Le Roman de la rose*』를 번역하는 일에 심혈을 기울였으며, 작품 모델을 프랑스인 기욤 드 마쇼의 작품에서 찾았다. 프랑스어가 영어의 언어와 문학에 〈영향〉을 미쳤다고 하는 것으로는 충분하지 않다.

프랑스어는 영어의 한 부분이었으며 그 유전자를 형성하는 필수 요소였다고 말해야 한다.

초기 영문학에는 이러한 공생의 증거가 많아서 인용, 오마주, 표절의 기다란 목록을 작성하는 일이 그리 어렵지 않다. 예를 들어 1477년 영국에 인쇄기를 도입한 윌리엄 캑스턴은 중세 프랑스 작품들을 영어로 옮긴 아마추어 번역가였고, 그래서 영국에서 인쇄된 최초의 책들 중에는 프랑스 로망이나 기사도 이야기의 번역본이 많았다. 캑스턴 밑에서 일한 인쇄업자들에게 번역은 자연스러운 임무였다. 캑스턴이 발간한, 인기 높은 영어 작품인 토머스 맬러리의 『아서왕의 죽음*Le Morte d'Arthur*』도 프랑스 전설 속 아서왕 이야기를 상당 부분 인용한 것이다. 맬러리는 이야기를 전개해 나가는 과정에서 쉰여섯 번이나 〈프랑스 책〉이 자신의 길잡이였다고 말한다.

영문학이 정식으로 성립된 16세기에 들어서 당대의 대표적 영국 시인인 와이엇와 서리는 클레망 마로의 작품에서 많은 영감을 얻었다. 다음 세대인 스펜서는 『목동의 달력*Shepheardes Calender*』이라는 제목을 마로에게서 가져왔을 뿐 아니라 이 책의 두 부분은 마로의 시를 직접적으로 모방한 것이다. 더욱 중요한 사실로는, 스펜서가 열일곱 살 때 번역한 요아킴 뒤 벨레의 시들은(『벨레의 비전*The Visions of Bellay*』) 영국에서 최초로 등장한 소네트 연시다. 스펜서는 훗날 그 작업을 수정했고 뒤벨레의 다른 시집인 『로마의 고적*Les Antiquités de Rome*』을 번역하여 1591년 발간했는데, 그 둘은 당대의 위대한 작품으로

서문들

꼽힌다. 프랑스의 영향을 받은 시인은 스펜서만이 아니었다. 엘리자베스 시대의 소네트 시인은 거의 모두 프랑스의 플레이아드 시인들에게 영향을 받았고, 대니얼, 로지, 채프먼은 프랑스 시를 번역해 놓고 자신이 쓴 것처럼 행세했다. 시 분야 외에도 플로리오가 번역한 몽테뉴의 수상록이 셰익스피어에게 영향을 주었다는 사실은 잘 알려져 있다. 또한 라블레와 내시를 연결하는 것도 좋은 예시가 될 수 있다. 내시의 서사시 『불운한 여행자The Unfortunate Traveler』는 영어로 쓰인 최초의 소설로 널리 평가된다.

좀 더 친숙한 현대 문학 쪽으로 눈을 돌려 보아도, 프랑스어는 영어에 강력한 영향을 미쳐 왔다. 시인 사우디는 프랑스어로 시를 쓰는 것은 중국어로 시를 쓰는 것만큼 불가능하다는 황당한 얘기를 했지만, 지난 1백 년간 쓰인 영미 시는 프랑스 시의 영향을 빼놓고는 생각하기 어려울 정도이다. 1862년 스윈번은 보들레르의 『악의 꽃Les Fleurs du mal』에 대한 논평을 『스펙테이터The Spectator』지에 실었고, 이후 1869년과 1870년에 그 시집의 영역본이 나왔다. 그 무렵부터 현대 영미 시인들은 새로운 아이디어를 얻기 위해 프랑스 쪽을 많이 쳐다보았다. 세인츠버리는 1875년 『포트나이틀리 리뷰The Fortnightly Review』에 기고한 글에서 이렇게 말했다. 〈영국 독자들에게는 보들레르를 깊이 읽어 보라고 권하는 반면, 영국 작가들에게는 진지하게 보들레르를 모방해 보라고 권하고 싶다.〉

1870년대와 1880년대에 걸쳐, 테오도르 드 방빌에게 영향을 받은 많은 영국 시인이 프랑스 시의 형태(발라드, 짧은 서정시, 단시, 롱도 등)를 실험했다. 고티에가 주창한 〈예술을 위한 예술〉이라는 사상은 영국의 라파엘 전파 운동에 중요한 사상적 원천이 되었다. 1890년대에 이르러 『옐로 북 *The Yellow Book*』과 데카당스파가 등장하면서 프랑스 상징파 시인들의 영향이 널리 퍼졌다. 가령 1893년에는 말라르메가 옥스퍼드 대학에서 초청 강연을 했는데, 그가 영국인들에게 얼마나 존경받았는지를 보여 주는 사례이다.

당시 프랑스의 영향으로 구체적 성과가 나타난 사례는 아직 거의 없었다. 하지만 그 영향은 20세기의 첫 10년 동안 파운드와 엘리엇이라는 시인이 등장하게 될 길을 닦아 주었다. 두 시인은 각자 프랑스 시를 발견하고는 영감을 받아 그때까지 영시에서 시도된 바 없는 새로운 시를 써보고자 했다. 엘리엇은 나중에 이렇게 썼다. 〈내 목소리를 잘 활용하는 기술을 가르쳐 주는 영시는 찾아보기 어려웠다. 그것은 오로지 프랑스 시에서만 찾을 수 있었다.〉 파운드는 아예 노골적으로 이렇게 말했다. 〈영시의 전반적인 발전은 프랑스 시에서 훔친 것들을 통해서만 이룩될 수 있었다.〉

제1차 세계 대전 직전에 이미지스트 그룹을 형성한 영국과 미국의 시인들은 프랑스 시를 〈비판적으로〉 읽기 시작한 최초의 무리였다. 그들의 목적은 프랑스 시를 모방하는 것이 아니라 영시를 활성화하는 것이었다. 그 과정에서 프랑스에서는 다소 무시받은 시인들인 코르비에르와 라포르그가 중요하게 부

서문들

상했다. 플린트가 1912년『포어트리 리뷰*The Poetry Review*』(런던)에 기고한 글, 파운드가 1913년『포어트리*Poetry*』(시카고)에 기고한 글 등은 프랑스 시를 새로이 읽는 경향을 널리 퍼트렸다. 이미지스트 그룹과는 별개로, 윌프레드 오언은 제1차 세계 대전 전에 프랑스로 건너가 몇 년을 보내면서 로랑 타야드와 긴밀한 관계를 유지했다. 타야드는 파운드와 그 서클이 존경하는 시인이었다. 엘리엇은 1908년 하버드 학생이던 시절부터 프랑스 시를 읽기 시작했다. 그리고 2년 뒤에는 파리로 건너가 클로델과 지드를 읽고 콜레주 드 프랑스에서 베르그송의 강의를 들었다.

1913년 아머리 쇼Armory Show가 개최될 무렵, 프랑스 미술과 문학의 가장 과격한 경향이 뉴욕에 상륙하여 5번가 291번지에 있는 앨프리드 스티글리츠 화랑에 안착했다. 조지프 스텔라, 마스든 하틀리, 아서 도브, 찰스 디머스, 윌리엄 칼로스 윌리엄스, 만 레이, 앨프리드 크레임보그, 마리우스 데 사야스, 월터 C. 아렌스버그, 미나 로이, 프랑시스 피카비아, 마르셀 뒤샹 등, 미국 및 유럽의 모더니즘과 관련된 유명 인사들은 이 파리-뉴욕 커넥션의 한 부분이 되었다. 큐비즘, 다다, 아폴리네르, 그리고 마리네티의 미래주의에 영향을 받은 다양한 잡지가 미국 독자들에게 모더니즘의 메시지를 전했다.『291』,『눈먼 남자*The Blind Man*』,『롱롱*Rongwrong*』,『브룸*Broom*』,『뉴욕 다다*New York Dada*』,『리틀 리뷰*The Little Review*』등이 그런 잡지인데, 특히『리틀 리뷰』는 1914년 시카고에서 태어나

1917년부터 1927년까지 뉴욕에서 살았고 마침내 1929년 파리에서 사망했다. 『리틀 리뷰』의 기고자 명단을 읽어 보면 프랑스 시가 미국 시단에 얼마나 깊숙이 침투했는지 알 수 있다. 파운드, 엘리엇, 예이츠, 포드 매덕스 포드, 제임스 조이스의 『율리시스』 외에도 브르통, 엘뤼아르, 차라, 페레, 르베르디, 크레벨, 아라공, 수포 등의 시가 실렸다.

제1차 세계 대전 전에 파리에 도착한 거트루드 스타인을 필두로 하여 1920년대와 1930년대에 파리에 산 미국 작가들의 역사는 곧 현대 미국 문학의 역사가 되었다. 헤밍웨이, 피츠제럴드, 포크너, 셔우드 앤더슨, 주나 반스, 케이 보일, e e 커밍스, 하트 크레인, 아치볼드 맥클리시, 맬컴 카울리, 존 더스패서스, 캐서린 앤 포터, 로라 라이딩, 손턴 와일더, 윌리엄스, 파운드, 엘리엇, 글렌웨이 웨스콧, 헨리 밀러, 해리 크로즈비, 랭스턴 휴스, 제임스 T. 패럴, 아나이스 닌, 너대니얼 웨스트, 조지 오펜 등이 파리에 방문하거나 거주했다. 이 시기의 경험이 미국 문학사에 너무나 깊이 침투해서 배고픈 젊은 작가가 파리에서 습작 시절을 보낸다는 이미지가 지속적인 문학적 신화가 되었다.

물론 이런 작가들이 모두 프랑스 문학에서 직접 영향을 받았다고 볼 수는 없다. 반대로 그들이 숙박비가 싼 곳을 찾아서 파리로 건너갔다고 할 수도 없다. 당대의 진지하고 정력적인 문학지 『트랜지션*transition*』은 미국 작가와 프랑스 작가의 작품을 나란히 실었고 이런 교류 덕에 미국 문학사에서 가장 풍요로운 시대가 열리게 되었다. 한편 파리를 방문하지 않았다고 해서 프랑스 문학에 대한 관심이 없었다고 말할 수는 없다. 미국 시인들 중 프랑스를 가장 사랑한 월리스 스티븐스는 프랑스에 가본 적이 없었다.

1920년대 이래 영미 시인들은 프랑스 시를 꾸준히 번역해 왔다. 이는 문학적 연습이었을 뿐만 아니라 발견과 열정의 행위이기도 했다. 상드라르 번역본의 서문에서 존 더스패서스는 이렇게 썼다. 〈……1930년 들어 막 시를 읽기 시작한 젊은이라면 이 시를 어렵게 느낄지 모른다. 이렇게 말을 조립하는 방식은 오랜 실험의 과정을 거쳐 최근에야 숙성기에 접어들어 일상에서 의미를 획득하기 시작했기 때문이다. 이제 막 시를 읽기 시작한 젊은이, 인문주의자, 편집자, 선집 편찬자, 수상 시인, 소네트 작가, 독자 들은 상드라르의 비공식적이고 개인적인 일상 시를 영어로 번역해 보면 얻는 바가 있을 것이다.〉 또 T. S. 엘리엇은 1930년 생존 페르스의 『아나바시스*Anabasis*』를 번역하고 이런 소개문을 썼다. 〈나는 이 시가 제임스 조이스의 후기작인 『애나 리비아 플루라벨*Anna Livia Plurabelle*』 못지않게 중요한 작품이라고 생각한다.〉 케네스 렉스로스는 1969년 르베르디를 번역하고 그 서문에 이렇게 썼다. 〈서유럽의 현대 시인을 통틀어 르베르디는 나에게 가장 중요한 영향을 끼쳤다. 영미권의 그 어느 작가보다도 영향이 컸다. 어린 시절 『하늘의 표류물*Les Épaves du ciel*』을 처음 읽은 이래 그의 시를 사랑해 왔다.〉

이 책에 포함된 번역자의 목록이 보여 주듯 현대 영미 시인들은 프랑스 시를 많이 번역했다. 유명한 몇 명만 나열해도 파운드, 윌리엄스, 엘리엇, 스티븐스, 베케트, 맥니스, 스펜더, 애시버리, 블랙번, 블라이, 키넬, 레버토브, 머윈, 라이트, 톰린슨, 윌버 등이다. 이들은 프랑스 시에 영향을 받지 않았다면 시를 쓰기가 어려웠을 것이다. 그리고 이들이 시를 쓰지 않았다면 현대 미국 시는 존재하지 않았을 것이다. 이 시 선집은 프랑스 시에 관한 것이지만, 한편으로는 영미 시에 관한 것이기도 하다. 이 책의 목적은 프랑스 시를 원어로 제공하면서 동시에 영미 시인들이 번역한 시를 함께 제공하는 것이다. 그리하여 이 시 선집은 우리 시사(詩史)의 한 장으로도 읽힐 수 있는 것이다.

2

이 시대에 프랑스의 전통과 영국의 전통은 양극단이다. 프랑스 시는 보다 과격하고 보다 총체적이다. 절대적이고 모범적인 방식으로 프랑스 시는 유럽 낭만주의의 유산을 물려받았다. 그 낭만주의는 윌리엄 블레이크와 노발리스 같은 독일 낭만파로 시작하여 보들레르와 상징파를 거쳐 20세기 프랑스 시, 특히 초현실주의에서 정점에 이르렀다. 프랑스 시에서, 세상은 글쓰기가 되고 언어는 세상의 대역이 된다.

— 옥타비오 파스

다른 한편으로 이 한 가지 사실 또한 확실하다. 지난 백 년 동안 영미 시인들이 프랑스 시에 꾸준한 관심을 보였던 한편, 프랑스의 문학적·지적 실천에 대한 경계심 혹은 적개심 또한 만만치 않았다. 이러한 경향은 미국인보다 영국인에게서 강하게 나타났다. 어쨌거나 미국 시단이 영국 시단과 아주 가까웠다는 것은 주지의 사실이다. 프랑스와 영미 문화 사이의 깊은 간극을 살펴보려면 양국의 철학, 문학 비평, 소설 쓰기의 주도적 흐름을 비교해 보면 된다.

문화의 간극은 대체로 두 언어의 차이에서 비롯한다. 영어는 상당 부분 프랑스에서 나왔으나 그래도 앵글로색슨의 전통을 고수한다. 그래서 영미권의 중요한 시인들에게서는 중력과 실체성이 발견된다(예를 들면 밀턴과 에밀리 디킨슨). 이러한 특징은 앵글로색슨의 둔탁한 실용성과 프랑스·라틴의 날렵한 추상성을 대비되게 한다. 이 두 가지를 놓고 보면 프랑스 시는 너무 가벼워 거의 공기 같은 서정성만으로 구축되었다는 느낌을 준다. 프랑스어는 영어에 비해 홀쭉한 언어이다. 그렇다고 해서 프랑스어가 힘이 더 약하다는 뜻은 아니다. 영어는 실제로 만져지는 것, 구체적 현존, 표면적 사건으로 이루어진 세계를 경계로 삼는다. 반면에 프랑스 문어는 본질의 언어이다. 가령 셰익스피어는 희곡에서 5백 가지 꽃 이름을 제시하지만, 라신은 〈꽃〉이라는 단어 하나를 고집한다. 라신이 사용한 어휘 수는 모두 해야 1만 5천을 넘지 않지만, 셰익스피어가 사용한 어휘 수는 2만 5천을 헤아린다. 이러한 차이는 리턴 스트레이치가 지적했듯이 〈포괄〉과 〈집중〉의 차이이다. 스트레이치는 이렇게 썼다. 〈라신의 일차 목적은 비상하면서도 복잡한 예술 작품을 제작하는 것이 아니라 결점 없는 완벽한 작품을 써내는 것이었다. 그래서 주제에 집중하면서 관련 없는 것은 과감하게 생략했다. 그가 생각하는 희곡은 빠르면서도 필연적인 것이었다. 위기를 당해서 터져 나오는 행동이었다. 일단 군더더기라고 생각되면 아무리 흥미로운 세부 사항이라도, 아무리 상징성이 높은 복선이라도, 아무리 아름다운 곁다리라도 제거했다. 그는 핵심적인 힘을 분출하는, 단순하면서도 강력하고 또 활기차면서도 장엄한 그런 것을 원했다.〉 최근의 시인인 이브 본푸아는 영어를 〈거울〉에, 프랑스어를 〈공[球]〉에 비유했다. 영어는 주어진 것을 아리스토텔레스적 관점에서 받아들이지만 프랑스어는 플라톤적이어서 〈다른 현실, 다른 영역〉을 가정한다는 것이다.

오랜 시간 영어와 프랑스어로 글을 쓴 사뮈엘 베케트는 자신의 작품을 영어 혹은 프랑스어로 번역하면서 두 언어의 장단점을 환히 알게 되었다. 그는 50대 중반에 쓴 한 편지에서 『승부의 종말Fin de partie』이라는 희곡을 영어로 번역하는 데 따르는 어려움을 털어놓았다. 특히 문제가 된 것은 클로브가 함에게 하는 대사였다고 한다. 〈Il n'y a plus de roues de bicyclette(자전거 바퀴가 더는 없다).〉 프랑스어로는 세상에 자전거 바퀴가 아예 존재하지 않게 되었다는 뜻이라고 그는 말한다. 하지만 이 대사를 그대로 옮긴 영어 표현은 의미가 달라진다. 〈There are no more bicycle wheels.〉 이것은 당장 쓸 수 있는 자전거 바퀴가 더 없다는 뜻으로, 달리 말해 클로브와 함이 있는 그곳에 자전거 바퀴가 없다는 뜻이다. 아주 유사한 문장들 뒤에 엄청난 차이의 세계가 존재하는 것이다. 에스키모에게는 눈을 묘사하는 단어가 스무 개나 있다고 한다(자주 인용되는 사례이다). 에스키모가 우리보다 훨씬 정교하고 미묘한 뉘앙스로 눈을 경험한다는 뜻이다. 우리가 보지 못하는 것을 본다는 뜻이다. 마찬가지로 프랑스인이 프랑스어 안에서 살아가는 방식은 영국인이 영어 안에서 살아가는 방식과 다르다. 이렇게 말하는 데에는 아무런 가치 판단도 들어 있지 않다. 엉성한 프랑스 시가 기계적인 추상으로 흘러가 버리듯이, 엉성한 영미 시는 너무 현실적이고 갑갑하여 사소함과 미숙함의 나락으로 빠져들고 만다. 양쪽 모두 엉성한 시에서는 건져 낼 것이 없다. 하지만 훌륭한 프랑스 시가 훌륭한 영국 시와 반드시 일치하지는 않는다는 점을 기억해 둘 필요가 있다.

프랑스는 3백 년 이상 학술원을 유지해 왔다. 프랑스 학술원은 영미권에서는 상상할 수 없는 대대적인 규모로 프랑스어의 전통을 지키려 애쓴다. 학술원의 공식적인 입장은 고상한 문어속으로 비속한 일상 언어가 스며드는 일을 막겠다는 것이다. 반면에 영미권 작가들은 구어가 유입되는 데에 비교적 관대한 편이다. 그러나 반발의 대상이 될 수 있는 전통이 확고히 수립된 상태이기 때문에, 프랑스 시인들은 역설적이게도 영미 시인들보다 반항적인 성향을 보인다. 순응을 요구하는 압력이 적극적인 반(反)전통의 태도를 낳는 것이다. 그러한 태도는 확립된 전통이 프랑스 문학의 주류로 행세하는 것을 여러모로 방해한다. 비용과 라블레에서 시작하여 루소, 보들레르, 랭보, 그리고 〈저주받은 시인poète maudit〉들의 컬트를 거쳐 20세기의 아폴리네르와 다다 운동, 초현실주의에 이르기까지, 프랑스인들은 조직적으로 기존 문화에 저항해 왔다. 프랑스 문화라는 것이 확고히 정립되어 있다는 사실을 알았기 때문이다. 이러한 반전통의 교훈이 프랑스 문학에 완전히 흡수·동화되어 이제는 당연시된다.

이와 대조적으로 프랑스 시에 대한 파운드와 엘리엇의 관심은 영미 문화에 대한 공격이라기보다 새로운 전통의 창조, 일천한 미국 역사의 진공 상태를 채워 줄 과거의 창조라는 측면이 강했다. 이런 충동은 본질적으로 보수성을 지녔다. 그래서 파운드의 시론은 파시스트를 지지하는 헛소리로 타락했고 엘리엇의 시론은 성공회의 경건성과 고전 문화에 대한 집착으로 변질되어 버렸다. 그렇다고 해서 과격주의와 보수주의라는 두 범주를 만들어 놓고 앞에는 프랑스 시를, 뒤에는 영미 시를 집어넣어 버린다면 잘못된 분류가 될 것이다. 미국 문학의 가장 파괴적이고 창의적인 요소는 아주 엉뚱한 곳에서 생겨나 일반 문화로 흡수되었다. 영미권 아이들은 기초 교육 과정에서 필수 과목으로 동요를 배우는데, 프랑스에는 동요라는 게 없다. 루이스 캐럴이나 조지 맥도널드 같은 빅토리아 시대의 위대한 아동 문학도 프랑스에서는 비슷한 예를 찾아보기 어렵다. 미국으로 말하자면 자생의 다다 정신이 존재했다. 이러한 정신은 선언서나 이론적 배경 없이 자연적인 힘으로 계속 존재해 왔다. 버스터 키턴과 W. C. 필즈의 영화, 링 라드너의 짧은 콩트, 루브 골드버그의 그림 등은 당대의 프랑스 작품들 못지않게 신랄한 풍자 정신을 지녔다. 만 레이(미국 출생)는 미국에도 다다 운동을 퍼트려야 하지 않겠느냐는 트리스탄 차라의 요구 (1921)에 이런 답변을 보냈다. 〈친애하는 차라. 다다는 뉴욕에서 살 수가 없어요. 뉴욕 전역이 다다이기 때문에 라이벌을 허용하지 않을 거요.〉

20세기 프랑스 시라는 아주 분류하기 편리한, 자족적 실체가 어느 한쪽에 존재한다고 생각해서는 안 된다. 프랑스 현대시는 프랑스라는 지역적 경계 안에 온전하게 보존된 존재가 아니었다. 20세기 프랑스 시는 다양하고 소란스럽고 모순적인 존재이다. 전형적인 사례 같은 것은 없고 혼란스러운 예외 사항들만 있을 뿐이다. 20세기 프랑스의 독창적이고 영향력 있는 시인들은 상당수 다른 나라에서 태어났거나 국외에서 많은 시간을 보냈다. 아폴리네르는 로마에서 폴란드인과 이탈리아인 부모 사이에서 태어났다. 미워시는 리투아니아인이다. 세갈렌은 중국에 머물던 시기에 왕성하게 작품을 발표했다. 상드라르는 스위스에서 태어나 뉴욕에서 첫 대작을 썼고 나이 쉰이 될 때까지 해외를 돌아다니느라 프랑스에서 우편물을 받아볼 만큼 오래 머문 적이 없다. 생존 페르스는 과달루페에서 태어나 아시아에서 외교관으로 여러 해 근무했고 1941년부터 1975년 사망할 때까지 워싱턴 D. C.에 머물렀다. 쉬페르비엘는 몬테비데오 출신으로 몬테비데오와 파리를 오가며 생애의 대부분을 보냈다. 차라는 루마니아에서 태어나 취리히의 카바 레 볼테르에서 다다 모험을 벌인 후 파리에 갔는데, 취리히 시 절에는 종종 레닌과 체스를 두기도 했다. 자베스는 카이로에서 태어나 이집트에서 살다가 마흔다섯 살이 되어서야 파리로 건 너갔고, 세제르는 마르티니크 출신이다. 뒤 부셰는 절반은 미 국인으로 애머스트 칼리지와 하버드에서 교육을 받았다. 이 책 에 실린 다른 젊은 시인들도 영국이나 미국에서 오래 체류한 경험이 있다. 프랑스 시인이라고 하면 파리 출신이고 외국인을 혐오하면서 프랑스 가치만 고집한다는 고정 관념은 이제 통하 지 않는다. 이런 시인들의 시를 알면 알수록 그들을 일반화하 려는 시도가 무용함을 깨닫게 된다. 확실하게 말할 수 있는 것 은 그들이 프랑스어로 시를 쓴다는 사실뿐이다.

따라서 시 선집은 일종의 함정이다. 시를 소개한다고 하면 서 실은 독자가 시에 접근하는 것을 가로막는 경향이 있다. 많 은 시인의 시를 한 권에 모아 놓음으로써 그들을 개별 시인이 아닌, 프랑스 현대 시인이라는 하나의 그룹으로 생각하게 만들 기 쉽다. 그래서 책이 읽히기도 전에 시 선집은 일종의 문화적 저녁 식사, 대중의 소비를 위해 접시 위에 내놓아진 민속 음식 정도로 치부되기 쉽다. 가령 이런 식으로 말하는 꼴이다. 〈여 기 프랑스 현대 시가 있습니다. 이걸 드세요. 당신 몸에 좋습니 다.〉 이런 식의 접근은 핵심을 놓치는 행위이다. 독자가 종이 위에 적힌 각각의 시를 놓치기 쉽게 만들기 때문이다. 종이 위의 개별 시를 하나씩 정독하는 것은 결국 독자 몫으로 주어진 임무이다. 독자는 시 선집을 어떤 주제에 대한 최종 발언이라고 보고 싶은 유혹을 떨쳐 내야 한다. 시 선집이란 결국 최초의 발언, 새로운 공간으로 나아가는 문턱에 지나지 않기 때문에.

3

결국 당신은 이 오래된 세상이 지겨워질 겁니다.

— 기욤 아폴리네르

이 시 선집은 아폴리네르에서 시작해야 할 것이다. 그는 이 책에 포함된 시인 중 가장 일찍 태어난 사람도 아니고 의식적인 현대어로 시를 쓴 최초의 시인도 아니지만, 20세기 초반의 미학적 열망을 대표하는 인물이기 때문이다. 우아한 연애 서정시와 과감한 실험, 운문시, 자유시, 〈형태〉 시 등 범위가 다양한 시들에서 그는 새로운 감수성을 표현했다. 과거의 시 형태에 많이 의존하면서도 동시에 자동차, 비행기, 영화의 세계에 자연스럽게 적응했다. 입체파 화가들의 적극적인 옹호자였던 그의 주변에는 우수한 화가와 작가가 많이 모였는데, 이를테면 자코브, 상드라르, 르베르디 등이 아폴리네르 서클의 핵심 구성원들이었다. 이 세 시인과 아폴리네르의 작품을 통칭하여 입체파라고 부른다. 시의 기법이나 어조 면에서 네 사람은 커다란 차이를 보이지만, 그래도 작품의 인식론적 기반이라는 관점에서는 공통점을 지녔다. 동시성, 병치, 현실의 불규칙성에 대한 예리한 인식이 네 시인 모두에게서 발견되며 각각은 그런 특징들을 저마다의 시적 목적에 활용했다.

아폴리네르보다 더 거칠고 관능적인 상드라르는 〈내 주위의 모든 것이 움직인다〉라고 말했다. 그의 작품은 이 진술에 깃든 두 개의 해결안 사이를 왔다 갔다 한다. 「열아홉 편의 신축적인 시편들Dix-neuf Poèmes élastiques」에서 보이는 것과 같은 폭발적인 감각이 있는가 하면, 다른 한편으로는 여행 시들에서 보이는 순간적인 리얼리즘이 있다. 그의 여행 시집에는 원래 〈코닥Kodak〉이라는 제목이 붙었으나 같은 이름의 필름 회사가 항의하는 바람에 『다큐멘터리Documentaires』로 바뀌었다. 여행 시들은 어느 단 한 순간의 기록이고, 카메라의 셔터를 누르는 순간 정도밖에 지속되지 않는다.

자코브의 경우 그의 대표작은 1917년에 펴낸 산문시집 『주사위 컵Le Cornet à dés』에 들어 있다. 이 시집의 전반적인 충동은 반(反)서정적 코미디를 향한다. 그의 언어는 장난기로 폭발하고(말장난, 패러디, 풍자) 외부적 현상의 기만을 폭로하는 데서 커다란 즐거움을 찾는다. 그 어떤 것도 겉보기와 같지 않고 모든 것은 변모하며 변화는 언제나 예기치 않게 전광석화처럼 벌어진다.

르베르디 또한 이런 수법들을 사용하지만 훨씬 더 음울한 목적을 지녔다. 그의 시에서 파편들의 축적은 시적 이미지에 대한 완전히 새로운 접근 방식으로 종합된다. 르베르디는 1918년에 이렇게 썼다. 〈이미지는 순전히 마음의 창조물입니

서문들

다. 서로 멀어 보이는 리얼리티를 비교하는 것이 아니라 병치함으로써 얻는 것입니다. 병치된 두 리얼리티의 관계가 멀고 진실해 보일수록 이미지는 그만큼 더 강력해집니다. 그리하여 정서적 힘과 시적 리얼리티가 더 커지게 됩니다.〉 강력한 내면성과 불어난 감각 자료를 절묘하게 결합한 르베르디의 기이한 풍경들은 불가능한 총체성에 대한 지속적 탐색을 내포한다. 그 효과가 거의 신비주의적인 르베르디 시는 그럼에도 일상 세계의 세부 사항들에 닻을 내리고 있다. 조용하고 단조로운 음악이 흐르는 가운데 시인은 자신이 창조해 놓은 세상 속으로 사라져 버린다. 결과는 아름다우면서도 불안정하다. 르베르디는 마치 시의 공간을 비워 놓고 독자들에게 그 안에 들어가 살라고 말하는 것 같다.

이와 유사한 분위기가 파르그의 산문시에서도 연출된다. 파르그의 시는 이 시 선집에 수록된 작품들 가운데 시대 면에서 가장 앞섰다. 파르그는 파리의 현대 시인이고 그의 시는 절반 이상이 도시를 노래한다. 그는 기억과 지각의 조합을 절묘하게 서정적으로 변조하는데 상징과 선배 시인들의 메아리가 들려온다. 엄숙한 주관성에 세부 사항에 대한 치열함이 가미되어 파리라는 도시를 하나의 거대한 내면 풍경으로 바꾸어 놓는다. 증언의 시는 곧 기억의 시가 된다. 관찰이라는 외로운 행위 안에서 세상은 그 외로운 원천을 비추어 보이고, 이어 외부로 하나의 비전을 내보이는 듯하다. 파르그의 친한 친구인 라르보 역시 19세기 후반의 흔적을 내보인다. 라르보는 1908년 초판본 시집에서 A. O. 바나부스라는 가명을 썼다. 바나부스는 스물넷의 부유한 남아메리카 출신 청년인데 미국으로 귀화했다. 고아이고 세상을 여행하는 자이며 아주 예민하면서 고독한 청년이다. 전통 안에서는 멋지기만 한 주인공을 좀 더 인간적이고 유머러스하게 다듬어 놓은 버전이다. 라르보는 나중에 이 인물에 대해 설명했다. 〈나는 인종·사람·국가의 다양성에 민감한 시인을 만들어 내고 싶었다. 어디서든 이국적인 무언가를 발견하는 시인, (……) 재치 있고 국제적인 사람, (……) 간단히 말해 휘트먼처럼 시를 쓰지만 좀 가벼운 분위기를 지닌 시인. 휘트먼에게는 없는 코믹하면서도 즐거운 무책임성을 지닌 시인.〉 아폴리네르와 상드라르처럼 라르보-바나부스 또한 시속 여행에서 황홀한 즐거움을 얻는다. 〈난생처음 살아 있음의 즐거움을 체험했다 / 북행 고속 열차의 찻간에서……〉 바나부스에 대해 앙드레 지드는 이렇게 논평했다. 〈그의 황급함, 냉소주의, 탐식을 사랑한다. 이 시들은 포도주 목록처럼 나를 목마르게 한다. (……) 이 책에서 각각의 감각적 그림은, 의심스럽든 혹은 정확하든, 재빨리 제시되는 속도 때문에 타당성을 획득한다.〉

생존 페르스의 작품도 휘트먼과 유사한 점이 있다. 시행 배열이나 호흡이 긴 문장의 점층적인 힘 등이 그렇다. 라르보가 휘트먼을 길들였다면, 생존 페르스는 그의 보편성을 넘어서서 우주적 조화를 추구한다. 시인의 목소리는 우레와 같이 힘차면서도 화려한 수사법으로 세상을 정복할 기세이고 그리하여 신화적 규모를 획득한다. 동시대의 시인들이 시간의 일시성을 받아들이고 변화라는 개념을 시의 전제로 사용한 반면, 생존 페르스의 시들은 영원을 추구하는 플라톤적 열정에 의해 추동된다. 미워시는 동시대 시인들과 나란히 서 있다. 신비주의와 연금술의 제자인 미워시는 가톨릭주의, 카발라주의, 〈묵시록적 감각주의〉(케네스 렉스로스)를 하나로 종합한다. 그의 작품은 이름의 수비학(數秘學), 글자의 병치, 애너그램, 두문자 조합, 기타 오컬트의 언어적 실천에서 영감을 얻는다. 그러나 예이츠와 마찬가지로 미워시의 시는 그러한 원천의 한계를 뛰어넘는다. 존 펙은 이렇게 논평했다. 〈(미워시의 시에 담긴) 느낌은 그 범위가 강박적으로 설정되어 있다. 그 안에서 개인적인 우울은 곧 자연 풍경에 대한 우울이 된다.《어둠이 해체되고》첫 광선이 나타나려면 아직 한참 기다려야 하는 어스름한 무렵에 느끼는 그런 우울이다.〉

범주화를 거부하는 또 다른 시인은 세갈렌이다. 라르보는 발명된 페르소나를 통하여 시를 썼고 파운드는 번역 시가 그의 작품 목록 중 가장 훌륭한 시들 사이에 놓였다. 세갈렌도 그들과 마찬가지로 자기 소거(消去)의 충동을 지녔으나 그것을 한 단계 더 밀고 나아가 다른 문화의 가면 뒤에서 글을 쓴다. 『돌기둥 Stèles』에서 발견되는 시들은 번역 시도 모방 시도 아니다. 〈마치 자기가 중국인 것처럼 위장하는〉 프랑스 시인이 쓴 시이다. 물론 세갈렌이 신분을 속이려고 한 것은 아니다. 그는 자기 시가 창작 시가 아니라고 허세를 떤 적은 없다. 겉보기에 이국주의를 표방한 듯한 시가 자세히 읽어 보면 아주 단단한 보편적 관심을 담고 있다는 사실을 알 수 있다. 자신이 속한 문화의 한계에서 자신을 자유롭게 해방함으로써, 또 자신의 역사적 순간을 우회함으로써, 세갈렌은 훨씬 넓은 영토를 탐구할 수 있었다. 어떻게 보면 시인이라는 자신의 또 다른 부분을 발견한 셈이었다.

주브 또한 세갈렌 못지않게 이례적인 시인이다. 젊은 시절 상징파를 추종했던 주브는 1912년에서 1923년까지 여러 권의 시집을 발간했다. 하지만 1924년 〈도덕적·정신적·미학적 위기〉(시인의 말)를 겪고 나서 초창기 시들과 완전히 결별했으며 그 시들의 재발간을 허락하지 않았다. 그 후 40년간 많은 시를 썼고 시 전집은 1천 쪽이 넘는다. 철저한 기독교적 전망을 지닌 주브는 성욕의 문제에도 관심이 많다. 그는 성욕을 하나의 위반 혹은 창조적 힘(〈인간 에로티시즘의 아름다운 힘〉)으로 본다. 그의 시는 프로이트 정신 분석의 방법을 활용한 프랑스 최초의 시이다. 전무후무한 시이다. 그의 시는 초현실주의가 득세하던 시절에 무시당했는데(주브의 업적이 거의 한 세대 동안 잊혔다는 뜻이다) 이제는 20세기 전반기의 주요 시인 중 하나로 대접받는다.

쉬페르비엘 또한 젊은 시절 상징파에 영향을 받았다. 그는 동시대 시인들 중에서 가장 서정적이다. 공간과 자연계의 시인인 쉬페르비엘은 아주 천진한 입장에서 시를 쓴다. 1951년 그는 이렇게 썼다. 〈꿈을 꾸는 것은 육체의 물질성을 잊는 것이다. 내부 세계와 외부 세계를 어느 정도 혼동한다는 뜻이다. (……) 사람들은 때때로 내가 세상을 보고서 경탄하는 데에 놀란다. 이러한 특성은 내 꿈의 영속성으로부터 나오는 것인가 하면 나쁜 기억으로부터 나오는 것이기도 하다. 그 둘이 나를 놀람에서 놀람으로 인도하고 모든 것에 경탄하도록 만든다.〉

경이로움의 감각, 그것은 제1차 세계 대전 이전부터 시를 쓰기 시작한 열한 명의 시인을 가장 잘 묘사해 주는 말이다. 그러나 전쟁 중에 성년이 된 그다음 세대 시인들은 이런 천진한 낙관론의 가능성을 박탈당했다. 전쟁은 군대와 군대의 충돌로 그치지 않고 엄청난 가치관의 혼란을 일으켰으며 유럽 지식인들의 의식을 바꾸어 놓았다. 후대 시인들은 아폴리네르를 비롯한 앞 세대 시인들의 영향을 받으면서도 전쟁이 불러온 위기에 전례 없는 방식으로 대응해야 했다. 다다 운동의 창시자인 후고 발은 1917년의 일기에 이렇게 썼다. 〈천 년 된 문화가 붕괴하고 있다. 더 이상 기둥도 대들보도 기반도 없다. 모두 무너져 버렸다. (……) 세계의 의미가 사라져 버렸다.〉

1916년 취리히에서 시작된 다다 운동은 이런 정신적 붕괴에 가장 과격하게 반응했다. 신뢰를 잃은 문화를 앞에 두고서 다다 운동가들은 문화의 모든 전제 조건에 도전했고 그 신념을 비웃었다. 예술가인 그들은 분노를 파괴적인 의심으로 바꾸고 신랄한 유머와 고의적인 자기 부정을 일삼으며 예술이라는 개념을 공격했다. 〈진정한 다다이스트는 다다를 반대한다.〉 차라는 한 성명서에 그렇게 썼다. 요는, 그 어떤 것도 액면 그대로 받아들이지 말고 그 어떤 것도, 특히 자기 자신을 심각하게 여기지 말라는 것이었다. 마르셀 뒤샹 예술의 소크라테스적 냉소는 이러한 태도의 가장 순수한 표현이었다. 시의 영역에서는 차라 또한 뒤샹 못지않게 교활하면서 파괴적이었다. 그는 다다 시는 이렇게 써야 한다고 말했다. 〈먼저 신문을 한 장 집어 들고 가위를 가져와라. 당신이 원하는 시의 길이만큼 신문 기사를 오려 내라. 그런 다음 기사의 단어를 하나씩 오려 내어 봉지에 넣어라. 그런 다음 잘 흔들어라. 이어 단어를 하나하나 꺼내라. 봉지에서 나오는 순서대로 단어를 종이 위에 붙여라. 그 시는 당신을 닮을 것이다. 자, 드디어 당신은 멋진 감수성, 천박한 자들은 도저히 이해하지 못하는 감수성을 지닌 독창적 시인으로 탄생한다.〉 이렇게 우연이 만들어 낸 시를, 요행을 바라는 글쓰기의 미학과 같은 것으로 혼동해서는 안 된다. 차라가 제안한 방식은 시의 신성성에 대한 공격이며, 그 방식은 자신을 예술적 이상의 지위로 격상시키려고 하지 않는다. 그것의 기능은 순전히 부정적이다. 그것은 초창기 형태의 반예술이고 〈즉각적인 곡예술이라는 반철학이다〉.

차라는 1919년 파리로 이주해 프랑스 무대에 다다를 소개했다. 브르통, 아라공, 엘뤼아르, 수포 모두 운동의 참여자가 되었다. 하지만 다다는 불과 몇 년밖에 지속되지 못했다. 총체적 예술은 결코 생존할 수 없는데, 파괴의 대상에 그 자신도 포함하기 때문이다. 그러나 다다의 사상과 태도에 힘입어 초현실주의가 가능해졌다. 브르통은 1924년 첫 성명서에서 이렇게 말했다. 〈초현실주의는 순수한 정신적 자동 기술(自動記述)이다. 그 의도는 말과 글로, 혹은 다른 수단으로 실제적인 생각의 과정과 생각의 흐름을 표현하려는 것이다. 외부의 미학적·도덕적 관심이나 이성의 통제는 철저히 배제한다. 초현실주의는 다음의 것을 믿는다. 예전에 무시되었던 연상의 형태가 실은 더 우월한 리얼리티이다. 꿈은 무한한 힘을 지녔다. 생각은 그 어떤 이해관계에도 얽매이지 않고 자유롭게 흘러갈 수 있다.〉

다다와 마찬가지로 초현실주의는 자신을 어떤 미학적 운동으로 제시하지 않았다. 인생을 변화시키라는 랭보의 외침과 세상을 바꾸라는 마르크스의 외침을 동일시하면서, 초현실주의자들은 시의 한계를 〈가능성의 최고 한계〉(발터 베냐민의 말)까지 밀어내려 했다. 그 의도는 예술에서 신비를 제거하고, 인생과 예술의 경계를 허물고, 예술의 방법을 사용하여 인간적 자유의 가능성을 탐구하려는 것이었다. 초현실주의자를 다룬 발터 베냐민의 날카로운 논문(1929)은 이렇게 말한다. 〈바쿠닌 이래 유럽은 자유라는 과격한 개념을 잃어버리게 되었다. 그러나 초현실주의자들은 자유를 가졌다. 그들은 자유의 진보적-도덕적-인문학적 이상을 파괴했다. 그들은 천 가지의 어려운 희생을 바쳐야만 얻을 수 있는 자유가 아무런 제약 없이 충만하게 향유되어야만 한다고 주장한다. 자유가 지속되는 한 사전 구상이나 계산 따위는 아예 없어야 한다고 여긴다.〉 이런 이유로 초현실주의자들은 혁명의 정치학과 밀접한 관계를 맺었고 심지어 그들이 발행하는 한 잡지는 제목이 〈혁명에 봉사하는 초현실주의)였다. 그들은 공산주의와 계속해서 좋은 관계를 유지했고 인민 전선 시대에는 동반자 역할을 수행했다. 그렇지만 그들의 정체성을 순수 정치에 바치기는 거부했다. 초현실주의의 역사는 원칙에 대한 끊임없는 논쟁의 역사였다. 브르통은 행동파와 미학파 사이에서 중도적 입장을 취했고 초현실주의의 지속적 프로그램을 이어 나가기 위해 이쪽에 혹은 저쪽에 붙었다. 운동에 가담한 시인들 중 페레만이 오랜 기간 브르통에게 충성을 바쳤다. 문학 운동이라는 개념을 체질적으로 싫어하는 수포는 1927년에 이르러 초현실주의 운동에 흥미를 잃어버렸다. 아르토와 데스노스는 1929년에 이 그룹에서 파문당했다. 아르토는 초현실주의의 정치적 관심에 반대한다는 이유로, 데스노스는 기자 신분을 계속 유지하여 성실성이 의심스럽다는 이유로 축출되었다. 아라공, 차라, 엘뤼아르는 모두 1930년대에 공산당에 입당했다. 크노와 프레베르는 이 그룹과 잠시 관계를 맺었다가 우호적인 태도를 유지한 채 탈퇴했다. 브르통이 초현실주의의 정신을 구현하는 작가라고 여긴 도말은 그룹에 참가하라는 권유를 거부했다. 창립 멤버들보다 열 살이나 열두 살쯤 어린 샤르는 초창기에는 운동의 지지자였으나 곧 탈퇴하더니 전쟁 중에 그리고 그 이후에 최고의 작품들을 내놓았다. 퐁주와 이 그룹의 관계는 미미했고, 어떻게 보면 프랑스 시인들 중에서 가장 초현실주의적인 미쇼는 이 그룹과 아무런 관계도 맺지 않았다.

이 시인들의 작품을 검토해 보면 똑같은 혼란이 발견된다.

서문들

〈순수 정신적 자동 기술〉이 초현실주의적 글쓰기의 내재 원칙이라고 할 때, 오직 페레만이 시를 쓸 때 그것을 철저히 지켰다. 흥미롭게도 그의 작품은 초현실주의 시들 중 가장 공명이 적다. 브르통이 초현실주의의 목적이라고 했던 〈경련적 아름다움〉보다는 코믹한 효과가 더 눈에 띈다. 갑작스럽게 국면이 전환되고 예기치 않은 연상 작용이 등장하는 브르통의 시에도 지속적인 수사(修辭)의 흐름이 있어 그의 시를 논리적이고 일관성 있는 생각의 대상으로 만들어 준다. 차라의 경우에도 자동 기술은 수사적 장치로 작동한다. 그것은 발견의 방법이지 그 자체로 하나의 목적이 아니다. 그의 대표작이라고 하는 다면적 장시 「근사치 인간 L'Homme approximatif」에서 이미지의 분류는 반복과 변조의 수단을 통하여 거의 체계적인 논증으로 조직된다. 그리하여 그 시는 하나의 음악적 구성처럼 앞으로 나아간다.

반면에 수포는 아주 의식적인 장인이다. 그의 시는 비록 범위가 제한적이지만 다른 초현실주의자의 작품에서는 볼 수 없는 매력과 겸손함을 풍긴다. 그는 친밀함과 슬픔의 시인으로서 때때로 기이하게도 베를렌을 연상시킨다. 그의 시는 차라나 브르통 같은 화려함은 없지만 더 접근하기가 쉽고 더 서정적이다. 마찬가지로 데스노스 또한 수수한 언어의 시인이지만 그의 시는 아주 놀라운 서정적 밀도를 성취한다. 그의 작품은 초기의 언어 실험(교묘하면서도 현란한 말장난)에서 자유시 형태의 연애시, 전통적 형태의 장시에 이르기까지 범위가 넓다. 세상을 떠나기 1년 전에 발표한 에세이에서 데스노스는 자신의 작업에 대해 이렇게 말했다. 〈시는 민중의 언어인 구어를, 형언하기 어려운《분위기》혹은 생생한 이미지에 융합하고자 한다. 그리하여 혀로부터 끝도 없이 흘러나와 괴로움을 퍼트리는 저 사악한 시적 품위와, 그 품위와는 양립할 수 없는 이 영역들을 종합하려는 것이다.〉

가장 위대한 초현실주의 시인이라고 평가받는 엘뤼아르를 통해 연애시는 형이상학적 지위를 획득한다. 롱사르의 시에서 발견되는 것처럼 투명한 엘뤼아르의 시어는 아주 단순한 통사적 구조 위에 구축되어 있다. 엘뤼아르는 시적 과정을 거울처럼 비추기 위해 사랑의 관념을 활용한다. 사랑은 (시와 마찬가지로) 세상에서 도피하면서 세상을 이해하는 방식이다. 인간의 그런 비합리적 부분이 안과 밖을 결합한다. 그러한 특성은 물질의 구체성에 뿌리를 내리고 있는가 하면 물질을 초월하는 인간성의 한 부분이기도 하며, 인간이 자유를 발견하는 특유의 인간적 장소를 창조한다. 이 주제는 엘뤼아르의 후기작에도 등장하는데 특히 독일 점령기의 작품에서 두드러진다. 그의 후기 시에서 자유의 개념은 개인의 차원에서 전 민족의 차원으로 격상한다.

엘뤼아르의 시가 하나의 일관된 전체라고 한다면 아라공의 작품 세계는 두 개의 뚜렷한 시기로 나뉜다. 프랑스 다다이스트들 중에서 가장 호전적이고 도발적이었던 아라공은 초현실주의의 발전에 주도적 역할을 했고, 브르통 다음으로 활동적인 이론가였다. 그는 1930년대 초 브르통에게 프로파간다 성격이 너무 강한 시를 쓴다고 비난받았고 이후 초현실주의 운동에서 탈퇴하여 공산당에 들어갔다. 그가 시를 다시 쓰기 시작한 것은 전쟁이 끝난 후였는데 이때의 시는 전에 쓴 시들과 아무런 관련이 없었다. 저항시는 그에게 전국적 명성을 가져다주었고 그 힘과 웅변이 독자의 심금을 울렸다. 한편 시작 방법은 아주 정통적인 것을 써서 운율은 대부분 알렉상드랭 시형이나 각운을 맞춘 시행으로 되어 있었다.

아르토는 초현실주의의 초창기 멤버였고(초현실 연구소 중앙국의 국장을 지냈다) 그의 주요한 작품 다수가 이 시기에 쓰였다. 하지만 아르토는 전통적인 문학 규범을 훌쩍 벗어난 작가이기 때문에 그의 작품에 특정한 꼬리표를 붙이는 일은 무의미하다. 엄밀히 말하면 아르토는 시인이 아니다. 그럼에도 그는 동시대의 그 누구보다 후배 시인들에게 많은 영향을 미쳤다. 아르토는 이렇게 썼다. 〈다른 사람들은 작품을 내보이지만 나는 마음을 내보인다고 말하겠습니다.〉 그의 작가적 목표는 미학적 사물(작가로부터 떨어져서 존재하는 작품)을 창조하는 것이 아니었다. 〈단어들이 두뇌의 무의식적 부름에 부패해 버리는〉 정신적, 육체적 투쟁 상태를 기록하려는 것이었다. 아르토에게 글쓰기는 살아가기와 구분되지 않는다. 여기서 살아가기란 한 사람의 전기에 등장하는 그런 것이 아니라 육체의 친밀함, 혹은 혈관을 도는 피처럼 생생하게 살아 있는 삶을 말한다. 이렇게 볼 때 아르토는 일종의 원-시인Ur-poet이다. 그의 작품은 언어가 아직 도래하기 전, 말의 가능성이 아직 존재하기 전의 생각과 느낌의 과정을 기록한다. 그것은 고통의 외침인가 하면, 문학의 목적에 관한 모든 전제 조건에 도전하는 행위이기도 하다.

퐁주는 아르토와 아주 다른 방식으로 동시대 작가들 사이에서 독특한 위치를 차지한다. 그는 고전적 가치를 옹호하는 작가이고 작품을 대부분 산문으로 썼는데, 그것들은 투명하고 말의 뉘앙스와 어원에 아주 민감하다. 퐁주는 말의 어원을 언어의 〈의미론적 조밀함〉이라고 했다. 그는 사물 시라는 새로운 종류의 글쓰기를 발명했는데 그것은 명상의 방법이기도 하다. 세부 사항의 묘사가 매우 정밀하고 아이러니와 유머가 풍부한 그의 시는, 사물이 마치 단어로 존재하지 않는 것처럼 사물을 검토한다. 따라서 시인의 주된 행위는 관찰이 된다. 마치 누구도 예전에 그 사물을 보지 못한 것처럼 관찰하는 것이다. 그리하여 그 사물은 〈단어 속으로 태어나는 행운을 얻는다〉.

자신을 시인으로 분류하려는 평론가들의 시도를 거부한 퐁주와 마찬가지로, 미쇼 또한 장르의 제약을 벗어난 작가이다. 산문과 시 사이를 자유롭게 유영하는 그의 텍스트는 거의 무작위적인 성격을 지녔으며 고급 예술의 허세와 진부함을 정면으로 공격한다. 미쇼만큼 상상력에 많은 권한을 부여한 작가도 없을 것이다. 그의 작품은 대부분 상상의 나라를 무대로 하며 내면 상태를 서술한 기이한 인류학처럼 읽힌다. 미쇼는 종종 카프카에 비견되기도 하는데 장편소설보다는 공책과 우화를 남긴 카프카를 더 닮았다. 아르토와 마찬가지로 미쇼의 작품에는 창작 과정의 긴급함이 있는데, 그 긴급함은 글쓰기 행위에 내재한 개인적 모험과 불가피성에서 비롯한다. 그는 자신의 시에 대해 일찍이 이렇게 말했다. 〈나는 황홀함을 느끼는 가운데 나를 위해 시를 쓰는데, 그 목적은 다음과 같다. 1. 참을 수 없는 긴장 혹은 그에 못지않게 고통스러운 유기(遺棄)로부터 나 자신을 해방하기 위해 시를 쓴다. 2. 가상의 친구 혹은 제2의 나를 위해 시를 쓴다. 이 친구에게 나 자신 혹은 이 세상의 비상한 변화에 대해 보고하기를 좋아한다. 대개는 그 변화를 잊고 있다가 느닷없이 그것을 아주 처음 보는 듯이 재발견한다. 3. 얼어붙은 것 혹은 굳어 버린 것을 의도적으로 흔들어 뭔가 발명하고자 한다. (……) 독자는 나를 괴롭힌다. 그 미지의 독자를 위해 글을 쓴다.〉

동양의 종교를 진지하게 연구한 학자인 도말에게서도 아주 독자적인 접근 방식이 발견된다. 도말의 시는 정신적 생활과 육체적 생활 사이의 균열을 다룬다. 〈부조리는 형이상학적 존재의 가장 순수하고 기본적인 형태이다〉라고 그는 썼다. 비전으로 가득 찬 그의 시 속에서 외형의 환상은 떨어져 나가 더 큰 환상으로 변모한다. 마이클 베네딕트는 이렇게 논평했다. 〈그의 시들은 곧 다가올 죽음에 대한 의식에 사로잡혀 있습니다. (……) 그 시들은 죽음을 시인이 오래전에 잃어버린 《분신》이라고 봅니다. 또 죽음을 기괴한 어머니로 의인화합니다. 그 어머니는 살아 있는 존재들이 소멸해 버리기를 바라는 아주 가혹한 자입니다. 그렇기 때문에 살아 있는 존재들에게 변신의

부담을 지우는 자이기도 합니다.〉

　도말은 〈파타피직스회Collège de Pataphysique〉의 창립 멤버 중 한 사람으로 간주된다. 파타피직스회는 알프레드 자리가 메타피직스(metaphysics, 형이상학)를 패러디하여 만든 일종의 비밀 문학회로 크노와 프레베르 등이 회원으로 가입했다. 크노와 프레베르는 유머를 작품의 주도적 원칙으로 삼은 시인들이다. 크노는 말장난, 패러디, 어리석은 체하기, 비속어 등을 통해 언어적인 유머를 선보인다. 가령 산문 작품『문체 연습Exercices de style』은 어떤 평범한 사건을 아흔아홉 개의 서로 다른 버전으로 묘사한다. 각 버전은 다른 관점에서 다른 스타일을 선보인다. 롤랑 바르트는『글쓰기의 0도Le Degré zéro de l'écriture』에서 크노를 논평했는데, 그의 스타일을 〈하얀 글쓰기〉라고 정의하며 그 안에서 문학이 사상 처음으로 하나의 문제, 혹은 언어의 문제가 되었다고 썼다. 크노가 지적인 시인이라면 일상 언어를 많이 사용한 프레베르는 대중적인 시인이다. 제2차 세계 대전 이래 프레베르만큼 프랑스 독자가 많은 시인도 없을 것이다. 프레베르의 시들은 노래 가사로도 채택되어 커다란 성공을 거두었다. 프레베르는 교회를 반대하고, 군대를 반대하고, 정치에 반항적이고, 사랑을 약간 감상적으로 노래한다. 그는 시와 대중문화의 행복한 결혼을 성사한 사람이고 프랑스 대중의 취향을 잘 짚어 냈다는 점에서 아주 소중하다.

　초현실주의는 문학 운동으로 계속 존재하면서 문단에 커다란 영향을 주었고 중요한 작품을 많이 낳았다. 그러나 제2차 세계 대전이 발발하면서 그 힘은 종지부를 찍게 되었다. 2세대 초현실주의자 중에서, 혹은 초현실적 방법에서 영감을 얻은 시인 중에서는 세제르가 가장 눈에 띈다. 프랑스에서 인정받은 최초의 흑인 작가 중 하나인 세제르는, 흑인 문화의 독창성과 품위를 주장한 〈네그리튀드négritude〉 운동의 창시자였다. 세제르는 마르티니크 출신인데 1930년대 후반 브르통이 그의 시재를 알아보고 끌어 주어서 프랑스 문단에 등장했다. 일찍이 남아프리카 시인 마지시 쿠네네는 세제르에 대해 이렇게 논평한 바 있다. 〈초현실주의는 그에게 아주 합당한 도구였다. 부르주아 가치를 신성하게 만들어 주는 언어의 제한적 형태를 쳐부술 좋은 도구였다. 언어의 패턴을 분쇄하는 것은 식민주의와 각종 형태의 억압을 쳐부수겠다는 그의 욕망과도 일치했다.〉 다른 프랑스 초현실주의 시인들보다 더 생생하게, 세제르 시는 정치적 혁명과 미학적 혁명이라는 두 마리 토끼를 쫓는다. 그리고 두 목적은 절묘하게 결합되어 있다.

그러나 1930년대에 글쓰기를 시작한 시인들은 초현실주의가 매혹적이라고 생각하지 않았다. 가령 미국 독자들에게 크게 사랑받은 폴랭(그의 시집은 유독 미국에서 많이 번역되었다)은 일상을 노래하는 시인이다. 그의 절묘한 짧은 시에서 우리는 풍주 시에 못지않게 진지하면서도 예리한 사물 관찰을 엿볼 수 있다. 동시에 폴랭은 기억의 시인이다. 〈영원한 유년의 들판에서 / 시인은 방랑한다 / 아무것도 잊지 않기를 / 바라면서〉 어린아이의 눈으로 관찰된 세상의 모습에는 번뜩이는 계시와 심리학적 진실이 깃들어 있다. 기유빅의 시에서도 이런 표면적 세부 사항에 대한 사실주의와 관찰이 돋보인다. 기유빅은 세상을 유물론적 관점에서 관찰하고 비수사적인 방법을 구사한다. 그 또한 사물의 세상을 창조했다. 그 세상 속 사물은 하나같이 문제적이다. 그것은 힘들게 침투해 들어가야 하는 실체로, 당연하게 주어진 사물이 아니다. 종종 퐁주, 기유빅과 같은 그룹으로 분류되는 프레노는 두 사람보다 한층 낭만적이다. 프레노는 감정이 분출하는 언어를 사용하고 형이상학적 관심사를 좇는다. 그는 인간 세상이란 결국 인간이 만들어 낸 것이라고 주장하기 때문에 종종 실존주의자들과 비교된다. 그는 시집 제목을 『낙원은 없다Il n'y a pas de paradis』라고 붙일 정도로 확신성을 회의한다. 프레노의 시는 부조리에 대한 인식에서 힘을 얻는다기보다, 부조리 안에서 긍정적 가치의 기반을 찾으려는 노력에서 힘을 얻는다.

제1차 세계 대전이 1920년대와 1930년대의 시에 막대한 영향을 미쳤다면, 제2차 세계 대전은 1940년대 후반과 1950년대의 프랑스 시에 결정적인 반향을 일으켰다. 1940년의 패전과 그에 따른 독일 점령기는 프랑스 역사에서 가장 어두운 시기였다. 프랑스는 정신적으로나 경제적으로나 완전히 피폐해졌다. 혼란한 상황에서 르네 샤르의 원숙한 시들은 하나의 계시로 다가왔다. 샤르의 시는 경구적이고 파편적이며 소크라테스 이전 철학자들과 헤라클레이토스의 사상과 밀접히 관련되어 있다. 자연의 조화를 서정적으로 노래한 시인가 하면 시적 과정 자체에 대한 명상이기도 하다. 대부분이 샤르의 고향 프로 방스를 무대로 하며 시어는 아주 투박하다. 샤르 시는 어떤 감정을 환기하거나 기록하는 것이 아니라, 세상에 터전을 잡으려는 언어들의 지속적인 투쟁을 구체화한다. 샤르는 실존적 투쟁의 관점에서 시를 쓴다(그는 레지스탕스에서 주요 야전 지휘관이었다). 그의 시에는 새로운 출발의 느낌이, 폐허에서 삶을 건져 내려는 노력이 스며 있다.

전후 세대의 다른 중요한 시인들도 샤르와 비슷한 관심을 공유한다. 본푸아, 뒤 부셰, 자코테, 지루, 뒤팽은 나이 차이가 네 살 안팎인 또래들로 작품에서 신비주의 경향을 보인다. 특징은 이미지의 범위를 줄이고 구문의 독창성을 높이며 본질적인 질문만을 제기한다는 것이다. 이 다섯 사람 중 가장 고전적이고 철학적인 본푸아는 〈동결된 외피의 심연〉에 어리는 리얼리티를 추적하는 일에 관심이 많다. 그는 이렇게 말했다. 〈시는 세상의 모습에는 별로 관심이 없다. 하지만 세상이 앞으로 어떻게 될 것인가에는 관심이 많다. 시는 현존 혹은 부재에 대해 말할 뿐이다.〉 이와 대조적으로 뒤 부셰는 추상화는 가능하면 피하려 한다. 최근 프랑스 시에서 가장 과격한 모험이라고 할 수 있는 그의 시는 현상학적 세부 사항에 집중한다. 메타포와 이미지를 억제하면서 돌연하고 병렬적이며 간결한 시어를 사용한다. 황량한 풍경을 더듬어 나가며, 말하는 〈나〉는 자신을 찾아 나선다. 뒤 부셰 시집의 페이지들은 이러한 여행을 비추는 거울이다. 각 페이지는 하얀 공간이 지배하며 그 위에 몇 개의 단어가 적혀 있을 뿐인데, 단어들은 필연적으로 그것들을 다시 데리고 갈 정적으로부터 솟아오른 듯하다.

이들 중 언어의 풍성함이 가장 돋보이는 시인은 뒤팽이다. 감추어진 채 난폭하게 꿈틀거리는 이미지를 추구하는 그의 시는 에너지와 고뇌가 눈부시다. 그는 「지의류Lichens」라는 시에서 이렇게 말했다. 〈불협화음이 지천으로 널린 이 세상에서 한 알의 옥수수, 한 방울의 피는 자신의 언어를 말하고 자신의 길을 간다. 심연을 밝히는 횃불, 심연을 봉인하는 횃불, 그 자체가 하나의 심연이다.〉 이에 비해 자코테와 지루는 접근 방법이 아주 온화하다. 자코테의 짧은 자연 시는 이미지즘의 미학을 고수하며 동양적 고요함을 간직하고 있다. 하지만 그 고요함은 어느 순간 갑자기 불타올라 계시의 광채로 빛난다. 자코테는 이렇게 썼다. 〈지적인 구도와 가면에 둘러싸여 살아가는 우리는 그것들이 세운 감옥 안에서 질식할 지경이다. 시인의 눈은 그 감옥의 벽을 깨는 거대한 망치이다. 시인은 벽을 깨트려 비록 잠시지만 우리에게 진실을 돌려준다. 그 진실 덕분에 비로소 삶의 가능성이 열리게 된다.〉 서정성이 뛰어난 지루는 1973년 요절한 탓에 생전에 시집을 한 권밖에 출간하지 못했다. 그 시집에 담긴 짧은 시들은 시적 리얼리티의 본질을 명상한 결과이자 세상과 단어 사이의 공간에 대한 탐구이다. 그의 시는 오늘날의 젊은 시인들에게 많은 영향을 주었다.

이러한 신비주의는 전후에 활동한 시인들의 작품에서는 발견되지 않는다. 예를 들어 다델센은 격정적인 시인으로 독백과

서문들

다양한 어조를 구사하며 가끔 속어를 사용하기도 한다. 20세기 들어 프랑스에서는 저명한 가톨릭 시인이 다수 배출되었다 (근래의 시인들을 예로 든다면, 라 투르 뒤 팽, 에마뉘엘, 장클로드 르나르, 맘브리노 등). 상대적으로 이름이 덜 알려진 다델센은 하느님을 찾아 나서는 고통스러운 과정에서 종교적 의식의 위험과 한계를 선명하게 보여 준다. 한편 마르토는 신화에서 많은 이미지를 빌려 온다. 그의 관심사는 종종 본푸아나 뒤팽과 겹치기도 하지만 마르토의 시는 자기반성적 측면이 덜하다. 마르토는 표현의 어려움이나 역설에 집중하기보다 세상의 원형적 힘의 현존을 폭로하는 데 더 관심이 많다.

1960년대 초반에 발표된 시집들 중에서는 자베스의 책이 가장 주목할 만하다. 1963년 『물음의 서』를 내놓은 이래 자베스는 열 권의 책을 펴냈다. 자크 데리다는 그의 책을 이렇게 논평했다. 〈지난 10년 동안 프랑스에서 나온 작품치고 자베스의 텍스트에서 선례를 가져오지 않은 작품은 없다.〉 1940년대와 1950년대에 이미 여러 권의 시집을 출간한 이집트계 유대인 자베스는 최근 일류 작가 반열에 올랐다. 근래에 발표한 책들은 수에즈 운하 위기로 카이로에서 축출되어 프랑스로 이민한 이후 쓴 것들로 장르를 규정하기가 어렵다. 장편소설도, 시도, 에세이도, 희곡도 아니면서 그 모든 것을 종합한다. 그 책들은 단편, 경구, 대화, 노래, 논평 등으로 이뤄진 하나의 모자이크로, 각 책이 제기한 질문을 중심에 두고 회전한다. 바로 〈말할 수 없는 것을 어떻게 말할 수 있는가〉라는 질문이다. 주제는 유대인 학살인 동시에 문학 자체이다. 자베스는 놀라운 상상력을 발휘하여 그 둘을 동일한 주제로 다룬다. 〈나는 당신에게 유대인의 어려움에 대해 말씀드렸는데 그것은 글쓰기의 어려움과 같은 것입니다. 유대교와 글쓰기는 똑같은 기다림, 똑같은 희망, 똑같은 소모이기 때문이지요.〉

이처럼 시를 지도 없는 지역으로 데려가고 시와 산문의 표준적 경계를 허무는 것은 오늘날 젊은 세대의 시인들이 보여주는 가장 두드러진 특징이다. 예를 들어 드기는 온갖 다양한 소재를 가지고 시를 만들어 낸다. 과학의 전문적 언어라든지 철학의 추상 언어, 언어 구성의 교묘한 말장난 등을 활용한다. 루보는 새로운 형태를 추구하다 보니 대단히 복잡한 구조로 된 책을 내놓게 되었다(그의 시집 『시그마』는 바둑을 변환한 구조에 바탕을 두고 있다). 발명된 형태는 아주 교묘하게 사용되는데, 형태 자체가 목적은 아니다. 오히려 형태가 그 안에 포함된 파편들에 질서를 부여하며, 시인은 파편들을 좀 더 큰 맥락에 가져다 둠으로써 낱낱의 파편으로 있을 때에는 알기 어려웠던 어떤 일관성을 부여하는 것이다.

플레네와 로슈는 『텔 켈*Tel Quel*』이라는 유명 논평 잡지를 통해 연결되었는데, 둘은 극단적 투쟁이라 할 수 있을 정도로 반시(反詩) 운동을 펼쳤다. 플레네의 쾌활하면서도 진지한 『시 제작론*Ars Poetica*』은 그러한 태도의 좋은 사례이다. 〈1. 글 쓰는 이유를 알지 못하고서는 글 쓰는 방법을 알지 못한다. 2. 이 『시 제작론』의 저자는 글 쓰는 방법을 알지 못하지만 그래도 글을 쓴다. 3.《어떻게 쓸 것인가》라는 질문은《왜 쓰는가》라는 질문과《글쓰기란 무엇인가》라는 질문에 대한 답변이다. 4. 질문은 답변이다.〉로슈의 접근 방법은 기존의 문학적 전제에 한층 격렬한 단절을 선언한다. 로슈는 이렇게 썼다.〈시는 용인될 수 없다. 게다가 그것은 존재하지 않는다.〉다른 곳에서는 이런 말도 했다.〈현대적 글쓰기의 논리는 이렇다. 낡은 이념인 상징주의의 죽음을 적극적으로 재촉하는 글쓰기를 해야 한다. 글쓰기는 그 기능과 그《사회》안에서, 그리고 그 유용성의 틀 안에서만 글쓰기를 상징할 수 있다. 글쓰기는 그 점을 고수해야 한다.〉

그렇다고 앞으로 프랑스에서 짧은 서정시가 쓰여서는 안 된다는 말은 아니다. 델라아예와 드니는 아직 30대인데 비교적 친숙한 양식의 시를 많이 써왔다. 둘은 뒤 부셰와 뒤팽이 처음 발굴해 낸 풍경을 더욱 깊이 천착해 들어간다. 한편 여러 젊은 시인이 앞선 세대가 제기한 문제들을 변용해 가며 독창적이고도 텍스트의 결을 강조하는 시를 써내고 있다. 알비아크, 루아예주르누, 데브, 오카르, 벵스탱은 서로 상당히 다르지만 그래도 한 가지 공통점을 지닌다. 한 편 혹은 여러 편의 시로 발언하는 것이 아니라 아예 하나의 책으로 발언한다는 점이다. 루아예주르누는 최근 인터뷰에서 이렇게 말했다.〈나의 책들은 장르를 규정할 수는 없는 단 하나의 텍스트로 구성되어 있습니다. (……) 그게 바로 내가 쓰는 단 하나의 **책**입니다. 장르라는 특성은 내 책의 그러한 본질을 흐릴 우려가 있습니다.〉이 말은 다음의 사례들에 그대로 적용된다. 심리-에로스적 성격이 강한 데브의 시, 기억을 우아하면서도 냉소적인 서사로 풀어 내는 오카르의 시, 창작 과정을 미니멀 극장으로 보는 벵스텡의 시, 언어의 〈탐정 이야기〉를 추구하는 루아예주르누의 시. 무엇보다도 이러한 글쓰기 태도는 알비아크의 『국가*État*』에서 특히 두드러지는데, 이는 당대 젊은 세대가 내놓은 작품들 중에서 가장 주목할 만하다. 키스 월드롭은 이렇게 썼다. 〈시는 통으로 된 한 개의 작품으로, 이미지나 플롯에 따라 전개되지 않는다. (……) 이 주장은 다음의 전제를 포함한다. 1. 일상 언어는 논리에 의존한다. 2. 허구에서는 특정 단어가 다른 단어를 뒤따를 필요가 없다. 3. 따라서 자유로운 선택, 즉 욕망이 창출한 구문을 상상할 수 있다. 『국가』는 이러한 상상력이 발휘된 《서사시》이다. 이러한 논증을 펼치는 것은 (……) 프로젝트를 아예 포기하는 것이나 마찬가지이다. 그러나 제시된 것은 일련의 감정이 아니다. (……) 시는 아주 조심스럽게 창작된다. 안마리 알비아크는 합리성을 거부하지만 그래도 명백히 높은 지성을 발휘해 가며 시를 쓴다.〉

4

……결국 번역은 미친 짓이라는 확신과 함께.

— 모리스 블랑쇼

이 시 선집을 편집하기 시작한 무렵 한 친구가 아주 귀중한 조언을 해주었다. 전후 파리에서 주불 영국 대사관의 문화 담당관으로 근무했던 조녀선 그리핀은 드골의 저서를 여러 권, 그리고 랭보에서 페소아에 이르기까지 다양한 시인의 작품을 번역한 친구이다. 그래서 나보다 이러한 일에 경험이 많았다. 그가 말하기를 시 선집에는 두 종류의 독자가 있다고 했다. 하나는 문학 비평가로 시 선집에 포함되지 않은 내용을 가지고 시비를 건다. 다른 하나는 시 선집에 든 내용을 열심히 읽는 사람이다. 그는 편집을 할 때 무엇보다 후자를 염두에 두라고 권유했다. 비평가는 비평이 본업인 데다 이미 그 시들을 잘 알고 있기 때문에 신경 쓰지 않아도 된다는 것이었다. 잊지 말아야 할 중요한 점은, 대부분의 독자가 시 선집에 담긴 작품들을 처음 읽으리라는 사실이다. 따라서 이런 독자가 시 선집을 통해 가장 많은 이득을 보게 될 것이다.

이 시 선집을 편집한 지난 2년 동안 조녀선의 조언을 종종 떠올렸다. 그러나 그것을 명심하고 실천하기가 어려웠다. 나 또한 빠져 버린 작가들을 의식하지 않을 수 없었다. 원래 계획은 약 1백 명의 시인을 선별하자는 것이었다. 잘 알려진 시뿐만 아니라 기발한 시, 구체성이 강한 시, 두 명 이상이 함께 쓴 시 등을 포함하고 번역본이 좋다면 같은 시라도 두 편 이상 싣겠다는 생각도 했다. 하지만 일을 진행하면서 이런 계획을 실현하기가 불가능하다는 사실을 알게 되었다. 코끼리를 여우 우리 안에다 밀어 넣는 일을 맡았다는 느낌이 들었다. 할 수 없이 접근 방법을 바꾸어야 했다. 많은 시인의 시를 겉핥기 식으로 소개하거나 아니면 시인의 수를 줄이고 정선된 시를 더 많이 넣는 것, 둘 중 하나를 선택해야 했다. 두 번째 방안이 훨씬 현명하고 일관성 있어 보였다. 시 선집에 모든 것을 다 집어넣기보다는 도저히 뺄 수 없는 시인들만 생각해 보기로 했다. 그리하여 시인의 수를 마흔여덟 명으로 압축했다. 아주 어려운 결정이었다. 최종 선택이 잘한 일이라고 여기지만, 그래도 책에 담지 못한 시인들을 떠올리면 아쉬운 마음이 든다.[10]

어떤 시인을 빼버린 데 대해 의문을 품는 독자도 있을 것이다. 20세기 시에 초점을 맞추기 위해 시 선집의 시작 시기를 정하기로 하고 그 연도를 1876년으로 잡았다. 그 이전에 태어난 시인은 고려 대상에서 제외했다. 그리하여 발레리, 클로델, 잠, 페기 등을 제외하고서도 양심의 가책을 전혀 느끼지 않았다. 그들은 19세기 후반 시를 쓰기 시작해 20세기 들어서도 활약이 대단했지만, 기준이 된 출생 연도에 맞지 않은 것이다. 그들의 시는 여기 수록된 시인들의 시와 시기적으로 겹치기도 하지만 아무래도 정신적으로는 19세기에 속한다고 보아야 할 것이다. 1876년이라는 기준 덕분에 파르그, 자코브, 미워시 같은 이들을 포함할 수 있었다.

영역 시는 기존의 번역본을 최대한 활용했다. 지난 50년간 영미권 시인들이 프랑스 시를 이렇게나 활발히 번역했다는 사실을 강조하려는 의도도 있었다. 번역 시는 아주 많아서 굳이 힘들게 찾아다니지 않아도 되었다(가끔 낡은 잡지나 절판된 책에 실려 있기도 했으나 어떤 것은 즉시 찾아낼 수 있었다). 이 책을 엮으면서 얻은 가장 큰 즐거움은 도서관 서가나 마이크로필름 보관실에 묻혀 있던 훌륭한 번역 시들을 살려 낼 수 있었다는 데서 왔다. 몇 가지 사례를 들자면 낸시 커나드가 번역한 아라공, 존 더스패서스가 번역한 상드라르, 폴 볼스의 퐁주, 외젠 졸라스와 마리아 졸라스(『트랜지션』지의 편집자들)의 번역 시 등이 있다. 또 원고 상태로만 존재했던 번역 시들도 언급하고 싶다. 가령 폴 블랙번이 번역한 아폴리네르 시는 그의 유고에서 발견되어 여기 처음 소개된다.

기존 번역이 없거나 충실하지 못하다고 생각될 때에만 새로 번역을 의뢰했다. 그렇게 해서 실린 것이 리처드 윌버가 옮긴 아폴리네르의 「미라보 다리Le Pont Mirabeau」, 리디아 데이비스의 파르그, 로버트 켈리의 루보, 안셀름 홀로의 다델센, 마이클 파머의 오카르, 로즈메리 월드롭의 벵스텡, 제프리 영의 아라공 등이다. 나는 새 번역을 아주 조심스럽게 추진했다. 목적은 가능하면 번역자로 시인을 뽑아서 번역 시에서 시의 향취가 최대한 살아나게 하자는 것이었다. 결과는 아주 만족스러웠다. 예를 들어 리처드 윌버의 「미라보 다리」는 영역본 중 가장 원시에 가깝고 오묘한 운율도 잘 살려 냈다고 생각한다.

기존에 번역된 시를 고르는 데 일관된 원칙이 있지는 않았다. 대부분의 번역 시는 원시에 충실했지만 간혹 축약본도 있었다. 시를 번역하는 것은 기껏해야 근사치의 예술이고 어떻게 번역해야 통하고 어떻게 하면 안 되는지, 고정된 원칙 같은 것은 없다. 시 번역은 대체로 본능, 귀, 상식의 문제이다. 직역과 시가 되는 의역, 둘 중 하나를 골라야 할 때면 나는 주저하지

않고 후자를 택했다. 프랑스를 모르는 독자들에게 축자의 정
확성보다는 시의 감각을 전달하는 일이 더 중요하다고 보았기
때문이다. 시의 효과는 단어에만 있지 않고 음악, 침묵, 형태로
나타나는, 단어들 사이의 상호 작용에도 있다. 독자가 그러한
총체적 체험 속으로 들어가지 못한다면 원시의 정신을 이해하
지 못할 것이다. 바로 그렇기 때문에 시는 시인이 번역해야 한
다고 생각한다.

1981년

서문들

말라르메의 아들

　말라르메가 스물아홉 살이던 1871년 7월 16일, 둘째 아들 아나톨이 태어났다. 말라르메 집안은 재정적인 어려움으로 고통을 겪고 있었다. 당시 그는 아비뇽에서 파리로 근무지를 옮기는 협상을 진행하는 중이었는데, 11월 말에야 겨우 협상이 마무리되었다. 그의 가족은 모스쿠가 29번지에 정착했고 말라르메는 퐁탄 고등학교에서 가르치기 시작했다.

　말라르메 부인은 지독한 난산 끝에 아이를 낳았다. 아나톨은 생후 몇 달 동안 건강이 너무 안 좋아 살아남지 못할 것 같았다. 〈목요일에 그 애를 데리고 산책을 나갔습니다.〉 말라르메 부인은 10월 7일 남편에게 편지를 보냈다. 〈그 애의 조그만 얼굴에 화색이 도는 것 같았습니다. (……) 나는 아주 슬프고 낙담했습니다. 그 애를 더 이상 보지 못할 것 같은 생각도 들었어요. 의사들도 더 이상 어떻게 해볼 도리가 없다고 하니 이제 하느님의 뜻에 맡겨야지요. 그렇지만 이 자그마한 아이가 회복하지 못할 것 같아 너무나 슬픕니다.〉

그러나 아나톨은 건강이 좋아졌다. 2년 뒤인 1873년 독일에서 쓰인 가족 편지에 아나톨이 등장한다. 말라르메 부인이 아이들을 데리고 독일에 있는 친정아버지를 방문했던 당시 쓴 편지다. 〈이 아이는 활짝 피는 꽃 같아요. (……) 톨(아나톨의 애칭)은 할아버지를 좋아해서 곁을 떠나지 않으려 해요. 할아버지가 주위에 없으면 할아버지를 찾아서 온 집을 헤매요.〉 같은 편지에서 아홉 살짜리 딸은 이렇게 썼다. 〈아나톨은 늘 파파를 찾아요.〉 이태 뒤 두 번째 독일 여행에서도 아나톨은 건강한 모습을 보여 주었다. 아내에게 편지를 받은 말라르메는 친구 클라델에게 이런 자랑스러운 소식을 전했다. 〈아나톨은 독일 아이들과 장난을 하면서 돌을 던지고 또 그 아이들에게 한 방 날리기도 한다네.〉 그다음 해인 1876년 말라르메는 며칠 파리를 떠나 있는 동안 아내에게 이런 편지를 받았다. 〈토톨(아나톨의 다른 애칭)은 장난기 많은 아이예요. 당신이 떠나던 날 눈치를 채지 못했어요. 내가 침대에 누이려 하자 밤 인사를 해야 한다며 당신을 찾아 온 집 안을 헤매는 거예요. 어제는 당신을 찾지 않았어요. 하지만 오늘 아침에 그 아이는 아빠를 찾아야 한다며 온 집 안을 뒤졌어요. 혹시 거기 있을지 모른다면서 당신 침대보를 들춰 보기도 했어요.〉 같은 해 8월 말라르메가 또다시 파리를 잠깐 떠나 지낼 때, 딸 준비에브는 선물을 보내 주어 고맙다고 편지를 쓰고 이렇게 덧붙였다. 〈톨은 아빠가 고래를 선물로 가져오기를 바라요.〉

말라르메 집안의 편지 말고도, 『스테판 말라르메와 앙리 루종의 미공개 서한 *Correspondance inédite de Stéphane Mallarmé et Henry Roujon*』에 붙은 C. L. 르페브르루종의 해설에도 아나톨이 몇 번 언급된다. 해설에 소개된 사소한 일화 세 편은 아이의 발랄한 성격을 잘 보여 준다. 첫 번째 일화. 한 낯선 사람이 아버지의 보트를 손보던 아나톨에게 물었다. 〈네 보트는 이름이 뭐니?〉 아나톨은 확신에 찬 목소리로 대답했다. 〈내 보트는 이름이 없어요. 마차에 이름 붙이는 사람 보셨어요?〉 두 번째 일화는 아나톨과 말라르메가 퐁텐블로 숲에 소풍을 나갔을 때의 일이다. 〈아나톨은 퐁텐블로 숲을 좋아해서 스테판과 자주 산책을 나갔습니다. (……) 그 애는 어느 날 길을 달려 내려가다가 아주 예쁜 여자를 마주쳤는데, 길옆으로 물러서더니 여자를 머리끝에서 발끝까지 살펴보고는 존경의 표시로 윙크를 하고 혀끝을 차서 소리를 냈대요. 그렇게 미인에게 경의를 바치고서야 가던 길을 갔다더군요.〉 세 번째 일화로 르페브르루종은 이런 사건을 소개한다. 어느 날 말라르메 부인이 아나톨과 함께 파리의 버스에 올랐는데 버스비를 아끼려고 아이를 무릎에 앉혔다. 버스가 달리기 시작하자 아나톨은 일종의 몽환 상태에 빠지더니 옆에서 일과(日課) 기도서를 읽던 반백의 신부를 쳐다보았다. 아이는 부드러운 목소리로 신부에게 물었다. 〈신부님, 제가 신부님에게 키스해도 될까요?〉 신부는 놀라면서도 감동하여 말했다. 〈물론이지, 애야.〉 아나톨은 고개를 숙여 신부에게 키스했다. 이어 아주 부드러운 목소리로 명령했다. 〈그럼 이제 우리 엄마에게 키스하세요!〉

여덟 번째 생일을 맞이하기 몇 달 전인 1879년 봄, 아나톨은 심각하게 아파졌다. 소아 류머티즘으로 진단된 질병은 심장 비대증으로 악화되었다. 질병은 처음에 아이의 발과 무릎을 강타했고 그 부위의 증상이 좀 나아지자 발목, 손목, 어깨를 공격했다. 말라르메는 아이의 고통이 자신 탓이라고 생각했다. 유전을 통해 자신의 〈나쁜 피〉를 아이에게 그대로 물려주었다고 느꼈다. 말라르메는 열일곱 살 때 고열과 두통을 수반한 류머티즘에 끔찍이 시달린 바 있는데, 이후 류머티즘이 평생의 지병이 되었던 것이다.

1879년 4월 말라르메는 준비에브와 함께 며칠 시골에 내려가 지냈다. 아내는 이런 편지를 보냈다. 〈그 애는 훌륭한 아이, 불쌍한 순교자예요. 가끔 나에게 눈물을 닦아 달라고 말해요. 아빠에게 편지를 쓰고 싶지만 손목을 움직일 수가 없대요.〉 사흘 뒤 고통의 부위가 손에서 다리로 옮겨 갔고 그래서 아나톨은 몇 마디 적을 수 있었다. 〈늘 아빠 생각을 해요. 나의 사랑하는 아빠, 내 무릎이 얼마나 아픈지 아빠가 아신다면.〉

이후 몇 달간 아나톨의 병세에 다소 차도가 있었다. 8월이 되자 병세가 눈에 띄게 좋아졌다. 8월 10일 말라르메는 그 무렵 사귄 친구인 로베르 드 몽테스키우에게 편지를 썼다. 아나톨을 특별히 좋아하는 몽테스키우가 아이에게 앵무새를 선물해 준 데 감사하기 위해서였다. 〈당신이 보내 준 사랑스러운 작은 동물은 (……) 우리 아이의 고통을 상당히 덜어 주었습니다. (……) 의사는 이제 아이가 시골로 내려가도 좋다고 했습니다.

(……) 혹시 당신이 계신 곳에서도 우리 병든 아이가 기뻐하는 소리가 들립니까? (……) 우리 아이는 멋진 궁전에 갇힌 이 놀라운 공주에게서 (……) 눈을 떼지 못합니다. 공주의 이름은 〈세미라미스〉라고 지었는데 돌의 정원을 연상시키기 때문입니다. 아이가 이처럼 앵무새를 좋아하는 것이 건강을 회복하는 데 영향을 미치는 듯합니다. 물론 (……) 앵무새 우리에서 쉴 새 없이 튀어나오는 자그마한 돌도 비밀스러운 영향을 끼쳤겠지요. (……) 할 일이 많고 바쁜 당신이 이렇게 자상하게 배려해 주다니 얼마나 고마운지 모르겠습니다. 희망적인 소식을 당신에게 가장 먼저 알려 드리게 되어 기쁩니다. 우리의 걱정은 이제 곧 끝날 것 같습니다.〉

이런 낙관적인 분위기 속에서 말라르메 가족은 아나톨을 발뱅이라는 시골로 데려갔다. 그러나 며칠 뒤 아이는 건강이 크게 악화되어 거의 죽을 뻔했다. 8월 22일 말라르메는 절친한 친구 앙리 루종에게 편지를 썼다.

〈우리 아이가 생사가 걸린 싸움을 치르는 중이라 편지를 쓰지 못했습니다. 그래도 병세가 나아지겠지 하는 희망과, 얼마 전 보낸 슬픈 편지가 사태의 예고편이 아니었나 하는 절망 사이에서 한없이 번민하고 있습니다. 이제 더는 아무것도 생각나지 않고 아무것도 보이지 않는데 (……) 너무나 고통스러운 감정으로 아이를 지켜보았기 때문입니다. 의사는 파리 병원의 처방을 계속 따르면서 위로 말고는 별달리 해줄 것이 없는 환자를 대하듯 합니다. 문 앞까지 그를 따라갔지만 자그마한 희망의 언질도 주지 않았습니다. 아이는 아주 조금만 먹고 잠도 잘 못 잡니다. 숨 쉬는 것도 힘겨워하고요. 아이의 내장 기관은 고장 난 심장과 싸우기 위해 온 힘을 다하는 것 같습니다. 질병의 엄청난 공격을 받은 이후 아이는 전원생활의 혜택을 조금은 보는 듯합니다. 하지만 저 무서운 질병은 조금도 진행 속도를 늦추지 않습니다. 아이의 담요를 들추면 불룩하게 부어오른 배가 보입니다. 차마 볼 수 없는 모습입니다! (……) 당신에게 나의 고통에 대해 아직 말하지 않았군요. 내 생각이 고통을 마주하려 해도 고통은 그 자신이 더 악화될까 봐 몸을 사립니다! 이처럼 심한 고통이지만 그게 무슨 대수입니까? 이 어린것이 지상에서 사라질지 모른다는 불행에 비하면 말입니다. (……) 이건 내가 감당할 수 없는 일임을 고백합니다. 나는 그 생각과 차마 마주하지 못하겠습니다. (……) 아내는 아이를 볼 때마다 아이에게서 심각한 질병만을 보게 되는 듯합니다. 그런데도 이 한적한 곳에서 아이를 돌보겠다고 감히 나선 아내의 용기를 꺾지 말아야겠습니다. 나는 혼자서 의사의 도끼 같은 선고를 들었습니다.〉

9월 9일 말라르메가 몽테스키우에게 보낸 편지는 좀 더 자세한 상황을 알려 준다. 〈불운하게도 (시골에 내려온 지) 며칠되지 않아 모든 것이 (……) 어두워졌습니다. 우리는 아이의 병 때문에 아주 고통스러운 시간을 보냈습니다. 완전히 사라졌다고 생각했던 증상이 다시 나타난 것입니다. 병세는 더 악화되는 듯합니다. 예전의 차도는 가짜였습니다. (……) 나는 아이의

서문들

병세에 너무도 괴롭고 또 정신이 나가서 간단한 메모를 휘갈겨 쓰는 것 이외에는 아무런 문학 활동도 하지 못하고 있습니다. (……) 톨은 당신 얘기를 하고 오늘 아침에는 당신 목소리를 흉내 내면서 즐거워했습니다. 동양의 향료 때문에 불타오르는 것처럼 배가 붉은 앵무새는 한 눈으로는 숲을 내다보고 다른 한 눈으로는 침대를 내려다보고 있습니다. 어린 주인 때문에 소풍이 좌절된 것을 안타까워하는 것처럼.〉

9월 말이 되어도 병세는 전혀 차도가 없었고 말라르메는 파리로 돌아가면 상태가 나아지지 않을까 하는 한 가닥 희망에 매달리고 있었다. 9월 25일 그는 오랜 친구인 의사 앙리 카잘리스에게 편지를 썼다. 〈당신의 멋진 선물이 도착하기 직전 저녁, 불쌍한 아이는 병이 재발한 이래 벌써 두 번째로 세상을 거의 떠날 뻔했습니다. 그날 오후 세 번이나 가벼운 발작을 했는데도 아이는 다행스럽게도 모두 이겨 냈습니다. (……) 복수가 차서 부풀어 오른 아이의 배는 정말 처참합니다. (……) 시골은 우유, 신선한 공기, 평화로운 환경 등 우리가 바라던 것을 다 주었습니다. (……) 이제는 한 가지 희망밖에 없습니다. 이곳을 떠나 피터 박사에게 진찰을 받아 보는 것입니다. (……) 저명한 의사가 끔찍한 질병에 대한 자연 환경의 저항력을 잘 활용하지 못한다는 사실이 좀 이상하다는 생각이 듭니다.〉

파리에 돌아온 이후에도 아나톨을 언급하는 편지가 두 통 더 있다. 둘 다 날짜가 10월 6일이다. 하나는 영국 작가 존 페인에게 보낸 것이다. 〈다음이 내가 오래 침묵한 이유입니다. 6개월 전 부활절에 우리 아들은 류머티즘의 공격을 받았고 잠깐 회복하는 듯하더니, 그 병이 엄청난 힘으로 어린것을 다시 공격하여 생사지경에서 헤매게 만들었습니다. 가엾은 아이는 두 번이나 숨이 끊어질 뻔했습니다. (……) 당신은 우리 집 사정을 잘 알고 있으니 우리의 고통을 짐작하실 수 있을 겁니다. 매혹적이고 아름다운 이 아이는 내 마음을 완전히 사로잡았고 그래서 나는 나의 미래와 소중한 꿈에 아이를 포함하고자 했습니다.〉

다른 편지는 몽테스키우에게 보낸 것이다. 〈엄청난 주의 덕분에, (파리로 돌아온 이래) 모든 것이 잘되어 가고 있습니다. (……) 우리 아이는 며칠 심하게 고통을 당하여 자그마한 몸의 에너지가 모두 소진되었습니다. 아이는 원인을 알 수 없는 기침을 발작적으로 했고 (……) 하룻낮, 하룻밤 내내 온몸을 떨었습니다. (……) 그렇습니다, 나는 제정신이 아니었습니다. 끔찍한 바람을 끊임없이 맞고 선 사람처럼 되어 버렸습니다. 밤을 꼬박 새웠고, 희망과 공포의 감정이 뒤범벅되어 밤새 안정을 취할 수가 없었습니다. (……) 나의 병든 아들은 침상에 누운 채 나를 바라보며 미소 짓습니다. 사라져 버린 태양을 기억하는 하얀 꽃처럼.〉

이 두 통의 편지를 쓴 다음 말라르메는 그것들을 부치기 위해 우체국에 갔다. 아나톨은 아버지가 집으로 돌아오는 중에 사망했다.

서문들

이 책에 수록된 202편의 기록은 말라르메의 상속인이었던 E. 보니오 부인이 간직하고 있었는데, 문학 비평가이며 학자인 장피에르 리샤르가 해독·편집하여 1961년 단행본으로 출간했다. 기록들에 대한 장문의 연구가 포함된 이 책의 서문에서 리샤르는 말라르메의 공책들이 든 붉은 상자를 전해 받았을 때의 느낌을 전했다. 그는 한편으로는 기뻤지만 한편으로는 조심스러웠다. 공책들을 읽고 깊은 감명을 받았으나 개인적인 이야기를 출판하는 것이 과연 옳은지 의구심이 들었다. 하지만 시인 말라르메를 이해하는 데 도움이 되는 것이라면 무엇이든 귀중하다는 결론을 내렸다. 그는 이렇게 썼다. 〈여기 쓰인 문장들이 설사 한숨 이상의 것이 되지 못한다고 하더라도, 바로 그렇기 때문에 그것들은 우리에게 귀중한 것이 된다. 공책들의 적나라함은 (……) 그것들을 출판하는 일을 바람직하게 만든다. 그러한 특성은 다음과 같은 사실을 증명하는 데 유용하다. 말라르메의 그 유명한 침착성은 아주 활발한 감수성의 충동, 혹은 광기와 착란에 가까울 정도의 충동에 바탕을 둔 것이다. (……) 공책들이 보여 주는 구체적인 사례 덕분에 그 몰개성, 그 객관성이 실은 인생의 가장 주관적인 충동과 연결되어 있음을 알 수 있다.〉

공책에 남은 파편들을 면밀히 읽어 보면 그것이 장래의 작품(아주 구체적인 주제를 갖춘 4부로 된 장시)을 위한 비망록임을 알 수 있다. 말라르메가 그러한 작품을 구상했다가 포기했다는 사실은 1926년 『NRF』의 한 호에 실린 준비에브의 회고가 확인해 준다. 〈1879년 우리는 당시 여덟 살이었던 막내 동생이 죽는 바람에 커다란 슬픔을 겪었습니다. 나는 당시 어린 나이였지만 아버지가 너무 고통스러워하며 아무 말도 하지 않던 모습은 지워지지 않는 인상을 남겼습니다. 아버지는 말했습니다.《위고는 적어도 (딸의 죽음에 대해서) 이야기할 수 있었으니 나은 편이지. 난 그렇게 할 수가 없어.》〉

공책들에 담긴 것은 원형의 텍스트이자 어떤 시작을 위한 미가공 자료이다. 종이에 적힌 문장들은 시처럼 보이지만 시는 아니다. 작성된 지 백 년이 지난 지금, 이 기록은 작성 당시에 비해 시의 상태에 더 가까워진 듯하다. 여기서 우리는 높은 현장성의 언어, 달리 말해 돌연히 재빠르게 전환되면서도 의미를 붙잡아 두는 구문들을 발견한다. 드문드문 놓인 단어들의 간결함 속에서 우리는 서로 떨어진 단어와 단어가 사이에 거대한 심적 공간을 펼쳐 놓을 수 있음을 보여 주는, 희귀한 초기 사례를 마주하게 된다. 단어나 구절의 강력한 힘이 구체적 연결 고리를 만들어 내는 듯하다. 각 단어를 채운 힘이 너무나 강력하여 언어의 미세한 입자들이 껍데기를 뚫고 나와서는, 꼬리에 꼬리를 문 생각의 벼랑 끝을 꼭 붙들고 매달려 있는 것 같다. 말라르메의 완성된 시들과 달리 이 기록은 매개되지 않은 현장성을 지녔다. 시의 요구 사항이 아니라 생각의 움직임에 놀라울 정도로 충실하다. 그 속도감과 정밀성이 읽는 사람을 놀라게 한다. 이 기록은 말라르메의 마음속 깊숙한 곳에서 튀어나온 언어로 쓰였다. 말라르메의 두뇌 회로를 그대로 옮겨다

놓아 시냅스를 타고 흐르는 생각의 전류를 느낄 수 있을 정도
이다. 이 기록을 예술 작품으로 보지 않는다고 해서 말라르메
전집에 곁다리로 붙은 학술적 부가물 정도로 취급해서는 안
된다. 비록 아나톨과 관련된 기록이 시의 힘을 전달하지는 못
한다고 하더라도 일종의 놀라운 전체성을 이뤄 냈기 때문이다.
이것은 그 자체로 존재 이유를 지닌 작품이다. 단지 기존의 어
떤 장르에도 맞아 들지 않을 뿐이다.

　이 작품의 주제는 언급할 필요가 없을 만큼 자명하다. 말라
르메는 대체로 이렇게 생각한 듯하다. 아나톨을 죽음에 이르
게 한 질병은 나의 책임이다. 아들에게 생의 시련을 견딜 수 있
는 튼튼한 몸을 주지 못했기 때문이다. 하지만 아무도 앗아 갈
수 없는, 나의 생각을 줄 수는 있을 것이다. 아나톨을 글로 바
꾸어 그 애의 생명을 연장하고 싶다. 문자로 아들을 부활시키
고 싶다. 시로 묘비를 세우는 작업은 죽음의 존재를 말살할 것
이다. 말라르메가 볼 때 죽음이란 죽어 가는 구체적 행위가 아
니라 죽음을 끊임없이 의식하는 것이었다. 아나톨은 너무 어려
서 자신의 운명을 이해하지 못했기 때문에(이 주제는 기록 전
편에 반복적으로 나타난다) 아직 죽지 않은 것처럼 느껴졌다.
아들은 아버지의 마음속에서 아직 살아 있고 말라르메가 죽을
때에야 비로소 함께 죽는 것이었다. 이것은 현대적인 죽음, 즉
하느님이 없는 죽음, 구제의 희망이 없는 죽음을 맞이한 사람
이 적어 놓은 감동적인 이야기로, 말라르메 미학의 은밀한 뜻
을 드러낸다. 바로 예술을 종교의 지위로 격상시키는 것이다.

하지만 그는 이 기록을 바탕으로 한 작품은 쓰지 못했다. 아나톨의 죽음을 겪은 위기의 시기에는 예술조차도 말라르메를 도와주지 못했던 것이다.

아나톨을 글로 옮긴 기록이 주는 효과는 렘브란트가 죽어 가는 아들 티투스를 그린 초상화의 그것과 비슷하다는 생각이 든다. 렘브란트가 어린 시절의 활발하고 씩씩한 티투스를 여러 장의 그림으로 남겼다는 사실을 떠올리면 죽어 가는 티투스의 초상화를 제대로 바라보기가 무척 힘들다. 스무 살이 미처 안 된 티투스는 질병으로 너무 수척해져서 노인처럼 보일 지경이다. 렘브란트가 그 초상화를 그릴 때 어떤 심정이었을지 상상해 보는 것이 중요하다. 그는 죽어 가는 아들의 얼굴을 들여다보면서도 캔버스 위에 아들을 그리기 위해 손을 단단히 고정해야 했다. 그러기 위해 렘브란트가 얼마나 필사적으로 힘을 들였을지 상상해 보라.

자연스러운 이치로 보아 부모는 자식을 땅에 묻지 않는다. 자식의 죽음은 모든 부모에게 궁극적인 고통이다. 아무리 소박할지라도 우리가 인생에 기대할 수 있다고 여긴 모든 바람을 산산조각 내는 잔인한 공격이다. 자식을 잃는 것은 곧 모든 것을 잃는 것이기 때문이다. 벤 존슨은 말라르메가 부정(父情) 때문에 아들이 〈그가 부러워할 만한 상태〉에 이미 도달했다는 사실을 이해하지 못한다고 탄식했다. 그러나 말라르메는 아무런 위로도 얻지 못하고 오로지 심연만 보았을 뿐이다. 그리고 아들에 대한 장시를 써보겠다는 계획을 세웠으나 실행하지 못했다. 그 작업은 아나톨과 함께 죽어 버리고 말았다. 비록 미완으로 끝나고 말았지만, 바로 그렇기 때문에 이 기록은 오늘날 우리에게 더 깊은 울림을 준다.

1982년

고공 줄타기

필리프 프티를 처음 본 것은 1971년이었다. 당시 나는 파리에 머물고 있었는데, 몽파르나스 대로를 걷다가 인도에 말없이 둥그렇게 둘러선 사람들을 보았다. 그 동그라미 안에서 무슨 일이 벌어지고 있는 것이 틀림없었다. 그게 뭔지 알아보고 싶었다. 몇몇 구경꾼을 비집고 들어가 까치발을 딛고 서자 가운데 있는 자그마한 체구의 젊은이가 보였다. 구두, 바지, 셔츠, 심지어 머리에 쓴 낡은 실크해트에 이르기까지 그가 걸친 것은 모두 검정색이었다. 모자 밑으로 삐져나온 머리카락은 붉은빛이 도는 밝은 금발이었고 얼굴은 핏기 없이 너무나 창백하여 처음에는 그가 하얀 분을 발랐다고 생각했다.

그 젊은이는 저글링을 하고 외바퀴 자전거를 타는 등 간단한 묘기를 해 보였다. 그는 외바퀴 자전거에 올라타 이리저리 움직이면서 고무공, 나무 곤봉, 횃불을 가지고 저글링했다. 놀랍게도 그는 묘기를 펼치는 내내 아무 말도 하지 않았다. 바닥에 동그라미와 그 안에 들어오면 안 된다는 동작이 분필로 그려져 있어서 구경꾼들은 금방 뜻을 파악하고 거기 따랐다. 그가 아주 열정적이면서도 영리하게 연기를 해 보여서 시선을 뗄 수가 없었다.

여느 거리의 연기자들과 달리 필리프는 관중이 일방적으로 구경만 하도록 두지 않았다. 우리가 자신의 생각 속으로 뛰어들도록 유도했고 내부에 도사린 깊고 형언할 수 없는 집착을 내보이는 것 같았다. 그렇다고 그의 연기에 개인적 분위기가 지나치게 어려 있지는 않았다. 그는 연기라는 수단을 통하여 한 발짝 떨어져서 사물을 보여 주듯 은유의 수법을 썼다. 그의 저글링은 정확하면서도 자신을 집중시키는 것이었고 마치 자신과의 대화 같았다. 그는 가장 복잡한 동작의 조합, 미묘한 수학적 패턴, 의미가 배제된 아름다움의 아라베스크를 선보였고 그 과정에서 동작을 최대한 단순화했다. 퍼포먼스 내내 최면을 거는 듯한 매력을 발산했고 악마와 광대 사이를 끊임없이 오가는 듯했다. 구경꾼 중 누구도 말을 하지 않았다. 그의 침묵은 다른 사람들도 조용히 있으라는 명령 같았다. 다들 말없이 구경하다가 퍼포먼스가 끝나자 필리프의 모자에 일제히 돈을 던져 넣었다. 처음 보는 광경이었다.

두 번째로 필리프 프티를 본 것은 몇 주 뒤였다. 늦은 밤이었고(아마 새벽 1~2시경이었던 것 같다) 노트르담에서 별로 멀지 않은 강변을 따라 걷고 있었다. 갑자기 길 건너편에서 젊은이 여러 명이 어둠 속으로 재빨리 움직이는 모습이 보였다. 그들은 밧줄, 케이블, 연장, 무거운 가방을 들고 있었다. 호기심이 많은 나는 길 건너편에서 그들을 따라 움직이면서 그중 한 명이 지난번 몽파르나스에서 본 젊은이임을 알아보았다. 뭔가 일이 벌어지려 한다는 것을 직감적으로 알았다. 하지만 그게 무엇인지 상상할 수는 없었다.

그다음 날 『인터내셔널 헤럴드 트리뷴*International Herald Tribune*』 1면 기사로 궁금증이 풀렸다. 한 젊은이가 노트르담 대성당의 탑들 사이에 밧줄을 걸어 놓고 그 위에서 세 시간 동안 저글링하고 춤추며 거리의 관중을 놀라게 했던 것이다. 그가 어떻게 밧줄을 걸었는지, 어떻게 당국의 눈을 피할 수 있었는지 아무도 알지 못했다. 그는 지상에 내려오는 순간 경범죄로 체포되었다. 그 기사를 읽고 그의 이름이 필리프 프티라는 사실을 처음 알았다. 그와 몽파르나스에서 저글링하던 사람이 동일인이라는 것을 조금도 의심하지 않았다.

노트르담 사건은 깊은 인상을 남겼고 이후 여러 해 동안 종종 그 일을 생각했다. 노트르담을 지나칠 때마다 신문에 났던 사진을 떠올렸다. 대성당의 엄청나게 큰 탑들 사이에 보이지 않는 밧줄이 걸쳐진 것 같았고 마치 마법처럼 공중에 매달린 존재, 자그마한 인간, 광대무변한 하늘의 좁쌀 하나를 보는 듯한 착각에 빠져들었다. 대성당을 볼 때마다 그렇게 상상된 광경을 덧입히지 않기란 불가능했다. 오래전 하느님의 영광을 증명하기 위해 지어진 유서 깊은 파리의 기념비가 뭔가 다른 존재로 둔갑해 버린 듯했다. 그 다른 존재란 무엇인가? 정확하게 설명하기가 어렵다. 인간적인 어떤 것이라고 해야 할지. 대성당을 이루는 돌들이 이제 한 인간의 흔적을 간직한 듯 보였다. 구체적 흔적이 남아 있다는 얘기는 아니다. 나는 마음속에 흔적을 만들었고 그건 나의 기억 속에만 존재한다. 하지만 그 심리적 증거는 이제 지울 수 없는 것이 되었다. 파리에 대한 인상이 바뀌었다. 나는 전과 다른 방식으로 파리를 보게 되었다.

물론 고공에서 밧줄을 타고 걷는 행위는 아주 비범하다. 누군가 그런 퍼포먼스를 해 보이면 내부에 폭발적인 흥분이 솟구침을 느낀다. 퍼포먼스를 하는 데 필요한 용기와 기량만 있다면 줄타기를 직접 해보고 싶지 않은 사람은 별로 없으리라. 그러나 고공 줄타기 예술은 진지한 것으로 여겨지지 않는다. 줄타기는 주로 서커스에서 벌어지는 일이기 때문에 주변적인 위상만 부여될 뿐이다. 서커스는 결국 어린아이들을 위한 행사인데 애들이 예술에 대해 무엇을 알겠는가? 우리 어른들에게는 더 중요한 예술이 있다. 가령 음악의 예술, 회화의 예술, 조각의 예술, 시의 예술, 산문의 예술, 연극의 예술, 무용의 예술, 요리의 예술, 생활의 예술 등. 그런데 고공 줄타기의 예술이라니? 그런 용어 자체가 웃기는 것이다. 사람들은 아주 가끔 줄타기를 생각해 주기는 하지만 그때도 하급 운동 정도로 여긴다.

쇼맨십의 문제도 있다. 고공 줄타기는 미친 듯한 스턴트 행위, 천박한 자기선전, 우리 주위에 만연한, 인기에 대한 굶주림 등으로 치부되는 것이다. 요즘은 인기만 얻을 수 있으면 뭐든지 한다는 시대이다. 대중은 이 사실을 받아들이고 용감하거나 혹은 모자라서 특이한 행동을 하는 자에게 명성 혹은 악명을 부여한다. 일반적으로 스턴트 행위가 위험하면 위험할수록 인기는 더 높아진다. 가령 욕조를 타고 대양을 건넌다든지, 마흔 개의 불타는 통을 실은 오토바이를 탄다든지, 브루클린 다리 꼭대기에서 이스트리버로 다이빙한다든지 하면 확실히 신문에 이름이 날 테고 심지어 토크 쇼에 초대받을지도 모른다. 그런 어릿광대짓이 어리석다는 사실은 자명하다. 나는 그런 행동을 하느니 아들이 네발자전거를 타는 모습을 지켜보면서 시간을 보내는 편이 낫다고 생각한다.

　그러나 고공 줄타기는 다르다. 거기에는 심각한 위험이 도사리고 있다. 가령 누가 지상에서 5센티미터 떨어진 밧줄 위를 걷는다고 하면 우리는 60미터 높이의 밧줄 위를 걷는 사람을 볼 때처럼 흥분하지 않는다. 그렇다고 해서 위험성이 고공 줄타기의 전부는 아니다. 스턴트맨과는 달리 줄 타는 사람의 퍼포먼스는 매 걸음이 위험의 연속이고 그래서 관중들에게 공포의 헐떡임뿐만 아니라 은근히 재앙을 바라는 가학적 즐거움까지 선사한다. 그러나 진정한 줄꾼은 관중으로 하여금 위험을 잊게 만든다. 아름다운 줄타기 동작으로 사람들을 죽음에 대한 생각에서 멀찍이 떼어 놓는다. 폭이 3센티미터도 되지 않는 아주 제한된 무대 위에서 연기하며 무한의 자유라는 감각을 창조한다. 저글링하는 사람이자 춤꾼이자 곡예사인 필리프는, 여느 사람들이 지상에서 하는 일을 공중에서 해 보이려고 한다. 그러한 욕망은 황당하면서도 한편으로 자연스럽다. 줄타기의 매력은 철저한 무용성인 것이다. 내가 보기에, 그 어떤 예술도 줄타기처럼 강력하게 우리 내면의 미학적 충동을 불 지르지 못한다. 우리는 공중에 올라간 줄꾼을 쳐다볼 때마다 내면의 일부가 그와 함께 걷고 있음을 느낀다. 다른 예술 분야의 퍼포먼스와 달리 고공 줄타기가 주는 경험은 직접적이고 단순하므로 특별한 설명이 필요 없다. 줄타기 자체가 곧 예술이고 가장 선명한 윤곽을 가진 생의 모습이다. 줄타기에 어떤 아름다움이 있다고 한다면 줄타기가 우리 내면의 아름다움에 조응하기 때문일 것이다.

노트르담 줄타기 사건이 나를 감동시킨 데에는 비밀 작전이라는 또 다른 요소가 있었다. 필리프는 은행털이와 같은 완벽함을 발휘해 작전을 조용히 밀어붙였다. 기자 회견, 선전, 포스터는 일절 없었다. 그 순수성이 너무나 인상적이었다. 그는 그런 작전으로 무엇을 얻을 수 있는가? 만약 밧줄이 끊어지거나 설치물이 부실하다면 목숨을 잃을 것이었다. 반면 줄타기를 무사히 마침으로써 얻은 소득은 무엇인가? 돈을 벌지는 못했을 것임이 분명했다. 그는 짧은 영광의 순간을 이용해 이익을 취하려는 시도조차 하지 않았다. 모든 것을 따져 봤을 때 그가 얻은 구체적 결과라고는 파리 감옥에 잠시 구금되는 것뿐이었다.

그렇다면 그는 왜 줄타기를 하는가? 내가 보기에 자신이 할 수 있는 행위로 세상을 놀라게 하겠다는 것 외에는 다른 이유가 없다. 길거리에서 그 화려한 저글링을 보고서 나는 그의 동기가 다른 사람들(심지어 다른 예술가들)과 다르다는 것을 직감했다. 하늘을 날아다니는 사람에게 어울리는 야망과 자부심, 그리고 치열한 내적 요구에 대한 순종이 그를 밧줄 위로 올려놓는 것이고, 그는 단지 자기가 할 줄 아는 일을 하고 싶을 뿐이다.

나는 4년 정도 프랑스에 살다가 1974년 7월 뉴욕으로 돌아왔다. 오랫동안 필리프 프티의 소식을 듣지 못했으나 파리에서 벌어진 일은 언제나 생생히 떠올랐고 나의 내면적 신화의 영구적 부분이 되었다. 그런데 뉴욕에 돌아온 지 한 달쯤 지났을 때 필리프가 다시 뉴스를 탔다. 이번에는 뉴욕에서 일을 벌였는데 세계 무역 센터 쌍둥이 빌딩 사이에 밧줄을 설치하고 무사히 묘기를 선보인 것이었다. 필리프가 여전히 꿈을 꾸고 있다는 사실을 확인해서 기뻤고 귀국 시기를 잘 선택했다는 느낌이 들었다. 뉴욕은 파리보다 관대한 도시이고 뉴욕 시민들은 그의 퍼포먼스에 열광적으로 반응했다. 노트르담 때와 마찬가지로 필리프는 자신의 비전에 대해 믿음을 간직하고 있다. 그는 자신의 지명도를 이용하려 들지 않았다. 미국이 기꺼이 제공하려는 저급한 유혹을 물리쳤다. 책을 쓰지도, 영화에 출연하지도 않았고 그를 포장하여 판매하려는 사업가에게 넘어가지도 않았다. 세계 무역 센터에서의 줄타기로 돈을 벌지 못했다는 사실은 그 퍼포먼스 못지않게 특기할 만한 일이었다. 그가 부자가 아니라는 증거는 뉴욕 시민들이 직접 목격할 수 있었다. 필리프는 계속 길거리에서 저글링을 하면서 생계를 유지했던 것이다.

서문들

거리는 그의 첫 번째 극장이었고 그는 고공 줄타기 못지않게 거리 공연도 중요하게 여겼다. 필리프는 거리 공연을 아주 일찍부터 시작했다. 1949년 프랑스 중산층 가정에서 태어나 여섯 살 무렵부터 마술을 독학으로 익혔고 열두 살부터는 저글링을 했으며 그 몇 년 뒤 고공 줄타기를 시작했다. 한편으로는 승마, 암벽 타기, 그림, 목공 작업 등에 몰두하다가 아홉 군데의 학교에서 퇴학을 당했다. 열여섯 살에는 방랑벽에 사로잡혀 전 세계를 돌아다녔다. 서유럽, 러시아, 인도, 호주, 미국 등지를 여행하면서 길거리에서 저글링을 했다. 그는 그 시절에 대해 이렇게 말했다. 〈나는 눈치로 생계를 꾸려 나가는 방법을 배웠습니다. 사람들이 모인 곳이면 어디에서나 저글링을 했습니다. 낡은 가죽 가방을 둘러메고 음유 시인처럼 방랑했습니다. 외바퀴 자전거를 타고 경찰을 피해 달아나는 방법을 익혔습니다. 늑대처럼 배가 고팠습니다. 나는 생을 통제하는 방법을 배웠습니다.〉

그렇지만 필리프가 자신의 가장 중요한 야망을 집중할 수 있었던 것은 고공 줄타기를 통해서였다. 노트르담 사건 이후 2년이 흐른 1973년 그는 시드니에서 또 다른 대담한 모험을 벌였다. 세상에서 가장 큰 강철 아치교인 하버 브리지의 북쪽 두 철탑 사이에 밧줄을 걸고 그 위를 걸은 것이다. 1974년 세계 무역 센터 퍼포먼스 이후에는 뉴저지주 패터슨에 있는 대폭포 위를 걸었다. 프랑스 라옹 대성당의 첨탑들 사이를 걷는 장면은 텔레비전에 중계되기까지 했다. 그다음 8만 명의 관중이 지

켜보는 가운데 뉴올리언스의 슈퍼돔 위를 걸었다. 이 퍼포먼스
는 그가 사고를 당한 지 겨우 아홉 달만에 펼쳐 보인 것이어서
사람들을 더욱 감동하게 했다. 그 전에 그는 경사진 밧줄 위를
걷다가 12미터 아래로 떨어지는 바람에 갈비뼈 여러 대와 고
관절이 부러지고 폐가 함몰되고 췌장 일부가 손상됐었다.

　필리프는 서커스에서도 일해 왔다. 1년 동안 링글링 브로스
와 바넘과 베일리 서커스단에 특별 출연했고, 가끔 뉴욕의 빅
애플 서커스에 초청 연기자로 등장하기도 했다. 하지만 전통적
인 서커스 무대는 재능을 마음껏 펼칠 장소가 되어 주지 못했
고, 그도 그 사실을 잘 알았다. 그는 혼자서 비전통적 방식으로
일을 벌이는 예술가라 상업적 흥행 집단의 엄격한 제약에 잘
적응하지 못했다. 그에게 무엇보다 중요한 것은 자신이 세워
둔 계획이다. 나이아가라 폭포 위를, 또 시드니 오페라 하우스
에서 하버 브리지까지 연결한 밧줄 위를 걷고 싶어 한다. 특히
후자는 거리가 8백 미터도 넘는 데다 경사가 져서 무척 어려운
경로이다. 그는 말한다. 〈기록이나 위험에 대해서만 말한다면
요점을 놓치는 셈입니다. 나는 평생 산, 폭포, 건물 등 그 위로
건너가기에 멋진 곳을 찾아다녔습니다. 가장 아름다운 곳이 공
교롭게도 가장 멀거나 가장 위험한 곳이라면 그건 괜찮습니다.
하지만 거리나 위험을 맨 처음 고려하지는 않습니다. 내가 관
심을 두는 것은 퍼포먼스, 쇼, 그리고 아름다운 동작입니다.〉

　1980년 마침내 필리프를 만났을 때 그에 대한 나의 느낌이
모두 정확했음을 알 수 있었다. 그는 무모한 악마도 스턴트맨

도 아니었다. 자신의 퍼포먼스를 총명하고 유머러스하게 설명하는 독특한 예술가였다. 그는 사람들이 자신을 또 다른 〈멍청한 곡예사〉로 여기지 않았으면 좋겠다고 말했다. 그는 자신이 써둔 글(시, 노트르담과 세계 무역 센터에서의 모험에 관한 이야기, 영화 시나리오, 고공 줄타기에 관한 자그마한 책)에 대해 말했고 나는 그것을 좀 보고 싶다고 했다. 며칠 뒤 우편으로 아주 두툼한 원고 뭉치를 받았다. 앞에 붙은 편지는 그 원고가 프랑스와 미국의 출판사 총 열여덟 군데에서 퇴짜를 맞았다고 설명했다. 나는 그러한 사실이 문제가 된다고 생각하지 않았다. 필리프에게 출판사를 알아보기 위해 최선을 다하겠으며 필요하다면 직접 번역자로 나서겠다고 말했다. 내가 길거리 저글링에서, 그리고 줄타기 퍼포먼스에서 얻은 즐거움을 감안하면 적어도 그 정도는 해주어야 한다고 생각했다.

『고공 줄타기On the High Wire』는 놀라운 책이라고 생각한다. 고공 줄타기를 본격적으로 다룬 최초의 연구서일 뿐만 아니라 개인적 유언이기도 하다. 이 책을 읽으면 줄타기의 예술과 과학, 서정성과 기술적 요구에 대해 배울 수 있다. 그렇지만 이 책을 줄타기 실용서나 입문서로 여겨서는 안 된다. 줄타기는 가르칠 수 있는 것이 아니기 때문이다. 줄타기는 당사자가 직접 배워야 하는 종류의 것이다. 정말로 줄꾼이 되려 한다면 이런 책을 먼저 펼치지는 않을 것이다.

이 책은 논문 형식으로 된 일종의 우화 혹은 정신적 여행이다. 책 전편에서 필리프의 현존을 느낄 수 있다. 이야기 전체에 그의 줄타기, 그의 예술, 그의 인격이 스며 있다. 그 이야기에는 다른 사람이 비집고 들어갈 틈이 없다. 바로 이 점이 『고공 줄타기』에 담긴 가장 중요한 교훈이 아닐까 한다. 줄타기는 고독의 예술, 자아의 가장 어둡고 은밀한 구석에서 삶을 다루는 방식이다. 꼼꼼하게 읽어 보면 이 책은 하나의 탐구서, 혹은 완벽을 추구하는 인간이 쓴 하나의 모범 답안임을 알 수 있다. 이런 성격 때문에 이 책은 줄타기보다는 내면적 삶과 더 관련이 많다. 뭔가를 잘해 보려고 애써 본 사람, 예술이나 사상을 위해 자신을 희생해 본 사람이라면 이 책이 말하려는 바가 무엇인지 금세 이해할 것이다.

두 달 전까지만 하더라도 나는 필리프가 고공 줄타기를 하는 모습을 야외에서 본 적이 없었다. 서커스 공연은 한두 차례 관람했고 물론 그를 기록한 영화와 사진도 봤지만 줄타기 퍼포먼스를 직접 목격한 적은 없었다. 그러던 중 최근에 열린 뉴욕 세인트존 대성당 탑의 기공식에서 드디어 기회를 잡았다. 대성당 탑의 건설이 몇십 년만에 다시 시작될 예정이었다. 중세의 줄꾼(프랑스 대성당이 활발히 건립되던 시기에 그런 곡예사를 가리켜 조글라르joglar라고 했다)에게 경의를 표하기 위해, 필리프는 인근 앰스터댐가의 아파트 꼭대기에 강철 케이블을 걸고 대성당 꼭대기와 연결했다. 수백 미터에 이르는 경사진 줄이 거리를 가로질렀다. 그는 아파트 꼭대기에서 대성당 꼭대기까지 걸어간 다음 뉴욕 교구의 주교에게 은제 흙손을 선물할 예정이었다. 그 흙손은 건설이 재개된 석탑에 첫 번째

서문들

돌을 놓는 데 사용될 상징적 물건이었다.

기공식 연설은 시간을 오래 끌었다. 유명 인사들이 차례로 연단에 올라 대성당의 역사와 막 시작되려는 공사에 대해 말했다. 성직자, 시청의 고위 공무원, 전(前) 국무 장관 등이 연사였다. 거리에는 대관중이 운집했는데 주로 학생과 동네 주민이었다. 상당수는 필리프를 보기 위해 나온 것이 분명했다. 연설이 계속되자 청중들 사이에서 웅성거리는 소리가 흘러나왔고 불안해하는 분위기가 조성되었다. 9월 말의 날씨는 위협적이어서 하늘은 흐리고 창백한 잿빛이었고 바람이 불기 시작했으며 멀리서 비구름이 일었다. 모두들 초조해했다. 연설이 조금만 더 길어지면 줄타기가 취소될 것 같았다.

다행히도 날씨는 더 나빠지지 않았고 마침내 필리프의 차례가 왔다. 줄 바로 아래 있던 사람들은 자리를 옮겨야 했는데, 달리 말해 조금 전까지만 해도 중앙 무대를 차지하고 있던 유명 인사들이 우리와 마찬가지로 옆으로 비켜서야 한다는 뜻이었다. 그 상황의 민주주의가 나를 즐겁게 했다. 우연히도 대성당 계단에서 전 국무 장관 사이러스 밴스와 어깨를 나란히 하고 서게 되었다. 나는 낡은 가죽 재킷을, 그는 먼지 하나 없는 청색 신사복을 입고 있었다. 하지만 옷차림은 문제가 되지 않았다. 그도 나 못지않게 즐거워하는 듯했다. 다른 때 같았더라면 그처럼 지위가 높은 사람이 옆에 있다는 사실에 얼어붙었을 것이다. 하지만 그날은 그렇지 않았다. 우리는 고공 줄타기와 필리프가 대면하게 될 위험에 관해 이야기했다. 전 국무 장관은 그 행사의 위엄에 압도된 듯했고 계속 밧줄을 올려다보았다. 나도, 주위의 수백 명 어린아이들도 모두 같은 자세를 취했다. 그때 줄타기의 가장 중요한 측면을 깨닫게 되었다. 바로 우리 모두를 같은 인간으로 환원한다는 점이다. 국무 장관, 시인, 어린아이는 서로의 눈 안에서 동등한 인간이 되었고 그리하여 서로의 일부분이 되었다.

대성당 정면 뒤편 보이지 않는 어딘가에서 취주 악단이 르네상스 팡파르를 연주했고, 필리프가 거리 건너편 건물의 꼭대기에 등장했다. 하얀 공단으로 된 중세 의복을 입고 허리춤의 비단 띠에 은제 흙손을 매달아 놓은 모습이었다. 그는 우아하면서도 약간 과장된 동작으로 관중들에게 인사하더니 균형 막대기를 양손에 굳건히 잡고서 오르막으로 경사진 밧줄 위를 걷기 시작했다. 한 걸음, 한 걸음 마치 그 옆에서 함께 걷는 느낌이었다. 그 까마득한 높이는 서서히 살 만한 인간적인 곳이 되었고, 행복으로 가득한 공간이 되었다. 그는 밧줄 위에서 한쪽 무릎을 꿇더니 다시 한번 관중들에게 인사했다. 그는 이제 한 발로 균형을 잡았다. 자신감을 내뿜으며 이리저리 상체를 움직여 보였다. 그가 갑자기 출발점에서 아주 멀리 떨어진 지점에 이르자 나를 둘러싼 모든 것, 즉 아파트 건물, 거리, 다른 사람들이 시야에서 사라진 듯했다. 그는 이제 내 머리 바로 위의 지점까지 왔다. 고개를 젖혀 올려다보니 오로지 밧줄, 필리프, 하늘만 보였다. 그 밖에는 아무것도 없었다. 거의 하얀 하늘에서 하얀 몸뚱이가 자유롭게 움직이고 있었다. 그 이미지의

서문들

순수함이 망막을 지졌고 그 이미지는 오늘날까지 온전한 모습으로 같은 자리에 남아 있다.

처음부터 끝까지 그가 땅으로 추락하리라는 생각은 단 한 번도 하지 않았다. 위험, 죽음의 공포, 참사, 이런 것들은 퍼포먼스의 일부가 아니었다. 필리프는 자신의 삶을 백 퍼센트 책임졌다. 그 어떤 것도 그의 결단을 흔들어 놓지 못하리라고 느꼈다. 그러므로 고공 줄타기는 죽음의 예술이 아니라 삶의 예술이다. 극한까지 충실히 살아 내는 삶의 예술이다. 극한까지 살아 내는 삶이란, 달리 말하면 죽음으로부터 도망치지 않고 죽음의 얼굴을 정면으로 빤히 쳐다보는 삶이다. 밧줄에 한 발 내려놓을 때마다 필리프는 그 삶을 쟁취하여 환희에 넘치는 현장성을 살아 낸다.

그가 앞으로 백 살까지 살기를.

1982년

역자 후기
피에르 클라스트르의
『과야키 인디언의 연대기*Chronique des Indiens Guayaki*』

이것은 내가 아는 가장 슬픈 이야기 중 하나이다. 사건이 벌어지고 20년이 지난 뒤에 일어난 작은 기적이 없었더라면 과연 이것을 말할 용기가 났을지 의문이다.

이야기의 시작은 1972년이다. 당시 나는 파리에 살았고 시인 자크 뒤팽과 인연(나는 그의 시를 번역했다)이 있어 『레페메르*L'Éphémère*』지를 충실하게 구독했다. 당시 이 문예지는 마그 갤러리에서 재정을 지원받았다. 자크는 이브 본푸아, 앙드레 뒤 부셰, 미셸 레리스, 파울 첼란(1970년 사망할 때까지)과 함께 이 잡지의 편집 위원으로 활동했다. 계간으로 발행되었으며, 쟁쟁한 편집 위원들이 참여한 만큼 『레페메르』에 실린 작품들은 수준이 아주 높았다.

1972년 봄에 나온 20호가 최종호가 되고 말았는데, 거기에는 쟁쟁한 시인들과 작가들의 글 사이에 피에르 클라스트르라는 인류학자의 에세이가 섞여 있었다. 제목은 「다(多)가 없는 일(一)에 관하여De l'Un sans le multiple」였다. 그 일곱 페이지짜리 에세이는 즉각적이고도 지속적인 인상을 남겼다. 지적이고 도발적이며 치밀한 논리를 갖췄을 뿐 아니라 아름다웠다. 시인의 절제와 철학자의 통찰이 담긴 글이었다. 그 간결함, 인정 많음, 허세 없음에 감명을 받았다. 그 일곱 페이지 덕에 훌륭한 저자를 발견하게 되었고 이후 그의 작품을 일부러 찾아 읽었다.

자크에게 이 사람이 누구냐고 묻자, 클로드 레비스트로스와 함께 공부했고 아직 마흔이 되지 않았으며 프랑스의 차세대 인류학자 가운데 떠오르는 별이라고 했다. 남아메리카의 정글로 현장 조사를 나가 파라과이와 베네수엘라의 석기 시대 부족과 함께 살면서 인류학을 연구했고 그 결과가 곧 책으로 나올 예정이라고도 했다. 얼마 안 가 『과야키 인디언의 연대기』가 출간되었고 나는 서점에 가서 한 부를 구입했다.

나로선 이 책을 사랑하지 않기란 거의 불가능하다. 조심스러우면서도 끈덕진 집필 태도, 예리한 관찰, 유머, 지적 엄정함, 동정심이 결합하여 이 책을 아주 중요하면서도 인상적인 작품으로 만들었다. 『과야키 인디언의 연대기』는 〈야만인들 속에서의 삶〉을 건조하게 서술한 학술 연구서가 아니다. 보고자가 자신의 이야기는 쏙 뺀 채 낯선 세계를 기록해 놓은 산만한 보고서는 더더욱 아니다. 이것은 한 인간의 체험을 담은 진실된 이야기로, 가장 본질적인 질문 이외에는 묻지 않는다. 현장을 찾은 인류학자에게 정보는 어떻게 전달되는가? 서로 다른 문화 사이에서는 어떤 종류의 거래가 발생하는가? 비밀은 어떤 환경에서 유지되는가? 우리를 위해 미지의 문명을 묘사하면서 클라스트르는 훌륭한 소설가의 기지를 발휘한다. 세부 사항을 기술할 때는 꼼꼼하면서도 치밀하다. 생각을 과감한 선언으로 엮어 내는 능력은 때때로 숨이 막힐 정도이다. 그는 1인칭으로 글쓰기를 두려워하지 않는 진귀한 학자이다. 그가 내놓은 결과물은 조사하고 연구한 부족의 초상일 뿐 아니라 자화상이기도 하다.

나는 1974년 여름 프랑스에서 뉴욕으로 돌아왔고 이후 몇 년간 번역으로 생계를 유지하려고 애썼다. 아주 힘든 생활이었고 근근이 먹고사는 정도밖에 되지 않았다. 되는대로 일을 받아야 했기 때문에 가치가 (거의) 없는 책도 번역했다. 좋은 책을 작업하고 싶었고 의미 있는 프로젝트에 참여하고 싶었고 식탁에 빵을 올리는 일 이상의 것을 하고 싶었다. 『과야키 인디언의 연대기』는 내 추천 도서 목록의 앞자리를 차지하고 있었으므로 나는 거래하는 출판사들에 이 책의 번역을 여러 번 제안했다. 무수히 거절당한 뒤에야 관심을 보이는 출판사를 겨우 만날 수 있었다. 정확히 언제였는지는 기억나지 않는다. 1975년 후반이나 1976년 초반이었던 것 같은데 오차가 있다면 반년 안쪽일 것이다. 아무튼 그곳은 신생 출판사였고 조짐이 좋아 보였다. 편집자들도 훌륭했고 앞으로 나올 책이 여러 권 계약되어 있었으며 모험을 걸어 보겠다는 의지도 보였다. 그보다 조금 앞서서 클라스트르와 나는 편지를 주고받는 사이가 되었고 번역 출판 소식을 알리자 그는 나만큼이나 좋아했다.

『과야키 인디언의 연대기』 작업은 아주 즐거웠고 번역을 끝내자 이 작품에 대한 애정이 전보다 커졌다. 출판사에 번역 원고를 제출했고 곧 오케이 승인이 났다. 모든 일이 성공적으로 끝나 갈 무렵 문제가 터졌다.

그 출판사는 겉보기처럼 탄탄한 회사가 아니었다. 게다가 출판사 사장은 금전 문제에 그리 솔직하지 못했다. 그 사실을 알게 된 것은 번역료 때문이었다. 그 책의 번역료는 프랑스 국립 과학 연구 센터의 후원금으로 충당될 예정이었고 후원금은 출판사에 이미 지급된 상태였다. 그런데 내가 번역료를 요구할 때마다 사장은 이리저리 빼면서 곧 주겠다는 말만 되풀이했다. 다른 일에 돈을 써버린 게 틀림없었다.

당시 나는 가난했고 그냥 앉아서 막연히 기다릴 수 없는 형편이었다. 그 돈이 있어야 먹을거리를 사고 집세를 낼 수가 있었다. 이후 몇 주 동안 매일 사장에게 전화해 번역료를 달라고 했다. 그는 계속 미루면서 매번 이런저런 핑계를 댔다. 마침내 더는 참을 수가 없어서 출판사를 찾아가 즉시 번역료를 지불해 달라고 했다. 사장은 또 다른 변명을 늘어놓았으나, 마음을 굳게 먹고 당장 번역료 전액을 수표로 끊어 주지 않으면 돌아가지 않겠다고 했다. 협박까지 하지는 않았어도 필요하다면 협박도 마다하지 않겠다는 심정이었다. 나는 분노로 펄펄 끓었고 만약 이도저도 안 된다면 사장 얼굴에 한 방 먹일 생각이었다. 물론 그런 험악한 지경까지 이르지는 않았지만 강하게 몰아붙이자 사장이 겁을 먹는 것 같았다. 그는 마침내 내가 정말 빈손으로 돌아갈 생각이 없다는 사실을 깨달았다. 그러자 바로 그 자리에서 수표책을 꺼내어 번역료를 주었다.

돌이켜 보면 그때가 인생에서 가장 바닥인 순간이었다. 가장 우울한 시기였다. 출판사에서 했던 행동을 자랑스럽게 여기지 않는다. 하지만 나는 빈털터리였고 번역을 해다 주었으니 돈을 받을 자격이 있었다. 그때 얼마나 쪼들렸는지 증명하려면 이런 얘기 하나만 해도 충분하리라. 나는 번역 원고의 사본을 만들지 않았다. 복사할 돈이 없었기 때문이다. 믿을 만한 출판사의 손에 가 있으니 번역 원본 한 부면 충분하리라고 생각했다. 하지만 어리석은 실수였고 가난에 쪼들린 나머지 복사를 해두지 않은 일은 두고두고 나를 괴롭혔다. 순전히 나의 잘못 때문에 자그마한 불행으로 그칠 일이 재앙이 되고 말았다.

번역료를 받은 이후 일은 다시 궤도에 오르는 것 같았다. 일단 번역료 문제가 해결되자 출판사 사장은 책을 곧 낼 듯이 굴었다. 번역 원고는 식자공에게 보내졌고 나는 교정을 본 뒤 원고를 다시 출판사에 제출했다. 이때도 원고를 복사해 두지 않는 실수를 저질렀다. 곧 출간될 예정이니 복사해 둘 필요가 없다고 생각했다. 그 책은 근간 목록에 올라가 있었고 1977년 말에서 1978년 초 사이 겨울에 출간될 예정이었다.

『과야키 인디언의 연대기』의 발간 예정일 몇 달 전에 피에르 클라스트르가 교통사고로 사망했다는 소식을 들었다. 전해 들은 얘기에 따르면 프랑스 어딘가에서 운전을 하고 가다가 운전대를 제어하지 못해 산 아래로 추락했다는 것이다. 우리는

서문들

서로 만난 적이 없었다. 그는 겨우 43세였으므로 앞으로 만날 일이 많겠거니 하고 생각했다. 우리는 편지를 교환하며 친구가 되었고 언젠가 만나 무릎을 맞대고 이야기할 날을 기대하고 있었다. 이 기이하고 예측 불가능한 세상은 우리가 만나 대화하는 일을 가로막았다. 여러 해가 지난 지금도 상실감이 크다.

1978년이 왔다 갔어도 『과야키 인디언의 연대기』는 나오지 않았다. 그다음 1년, 또 1년이 지나도 책은 나오지 않았다.

1981년이 되자 그 출판사는 비틀거리기 시작했다. 당초 나와 함께 일했던 편집자는 그만둔 지 오래였고 그 뒤로는 정보를 얻기가 쉽지 않았다. 그해, 아니 그다음 해, 혹은 그 다음다음 해에 (이제 연도가 정확하게 기억나지 않는다) 그 출판사는 파산했다. 누군가 나에게 전화를 걸어서 『과야키 인디언의 연대기』의 저작권이 다른 출판사로 넘어갔다고 알려 주었다. 새 출판사에 전화를 걸어 보니 그들은 그렇다고 하면서 곧 책을 내겠다고 했다. 그리고 1년이 지났다. 다시 전화를 해보니 1년 전 나에게 출판 일정을 말해 준 직원은 그만두고 없었다. 다른 직원에게 물었더니 그 회사는 『과야키 인디언의 연대기』를 출판할 계획이 없다고 대답했다. 원고를 돌려 달라고 했지만 아무도 찾아내지 못했다. 그 원고 얘기를 들어본 사람도 없었다. 어느 모로 보나 그 번역 원고는 존재하지 않는 것이나 마찬가지였다.

이후 12년간 상황은 조금도 달라지지 않았다. 피에르 클라스트르는 죽었고 내 번역 원고는 사라졌으며 발간 계획은 망각의 검은 구멍으로 빨려 들어갔다. 지난여름(1996년) 나는 돈에 관한 자전적 에세이인 『빵 굽는 타자기』를 탈고했다. 나는 『과야키 인디언의 연대기』 사건을 그 책에 포함하려 했으나 (번역 원고를 복사해 두지 않은 것, 출판사 사무실에서 사장과 대판 싸울 뻔한 것 등), 막상 이야기를 써야 할 시점이 오자 용기가 사라져서 쓰지 못했다. 그건 슬픈 이야기였고, 그렇게 황량하고 비참한 사건을 풀어놓는 것이 무의미해 보였다.

그런데 『빵 굽는 타자기』를 탈고하고 두세 달이 지난 무렵 아주 놀라운 일이 벌어졌다. 1년 전쯤 샌프란시스코의 허브스트 극장에서 열린 도시 예술 및 강연 시리즈에 참석해 달라는 초청을 받았다. 행사는 1996년 10월에 열렸다. 날짜가 다가와 비행기를 타고 샌프란시스코로 갔다. 강연을 마치고 로비에 앉아 사인회를 하기로 되어 있었다. 허브스트는 좌석이 많은 대형 극장이고 로비에는 줄이 상당히 길게 이어졌다. 내 소설책에 서명을 받기 위해 줄을 선 많은 사람 중에 얼굴을 아는 이가 보였다. 예전에 만나 본 적이 있는 젊은이였는데 친구의 친구였다. 그는 열정적인 책 수집가로 초판본, 진귀본, 절판본 등을 찾아다니는 마니아였다. 일종의 도서 탐정이었고, 자그마한 보물 하나를 발견하기 위해 먼지 가득한 지하실에서 버려진 책 상자를 뒤적이며 오후 한나절을 보내는 것을 아무렇지도 않게 여기는 청년이었다. 그는 미소를 짓더니 악수를 하고 이어서 가제본된 원고를 내밀었다. 붉은 종이 표지로 덮인, 본 적이 없는 원고였다. 그가 물었다. 〈이게 뭐죠? 들어 본 적이 없는 책인데요.〉 그리고 그것이 갑자기 손안에 들어왔다. 오래전에 잃어

버린 번역 원고의 미교정본이었다. 거대한 사물의 구도에서 보자면 그리 놀라운 일이 아닐지 모른다. 그러나 나로서는, 나의 사소한 사물의 구도에서 보자면, 정말 놀라운 일이었다. 원고를 받아 드는 순간 손이 떨렸다. 너무 당황하고 또 놀라서 말을 할 수 없을 지경이었다.

그 원고는 헌책방의 떨이 판매 상자 안에 들어 있었는데 그 청년이 5달러를 주고 사들였다고 한다. 표지에 발간 예정일이 1981년 4월로 되어 있었다. 1976년 혹은 1977년에 번역이 완료된 원고치고는 진행이 무척 더뎠다.

만약 피에르 클라스트르가 오늘날 살아 있었다면 잃어버렸던 원고의 발견은 완벽한 해피엔드로 마무리되었으리라. 하지만 그는 이제 세상에 없고, 내가 허브스트 극장 로비에서 한순간 느낀 기쁨과 놀라움은 이내 깊고 슬픈 고통으로 바뀌었다. 세상이 우리에게 이런 장난을 치다니 엿 같았다. 그처럼 세상에 내놓을 것이 많았던 사람이 그토록 일찍 죽다니 엿 같았다.

그렇게 해서 여기 『과야키 인디언의 연대기』 번역본이 나오게 되었다. 저자는 이제 이 세상 사람이 아니고, 25년 전 이 책을 옮겼던 젊은 번역가는 사망 당시의 저자보다 더 나이 많은 사람이 되었다. 하지만 클라스트르가 쓴 책은 여전히 우리 곁에 남아 있다. 온갖 불리한 조건에도 불구하고, 이 오랫동안 잊혔던 영역본은 끝내 살아남아 여기 우리와 함께 있는 것이다.

1997년

셰이 구장에서의 어느 저녁

나는 그를 또렷이 기억한다. 등 번호 26번을 단 다부진 체구의 사이드암 우완 투수. 공이 아주 빠른 건 아니지만 슬라이더와 싱커의 절묘한 조합으로 타자를 쩔쩔매게 했다. 〈타자가 공기를 때리게 하라.〉 그는 선발로도 나오고, 롱 릴리프로 뛰기도 하고, 셋업 맨도 하고, 간간이 마무리도 맡았다. 그는 뉴욕 메츠에 있을 때 팀에서 〈잭〉이라고 불렸다. 〈만능 잭Jack-of-All-Trades〉의 잭. 뭘 맡겨도 다 해냈다. 인상적인 활약을 보이진 못해도 제 역할을 해내지 못하는 경우는 드물었다.

테리 리치는 결코 스타는 아니었다. 기회를 얻기 전에 마이너 리그에서 여러 해 고전했고 성적이 좋을 때도 주목받지 못했다. 1982년 시즌 말에 메츠 팀 선발 투수로 출전하여 필리스를 상대로 10이닝 1안타 완봉승을 거두었지만 이듬해 마이너리그로 돌아가야 했다. 정통적이지 않은 스타일에 타고난 기량도 결코 압도적이라곤 할 수 없던 비(非)지명 선수로서 그는 입지를 다지기 위해 누구보다 열심히 뛰어야 했다. 그는 근성과 유머, 야구를 향한 비이성적 사랑으로 살아남았다. 절대 〈노 no〉라고 대답하지 않았고, 결국 혼자 힘으로 탄탄한 경력을 쌓아 나갔다. 10연승과 한 시즌 11승 1패의 기록을 보유한 투수가 과연 몇 명이나 되겠는가? 월드 시리즈에서 투 아웃 만루 상황에 상대 팀 최고의 강타자를 삼진 아웃시킬 수 있는 투수가 몇이나 되겠는가? 테리 리치는 그런 일들을 해냈고, 여러분이 이 짧지만 무한한 매력을 지닌 책*에서 그가 한 일들에 관해 읽은 시점에는 이미 그가 단순한 전직 투수 이상의 존재라는 사실을 알게 된 상태일 것이다. 타고난 이야기꾼인 그가 톰 클라크의 도움으로 펴낸 이 책은 그동안 읽어 본 야구 서적 가운데 손꼽을 정도로 매력적인 작품이다.

나는 테리 리치의 투구를 많이 보았지만 경기장에서 직접 본 건 단 한 번뿐이다. 1985년 8월의 어느 따뜻한 밤, 아내와 나는 셰이 구장에 가서 메츠 대 자이언츠의 경기를 보기로 막판에 결정했다. 우리는 경기가 시작되기 직전 셰이 구장에 도착하여 입구에서 표를 산 다음 라이트 센터 필드 메저닌**에 위치한 자리로 서둘러 올라갔고, 국가 제창 시간에 가까스로 맞출 수 있었다. 그날 밤엔 원래 자이언츠의 바이다 블루에 맞서 시드 페르난데스가 공을 던질 예정이었는데, 페르난데스가 마운드에서 몸을 풀다가 아파서 출전을 포기해야 했다. 그때 테

---

* 테리 리치의 자서전 『모든 일에는 이유가 있다: 떠돌이 야구 인생 이야기 *Things Happen for a Reason: The True Story of an Itinerant Life in Baseball*』.

** 주로 1층과 2층 사이에 있는 중간층.

리 리치는 클럽하우스에서 속옷 바람으로 십자말풀이를 하고 있었다. 5분 후, 그는 그날 밤 던질 여든일곱 개의 공들 가운데 첫 공을 던졌다. 9이닝을 던졌으니 평균을 내면 한 이닝당 투구 수가 열 개 미만이고, 그건 그가 상대팀 타자들을 완벽하게 지배했다는 뜻이다. 그날 테리 리치는 9이닝을 다 채워 던지면서 자이언츠에 3안타만 내주고 완봉승을 거두었고, 나는 그의 활약을 최고의 반열에 올려놓지 않을 수 없었다. 자이언츠 타자들은 그의 공을 건드릴 수가 없었다. 경기가 끝나 갈 무렵 희생 번트에 성공한 테리 리치는 메이저 리그에 진출한 이래 처음으로 기립 박수를 받았다. 아내와 나도 관중들과 함께 서서 목이 터져라 환호하며 박수를 쳤다. 그로부터 14년 하고도 6개월이 지난 지금까지도 우리는 그날 밤 그런 기쁨을 준 야구의 신들에게 감사를 보낸다.

1999년 12월 18일

전국 이야기 공모전

애초에 내가 의도한 일은 아니었다. 전국 이야기 공모전은 우연히 시작되었고, 16개월 전 아내가 저녁 식탁에서 한 말이 아니었더라면 이 책에 담긴 대부분의 글은 아예 쓰이지도 않았을 것이다. 1999년 5월, 아니 어쩌면 6월의 일이었을 것이다. 그날 나는 NPR(내셔널 퍼블릭 라디오)에 출연하여 당시 막 출간한 소설에 관한 인터뷰를 했다. 대화가 끝난 후 「위켄드 올 싱스 컨시더드Weekend All Things Considered」의 진행자 대니얼 즈워들링이 내게 그 프로그램에 고정으로 출연할 의사가 있는지 물었다. 그가 그런 질문을 했을 때 나는 그의 얼굴을 볼 수도 없었다. 나는 뉴욕 2번가의 NPR 스튜디오에, 그는 워싱턴 D. C.에 있었다. 우리는 광섬유라는 이름으로 알려진 경이로운 기술 덕에 마이크와 헤드셋을 통해 20분에서 30분 정도 이야기를 나누고 있었던 것이다. 구체적으로 어떤 고정 출연을 염두에 두고 있는지 물었다. 대니얼은 확실하게 정해진 건 없다며 매달 방송에 출연하여 이야기를 들려주는 건 어떻겠느냐고 했다.

구미가 당기지 않았다. 진행 중인 일만으로도 벅찬데 의무적으로 급하게 이야기를 만들어 내야 하는 새 일까지 맡을 생각은 전혀 없었다. 하지만 예의상 집에 가서 생각해 보겠다고 대답했다.

그 일을 완전히 뒤집어 놓은 건 아내 시리였다. 그날 밤 시리에게 NPR에서 흥미로운 제안을 받았다고 말하자 그는 즉시 내 생각의 방향을 거꾸로 뒤집는 안을 내놓았다. 그리고 30초 만에 〈노〉는 〈예스〉로 바뀌었다.

당신이 직접 이야기를 쓸 필요가 없어, 아내가 말했다. 사람들에게 자신의 이야기를 쓰게 하는 거지. 그들이 이야기를 보내오면 당신은 그중 제일 마음에 드는 걸 라디오에서 읽어 주는 거야. 글을 써 보내는 사람이 많아지면 놀라운 결과가 나올지도 모르지.

그렇게 해서 전국 이야기 공모전이 탄생했다. 시리가 아이디어를 냈고, 나는 그걸 들고 달리기 시작했다.

그해 늦은 9월 즈위들링이 「위켄드 올 싱스 컨시더드」의 PD 리베카 데이비스와 함께 브루클린에 있는 우리 집에 왔고, 우리는 또 한 번 인터뷰를 진행하며 이야기 공모전에 관한 아이디어를 소개했다. 나는 청취자들에게 이야기를 보내 달라고 청하면서 이렇게 말했다. 실화여야 하고 짧은 이야기여야 하지만 주제나 스타일에 제한은 없다. 세상을 향한 우리의 기대에 역

서문들

행하는 이야기, 우리의 삶, 우리의 가족사, 우리의 정신과 육체, 우리의 영혼에 작용하는 신비한 미지의 힘을 드러내는 일화에 관심이 많다. 달리 말해 픽션 같은 실화를 원한다. 큰일이건 작은 일이건, 비극적인 일이건 코미디 같은 일이건, 종이에 적을 만큼 중요하게 느껴지는 체험이면 된다. 글을 써본 적이 없대도 걱정할 것 없다. 좋은 글은 누구나 알아보게 마련이고, 많은 사람이 응모한다면 우리는 자신과 서로에 관한 놀라운 사실들을 발견하기 시작하게 될 것이다. 이 공모전의 정신은 완전히 민주적이다. 청취자라면 누구나 글을 응모할 수 있고, 나는 응모된 모든 글을 읽겠다고 약속한다. 여러분은 자신의 삶과 체험을 돌아보게 될 것이고 동시에 자신을 넘어선 집단적 노력의 한 부분을 이루게 될 것이다. 여러분의 도움으로 사실들의 보관소, 미국 현실의 박물관이 만들어지기를 희망한다.

그 인터뷰는 정확히 1년 전 오늘인 10월의 첫 토요일에 방송되었다. 이후 4천 편이 넘는 응모 글을 받았다. 예상보다 훨씬 많은 수였고, 지난 12개월 동안 나는 원고에 파묻혀 끊임없이 팽창하는 종이의 바다를 정신없이 떠다녔다. 손으로 쓴 이야기도 있었고 타이핑된 원고도 있었으며 이메일로 전송된 글을 출력한 것도 있었다. 나는 매달 대여섯 편을 뽑아 「위켄드 올 싱스 컨시더드」에서 소개할 20분 분량의 원고로 만들었다. 무척 보람된 일이었고 내가 맡은 과업 중에 가장 큰 영감을 주었다. 하지만 힘든 순간들도 있었다. 특히 원고의 늪에 빠져 허우적거릴 때는 앉은자리에서 글을 60~70편씩 읽기도 했으며,

그때마다 일을 마치고 의자에서 일어서면 몸이 가루가 되고 에너지가 완전히 고갈된 기분을 느끼곤 했다. 너무 많은 감정과 씨름해야 했고, 너무 많은 낯선 사람이 우리 집 거실에 진을 치고 있었으며, 너무 많은 목소리가 너무 많은 방향에서 나를 향해 날아왔다. 그런 날 저녁이면 두세 시간 동안 미국 인구 전체가 우리 집으로 걸어 들어온 듯했다. 나는 미국이 노래하는 걸 듣진 않았다.* 미국이 이야기하는 걸 들었다.

물론 실성한 사람들이 많은 폭언과 비난을 보내오기도 했지만 예상보다는 훨씬 적었다. 나는 케네디 암살 사건에 관한 획기적인 폭로를 접하기도 했고, 오늘날의 사건들을 성경 구절과 연결한 복잡한 해석도 받아 봤으며, 대여섯 개 기업 및 정부 기관을 상대로 제기된 소송 관련 정보에 접근하기도 했다. 어떤 사람들은 지나친 노력을 기울이면서까지 나를 자극하고 속을 뒤집어 놓았다. 지난주에만 해도 어떤 남자가 글에 〈케르베로스〉**라고 서명하고 주소를 〈지하 세계 66666번지〉라고 써 보냈다. 그는 베트남 전쟁에 해병으로 참전한 이야기를 들려주었는데, 그 전쟁담은 그가 중대원들과 함께 베트남 아기를 훔쳐다가 모닥불에 구워 먹은 내용으로 마무리되었다. 그는 자신이 한 행동을 자랑스러워하는 듯했다. 그 이야기가 실화일 수도 있겠다고 생각했다. 하지만 그렇다고 해서 그 이야기를 라디오

---

* 휘트먼의 시 「나는 미국이 노래하는 것을 듣는다 I Hear America Singing」를 염두에 둔 말.

** 그리스 신화에서 지옥문을 지키는 개.

서문들

로 내보낼 의사는 털끝만큼도 없었다.

반면에 정신 장애를 겪는 사람이 보내온 글에 놀랍고 흥미로운 구절이 있기도 했다. 지난가을 공모전이 막 시작되었을 때 다른 베트남 참전 용사의 이야기가 들어왔는데, 그는 살인죄로 무기형을 받아 중서부의 어느 교도소에 수감 중이라고 했다. 그는 자신이 어떻게 살인을 저지르게 되었는지에 관한 혼란스러운 이야기가 담긴 자필 진술서를 동봉했는데, 진술서 마지막 문장은 〈나는 완벽했던 적이 없지만 그래도 나는 진짜다〉였다. 어떤 의미에서는 그 말이 전국 이야기 공모전의 신조, 이 책의 원칙을 나타낸다고 할 수 있다. 우리는 완벽했던 적이 없지만 그래도 우리는 진짜다.

내가 읽은 4천 개의 이야기 대부분이 끝까지 내 마음을 붙잡아 두기에 충분하리만큼 강렬했다. 대부분 단순하고 솔직한 신념으로 쓰였으며, 대부분 이야기를 보낸 사람에게 명예가 되었다. 우리 모두가 정신적 삶을 지녔다. 우리 모두가 세상의 일부이면서도 세상에서 추방된 듯한 기분을 느낀다. 우리 모두가 존재라는 불꽃으로 타오른다. 우리 안에 있는 걸 표현할 말이 필요하다. 응모자들은 자신의 이야기를 할 기회를 준 것에 대해, 〈사람들의 이야기가 들리도록 해준 것〉에 대해 거듭 고마움을 전했다. 이야기는 놀라울 때가 많았다. 나는 우리 대부분이 정신적으로 얼마나 깊고 열정적인 삶을 사는지 어느 때보다 잘 인식하게 되었다. 우리의 애착은 맹렬하다. 사랑은 우리를 압도하고 규정하며 자신과 타인 사이의 경계를 지운다. 내가 읽은 이야기의 족히 3분의 1은 가족에 관한 내용이었다. 부모와 자식, 자식과 부모, 남편과 아내, 형제자매, 조부모. 우리 대부분에게 가족은 개인적 세계를 가득 채운 존재들이다. 나는 가족에 관한 어두운 이야기, 유머 넘치는 이야기를 읽으며 그 관계들이 무척이나 분명하고 효과적으로 표현된 사실에 깊은 감명을 받았다.

고등학생 몇 명은 홈런을 치거나 육상 경기에서 메달을 딴 이야기를 보내오기도 했지만, 성과를 자랑하는 글을 쓴 어른은 드물었다. 재미난 실수, 고통스러운 우연의 일치, 죽을 뻔한 경험, 기적적인 만남, 말도 안 되는 아이러니, 불길한 예감, 슬픔, 고통, 꿈. 이것들이 응모자들의 선택을 받은 주제들이었다. 나는 세상이란 게 알면 알수록 더 오리무중이 된다는 믿음을 지닌 사람이 나 하나만은 아님을 깨닫게 되었다. 초기 응모자 한 사람이 멋지게 표현한 대로, 〈나는 분명하게 규정되지 않은 현실을 산다〉. 세상을 확실히 알지 못하면 마음의 문을 열고 세상을 유심히 보면서 자신이 보고 있는 것에 대한 질문을 던지게 되며, 그 주의 깊은 관찰을 통해 이제껏 아무도 보지 못한 무언가를 발견할 기회를 얻는다. 그러니 자신이 모든 해답을 가지고 있지는 않음을 기꺼이 시인해야 한다. 모든 해답을 가지고 있다고 생각하면 중요한 걸 말할 수 없게 된다.

믿기 힘든 플롯, 예기치 못한 전환, 상식의 법칙에 따르기를 거부하는 사건들. 우리의 삶은 18세기 소설의 내용과 비슷할 때가 많다. 오늘 NPR에서 이메일이 한 무더기 도착했는데 새

응모 글 중에 캘리포니아 샌디에이고에 사는 한 여성의 이야기가 눈길을 끌었다. 그 이야기를 여기에 인용하는 이유는 특이한 내용이어서가 아니다. 우리의 삶이 18세기 소설과 비슷하다는 사실을 증명해 주는 이야기 가운데 가장 최근에 내 손에 들어온 것이기 때문이다.

나는 8개월 무렵 고아원에서 입양되었다. 그리고 채 1년도 안 되어 양부가 갑자기 세상을 떠났다. 나는 홀몸이 된 어머니 손에서 역시 입양된 오빠 셋과 함께 자랐다. 입양된 아이는 자신의 혈육에 자연스러운 호기심을 갖게 된다. 나는 결혼도 하고 나이도 20대 말이 되자 친부모를 찾겠다고 결심했다.

나는 아이오와에서 자랐고 2년간 수소문 끝에 아니나 다를까 디모인에서 생모를 찾았다. 우리는 만나서 저녁을 먹으러 갔다. 내가 생부에 대해 묻자 생모는 그의 이름을 알려 주었다. 그가 어디 사는지 묻자 생모는 〈샌디에이고〉라고 대답했다. 내가 5년간 살아온 곳이었다. 아는 사람도 없는 샌디에이고로 가서 살게 된 건 그저 그곳에 가고 싶어서였다.

알고 보니 나는 아버지 직장 바로 옆 건물에서 일하고 있었다. 우리는 점심도 자주 같은 식당에서 먹었다. 아버지의 삶에 문제를 일으키고 싶지 않아서 그의 아내에겐 내 존재에 관해 말하지 말라고 했다. 하지만 아버지는 늘 밖으로 나도는 사람이었고 늘 옆에 여자 친구가 있었다. 마지막 여자 친구와는 15년이 넘게 〈만나는 사이〉라고 했고 그 여자 친구는 나에게 아버지 소식을 전하는 사람이 되었다.

5년 전 나의 생모는 아이오와에서 암으로 죽어 가고 있었다. 그와 동시에 아버지의 애인에게서 아버지가 심장병 합병증으로 사망했다는 소식을 전해 들었다. 아이오와 병원에 입원 중인 생물학적 어머니에게 전화를 걸어 그의 죽음을 알렸다. 어머니는 그날 밤 세상을 떠났다. 그리고 나는 두 사람의 장례식이 토요일 거의 같은 시각에 열린다는 연락을 받았다. 아버지는 캘리포니아에서 오전 11시, 어머니는 아이오와에서 오후 1시.

공모전을 시작하고 서너 달이 지났을 때, 응모된 글들을 정당하게 대우하려면 책을 펴낼 필요가 있다는 생각이 들었다. 훌륭한 이야기가 쏟아져 들어왔는데 그중 내가 라디오로 소개할 수 있는 건 극소수에 지나지 않았다. 많은 이야기가 우리가 정해 놓은 형식에 담기기엔 너무 길었고, 방송의 덧없는 속성 때문에(육체를 떠난 하나의 목소리가 매달 18분에서 20분가량 미국의 공중파를 타는 것일 뿐이니까) 나는 기억에 남는 이야기를 모아 문서의 형태로 보존하고 싶었다. 라디오는 강력한 힘을 지닌 매체이고 NPR은 미국 전역에 미치지 않는 곳이 거의 없지만, 말을 손에 쥘 수는 없는 노릇이다. 책은 손으로 만질 수 있고 읽다가 내려놓아도 나중에 언제든지 다시 집어 들고 읽을 수 있다.

서문들

이 책에는 지난 한 해 응모된 4천 편가량의 작품 중에서 내가 최고로 뽑은 179편의 이야기가 담겨 있다. 이 책은 전국 이야기 공모전 전체의 축소판이자 대표 선집이라고도 할 수 있다. 이 책에 든 꿈이나 동물, 없어진 물건에 관한 이야기는 같은 주제를 다룬 수십 편의 응모작, 뽑혔을 수도 있는 수십 편의 글 가운데 하나이기 때문이다. 이 책은 닭에 관한 여섯 문장짜리 이야기(지난 11월에 방송에서 내가 처음 읽은)로 시작해 라디오가 우리의 삶에서 하는 역할에 대한 사색으로 끝난다. 마지막 작품의 저자 아메니 로자는 전국 이야기 공모전 방송을 듣다가 영감을 얻어서 글을 쓰게 되었다고 했다. 나는 미국적 현실의 작은 조각들을 담아내고 싶다는 희망을 품긴 했었지만 공모전 자체가 그 현실의 일부가 될 수 있을 줄은 꿈에도 생각지 못했었다.

이 책의 저자들은 연령도 직업도 다양하다. 우체부, 상선 선원, 트롤리버스 운전사, 계량기 조사원, 자동 피아노 수리 기사, 범죄 현장 청소부, 음악가, 사업가, 성직자 두 명, 주립 교도소 수감자, 의사 몇 명, 그리고 주부와 농부와 제대 군인. 최연소 응모자는 갓 스물이고 최고령자는 아흔 가까이 된다. 절반은 여자고 절반은 남자다. 도시, 근교, 시골에 두루 살고 마흔두 개 주 출신들이다. 나는 작품을 선정하면서 인구 통계학적 균형을 고려한 적이 단 한 번도 없었다. 오로지 장점(휴머니즘, 진실성, 매력)만 보고 뽑았다. 전적으로 우연히 숫자가 그런 식으로 맞아떨어졌다.

이 다양한 목소리와 대조적 스타일이 이룬 혼돈에 질서를 부여하기 위해 이야기들을 열 개의 범주로 나눴다. 각 부문의 제목이 내용을 말해 주지만 전체가 코믹한 이야기로 이루어진 네 번째 부문 〈슬랩스틱〉을 제외하면 모든 부문이 광범위한 소재를 담고 있다. 우스꽝스러운 희극부터 비극에 이르기까지 온갖 내용이 들어 있고, 잔인하거나 폭력적인 행위마다 그것을 상쇄하는 친절이나 관대함, 사랑의 행위가 따른다. 이야기들은 앞뒤로, 위아래로, 안팎으로 오락가락하고 책을 읽다 보면 머리가 어질어질해지기 시작한다. 페이지를 넘겨 다음 응모 글로 넘어가면 완전히 다른 사람, 완전히 다른 환경, 완전히 다른 세계관을 마주하게 된다. 다름은 이 책의 본질이라고 할 수 있다. 이 책에는 우아하고 세련된 글도 있지만 조잡하고 서툰 글도 많다. 〈문학〉의 자격을 갖추었다고 할 수 있는 글은 소수이다. 문학적 기량이 부족한 이 저자들의 글을 잊을 수 없는 작품으로 만드는 요소는 다른 무엇, 날것 그대로의 솔직함이다. 나는 눈물 한 방울 흘리지 않고, 폭소 한 번 터뜨리지 않고 이 책을 처음부터 끝까지 읽을 수 있는 독자를 상상하기가 어렵다.

이 이야기들에 이름을 붙여야 한다면, 나는 개인적 체험의 전선에서 보내온 특보라고 부르고 싶다. 이야기들은 개별적인 미국인들의 사적 세계를 담고 있지만 그럼에도 우리는 그 안에서 피할 수 없는 역사의 흔적을 거듭 발견하게 된다. 개인의 운명은 복잡한 방식으로 사회의 지배를 받는다. 고령의 저자들 가운데 일부는 어린 시절과 젊은 시절의 사건들을 돌아볼 때 필연적으로 대공황과 제2차 세계 대전에 관해 쓰게 된다. 20세기 중반에 태어난 저자들은 베트남 전쟁의 영향에서 벗어나지 못한다. 그 전쟁은 25년 전에 끝났는데도 여전히 우리들에게 반복되는 악몽으로, 국민정신의 커다란 상처로 남아 있다. 또, 서로 다른 세대에 속한 몇몇 저자들은 미국의 인종 차별주의라는 병폐에 관해 이야기한다. 이 끔찍한 병은 350년 넘게 우리를 괴롭혀 왔으며 박멸하려고 아무리 애써도 아직 치료법을 발견하지 못했다.

에이즈, 알코올 의존증, 약물 남용, 포르노, 총기를 다룬 이야기들도 있다. 그 저자들의 삶은 늘 사회적 영향력의 지배를 받지만 그중 사회 자체를 이야기하는 사람은 없다. 우리는 재닛 주팬의 아버지가 1967년 베트남 포로수용소에서 세상을 떠났다는 걸 알지만 그의 이야기는 그 사실에 관한 내용이 아니다. 작은 것도 놓치지 않는 밝은 눈으로 그는 어느 날 오후 모하비 사막에서 아버지가 고집 세고 반항적인 말을 쫓던 이야기를 들려주고, 우리는 그로부터 2년 후 그의 아버지에게 닥칠 일을 알기에 그것을 추모의 글로 읽는다. 전쟁에 관한 언급은 한 마디도 없지만, 우리는 눈앞의 광경을 화가처럼 생생하게 그려 낸 그 이야기가 에둘러 전하는 진실을 통해 미국 역사의 한 시대가 우리 앞을 지나가는 듯한 기분을 느낀다.

스탠 벤코스키네 아버지의 웃음. 따귀 맞은 캐럴 셔먼존스. 브루클린의 거리에서 크리스마스트리를 끌고 가는 어린 메리 그레이스 뎀벡. 존 키스네 어머니의 잃어버린 결혼반지. 난로 불판 구멍에 손가락이 낀 존 플라넬리. 자신의 코트에 제압당해 바닥에 쓰러진 멜 싱어. 댄스파티에 간 애나 소슨. 이디스 리머의 자전거. 어릴 때 살던 집이 영화 촬영 현장으로 쓰이는 걸 구경하는 마리 존슨. 러들로 페리와 어느 다리 없는 남자의 만남. 웨스트74번가에 있는 집에서 창문 밖을 내다보는 캐서린 오스틴 알렉산더. 눈길을 걷는 줄리애나 C. 내시. 디디 라이언의 철학적 마티니. 캐럴린 브래셔의 후회. 매리 맥컬럼네 아버지의 꿈. 얼 로버츠의 칼라 단추. 이 이야기들은 하나하나 우리의 마음에 길고 강한 인상을 남긴다. 179편의 이야기들은 다 읽은 후에도 마음에 남아 마치 신랄한 우화나 재미난 농담처럼 계속해서 떠오른다. 그 이미지들은 짙고 분명하면서도 무게가 없다. 그리고 주머니에 쏙 들어갈 만큼 작다. 우리가 늘 지니고 다니는 가족사진처럼 말이다.

2000년 10월 3일

서문들

작은 초현실주의 시 선집

1968년. 나는 스물한 살의 컬럼비아 대학 3학년생이었고 여기 담긴 시들은 내 첫 번역 작품들이다. 그때를 돌아보면 베트남 전쟁, 칼리지 워크에서의 정치적 함성, 1년간 끝없이 이어진 시위, 수업 거부, 연좌 농성, 폭동, 학생 7백 명 체포(나도 그중 하나였다) 등이 떠오른다. 그 소요(그 문제 제기)를 고려하면 초현실주의자들은 내게 결정적인 발견이었다. 그들은 시의 관습에 맞서 싸우면서 혁명을, 세상을 어떻게 바꿀지를 꿈꾸는 시인들이었으니까. 당시 내게 번역은 단순한 문학적 연습 이상의 작업이었다. 나의 족쇄를 벗어던지고 무지를 극복하기 위한 첫걸음이었다. 〈**너는 네 삶을 바꿔야만 한다.**〉* 어쩌면. 당시엔 삶을 찾는 것, 믿을 수 있는 삶을 창조해 내는 것이 중요한 문제였으니…….

2002년 1월 22일

* 릴케의 시 「고대 아폴로의 토르소Archaïscher Torso Apollos」의 마지막 문구.

걱정의 예술

아트 스피걸먼은 네 가지 분야에서 뛰어난 재능을 지닌 독보적 인물이다. 그는 그림을 그리는 미술가이자, 어떤 시각적 스타일도 모방하고 아름답게 꾸밀 수 있는 카멜레온 같은 인물이며, 생생하고 예리한 문장들로 자신을 표현하는 작가이자, 대단히 무자비하고 날카로우면서도 유머를 잃지 않는 선동가이다. 이 재능들을 모두 합하여 심오한 정치적 양심의 실천에 바친다면 세상에 널리 이름을 떨칠 수 있다. 그것이 바로 아트 스피걸먼이 『뉴요커 *The New Yorker*』지에서 지난 10년간 해온 일이다.

그는 『쥐 *Maus*』의 작가로 가장 유명하며, 두 권으로 이루어진 이 빛나는 작품에 그의 아버지가 제2차 세계 대전 포로수용소를 전전하며 겪은 악몽 같은 일들을 담아냈다. 스피걸먼은 이 작품에서 전문 이야기꾼의 면모를 보여 주었으며, 역사는 분명코 그를 그렇게 — 만화는 어린이만을 위한 장르가 아니며 말과 그림으로 채워진 조그만 직사각형 칸들에 복잡한 이야기도 얼마든지 담아낼 수 있음을, 그리고 위대한 문학의 정서적·지적 힘을 지닐 수 있음을 증명한 인물로 — 기억할 것이다.

하지만 스피걸먼에겐 다른 면도 있는데 바로 사회적 잔소리꾼·비평가·시사 평론가로서의 예술가다운 면모이며,『쥐』이후 그는 그 역할에 점점 많은 에너지를 쏟아 왔다. 나는 스피걸먼의 친구이자 팬으로서 그가 그런 활동의 본거지로 삼은 곳이『뉴요커』라는 사실을 늘 이상하게 여겼다.『뉴요커』지는 재즈 시대*에 탄생한 이래 75년 넘게 미국 풍경에 붙박이로 남아 미국이 전쟁, 경제 공황, 대격변 들을 겪는 동안 매주 발행되며 냉정하고 세련되고 무심한 목소리를 유지해 왔다.『뉴요커』는 그동안 훌륭한 기사들을 실어 왔는데, 예리하고 충격적인 기사가 아무리 많아도 그 옆 페이지에는 언제나 사치품이나 카리브해 휴양지 광고를 배치하고 중산층의 기벽을 소재로 한 재미난 만화를 장식처럼 얹어 왔다. 그게『뉴요커』스타일이다. 세상이 지옥이 되어 가도 우리가 즐겨 보는 주간지를 펼치면 지옥은 다른 사람들의 이야기임을 알게 된다. 우리에겐 아무것도 달라진 게 없고 앞으로도 영원히 그럴 것이다. 우리는 우아하고 평온하고 도회적이다. 걱정할 것 없다.

하지만 스피걸먼은 걱정하고 싶어 한다. 그게 그의 일이다. 그는 걱정을 삶의 소명으로 받아들이고 세상의 부당함을 볼

---

* 미국의 1920년대를 일컫는 말.

때마다 애태운다. 권력자들의 어리석은 행동을 볼 때마다 입에 거품을 물고 세상사를 담담하게 받아들이기를 거부한다. 물론 위트가 없지 않고 그의 트레이드마크인 코믹함도 없지 않지만, 결코 그를 무심하다고 말할 수는 없다. 현명하게도 그를 고용한 『뉴요커』는 칭찬받을 만하다. 스피걸먼도 고상한 취향의 고루한 보루 같은 그 잡지의 정신에 활력을 불어넣어 왔으니 칭찬받을 만하다.

그는 『뉴요커』의 두 편집장 티나 브라운과 데이비드 렘닉의 휘하에서 열심히 일하며 내지와 표지에 실린 작품을 70편가량 만들어 냈다. 거기에는 한 페이지짜리 스케치들과 그림들(스피걸먼이 혐오한 영화 「인생은 아름다워」에 대한 신랄한 조롱을 위시한), 다양한 주제를 다룬 만화 형식의 기사들(독일 로스토크 신나치 세력의 난동, 하비 커츠먼과 모리스 센닥과 찰스 슐츠에게 바치는 오마주, 조지 W. 부시에 대한 공격과 2000년 부정 선거, 자신의 자녀들의 행동에 반영된 팝 문화에 대한 고찰), 그리고 마흔 점 가까이 되는 표지가 포함된다. 표지는 잡지의 가장 눈에 띄는 특징이자 철학과 편집 내용을 드러내는 상징적 마크, 대중 앞에 나갈 때 입는 옷이다. 스피걸먼이 합류하기 전까지 『뉴요커』는 표지의 담백함으로 유명했는데 그건 웃긴 구석이 있는 유명세였다. 넓은 독자층의 높은 충성도를 확신하는 듯한 자신만만하고도 부드러운 이미지의 표지가 차분한 가을 정경, 눈 덮인 겨울 풍경, 교외의 잔디밭, 휑한 도시 거리의 모습으로 매주 신문·잡지 가판대 위에 등장했다. 보는 이에게 졸음을 유발할 만큼 진부하고 재미없는 표지들이었다. 그러다 때마침 밸런타인데이였던 1993년 2월 15일 스피걸먼의 첫 표지가 등장하면서 『뉴요커』는 새로운 『뉴요커』로, 갑작스럽게 현 세계의 일부임을 자각한 잡지로 돌변했다.

뉴욕은 고난의 시기를 겪고 있었다. 아프리카계 미국인들과 정통파 유대인들이 사는 브루클린의 가난한 동네 크라운하이츠에서 인종 전쟁이 터지기 직전이었다. 흑인 아이 한 명이 유대인의 차에 치였고, 성난 흑인 폭도들의 보복으로 유대인 한 명이 살해당했으며, 거리에서 여러 날 격렬한 시위가 이어지는 가운데 양 진영은 폭력으로 응징하겠다고 서로 위협했다. 당시 뉴욕 시장 데이비드 딘킨스는 괜찮은 사람이었지만 조심스러운 성격이었고, 신속하게 개입하여 위기를 진정시키는 데 필요한 정치적 기술이 부족했다. (아마도 그 실패가 다음 선거의 패인이 되었을 것이고, 이후 새 시장으로 선출된 루돌프 줄리아니의 강력한 통치가 8년간 이어졌다.) 뉴욕은 그 민족적 다양성에도 불구하고 놀랍도록 관용적인 도시이며 대부분의 사람들이 대부분의 경우에 서로 잘 지내기 위해 노력한다. 그러나 인종 갈등은 늘 존재하고, 조용히 끓어오를 때가 많으며, 간간이 개별적인 잔혹 행위로 분출한다. 하지만 이 경우에는 동네 전체가 무장했고, 추악한 일이 목격되었으며, 뉴욕의 민주 정신에 얼룩이 남았다. 이때 스피걸먼의 소식이 들려왔다. 그는 전쟁터로 걸어 들어와 문제에 대한 해결책을 제시했다. 〈키스

걱정의 예술

333

하고 화해하자.〉 그의 선언은 그토록 단순하고 그토록 쇼킹하고 그토록 강력했다. 정통파 유대교인 남성은 흑인 여성을 껴안고, 흑인 여성은 정통파 유대교인 남성을 껴안고, 둘 다 눈을 감고 키스하고 있었다. 밸런타인데이 분위기에 맞게 그림의 배경은 완전히 빨간색이었고 구불구불한 테두리 세 모퉁이에 작은 하트가 하나씩 떠 있었다. 스피걸먼은 누구의 편도 들지 않았다. 유대인으로서 크라운하이츠 유대인 공동체를 옹호하지도 않았고, 종교가 없는 사람으로서 그 비참한 땅에 함께 사는 아프리카계 미국인들을 지지하는 목소리를 내지도 않았다. 그는 뉴욕 시민으로서, 세계 시민으로서 양쪽 모두에게 동시에 말하고 있었다. 즉, 우리 모두에게 말하고 있었다. 이제 증오는 그만, 불관용도 그만, 서로를 악마시하는 것도 그만. 그림의 형태를 한 그 표지 메시지는 제2차 세계 대전 첫날 W. H. 오든이 글로 쓴 생각과 일맥상통했다. 〈**우리는 서로를 사랑해야만 하며, 안 그러면 죽는다.**〉*

그 주목할 만한 데뷔 이후 스피걸먼은 의식적으로 자신의 창의력을 불안정화의 힘, 놀람의 무기로 사용하면서 계속해서 우리의 예상을 벗어났다. 그는 우리가 균형을 잃거나 경계를 늦추었을 때를 노려 우리를 공략하고자 했으며 그런 목적을 위해 여러 각도에서 다양한 어조 — 조롱과 변덕, 모욕과 질책, 그리고 다정함과 찬양까지 — 로 주제에 접근했다. 공사장

---

* 오든의 시 「1939년 9월 1일」에 담긴 구절.

서문들

인부로 일하는 영웅적인 어머니가 반쯤 지어진 고층 빌딩 대들보에 앉아 아기에게 젖을 물리고, 아프가니스탄에 칠면조 폭탄이 떨어지고, 빌 클린턴의 사타구니를 마이크들의 물결이 에워싸고, 대학 졸업장이 구인 광고가 되고, 괴짜 힙스터 가족이 세대 간 사랑과 결속의 상징이 되고, 부활절 토끼가 국세청 세금 용지에 못 박히고, 똑같은 턱수염과 불룩한 배를 가진 산타클로스와 랍비가 등장한다. 법정 다툼을 두려워하지 않는 스피걸먼은 많은 사람을 불쾌하게 만들었고, 그가 『뉴요커』를 위해 준비한 표지 몇 개는 편집자들에게서 지나치게 자극적이라고 평가받고 퇴짜를 맞기도 했다. 1993년 밸런타인데이 표지를 필두로 한 스피걸먼의 작품들을 보고 분개한 독자들이 써 보낸 편지가 수천 통에 이르렀고, 구독 취소도 수백 건이나 되었으며, 뉴욕 시경 경찰들이 맨해튼에 있는 『뉴요커』건물 앞에서 대규모 시위를 벌이는 대단히 극적인 사건이 연출되기도 했다. 그것은 스피걸먼이 자신의 마음을 말한 — 자신의 마음을 그린 — 대가였다. 스피걸먼의 『뉴요커』재직 기간은 늘 평탄하지만은 않았지만, 그의 용기는 뉴욕을 사랑하고 뉴욕이 모두를 위한 도시, 이 시대 인간적 모순들의 중앙 실험실이라고 믿는 우리에게 언제나 힘이 되어 주었다.

그리고 2001년 9월 11일이 왔다. 3천 명의 목숨을 앗아 간 불길과 연기에 휩싸여 우리는 대참사를 겪었고, 아홉 달이 지난 현재까지도 이 도시는 여전히 애도 중이다. 공격 직후, 그 끔찍한 아침으로부터 몇 시간, 며칠이 지났을 때 우리 중에 논리적으로 사고할 수 있는 사람은 거의 없었다. 충격이 너무 컸고, 연기가 계속해서 도시 위를 떠도는 가운데 우리는 사악한 죽음과 파괴의 냄새를 마셔야 했다. 우리들 대부분이 아무 쓸모도 없는 멍한 상태로 몽유병자처럼 발을 질질 끌며 걸어다녔다. 하지만 『뉴요커』는 발행되어야만 했고, 누군가에게 표지 — 기록적으로 짧은 시간 내에 만들어 내야 하는 『뉴요커』 역사상 가장 중요한 표지 — 를 맡겨야 한다는 사실을 깨달았을 때 『뉴요커』는 스피걸먼에게 시선을 돌렸다.

9월 24일 자 『뉴요커』의 검은 바탕 위 검은 그림 표지는, 내 의견으로는, 스피걸먼의 걸작이다. 절대적 공포 앞에서 인간은 이미지를 모두 없애려는 경향을 보인다. 극도의 압박감을 느낄 때는 말을 할 수 없는 경우가 많다. 그림도 마찬가지이다. 당시 스피걸먼이 해준 이야기를 내가 잘못 알아들은 게 아니라면, 그는 처음엔 형언할 수 없는 것을 이미지의 부재를 통해 보여 주고 완전한 검정색 표지로 애도를 나타낸다는 인습 타파적 충동에 저항했다. 다른 아이디어들이 떠올랐다. 그는 그것들을 하나하나 시도해 본 후 버리고서 점점 더 검은 색으로 천천히 나아가다가 결국 아무 색깔도 섞이지 않은 진하고 완전한 검정에 이르게 되었다. 하지만 여전히 만족스럽지 않았다. 너무 침묵적이고 안이하고 체념하는 듯 보였던 것이다. 하지만 달리 해결책이 없었다. 그렇게 항복 직전까지 갔다가 그림에서 색을 제거함으로써 얻게 되는 효과들을 탐구했던 앞선 세대의 예술가들 — 특히 애드 라인하르트와 1960년대에 그가 내놓은 검은 바탕에 검은 그림이 있는 유화들, 그림의 가능성을 극단까지 밀어붙인 극도로 추상적이고 미니멀한 반(反)이미지들 — 에 관해 생각하기 시작했다. 스피걸먼은 방향을 찾았다. 침묵 속에서가 아니라 숭고함 속에서.

그 빌딩들을 발견하려면 그림을 아주 자세히 들여다보아야 한다. 그것들은 거기 있는 동시에 없다. 지워졌으면서도 여전히 존재하는, 망각 속에서, 기억 속에서 고동치는 그림자들, 고통스러운 내세의 기운을 발하는 유령 같은 물체. 이 그림을 처음 보았을 때 스피걸먼이 내 가슴에 청진기를 대고 9월 11일 이후 내 몸을 뒤흔든 심장 박동을 하나하나 꼼꼼히 기록하기라도 한 것 같은 기분을 느꼈다. 그러자 두 눈에 눈물이 차올랐다. 죽은 이들을 위한 눈물. 살아 있는 이들을 위한 눈물. 우리가 서로에게 행한 몹쓸 짓들, 악취 나는 인간 종족의 잔혹 행위들과 야만적인 짓거리들에 대한 눈물.

그리고 오든의 말을 생각했다. 〈우리는 서로를 사랑해야만 하며, 안 그러면 죽는다.〉

2002년 6월

서문들

집에서의 호손

『줄리언과 작은 토끼와의 20일, 아버지 씀*Twenty Days with Julian & Little Bunny, by Papa*』은 문학계에서 잘 알려진 작가의 잘 알려지지 않은 작품들 가운데 하나다. 호손의『미국 노트 *American Notebooks*』— 보물들과 뜻밖의 새로운 사실들이 담긴, 거의 읽히지 않는 거대하고 두꺼운 책 — 일곱 번째 폴리오*에 묻힌 이 50페이지 분량의 작품은 1851년 7월 28일부터 8월 16일까지 매사추세츠 레녹스에서 쓰였으며 간략하고 절제된 서술로 이루어져 있다. 그 전해인 1850년 6월 호손과 그의 아내는 자녀 둘(1844년에 태어난 우나와 1846년에 태어난 줄리언)을 데리고 버크셔에 있는 작은 붉은색 농가로 이사했다. 셋째 로즈는 1851년 5월에 태어났다. 소피아 호손은 셋째를 낳고 두어 달이 지났을 무렵 두 딸을 데리고 언니 엘리자베스 피보디와 함께 보스턴 외곽의 웨스트뉴턴에 사는 부모님을 만나러

---

   *   2절판.

갔다. 그래서 레녹스의 집에는 호손과 다섯 살짜리 줄리언, 피터스 부인(요리와 집안일을 하는), 그리고 훗날 힌드레그스*라는 이름을 얻게 될 반려 토끼만 남게 되었다. 호손은 그날 저녁 줄리언을 재운 후 책상에 앉아 이 작은 모험담의 첫 장(章)을 썼다. 아내가 없는 동안 집 안에서 일어난 일을 기록하는 것 외엔 다른 의도가 없었던 그는 그때까지 어떤 작가도 시도한 적이 없는 글을 쓰기 시작하였으니, 홀로 어린 자녀를 돌보는 남자의 일상을 하나하나 세심하게 기록하게 된 것이다.

그 상황은 옛날이야기 하나를 연상하게 하는데, 어느 농가의 부부가 하루 동안 서로 일을 바꾸어서 해본다는 내용이다. 그 이야기에는 여러 버전이 있지만 결과는 모두 같다. 평소 주부인 아내가 자기처럼 일을 열심히 하지 않는다고 멸시하거나 일을 못한다고 나무라던 남편 농부는, 막상 앞치마를 두르고 가사 책임자 역할을 맡자 일을 완전히 망친다. 버전에 따라 내용이 조금씩 달라서 그가 부엌에 불을 내는 이야기도 있고, 잇달아 사고가 터지면서 지붕 위에까지 올라가게 된 소의 목줄에 대롱대롱 매달리게 되는 이야기도 있다. 모든 버전에서 아내가 농부를 구한다. 집 근처 들에서 차분히 곡식을 심던 아내는 비명을 듣고 집으로 달려가 남편이 집을 홀랑 태우거나 목이 부러지기 전에 그를 곤경에서 건진다.

호손은 목이 부러지진 않았지만 자신이 험난한 상황에 놓였

---

    * Hindlegs. 〈뒷다리〉라는 뜻.

음을 분명하게 느꼈다.『줄리언과 작은 토끼와의 20일』의 어조는 코믹하고 자기 비하적이며 약간의 당혹감이 어려 있다. 나중에 장성한 줄리언이 아버지의 〈유머러스한 엄숙함〉이라고 표현한 분위기가 작품 전체를 관통한다. 호손의 단편소설과 장편소설의 스타일에 익숙한 독자들은『미국 노트』의 분명하고 단순한 표현에 매료될 것이다. 그의 픽션은 어둡고 반추적인 강박 때문에 문장이 복잡하고 장식적 난삽함을 보이며 가끔 지나치게 공을 들이거나 모호한 상태에까지 이르는 정교함을 지녀서 일부 독자는 그의 초기 단편들을(대부분 익명으로 출간된) 읽고 작가가 여성일 거라고 착각하기도 했다. 호손의 작품에 대한 책 한 권 길이의 평론을 쓴 헨리 제임스는, 예리한 심리학적 관찰에 기반한 복잡한 내용을 커다란 도덕적·철학적 문제와 아우르는 능력이 독보적인 호손의 독창적이고 섬세한 산문에서 많은 배움을 얻었다. 하지만 헨리 제임스는 호손의 유일한 독자가 아니었고, 호손은 헨리 제임스가 본 것과 다른 몇 가지 모습으로도 우리에게 다가왔다. 우화 작가 호손, 대단히 낭만주의적인 이야기꾼 호손, 17세기 뉴잉글랜드 식민지 연대기 작가 호손, 그리고 가장 주목할 만한, 보르헤스가 재해석한바 카프카의 선도자인 호손. 호손의 픽션은 이 중 어느 각도에서 읽어도 유익하지만, 그가 이룬 다른 성취들이 너무도 대단하여 다소 도외시되고 잊힌 또 다른 호손도 있다. 일화들과 충동적인 생각들을 기록한 사적인 호손, 아이디어를 다루는 노동자이자 기상학자이자 풍경 묘사가이자 여행자, 편지 작가,

일상생활의 역사가 호손. 『미국 노트』의 표현들은 너무도 신선하고 생생하여 그 안에서 호손은 문학적 과거의 공경할 만한 인물이 아니라 동시대인, 여전히 현재를 살고 있는 인물로 떠오른다.

『줄리언과 작은 토끼와의 20일』은 호손이 자녀들에 관해 쓴 유일한 글은 아니다. 우나와 줄리언이 말을 할 수 있을 정도로 크자 호손은 아이들의 엉뚱한 말들을 받아 적는 일을 대단히 즐긴 듯 노트들에 다음과 같은 내용이 가득하다.

「난 모든 노래*가 지겨워서 하느님께 빠져들고 싶어. 난 꼬마 우나 호소니가 지겨워.」

「엄마가 지겨워?」

「아니.」

「아빠가 지겨워?」

「아니. 난 도라가 지겨워. 꼬마 줄리언도 지겹고 꼬마 우나 호소니도 지겨워.」

우나　넌 나를 조금 아프게 했어.

줄리언　그럼 이제 크게 아프게 해야지.

줄리언　엄마, 왜 점심은 저녁이 아니에요?

＊　〈things〉를 〈sings〉로 잘못 말했다.

　　　　　　　　　　　　　　　　　　　　　　서문들

엄마 의자는 왜 식탁이 아닐까?

줄리언 그건 찻주전자니까.

내가 줄리언에게 말했다. 「네 턱받이 벗겨 주마.」 줄리언이 못 들은 척해서 점점 소리를 높여 그 말을 두세 번 반복했다. 마침내 줄리언이 소리쳤다 ─「아빠 머리 벗겨 주마!」

호손은 세일럼에 있는 미국 세관에서 일하던 때인 1848년 3월 19일 일요일에 하루 종일 두 자녀 ─ 겨우 네 살이 된 맏이와 두 살이 채 안 된 둘째 ─ 의 별난 행동과 장난을 기록했다. 아홉 페이지에 이르는 이 현기증 나는 서술에는 열한 시간 동안 아이들에게 나타난 모든 변덕과 기분 변화가 세심하게 포착되어 있다. 19세기 부모에게서 예상할 수 있는 감상적 과장이 없고 도덕적 판단이나 논평 형태의 개입이 배제되어 어린이 세계의 훌륭한 초상이라고 할 수 있으며, 이 글에 담긴 어린이 세계는 변함없는 모습으로 영원히 남을 듯하다.

이제 우나가 줄리언에게 손가락 하나를 맡기고 둘이 함께 행진한다. 어린 소년은 어른 걸음걸이를 흉내 내어 성큼성큼 걷는다. 이제 우나가 자리 뺏기 놀이*를 하자고 하고, 바닥에 온통 작은 발자국들이 찍힌다. 줄리언이 불만에 찬

---

* 방 가운데 있는 술래가, 벽에 붙어 자리를 잡은 아이들의 자리를 빼앗는 놀이.

소리를 지른다 ─ 우나가 동생에게 달려가 뽀뽀한다. 우나가 말한다. 「아버지, 나 〈오늘〉 아침에는 절대 나쁜 행동 안 할 거예요.」 이제 아이들은 고무공을 가지고 논다. 줄리언이 공을 멀리 던져 보려고 하지만 공은 번번이 그 아이 머리로 떨어진다. 공이 굴러간다 ─ 줄리언은 공을 찾아다니며 묻는다 ─「공 어디?」(……) 줄리언은 이제 잠시 몽상에 잠긴다. 깊은 회상에 빠져 마음이 멀리 가 있는 듯 보이는데 대체 무슨 생각을 하는 걸까? 존재 이전의 상태를 추억하기라도 하는 건지. 이제 줄리언은 작은 의자에 앉아 있는데 그 조그맣고 통통한 모습이 시 의원 축소판 같다. (……) 우나가 도라와 함께 외출할 수 있도록 엄마가 우나에게 자주색 코트를 입힌다. 우나는 아주 착한 아이가 될 거고 도라 말을 잘 듣겠다고 ─ 달아나지도 않고 진흙탕에 들어가지도 않겠다고 ─ 약속한다. 줄리언도 같이 나가고 싶어서 타박타박 주위를 맴돌며 「가! ─ 가!」 되풀이해서 외친다. 줄리언은 한껏 거들먹거리며 방을 가로질러 이리저리 뛰어다닌다 ─ 그런 행동의 우스꽝스러움을 저도 잘 아는 듯하다. 내가 웃자 내 팔꿈치 가까이 와서 얼굴을 올려다보며 아주 유머러스한 반응을 보인다. (……) 줄리언은 내 무릎 근처 의자로 기어올라 거울을 슬쩍 본다 ─ 이제 내가 쓰고 있는 글을 호기심 어린 눈으로 들여다본다. 그러다 의자에서 굴러떨어질 뻔했는데, 처음엔 저도 놀랐다가 내가 놀라는 걸 보고 다시 굴러떨어지는 시늉을 하며 내 얼굴을 보고 웃는다. 엄마가 우유를 들고 들어온다. 줄리언은 엄마 무릎에 앉아 벌컥벌컥 우유를 마시며 만족스러운 끙끙 소리와 한숨 소리를 낸다 — 잔을 다 비울 때까지 쉬지 않고 들이켠 후 한 잔 더, 또 더 달라고 한다 — 그러고도 더 달라고 한다. 옷을 벗기자 공기 목욕을 한다 — 벌거숭이의 커다란 행복감을 만끽한다 — 엄마가 잠옷을 입히려고 하자 싫다고 비명을 지르며 도망친다. 끔찍한 재앙이 이어진다 — 우리의 점잖은 역사에는 담을 수 없는 (……) 우나가 들어온다 —「꼬마 줄리언 어딨어요?」「산책하러 나갔다.」「아니, 꼬마 줄리언 있는 데가 어디냐고요. 아버지가 줄리언에 관해 쓴 데.」 내가 그 페이지를 가리키자 우나는 무척 만족스럽게 들여다보더니 가만히 서서 급히 움직이는 펜을 지켜본다.「잉크를 더 가까이로 옮겨 줄게요.」 우나가 말한다.「아버지, 이거 다 쓸 거예요?」 우나는 책을 넘기며 묻는다. (……) 나는 우나에게 지금 네 이야기를 쓰고 있다고 말한다 —「멋진 글인데요.」 우나가 말한다. (……) 이제 우나가 줄리언에게 블록으로 집짓기 놀이를 하자고 제안한다. 둘이 집을 짓기 시작하지만 기초 공사가 끝나기 무섭게 줄리언이 무너뜨린다. 우나는 지칠 줄 모르는 인내심을 보이며 다시 집을 짓기 시작한다.「아빠! 찜!」 줄리언이 블록 두 개를 쌓은 걸 가리키며 외친다. (……) 블록 놀이가 끝나고 줄리언은 또 책장 옆 의자에 올라가겠다고 하고 나는 안 된다고 말한다 — 그러자 줄리언이 운다 — 우나가 달려와 동생에게 뽀뽀하고 달래 준다 — 그러더니 나에게 와서 엄숙하게 일장 연설을 한다. 요지는 이렇다. 「아버지, 한 살 반밖에 안 된 어린애한테 그렇게 큰 소리로 말하면 어떡해요.」(……) 우나는 조용히 와서 내 무릎에 앉 더니 내 어깨에 머리를 기댄다. 줄리언은 창가 의자에 기어 올라가 창밖을 보며 명상에 잠긴 듯하고, 그 덕에 우리는 잠 시 조용한 시간을 보내지만, 줄리언이 와서 우나의 신발을 벗긴다. 줄리언의 손은 말썽 피우는 걸 게을리하는 법이 없 다 — 예를 들면 누나 무릎 맨살에 손이 닿자 기회를 놓치지 않고 온 힘을 다해 꼬집고…….

호손은 나흘 뒤인 3월 23일 목요일에도 같은 일과를 되풀이 하고 1849년에는 여섯 번 그런 일과를 보내면서 『미국 노트』 1백 주년판에 실리게 될 30페이지 분량의 글을 쓴다. 그는 자 녀들의 놀이와 말다툼, 마음의 폭풍을 묘사하다가 가끔 저마 다의 성격에 대한 보편적인 논평을 덧붙이기도 한다. 특히 우 나에 관한 짧은 구절 두 개가 흥미를 끄는데, 우나는 『주홍 글 씨 *The Scarlet Letter*』 속 펄이라는 인물의 모델이라고 알려져 있 다. 다음은 1849년 1월 28일에 쓴 구절이다. 〈우나의 아름다움 은 실재하는 것들 중 가장 빠르게 스쳐 지나가는, 덧없고 불확 실하며 설명하기 힘든 무언가이다. 그것은 아무도 기대하지 않 은 순간에 빛을 발한다. 그리고 우리가 확신할 때 불가사의하 게 사라져 버린다. 우나를 곁눈으로 흘끗 보면 아이의 얼굴이 아름다움으로 빛난다는 생각이 들 수도 있지만 그 아름다움을 즐기기 위해 정면으로 다시 보면 그것은 사라져 버린다. (……) 진짜로 눈에 보일 때 그 아름다움은 천사의 모습처럼 귀하고 소중하다. 그건 하나의 변모다 — 그 우아함과 섬세함, 영묘한 고움은 내가 마음속으로 은밀히 우나에 대해 품기 시작했을지도 모르는 모든 엄격한 의견을 거두게 만든다. 그런 순간들에 우리가 우나의 진짜 영혼을 본다고 결론짓는 건 지극히 타당하며, 우나가 덜 사랑스럽게 보일 때 우리는 그 아이의 외면만을 보는 것이다. 그러나 사실 하나의 발현은 다른 발현들과 마찬가지로 그 아이에게 속한다. 왜냐하면 삶의 원칙을 확립하기 전인 아이에게 성격이란 것이 일련의 기분들이 아니고 무엇이겠는가?〉 같은 해 7월 30일에는 이렇게 썼다. 〈그 아이에겐 나를 깜짝 놀라게 하는 무언가가 있다 — 그걸 요정 같다고 해야 할지 천사 같다고 해야 할지 모르겠지만 초자연적인 건 분명하다. 그 아이는 모든 것의 중심으로 너무도 과감하게 들어서며 무엇에도 움츠러들지 않는다. 모든 일을 그런 식으로 이해해서 가끔 섬세함이 부족한 듯한 인상을 주기도 하지만, 곧바로 가장 본질적인 섬세함을 지녔음을 보여 준다. 너무도 매정하다가도 너무도 다정하고, 지극히 비이성적이다가도 다음 순간 아주 현명해진다. 요컨대, 가끔 나는 우나를 보면 내가 기르는 인간 아이라는 사실이 믿기지 않고 내가 사는 집에 출몰하는, 선과 악이 기묘하게 뒤섞인 정령처럼 느껴진다. 반면 아들은 늘 같은 아이고 내게 항상 같은 모습을 보인다.〉

1851년 여름, 호손은 자녀들의 노련한 관찰자이자 가정생활의 베테랑이 되어 있었다. 나이는 마흔일곱, 결혼 생활은 10년이 다 되어 갔다. 당시 그는 알 수 없었겠지만, 그가 출간하게 될 거의 모든 중요한 픽션이 이미 쓰인 상태였다. 그때까지 나온 작품은 『두 번 들려준 이야기들*Twice-Told Tales*』(1837년판과 1842년판), 『낡은 목사관의 이끼*Mosses from an Old Manse*』(1846), 『눈사람과 다른 두 번 들려준 이야기들*The Snow-Image and Other Twice-Told Tales*』(이미 탈고하여 1851년 후반에 출간될 계획이었던), 그리고 모든 단편소설이었다. 첫 두 장편소설은 1850년과 1851년에 출간되었다. 『주홍 글씨』는 〈미국의 이름 없는 문인〉을 당대의 가장 존경받는 유명 작가 반열에 올려놓았고, 『일곱 박공의 집*The House of the Seven Gables*』은 그의 명성을 더욱 높여 많은 비평가들이 그를 공화국이 배출한 가장 훌륭한 작가라고 부르기에 이르렀다. 수년간의 고독한 노고가 마침내 세상의 인정이라는 보상을 안겨 주었고, 호손은 20년 세월 간신히 생계를 유지하던 끝에 1851년부터는 글을 써서 얻은 수입으로 충분히 가족을 부양할 수 있게 되었다. 그의 성공이 지속되지 않으리라고 생각할 이유도 없었다. 호손은 봄과 초여름 내내 『원더 북*A Wonder Book for Girls and Boys*』을 썼고, 소피아가 웨스트뉴턴으로 떠나기 2주 전인 7월 15일에 서문을 완성했다. 그리고 이미 다음 소설 『블라이드데일 로맨스*The Blithedale Romance*』를 구상 중이었다. 호손의 일생을 돌아보면 그는 그때로부터 13년 후에(예순 번째 생일을 몇 주 앞두고) 세상을 떠나게 되니, 레녹스에서의 그 계절은 그의 인생에서 가장 행복했던 시절 중 하나이자 숭고한 균형과 실현의 시기였다. 이제 8월이 다 된 무렵이었고, 호손은 수년째 무더운 계절에는 으레 글쓰기를 유보해 오고 있었다. 그에게 여름은 빈둥거리며 사색을 즐기는 시기, 야외로 나가는 시기였다. 그래서 매년 뉴잉글랜드의 여름 복중에는 글을 최대한 적게 썼다. 그러니까 아들과의 3주를 담은 짧은 연대기를 집필하는 동안 더 중요한 작품에 바칠 시간을 끌어다 쓰지는 않았다. 그것이 그 기간에 그가 쓴 유일한 글이었고 쓰고 싶은 유일한 글이기도 했다.

레녹스로의 이사는 호손이 1849년 세일럼에서 겪은 비참한 일들에서 촉발되었다. 그는 친구 허레이쇼 브리지에게 보내는 편지에서 세일럼에 정나미가 떨어졌다며 이렇게 말한다. 〈길거리에 나가거나 사람들에게 내 모습을 보이기조차 싫을 정도지. 어디든 다른 곳으로 가면 즉시 완전히 다른 사람이 될 수 있을 것 같네.〉 1846년(민주당 제임스 포크 행정부 시기) 세일럼 세관 검사관으로 임명된 호손은 그 일을 하는 3년 동안 작가로서는 거의 아무것도 이루지 못했다. 그러다 1848년 휘그당 후보 재커리 테일러가 대통령으로 선출되고 1849년 3월 새 행정부가 들어서면서 호손은 세관에서 해고당했다. 그는 소란 없이 조용히 넘어가는 대신 자신을 지키기 위해 싸웠으며, 그 일은 미국의 정치적 후원 관행에 관한 몹시 떠들썩한 논란으로 비화했다. 그리고 힘겨운 싸움의 와중에 그의 어머니가 짧은 투병 끝에 세상을 떠났다. 그해 7월 말 호손의 노트에는 그의 글을 통틀어 가장 비통하고 감정에 북받친 구절들이 담긴다. 〈루이자가 침대 옆 의자를 가리켰으나 나는 어머니 가까이에 무릎을 꿇고 어머니 손을 잡았다. 어머니는 나를 알아보시긴 했지만 분명치 않은 몇 마디 말만 웅얼거릴 수 있을 뿐이었다 — 거기엔 여동생들을 보살펴 주라는 명령도 들어 있었다. 다이크 부인이 방에서 나가자 나는 눈에 눈물이 천천히 차오르는 걸 느꼈다. 눈물을 억누르려 했지만 잘 되지 않았다 — 눈물이 계속 차올라서 결국 잠시 흐느껴 울고 말았다. 나는 오래도록 거기 무릎을 꿇고 앉아 어머니 손을 잡고 있었다. 내 삶에서 가장 어두운 시간이었다.〉

어머니를 잃고 열흘 후, 호손은 일자리를 지키기 위한 싸움에서 패하고 말았다. 그는 해고당하고 며칠 만에(호손가에 전해져 내려오는 전설을 믿는다면 어쩌면 심지어 당일에) 『주홍글씨』를 쓰기 시작해 6개월 만에 완성했다. 극심한 재정적 압박에 시달리던 이 시기에 티크너 앤드 필즈 출판사에서 그 소설을 출간할 계획을 세우면서 호손은 예기치 않게 운이 트인다. 호손의 친구들과 후원자들이(그중에는 필시 롱펠로와 로웰이 있었을 것이다) 〈당신의 천재성을 찬양하고 당신의 인격을 존경하는 사람들이 (……) 당신이 미국 문학에 기여한 공로에 대한 빚을 갚기 위해〉 호손이 고난의 시기를 견디는 데 도움이 되도록 익명의 비공개 모금으로 5백 달러를 마련했던 것이다. 이 뜻밖의 행운으로 호손은 고향인 세일럼을 떠나고 싶은, 점점 더 절박해지는 욕구를 실행에 옮겨 〈다른 곳의 주민〉이 된다.

호손과 아내 소피아는 여러 가능성이(뉴햄프셔주 맨체스터의 농가, 메인주 키터리의 집) 불발로 끝난 뒤 결국 레녹스의 붉은 농가에 자리를 잡게 되었다. 그 농가에 관해 호손은 전에 세관에서 함께 일하던 동료에게 〈주홍 글씨처럼 붉다〉고 말했다. 그곳을 발견한 건 소피아였으며, 그 집은 태편가에서 임대 중인 하이우드라는 넓은 소유지에 있었다. 결혼 전 이름이 캐럴라인 스터지스였던 태편 부인은 소피아의 친구였는데 호손 가족에게 그 집을 거저 제공했다. 타인의 후한 인심에 의존해 생활할 때 생길 수 있는 문제들을 염려한 호손은 4년간 75달러라는 명목상의 임대료를 내기로 태편 씨와 계약했다.

만족할 만한 조건으로 보일지도 모르지만, 그렇다고 호손에게 사소한 불만이 없지는 않았다. 호손은 그 집으로 들어가자마자 지독한 감기에 걸려 며칠을 침대에서 보내야 했으며, 얼마 지나지 않아 여동생 루이자에게 보내는 편지에서 그 농가가 〈지금까지 내가 머리를 들인 집들 중 가장 초라한 오두막〉이라고 불평했다. (모든 역경을 최대한 좋게 보는 경향이 있는 낙천적인 소피아조차 어머니에게 보내는 편지에 〈손바닥만 한 집〉이라고 썼으니 5인은 고사하고 4인 가족에게도 작았다.) 호손은 집만 마음에 안 들어 했던 게 아니라 주위의 풍경에 관해서는 더 심한 말로 불만을 토로했다. 이사한 지 16개월이 지났을 때 그는 출판사 발행인 제임스 T. 필즈에게 이런 편지를 보냈다. 〈나는 여기 너무 오래 머물고 있네. 자네에게 비밀을 하나 말하자면, 난 버크셔가 죽도록 싫고 여기서 또 겨울을 날 생각을 하면 지긋지긋하다네. (……) 이곳 공기와 기후는 내 긴깅에 전혀 맞지 않아서 여기 머무는 동안 거의 내내 어린 시절 이후 처음으로 무기력과 우울에 시달렸네. 오, 해안 근처에 소박한 판잣집을 짓고 작은 텃밭을 가꾸며 살 수 있다면 얼마나 좋을까.〉『탱글우드 이야기 *Tanglewood Tales*』(어린이들을 위해 다시 쓴 그리스 신화) 서문의 한 구절은 호손이 버크셔를 떠나 콩코드에 재정착한 지 오래인 2년 후까지도 불만이 남아 있었음을 알게 해준다. 〈하지만 내게는 이 드넓은 목초지와 언덕 들이 특별하고 조용한 매력으로 다가온다. 그것들은 뇌에 정형화된 생각들을 각인하여 날마다 반복되는 똑같은 강한 인상에 점점 지치게 만드는 산보다 낫다. 여름 몇 주는 산에서 보내고, 그 윤곽이 기억에서 계속 희미해져 가기에 영원히 새롭게 느껴지는 초록 목초지와 잔잔한 언덕들 사이에서 평생을 사는 것. 그것이 나의 냉철한 선택일 것이다.〉 레녹스 주변 지역이 아직까지도 〈탱글우드〉라고 불리는 건 아이러니한 일이다. 〈탱글우드〉는 호손이 만들어 낸 단어인데 이제는 그 지역에서 해마다 열리는 음악 축제와 영원한 결합을 이루었다. 그 지역이 싫어서 18개월 만에 도망치듯 떠난 인물이 그곳에 영원한 표지를 남겼다.

어쨌거나, 그 자신이 알았건 알지 못했건 그 시기는 호손 인생 최고의 전성기였다. 부채를 갚을 수 있었고, 지적이고 몹시도 헌신적인 아내와 성공적인 결혼 생활을 누리고 있었으며,

작가로서도 가장 다작하는 시기였던 것이다. 호손은 텃밭도 가꾸고 닭도 키웠으며 오후에는 아이들과 놀았다. 길에서 아는 사람을 보면 대화를 피하기 위해 바위나 나무 뒤에 숨는 버릇이 있을 만큼 극도로 수줍음이 많고 은둔하는 성향이었던 호손은 버크셔에서 지내는 동안 지역 상류층으로서의 사교 활동을 거부하고 우체국에 우편물을 찾으러 갈 때만 시내에 나타나며 주로 칩거했다. 고독은 그의 천성에 맞았고, 30대 초반까지 그가 어떤 삶을 살았는지를 고려하면 결혼을 한 것 자체가 놀라운 일이었다. 호손은 네 살 무렵 배 선장이었던 아버지가 수리남에서 세상을 떠난 후 고립된 과부의 삶을 살아야 했던 냉담하고 도피적인 어머니 밑에서 자라 문학사에 남을 만큼 지독히도 혹독한 습작기를 거쳐야 했으니 — 자신이 〈음울한 성〉이라고 부른 집에서 12년간 방에 갇혀 살다가 여름에만 세일럼을 떠나 뉴잉글랜드의 전원을 고독하게 거닐 수 있었다 — 직계 가족으로만 이루어진 사회로도 충분했을 것이다. 호손은 19세기 기준으로 늦은 나이에 역시 나이가 꽉 찬 여성과 결혼했고, 결혼 생활 22년 동안 둘이 떨어져 지낸 적이 거의 없었다. 그는 아내를 피비Phoebe, 흰 비둘기Dove, 내 사랑 Beloved, 디어리시마Dearissima,* 오우니스트 원Ownest One** 이라고 불렀다. 둘이 연애 중이던 1840년 호손은 소피아에게

---

* 영어 〈dear〉와 라틴어 최상급 접미사 〈-issima〉의 합성어로 〈가장 소중하다〉라는 의미.

** 〈ownest〉는 〈own〉의 강조어로 사용되었으며 호손이 사랑하는 아내에게 붙인 애칭.

이런 편지를 썼다. 〈세일럼의 옛집에서 고독한 삶을 사는 동안에는 살아 있어도 사는 것 같지 않을 때가 있었소. 그땐 마음을 따스하게 해주는 아내가 없었으니. 하지만 마침내 당신이 내 앞에 모습을 드러냈고 당신도 나만큼 짙은 은둔의 그림자 속에 있었소. 나는 당신에게 가까이, 더 가까이 다가가며 마음을 열었고, 당신은 내게 왔소. 당신은 영원히 내 곁에 머물며 마음을 따스하게 해주고 당신의 삶으로 내 삶을 거듭나게 해줄 거요. 당신은 나에게도 마음이 있음을 가르쳐 주었고 내 영혼에, 위아래로 깊숙이 빛을 비추어 주었소. 당신 덕에 나 자신의 모습을 보게 되었소. 당신의 도움이 없었다면 나는 기껏해야 내 그림자밖에 알지 못했을 거요. 벽에 너울대는 내 그림자를 바라보며 그 환상이 나의 실제 행동이라고 착각하면서 말이오. 당신이 내게 무엇을 해주었는지 알고 있소?〉

그들은 고립된 삶을 살았지만 그래도 방문객이(친척들, 옛 친구들) 찾아왔고 이웃 몇 사람과도 교류했다. 그 이웃들 중 하나가 10킬로미터쯤 떨어진 피츠필드에 사는 서른한 살의 허먼 멜빌이었다. 이 두 작가의 관계에 관해서는 많은 글이 나와 있으며(타당한 글도, 터무니없는 글도 있다), 호손이 이례적으로 열성을 보이며 젊은 멜빌에게 마음을 열고 그와의 시간을 무척이나 즐긴 건 분명하다. 호손은 1850년 8월 7일 친구 브리지에게 보내는 편지에 이렇게 썼다. 〈일전에 멜빌을 만났는데 그가 무척 마음에 들어서 이 지역을 떠나기 전에 나와 며칠 함께 지내자고 청했네.〉 멜빌은 당시 버크셔에 손님으로 머물고 있었지만 10월에 돌아와 피츠필드의 그 소유지를 사서 애로헤드라는 새 이름을 붙이고 정식 주민이 되었다. 그다음 13개월 동안 호손과 멜빌은 이야기와 서신을 나누고, 서로의 작품을 읽고, 가끔 10킬로미터를 여행하여 서로의 집에 손님으로 묵기도 했다. 소피아는 언니 엘리자베스에게 보내는 편지에 남편과 멜빌(소피아가 장난스럽게 오무 씨라고 칭한)의 우정에 관해 이렇게 썼다. 〈이 성장 중인 남자의 생각이 호손 씨의 위대하고 다정하며 이해심 가득한 침묵에 거센 파도처럼 밀려드는 소리를 들으며 앉아 있는 게 나에겐 더없는 기쁨이지. (……) 그이는 아무것도 하지 않고 그저 **존재하기만** 하는 데도 사람들이 고해 신부를 대하듯 가장 깊은 속마음까지 털어놓는 게 놀라워.〉 멜빌은 호손과 그의 작품들을 만나면서 인생의 근본적인 전환을 이룬다. 그는 호손과 처음 만났을 때 이미 흰 고래에 관한 이야기(전통적인 형태의 먼 바다 모험 소설로 기획된)를 쓰고 있었지만, 그 작품은 호손의 영향 아래 깊이와 넓이를 더해 갔고 지칠 줄 모르는 맹렬한 영감 속에서 가장 풍성한 미국 소설들 가운데 하나인 『모비 딕Moby-Dick』으로 탈바꿈하기 시작했다. 그 책을 읽은 사람이라면 다 알겠지만 첫 페이지에 이렇게 쓰여 있다. 〈그의 천재성에 대한 경탄의 표시로 이 책을 너새니얼 호손에게 헌정한다.〉 호손은 레녹스에 머무는 동안 달리 이룬 게 없다 하여도 자신도 모르는 사이에 멜빌의 뮤즈 역할을 해준 것이다.

레녹스의 농가 임대 기간은 4년이었지만, 호손은 『줄리언과 작은 토끼와의 20일』을 완성하고 소피아가 우나와 아기 로즈를 데리고 웨스트뉴턴에서 돌아온 직후, 사소한 경계 문제를 두고 고의적으로 집주인과 시비를 벌였다. 호손 가족이 그 소유지 내 크고 작은 나무들에 달린 과일과 열매를 따 먹을 권리가 있느냐의 문제를 둘러싼 분쟁이었다. 태편 부인에게 보내는 길고 유쾌하면서도 신랄한 1851년 9월 5일 자 편지에서 호손은 자신의 입장을 내세우며 다소 고약한 도전으로 결론을 맺었다. 〈아무튼, 당신이 원하는 걸 가져가되 신속히 행동해야지 안 그러면 분쟁거리가 썩은 자두 한 보따리밖에 안 남게 될 겁니다.〉 다음 날 태편 씨가 정중하고 회유적인 편지를 보내와서 ─ 소피아는 언니에게 이 편지가 〈고상하고 아름답다〉고 했다 ─ 문제는 깨끗이 해결된 듯했지만, 그때쯤 호손은 이미 이사를 결심한 상태였고 그의 가족은 곧 짐을 싸서 11월 21일에 그 집을 떠났다.

그보다 일주일 앞서 멜빌은 『모비 딕』을 출간하여 책을 받았다. 그는 바로 그날 마차를 몰고 붉은 집으로 달려가 레녹스의 커티스 호텔에서 송별회를 열겠다며 호손을 초대했고, 송별회 자리에서 친구 호손에게 자신의 책을 한 부 증정했다. 그때까지 호손은 멜빌의 열렬한 헌사에 관해 전혀 모르고 있었으며, 〈그의 천재성〉을 향한 뜻밖의 찬사에 그가 어떤 반응을 보였는지는 기록으로 남아 있지 않아 그저 깊은 감동을 받았으리라는 추측만 할 수 있을 뿐이다. 어쨌거나 호손은 감동한 나머지 집에 돌아가자마자 어지럽게 흩어진 이삿짐에 둘러싸인 채 『모비 딕』을 읽기 시작했다. 책을 얼마나 빨리, 열정적으로 읽었는지 그의 소감이 담긴 편지가 16일에 멜빌에게 도착했다. 호손이 멜빌에게 보낸 편지들은 한 통만 빼고 모두 소실되었지만 멜빌이 호손에게 보낸 편지들은 많이 남아 있으며, 호손의 소감문에 대한 멜빌의 답장은 미국 문학에서 가장 인상적이고 가장 자주 인용되는 편지들 가운데 하나다. 〈……당신이 저의 책을 이해해 주신 덕에 이 순간 이루 말할 수 없는 안도감을 느낍니다. 저는 사악한 책을 쓰고 새끼 양처럼 무구한 기분을 느낍니다. 제 마음속에서는 말로 표현할 수 없을 정도로 멋진 사교 모임들이 벌어집니다. 당신과, 그리고 옛 로마 판테온의 모든 신들과 둘러앉아 연회를 즐기곤 하지요. (……) 호손, 당신은 어디에서 온 것입니까? 당신은 무슨 권리로 제 삶의 포도주병에 든 포도주를 마시나요? 그 포도주병을 저의 입술에 대니 ― 아아, 그건 제가 아닌 당신의 것입니다. 아무래도 신께서 성찬식의 빵처럼 쪼개졌고, 우리는 그 빵 조각들인 것 같습니다. 이 무한한 형제애……. 저는 당신을 알게 되었기에 더 큰 만족감을 안고 세상을 떠날 수 있을 듯합니다. 당신은 우리의 불멸성에 대해 성경보다 더 강한 확신을 주니까요.〉

『줄리언과 작은 토끼와의 20일』에는 멜빌이 두어 번 등장하지만 이 작품의 핵심은 어린 소년, 아버지와 아들의 일상적인 활동들, 덧없고 사소한 가정생활이다. 드라마는 전혀 없고 그들의 일과는 대단히 단조롭다. 내용 면에서 이보다 따분하고 재미없는 글을 상상하기가 힘들다. 호손은 소피아를 위해 일기를 썼다. 이 일기는 부부가 자녀들에 관한 일을 기록하던 별도의 가족 노트에 담겼다(아이들도 이 노트에 접근하여 가끔 그림이나 낙서를 보탰고, 부모가 쓴 글 위에 연필로 줄을 그어 놓은 적도 몇 번 있다). 호손은 아내가 웨스트뉴턴에서 돌아와서 읽을 수 있도록 작은 작품을 써놓은 것이며, 소피아는 최대한 빨리 그걸 읽은 듯하다. 사흘 후(1851년 4월 19일) 어머니에게 보내는 편지에서 레녹스로 돌아오는 여정에 관해 이야기하며 소피아는 이렇게 썼다. 〈……우나는 너무 피곤해서 눈이 대니얼 웹스터처럼 쑥 들어가 있더니 붉은 집이 보이자 기뻐서 박수를 치며 소리를 질러 댔어요. 호손 씨는 눈에 반가움을 가득 담고 다가왔고, 줄리언은 분수처럼 날뛰어서 꼭 안아 줄 수가 없었고 (……) 호손 씨가 우리가 떠난 순간부터 자신과 줄리언의 생활을 아주 자세히 적어 놓았더라고요. 하루는 뉴욕 신사들과 차 모임을 가졌는데, 그들이 그와 줄리언을 마차에 태우고 멀리까지 가서 소풍을 즐긴 후 8시가 되어서야 집에 돌아왔대요. 멜빌 씨가 그 신사들과 함께 왔는데, 제가 없는 동안 한 번 더 왔었다네요. 호손 씨는 필라델피아에 사는 퀘이커 교도 엘리자베스 로이드의 방문도 받았대요.『주홍 글씨』 작가를 만나러 온 거래요. 호손 씨 말로는 무척 즐거운 만남이었대요. (G. P. R.) 제임스 씨도 두 번 왔는데, 한 번은 가족들을 많이 데리고, 한 번은 폭풍우를 뚫고 왔대요. 그리고 3주 내내 호손 씨의 명상과 독서 사이로 줄리언의 재잘거림이 개울처럼 졸졸

흘렀대요. 그들은 호수에서 많은 시간을 보냈고, 냇의 배를 타고 바다로 나가 (……) 줄리언은 가끔 수심에 잠겨 엄마를 그리워하긴 했지만 화를 내거나 불행해한 적은 한 번도 없었대요. 가엾은 작은 토끼에 관한 매력적인 이야기도 있지만, 그 토끼는 우리가 도착한 날 아침에 죽었어요. 화장실 바닥의 물을 핥아먹은 걸 빼곤 죽을 이유가 없었던 것 같은데 말이에요. 어쨌거나 토끼는 빳빳하게 굳은 채로 발견됐어요. 엄격한 피터스 부인도 저를 보고 기뻐하며 연신 미소를 지었고…….〉

1864년에 호손이 세상을 떠난 후 소피아는 호손 작품의 발행인이자 『애틀랜틱 먼슬리*The Atlantic Monthly*』 편집자인 제임스 T. 필즈의 설득으로 남편의 노트들에서 발췌한 글 여러 편을 그 잡지에 싣기로 했다. 1866년에 열두 달 연속으로 그 글들이 실렸는데, 필즈는 『줄리언과 작은 토끼와의 20일』도 넣고 싶어 했지만 소피아는 먼저 줄리언과 상의해야 한다며 주저했다. 아들은 반대하지 않은 듯하지만 소피아는 허락하기를 꺼리다가 더 고민을 한 다음 그 글은 싣지 않기로 하고, 호손은 〈그런 내밀한 집안 이야기를 세상에 알리고 싶어 하지 않을 것이며 내가 그런 생각을 품었던 일 자체가 놀랍다〉고 필즈에게 설명했다. 1884년에 줄리언은 자신의 책 『너새니얼 호손과 그의 아내*Nathaniel Hawthorne and His Wife*』를 내면서 『줄리언과 작은 토끼와의 20일』의 많은 내용을 발췌해 실었고, 아버지와 단둘이 보낸 3주에 대해 〈호손에겐 가끔 지루하고 힘든 일이었겠지만 어린 소년에겐 평온한 날들의 중단 없는 연속이었다〉

고 말했다. 줄리언은 그 일기 전체가 〈대단히 독보적이고 진기한 작은 이야기〉가 될 거라고 했지만, 『줄리언과 작은 토끼와의 20일』은 그로부터 수십 년 뒤인 1932년에야 랜들 스튜어트가 『미국 노트』의 첫 학술판을 내면서 마침내 세상의 빛을 보게 되었다. (줄리언이 제안한 대로) 단행본으로 나오지는 않았고, 『미국 노트』에서 1835년부터 1853년까지의 기간에 해당하는 대략 8백 페이지짜리 두꺼운 책의 한 부분을 차지했다.

그걸 지금 왜 독립된 작품으로 출간하는가? 왜 이 작고 특별한 사건도 없는 산문이 150년 이상 지난 지금 우리의 관심을 끌어야 하는가? 나는 『줄리언과 작은 토끼와의 20일』에 대한 설득력 있는 옹호에 나서 이 작품의 위대함을 입증하는 눈부시고 세련된 주장을 펼치고 싶지만, 이 작품이 위대하다고 할 수 있다면 세밀한 축소판으로서만 위대하며 그 자체로 즐거움을 주는 글이기 때문에 위대한 것이다. 이것은 우울하기로 악명 높은 인물의 유머러스한 작품이며, 어린아이와 오랜 시간을 함께 보낸 경험이 있는 사람이라면 누구라도 호손의 이야기가 지닌 정확성과 정직성에 감응할 것이다.

우나와 줄리언은 19세기 중반 뉴잉글랜드 초절주의자의 기준으로도 비정통적인 방식으로 양육되었다. 그들은 레녹스에 사는 동안 학령기에 접어들었지만 학교에 다니지 않고 집에서 어머니와 함께 생활했으며, 자녀 교육을 맡은 소피아는 그들이 다른 아이들과 섞여 노는 걸 거의 허용하지 않았다. 호손과 소피아가 결혼 후 콩코드에서 조성하려 했던 은둔적인 에덴동산의 분위기가 부모가 된 이후까지 이어진 듯하다. 소피아는 레녹스에서 어머니에게 보내는 편지에서 자신의 육아 철학에 관해 웅변을 토했다. 〈……어린 자녀에게 사랑 대신 엄격함을 보이라고 조언하는 사람을 보면 참 딱해요! 그런 사람들은 어찌나 하느님을 닮지 않고 솔로몬을 닮았는지. 많은 사람이 솔로몬을 더 흉내 내고 싶어 하고 잘 흉내 내기도 하죠. 무한한 인내, 무한한 애정, 무한한 아량 ─ 그 모든 것들이 필요하고, 우리의 유한한 힘이 허용하는 한 우린 그것들을 실천해야 해요. 무엇보다도, 부모는 **권력에 대한 자부심**을 느껴선 안 돼요. 그건 분명 커다란 걸림돌이고, 절대로 권력에 취해선 안 돼요. 거기에서 신랄한 질책, 잔인한 손찌검, 분노가 나오죠. 애정 어린 슬픔, 공감 가득한 회한 ─ 아이가 잘못을 저질렀을 땐 이런 감정들만 보여야 하죠. (……) 하지만 아이들의 사소한 비행에 대해 심판과 처벌을 자제하기란 얼마나 어려운 일인지! 아이들이 말을 안 들을 때 전 분개하지 않아요. 그런 모습을 보고 아이들은 제가 그들에게 바르게 행동하라고 주장하는 이유가 사심 없는 바람에서 나왔다는 사실을 깨닫죠. 아이들이 제멋대로 행동하도록 응석을 받아 주는 것과 그들을 다정하게 대하는 것은 완전히 달라요.〉

가족과 가정 일은 모두 아내에게 맡겼던 호손은 육아에 훨씬 덜 적극적으로 참여했다. 〈아빠가 글을 안 쓰면 얼마나 좋을까〉, 줄리언은 우나가 어느 날 그렇게 선언했다고 썼으며 자신도 같은 의견이었다. 〈아버지의 글에 그들이 품었던 감정은, 아버지가 그들과 함께 보낼 수도 있는 시간을 서재에서 낭비하고 있다는 것이었다. 호손의 책이건 다른 작가의 책이건, 그들이 아버지와 함께 보내는 시간과 잠시라도 비견할 수 있을 만큼 훌륭한 내용은 없었다.〉 하루 치 글쓰기를 끝내면 호손은 전형적인 아버지 역할을 하기보다는 자녀들의 놀이 친구가 되는 쪽을 선호했던 듯하다. 줄리언은 이렇게 회고한다. 〈우리 아버지는 나무를 아주 잘 탔고 마술사 놀이도 좋아했다.《눈 가려!》아버지는 우리 옆 이끼 긴 땅에 서서 그렇게 말하곤 했다. 다음 순간 우리는 하늘에서 내려오는 아버지의 목소리를 들었고, 그리고 보았다! 아버지가 나무 꼭대기 가지들 사이로 움직이며 우리 머리 위로 우박 같은 열매들을 소나기처럼 떨어뜨렸다.〉 소피아는 그 시기의 많은 편지와 일기에 두 아이들과 함께 있는 호손을 엿본 이야기를 담았다. 그는 어머니에게 이렇게 전했다. 〈호손 씨는 얼룩덜룩한 나무 그늘이 성글게 드리워진 햇빛 아래 누워 있고, 우나와 줄리언이 그의 턱과 가슴에 긴 풀잎을 덮어 거룩한 초록빛 턱수염이 달린 힘센 목신처럼 보이도록 만들고 있었어요.〉 그리고 며칠 후 다시 어머니에게 이렇게 썼다. 〈하프의 영혼을 지닌 귀엽고 사랑스러운 우나 — 아버지를 향한 그 아이의 사랑은 날이 갈수록 깊어져 (……) 아버지가 호수에 함께 가지 않는다고 무척 속이 상했어요. 아버지의 부재가 그 아이의 햇살을 어둡게 가려 버렸죠. 제가 우나에게 왜 줄리언처럼 산책을 즐기지 못하는지 물었더니 이렇게 대답하더라고요.《아, 줄리언은 나만큼 아버지를 사랑하지 않으니까요!》

(······) 줄리언을 재운 다음 헛간에 닭들을 보러 가는데 우나도 따라가고 싶어 했어요. 헛간 건초 위에 아버지가 앉아 있는 모습을 본 우나는 바늘이 자석에 붙듯 달라붙어서 아버지랑 조금만 더 있게 해달라고 애원했죠. 이제 우나는 충분히 지쳐서 장미와 금 빛깔의 황혼에 푹 잠겼다가 잠자리에 들었어요. 그런 아버지가 있고, 눈앞에 그런 풍경이 있으며, **볼 수 있는 눈이 있으니** 우리가 그 아이에게 걸지 않을 희망이 무엇이 있겠어요? 일전에 그 아이와 줄리언이 아버지의 미소를 두고 하는 이야기를 들었어요. 다른 사람의 미소에 관한 이야기를 하고 있던 것 같은데 아마 그 사람은 태편 씨였을 거예요. 우나가 이렇게 말하더군요.《줄리언, 그래도 우리 아버지 미소만 한 건 없어!》줄리언이 대답했어요.《아, 그럼, 아버지 미소만 한 건 없지!》우나가 서른셋이라는 이른 나이에 죽음을 맞이하고 여러 해가 지난 1904년, 토머스 웬트워스 히긴슨이 당시 유명 잡지였던『아웃룩 *The Outlook*』에 추도문을 실었다. 거기에 우나가 자신의 아버지에 관해 그에게 한 말이 인용되어 있다. 〈아버지는 내가 아는 그 어떤 사람보다 유쾌해질 수 있었어요. 마치 소년 같았죠. 세상에 아버지만큼 훌륭한 놀이 친구는 없었어요.〉

　이 모든 것들이『줄리언과 작은 토끼와의 20일』이 지닌 정신의 배경을 이룬다. 호손가는 의식적으로 진보적인 가족이었으며, 호손 부부가 아이들을 다룬 방식은 오늘날 미국의 비종교적인 중산층에서 흔히 볼 수 있는 태도에 대체로 상응한다. 엄격한 훈육도, 체벌도, 불쾌한 질책도 없다. 어떤 사람들은 호손가의 아이들이 다루기 힘들고 제멋대로라고 여겼으나, 언제나 그들을 모범적인 아이들로 여긴 소피아는 어머니에게 보내는 편지에 지역 횃불 축제 이야기를 이렇게 전했다. 〈아이들은 무척 즐거워했고, 어찌나 예쁘게 행동했는지 모두의 마음을 사로잡았어요. 모두들 줄리언처럼 훌륭하고 우나처럼 우아한 아이는 없을 거라고 생각했죠. 필드 부인은 이렇게 말했어요. 《아이들이 너무 수줍어하지도 않고 그렇다고 너무 되바라지지도 않고 딱 적당해요.》》 물론 〈딱 적당하다〉는 건 견해의 문제이다. 늘 아내보다는 엄격한 시선으로 자녀들을 관찰했던 호손은, 본능과 습관에 따라 사랑이 판단력을 흐리도록 허용할 수 없었고, 줄리언의 존재가 가끔은 얼마나 성가신지 솔직하게 털어놓았다. 그 주제는 일기 첫 페이지부터 등장하기 시작해서 호손이 아들과 함께 보낸 20일 동안 반복된다. 줄리언은 수다 챔피언, 병적인 다변증의 작은 발동기였고, 소피아가 떠난 지 몇 시간도 지나지 않아 호손은 〈아이가 끊임없이 이런저런 호소를 해 오는 바람에 글을 쓰거나 읽는 것도, 생각하는 것도, 심지어 잠을 자는 것도(낮에) 불가능하다〉고 불평하기 시작했다. 둘째 날 저녁에 호손은 줄리언의 입에서 쉴 새 없이 흘러나오는 재잘거림을 다시 한번 언급한 후 아이를 재우고 이렇게 덧붙였다. 〈아이에게서 벗어나 기쁘다고 말하기를 주저할 필요도 없다 ― 온종일 아이와 함께 지내다가 처음 해방된 것이다. 아무리 좋은 것도 지나치면 안 좋다는 말은 바로 이런 경우를 가리킨다.〉 5일 후인 8월 3일 그는 다시 같은 문제

서문들

에 관해 이야기한다. 〈오늘은 내가 평소보다 인내심이 적거나 아니면 저 아이가 내게 더 많은 인내심을 요구하는 것 같다. 아무튼 저 아이가 신이 아닌 아버지가 견딜 수 있는 한계를 넘어서는 질문과 의견 들로 나를 괴롭힌 건 사실인 듯하다.〉 그리고 8월 5일에는 이렇게 썼다. 〈아이가 계속 꼬치꼬치 캐물으며 나를 성가시게 한다. 예를 들면 줄리언은 지금 내 잭나이프로 나무를 깎다가 질문을 던진다.《아버지, 상점에 있는 잭나이프를 다 샀는데 다 고장 나면 어떻게 해요?》 내가 대답한다.《다른 상점에 가면 되지.》하지만 줄리언은 말문이 막히는 법이 없다.《세상에 있는 잭나이프를 다 사면 그다음엔 어떻게 해요?》이쯤 되면 나는 인내심이 바닥나서 아이에게 더는 어리석은 질문으로 성가시게 하지 말아 달라고 간청한다. 이런 습관은 엉덩이라도 때려서 고쳐 주어야 아이에게 좋은 게 아닌가 하는 생각이 든다.〉 8월 10일에는 이렇게 썼다. 〈아아, 나만큼 어린 아이의 말에 시달려 본 사람이 있을까!〉

이렇듯 간간이 터져 나오는 짜증이야말로 이 글에 매력과 진실성을 부여한다. 제정신인 사람이라면 가끔 분노로 이성을 잃지 않고는 원기 왕성한 아이와 함께 지낼 수 없으며, 마음의 평온함을 완벽히 지킬 수는 없었다는 솔직한 시인은 이 일기를 여름의 추억이 담긴 개인적 앨범 이상의 것으로 만들어 준다. 이 글에는 분명 다정함이 녹아 있지만 지나치게 감상적인 느낌은 결코 없으며(위트와 신랄함이 넘친다), 호손은 자신의 결함이나 저조한 기분을 감추지 않음으로써 우리를 지극히 사적인 공간 너머의 보다 보편적이고 인간적인 영역으로 데려다준다. 그는 거듭해서 이성을 잃기 직전까지 갔다가 자제력을 발휘하며, 아이의 엉덩이를 때려야겠다는 말은 그저 지나가는 충동이자 손이 아닌 펜으로 분노를 발산하는 방식에 지나지 않는다. 대체로 그는 줄리언을 다룸에 있어 주목할 만한 관용을 보인다. 다섯 살배기의 변덕과 무모한 장난, 엉뚱한 말을 흔들림 없는 침착한 태도로 받아 주며 〈줄리언은 무척이나 다정하고 착한 아이라 나의 짜증스러운 마음에는 분명 즐거움이 뒤섞여 있다〉고 기꺼이 인정한다. 호손은 아무리 힘들고 절망적이어도 아들을 지나치게 엄격하게 통제하지 않겠다고 결심한다. 5월에 로즈가 태어난 후로 줄리언은 집에서 발꿈치를 들고 걸어 다니며 속삭이듯 말해야 했다. 그러다 갑자기 〈마음껏 떠들고 소리를 지를〉 수 있게 되었고, 아버지는 소란을 피우고 싶어 하는 아들의 욕구에 공감한다. 둘째 날 호손은 이렇게 썼다. 〈줄리언은 자유를 만끽하고 있기에 나는 그 아이가 아무리 시끄러운 소리를 내도 저지할 의사가 없다.〉

　하지만 호손의 화를 돋운 건 줄리언만이 아니었다. 7월 29일, 아내 없는 남편은 자신을 끊임없이 괴롭히는 문제 때문에 갑작스럽게 분노가 폭발하여 격렬한 장광설을 쏟아냈다. 〈정말이지 끔찍하고, 끔찍한, 끔찍하기 짝이 없는 날씨다. 너무 서늘하거나 너무 더운 상태가 10분을 못 가면서도 늘 너무 서늘하거나 너무 덥거나 둘 중 하나다. 그 결과 몸에 괴로운 교란이 생긴다. 진저리 난다! 아주 진저리 난다!! 진절-머리가 난

서문들

다!!! 나는 온 마음으로 버크셔를 증오하며, 이곳의 산들이 모두 무너져 버린다면 속이 시원하겠다.〉 8월 8일, 멜빌을 비롯한 친구들과 행콕 근처 셰이커 교도 마을에 다녀온 후, 그는 그곳에 대해 몹시도 악의적이고 신랄한 평을 남겼다. 〈……그들은 깔끔하고 단정한 척하지만 그건 얄팍하기 이를 데 없는 겉치레이며 (……) 셰이커 교도들은 불결한 인간들이고 그래야 마땅하다. 그들에게는 조직적으로 심각하게 사생활이 결여되어 있다. 사람과 사람이 가까이 붙어 있고(두 남자가 작은 침대에서 같이 잔다), 사람이 사람을 감독한다 — 생각만 해도 불쾌하고 혐오스럽다. 그런 종파는 빨리 멸종할수록 좋고…….〉 그리고 줄리언이 그 마을에서 용변을 보자 고소해하며 아이에게 갈채를 보낸다. 〈아이는 신이 나서 행복하게 춤을 추며 그 기이한 마을을 누비고 다녔으며, 그곳에 도착한 지 얼마 안 되어 용변을 보고 싶은 욕구를 느꼈고 — 나 역시 아이가 어리석은 셰이커 교도들의 체제에 (그들에게 가장 어울리는) 배려의 표시를 남기는 일을 꺼리지 않았다.〉 그보단 덜 가혹할지 모르나 이웃이자 집주인 캐럴라인 태편에 대해서도 경멸감을 뚜렷이 드러내는 불친절한 말들을 했다. 악명 높은 과일나무 분쟁 한 달 전의 어떤 사건 때문에 생긴 반감이 오래 지속된 듯하다. (일부 전기 작가는 소피아가 자리를 비운 동안 태편 부인이 호손에게 수작을 걸었을 것이라거나 호손 측에서 여지를 주었더라면 기꺼이 그렇게 했으리란 억측을 내놓았다.) 호손과 줄리언은 반려 토끼가 넓은 집으로 가면 더 행복하게 살 수 있으리라 생각하며 태편가에 토끼를 주었으나, 여러 이유로(개의 위협, 태편 부부네 어린 딸의 학대) 그 일은 잘 풀리지 않았다. 태편 부인이 호손에게 와서 〈토끼를 마셜 버틀러에게 주는 게 어떻겠느냐고 말했고, 심지어 (토끼를 죽이는 편이 나을지도 모른다는 내 말에 대한 응답으로) 숲에 풀어 놓아 혼자 힘으로 살도록 하자는 제안까지 내놓았다. 그 아이디어는 그의 성격을 보여 준다. 다른 사람의 고통과 불행을 악취처럼 불쾌하게 여기면서도 자신의 영역 밖에서 벌어지는 일에 대해서라면 아무런 불편함도 느끼지 않는 감수성 말이다. 그는 무슨 일이 있어도 토끼를 죽이지는 않겠지만, 양심의 가책을 전혀 느끼지 않고 굶어 죽기 직전까지 방치할 수 있는 사람이다〉.

드물게 보이는 이러한 불쾌함과 분노를 제외하면, 『줄리언과 작은 토끼와의 20일』의 분위기는 고요하고 차분하며 목가적이다. 호손과 줄리언은 매일 아침 이웃 농장에 우유를 가지러 가고, 〈모의 전쟁〉을 벌이고, 오후에는 레녹스 우체국에 가서 우편물을 가져오고, 호수로 자주 나들이를 간다. 그들은 호수로 가는 길에 〈엉겅퀴와의 전쟁〉을 벌이는데, 그건 줄리언이 제일 좋아하는 놀이다 — 엉겅퀴들을 용이라고 여기고 막대기로 열심히 때린다. 두 사람은 꽃을 꺾고, 까치밥나무 열매를 줍고, 텃밭에서 깍지콩과 호박을 딴다. 호손은 줄리언에게 신문지 돛을 단 배를 만들어 주고, 둘은 수조에 빠져 죽어 가는 고양이를 구출하고, 호수에서 물고기를 잡거나 물에 돌팔매질을 하거나 모래 구덩이를 판다. 호손은 아침마다 줄리언을 목욕시키고, 머리를 동그랗게 말아 주기 위해 씨름하지만 만족할 만한 결과는 거의 얻지 못한다. 8월 3일에는 아이가 이불에 오줌을 싸는 사건이 발생하고, 5일에는 말벌에 쏘여 고생하며, 13일과 14일에는 복통과 두통을 겪고, 6일에는 집으로 걸어가는 길에 때아니게 방광의 통제력을 잃는다. 그 일을 두고 호손은 이렇게 말한다. 〈줄리언의 뒤에서 좀 거리를 두고 걷는 중이었는데 아이가 낑낑거리는 소리가 들렸다. 가까이 다가가서 보니 줄리언이 가랑이를 벌리고 걷고 있었다. 불쌍한 녀석! 속바지가 푹 젖어 있었다.〉 아버지 호손은 아이 돌보는 일이 완전히 몸에 배진 않았지만 조금씩 발전했고, 2주가 넘게 지난 8월 12일 줄리언이 처음으로 갑자기 사라졌을 때 우리는 호손이 그 역할을 얼마나 철저히 수행하고 있는지 깨닫게 된다. 〈점심을 먹은 후 나는 앉아서 책을 읽었다. (……) 줄리언이 한 시간이나 보이지 않았다. 마침내 나는 아이를 찾아봐야겠다고 생각하기 시작했다. 아이와 단둘이 지내다 보니 나의 불안에 아이 어머니의 불안까지 더해졌다. 헛간에도 가보고, 까치밥나무 덤불에도 가보고, 집을 돌며 소리쳐 불러도 봤지만 아무 대답이 없었다. 이윽고 나는 어디로 가서 아이를 찾아야 할지 몰라 건초 위에 앉았다. 하지만 곧 줄리언이 집을 빙 돌아 달려왔는데, 미소 가득한 얼굴로 작은 주먹을 높이 들고 나에게 줄 아주 좋은 걸 가져왔다고 외쳤다.〉

8월 8일에 멜빌과 함께 셰이커 교도 마을에 다녀온 걸 제외하면 아버지와 아들은 집 근처를 떠난 적이 없었다. 그 외출은 어린 줄리언에게 무척이나 신나는 체험이었음이 판명되었고, 아들의 눈을 통해 그 사건을 바라볼 수 있던 호손은 아들의 열정을 잘 포착해 냈다. 그들 일행은 마차를 타고 집으로 돌아오다가 길을 잃는 바람에 레녹스를 지날 때쯤엔 〈땅거미가 진 후였고, 보름달이 뜨지 않았더라면 정말이지 아주 어두웠을 것이다. 아이는 여전히 늙은 여행자처럼 행동했지만 가끔 앞 좌석에서 (허먼 멜빌과 에버트 다이킹크 사이에 앉아) 나를 돌아보며 기묘한 표정으로 미소를 보냈고, 손을 뒤로 내밀어 나를 만졌다. 그건 세상의 인간 여행자들이 겪은 모든 모험 가운데 줄리언에게 가장 거칠고 유례없는 모험으로 보였을 사건들의 틈바구니에서 그 아이가 나와 공감을 형성하는 방식이었다〉.

이튿날 아침 줄리언은 호손에게 자신은 멜빌 씨를 아버지와 어머니와 우나만큼 사랑한다고 선언했으며, 6개월 후(호손 일가가 버크셔를 떠나고 한참 후인) 멜빌이 줄리언에게 보낸 짧은 편지는 그 애정이 화답을 받았음을 짐작하게 해준다. 〈너처럼 멋지고 훌륭한 아이의 마음을 얻게 되어 무척이나 행복하구나.〉 이어서 멜빌은 피츠필드 인근 숲에 높이 쌓인 눈에 관해 이야기한 후 따스한 작별 인사로 편지를 마무리했다. 〈줄리언 도련님, 너의 훌륭하신 아버지께도 안부 전해 드리고 잘 지내거라. 하늘의 축복이 늘 함께하기를, 훌륭한 아이가 되고 나중에 멋지고 훌륭한 어른으로 자라기를.〉

8월 1일에(멜빌의 서른두 번째 생일이었던) 있었던 멜빌의 레녹스 방문은 호손에게 3주간의 홀아비 생활 중 가장 즐거운 시간을 제공했을 것이다. 그날 오후 줄리언과 함께 레녹스의 우체국에 들른 호손은 집으로 돌아가는 길에 한적한 장소에서 잠시 쉬면서 신문을 읽고 있었는데, 〈말 탄 기사가 길을 따라 다가오며 나에게 스페인어로 인사했다. 나는 모자를 만지는 것으로 인사를 대신하고 다시 신문을 읽었다. 하지만 말 탄 기사가 다시 인사를 해서 자세히 보니 허먼 멜빌이었다!〉 두 남자는 붉은 집까지 함께 걸었고(줄리언은 멜빌의 말 등에 앉아 〈좋아서 어쩔 줄 몰랐다〉), 『미국 노트』에서 가장 많이 인용되는 부분들 중 하나에서 호손은 이렇게 말한다. 〈저녁을 먹고 줄리언을 재운 후, 멜빌과 나는 시간과 영원, 이 생과 다음 생, 책들, 발행인들, 가능하거나 불가능한 문제들에 관해 이야기했고 우리의 이야기는 밤이 꽤 깊어질 때까지 이어졌다. 진실을 밝히자면, 우리는 신성한 영역인 거실에서 시가를 피웠다. 이윽고 멜빌이 자리에서 일어나 말에(헛간에 두었던) 안장을 얹고 그의 집을 향해 달려갔고, 나는 얼마 남지 않은 수면 시간을 허비하지 않기 위해 서둘러 잠자리에 들었다.〉

그건 무기력한 날들에 한 번 찾아온 활기 넘치는 시간이었다. 호손은 줄리언을 돌보지 않을 때는 편지를 쓰거나, 『블라이드데일 로맨스』 집필 준비를 위해 푸리에*를 읽거나, 새커리의 『펜더니스*Pendennis*』를 건성으로 펼치기도 했다. 그의 일기에는 변화하는 빛 속의 풍경에 관한 여러 구절들이나(호손만큼

---

* 샤를 푸리에. 프랑스의 공상적 사회주의자로 사회주의적 협동 생산 체제를 제안했으며, 블라이드데일 농장은 푸리에주의를 기반으로 한 사회주의 공동체다.

자연을 주의 깊게 관찰한 소설가는 드물다), 연대기가 마무리될 즈음 불행하게도 삶을 마감한 반려 토끼 힌드레그스를 익살스럽고도 점점 더 동정적으로 묘사한 몇몇 부분도 들어 있다. 하지만 고독한 생활이 이어지면서 무엇보다 아내가 어서 집에 돌아오기를 갈망하는 마음이 커져 갔다. 마지막 주가 시작했을 때쯤엔 그 감정이 끊임없는 고통이 되었다. 8월 10일 저녁 그는 줄리언을 재운 후 갑자기 자제력을 잃고 아내를 향한 열렬한 갈망과 충성심을 쏟아 냈다. 〈이번만은 솔직하게 털어놓자면, 줄리언은 귀엽고 사랑스러운 아이고 내가 줄 수 있는 모든 사랑을 받을 자격이 있다. 하느님 감사합니다! 줄리언에게 축복을 내려 주소서! 줄리언을 낳은 피비에게도 축복을 내려 주소서! 세상에서 가장 훌륭한 아내이자 어머니인 소피아에게 축복을 내려 주소서! 너무도 보고 싶은 우나에게도 축복을 내려 주소서! 아기 로즈버드에게도 축복을 내려 주소서! 나와 우리 가족 모두를 위해 나에게도 축복을 내려 주소서! 세상에 나만큼 훌륭한 아내와 아이들이 있는 사람은 없으리라. 그런 아내와 가족을 둘 자격이 있는 더 훌륭한 사람이 되고 싶다!〉 그다음엔 이렇게 결론을 맺었다. 〈나의 저녁 시간은 늘 쓸쓸하고 따분하며 읽고 싶은 책도 없다. 오늘 저녁도 다른 날들과 같았다. 그래서 피비를 그리워하며 9시쯤 잠자리로 갔다.〉

호손은 아내가 13일에, 그다음엔 14일에, 그다음엔 15일에 돌아오리라 기대했지만, 여러 사정으로 자꾸 날짜가 미루어져서 소피아는 16일에야 웨스트뉴턴을 출발하게 되었다. 호손은 걱정과 좌절감이 커져 가는 가운데서도 충실히 일기를 써나갔다. 마지막 날 그는 줄리언과 함께 호수에 가서 물가에 앉아 잡지를 읽다가 다음과 같은 논평을 내놓는데, 무심코 쓰게 된 짧은 〈시학ars poetica〉이라고도 할 수 있는, 그의 모든 글쓰기의 정신과 방법론에 관한 정확한 기술이다. 〈……풍경의 선명한 인상과 느낌을 포착하는 가장 좋은 방법은 그 앞에 앉아서 글을 읽거나 상념에 잠기는 것이다. 그러다 문득 풍경에 시선이 끌리면 자연을 불시에 포착하여, 자연이 모습을 바꿀 시간을 갖기 전의 광경을 보게 된다. 그 효과는 한순간만 지속되며 우리가 의식하자마자 사라져 버리지만, 그 순간에는 실재한다. 그건 마치 나무들이 서로에게 소곤거리는 소리를 엿듣고 이해하는 것이나 의도적인 시선에는 베일로 가린 모습만 보여 주는 얼굴이 베일을 벗은 모습을 언뜻 보는 것과 같다. 신비가 밝혀졌다가 눈 깜짝할 사이에 다시 신비로 돌아가는 것이다.〉

사람도 풍경과 마찬가지이며 특히 어린 시절에 그렇다. 아이들은 늘 변하고 움직이며 오직 〈불시에〉만, 의식적으로 찾고 있지 않을 때에만 그들의 실체를 포착할 수 있다. 그것이 호손의 작은 노트가 지닌 아름다움이다. 다섯 살 아들과 함께 보내는 고되고 단조로운 일상 속에서, 호손은 아이의 실체를 포착하고 글을 통해 새로운 생명을 불어넣을 수 있을 만큼 자주 아이에게 불시에 시선을 던질 수 있었다. 한 세기 반이 지난 지금도 우리는 여전히 자녀들을 발견하려고 애쓰는데, 사진을 찍거나 비디오카메라를 들고 따라다니는 방식을 취한다. 하지만 내 생각엔 글이 더 나은데, 글은 세월과 함께 색이 바래지 않기 때문이다. 물론 진실한 글을 쓰는 건 카메라 렌즈의 초점을 맞추고 버튼을 누르는 일보다 수고롭긴 하지만, 풍경이건 아이들 얼굴이건 피상적인 면 너머를 담기가 어려운 사진보다는 글이 더 깊이 파고들 수 있다. 운 좋게 최고의 순간을 포착해 낸 경우를 제외하고 사진에는 영혼이 들어 있지 않다. 『줄리언과 작은 토끼와의 20일』은 그래서 우리의 주목을 받을 만한 가치가 있다. 호손은 특유의 소박하고 무덤덤한 방식으로 세상의 모든 부모가 꿈꾸는 일을 해냈다. 그의 아이를 영원히 살아남게 한 것이다.

2002년 7월

지상의 밤: 뉴욕 편

「지상의 밤」 오프닝 자막이 올라가기 시작하면 우리는 영화 제작사가 로쿠스 솔루스 프로덕션임을 알게 된다. 그 이름은 기이하기도 하고 대부분의 사람에게는 낯설기도 하겠지만, 무표정한 유머와 엉뚱한 장난, 정교한 이미지가 아무도 모방할 수 없는 독특한 방식으로 결합된 짐 자머시 감독의 감성 — 〈자머시 터치touch〉라고도 부를 수 있는 — 을 잘 드러내 준다. 로쿠스 솔루스Locus Solus*는 20세기 초 괴짜 프랑스 작가 레몽 루셀의 소설 제목이며, 이 작품은 초현실주의자들의 칭송을 받다가 한 세대가 지난 후 미국 시인 존 애시버리의 마음을 사로잡았고, 애시버리는 1950년대 말에 작가 해리 매슈스와 함께 잡지를 창간하면서 잡지 이름을 『로쿠스 솔루스』로 짓기에 이른다.

짐 자머시가 처음엔 시인이었고 컬럼비아 대학교에 다닐 때

---

* 라틴어로 〈외딴곳〉을 의미.

학부생 문예지『컬럼비아 리뷰*The Columbia Review*』편집자였음을 아는 사람은 별로 없다. 그의 초기작에 영향을 미친 인물로는 애시버리, 프랭크 오하라, 케네스 코크, 론 패짓, 그리고 뉴욕 시파의 다른 시인들이 있다. 1950년대 미국 시를 지배하던 형식주의와 학문적 무미건조함에 저항하는 다양한 반란이 전국적으로 일어났다. 비트파, 블랙마운틴 시인들, 그리고 가장 과격한 뉴욕 시파. 새로운 미학이 탄생했다. 더는 시가 보편적 진리나 문학적 완성의 따분하고 지루한 추구로 인식되지 않았다. 시는 자신을 진지하게 받아들이기를 멈추고 느긋해지는 법을, 자기 조롱도 하고 세상의 평범한 즐거움들에서 기쁨을 얻는 법을 배웠다. 고급 예술이기를 포기하고 어조의 빈번한 변화, 위트 및 난센스 애호, 불연속성, 무수한 형태의 대중문화에 대한 포용을 특징으로 하는 접근법을 지향했다. 갑자기 시에 만화 캐릭터와 영화배우가 우글거렸다. 미국에서 발생한 미국적 현상이었지만 역설적이게도 그런 변화의 근원들은 대개 유럽, 특히 프랑스에서 비롯되었다.

자머시는 영화감독의 삶을 시작할 때부터 이 시인들에게 배운 여러 원칙을 고수했다. 그의 스타일은 세월과 함께 계속 진화해 왔지만 한 가지 변하지 않는 점이 있다. 그의 영화들은 누구의 영화와도 닮지 않았다. 대부분의 미국 감독과 달리 그는 서사 자체에는 별로 관심이 없으며(그래서 그의 작품엔 소위 유럽의 색채라는 게 있다), 그가 들려주는 엉뚱하고 우스꽝스런 이야기들은 난데없이 옆으로 새기 일쑤고 매 순간 벌어지는 일에 집중적으로 초점을 맞춘다. 그의 영화 속 대화들은 즉석에서 나온 즉흥적인 면을 지녔지만(뉴욕 시파의 시처럼) 사실은 구어의 뉘앙스들을 세심하게 살려서 고도로 문어적으로 쓴, 진정한 작가의 작품이다. 그렇다 보니 가장 기억에 남는 등장인물들은 영어를 정복하기 위해 애쓰는 외국인들이다. 「다운 바이 로」의 로베르토 베니니나 「지상의 밤」 뉴욕 편의 아르민 뮐러슈탈처럼 말이다.

그럼 본격적으로 영화 이야기를 해보자. 다섯 부분으로 이루어진 옴니버스 영화 「지상의 밤」 속 23분짜리 두 번째 에피소드는 자머시의 영화 철학을 가장 순수하고 깔끔하게 구현해낸, 철저히 자머시적인 작품이다. 아무 일도 일어나지 않는다. 전통적으로 이야기에서 일어나는 일이 너무 적게 들어 있어서 우리는 이 영화에 이야기가 없다고 말할 수도 있을 정도다. 한 남자가 택시를 타고 맨해튼에서 브루클린까지 간다. 끝. 하지만 이 유쾌하고 통렬하며 엉뚱한 스케치는 매 순간이 잊히지 않는다.

자머시 영화의 남성 인물들은 과묵하고 내향적이며 슬픔에 차서 웅얼거리는 경향이 있고(이를테면 「브로큰 플라워」의 빌 머리, 「다운 바이 로」의 톰 웨이츠, 「고스트 독 ― 사무라이의 길」의 포리스트 휘터커), 이따금 정력가 떠버리가 등장하여 분위기를 주도한다. 「지상의 밤」 두 번째 에피소드의 잔카를로 에스포지토보다 더 팔팔한 정력가, 그보다 더 따발총 같은 떠버리는 없다. 그의 연기는 에너지와 탄력이 넘쳐서 몸 전체가 금방이라도 폭발해 버릴 듯한 느낌을 준다. 도시의 생명 없는 물체들을(반짝이는 공중전화, 그라피티로 뒤덮인 트럭) 자세히 비추는 나른한 몽타주 형태의 도입부가 지나면, 얼어붙을 듯 추운 겨울밤에 덜렁거리는 귀덮개가 달린 괴상한 털모자를 쓴 이상한 차림새의 흑인이 타임스 스퀘어 한복판에 서서 택시를 잡으려고 필사적으로 노력한다. 흑인 남성은 정장에 넥타이를 맨 차림이어도 택시를 잡기가 대단히 힘들다는 건 뉴욕에서 널리 알려진 사실이다. 에스포지토는 택시가 지나갈 때마다 양팔을 미친 듯이 흔들며 세워 달라고 외치지만 그의 노력은 결국 실패로 끝날 것만 같다. 그러다 기적이 일어난다. 택시한 대가 와서 선다. 하지만 에스포지토가 브루클린으로 가자고 하자 택시 기사는 가속 페달을 밟으며 그대로 떠난다. 그것 또한 뉴욕에서 널리 알려진 사실들 가운데 하나이며, 나는 브루클린의 오랜 거주자로서 그 장면의 정확성을 보증한다. 택시 기사들은 승객을 태우고 맨해튼에서 브루클린으로 가기를 꺼린다. 절박해진 에스포지토는 주머니에서 지폐를 꺼내 공중에 높이 들어 자신의 정직한 의도를 증명해 보인다. 택시비를 낼 돈이 있고, 그저 집으로 돌아가려는 목적밖에 없음을 알린다. 택시 한 대가 또 그냥 지나가자 그는 절망적으로 외친다. 〈뭐야, 내가 안 보이는 거야, 엉?〉 얼마나 절묘한 대사인가. **인종 차별주의**란 말은 나오지도 않았지만, 우리는 미국에서 흑인으로 사는 것의 의미를 탐구한 고전 작품인 랠프 엘리슨의 『보이지 않는 인간*Invisible Man*』을 떠올리지 않을 수 없다. 자머시가 그 책을 언급한 것이 의식적이었는지 무의식적이었는지는 중요하지 않다. 그 말은 자연스럽게, 심지어 유머러스하게 전달되지만 ─ 그럼에도 우리의 가슴을 아프게 찌른다.

잠시 후 구원이 아르민 뮐러슈탈의 모습을 하고 찾아온다. 그는 그날 밤 처음 일을 시작한 초보 택시 기사다. 그가 에스포지토에게 친절하고 개방적인 표정을 보이며 영락없는 외국인의 악센트로 말한다. 〈타세요, 신사분sir.〉 참으로 놀라운 반전이다. 에스포지토는 보이지 않는 인간에서 갑자기 신사로 둔갑한 것이다. 물론 아이러니한 점은, 그에게 그런 식으로 말을 건 사람이 규칙들에 무지하다는 사실이다. 미국인이라면 〈신사분〉이라는 말을 쓰지 않는다. 아무것도 모르는 이민자만이 우리의 불행한 여행자에게 인간 대접을 해주고 존엄성을 부여할 수 있었던 것이다.

그다음엔 재미가 시작된다. 〈브루클랜드〉*로 가는 두 남자의 여정에는 코믹한 사건과 언어적 오해가 끊임없이 이어진다. 우선, 뮐러슈탈은 자동 변속 장치가 달린 차를 운전하는 법을 모른다. 그는 두 발로 번갈아 가속 페달과 브레이크를 밟으며 우스꽝스러울 만큼 느린 속도로 요동치며 나아간다. 에스포지토는 화가 나서 다른 택시를 타겠다고 으름장을 놓지만, 요령부득의 뮐러슈탈은 그에게 내리지 말아 달라고 애원한다. 〈당신은 나의 가장 최고 손님이에요. 나한테 아주, 아주 중요해

---

 * 이민자인 택시 기사가 브루클린을 잘못 부른 말.

요.〉 에스포지토는 둘이 자리를 바꿔 자신이 운전을 해야 내리지 않겠다고 말한다. 뮐러슈탈이 그런 일은 허용되지 않는다고 주장하자 에스포지토는 퉁명스럽게 선언한다. 〈아니, 허용돼요. 여긴 뉴욕이니까.〉

그리하여 머리에 거의 똑같은 모자를 쓴 두 남자, 즉 동독 서커스 광대 출신의 헬무트와 브루클린에 사는 흑인 요요가 앞 좌석에 나란히 앉게 된다. 자머시는 이 단순하기 이를 데 없는 배치 안에서 로럴과 하디의 전성기에 비견할 만한 일련의 개그와 무의미한 발언을 엮어 내고, 대화가 소강상태에 빠질 때마다 인상적이며 추억을 불러일으키는 톰 웨이츠의 음악이 흐르는 가운데 택시는 유령 같은 뉴욕을 달린다. 우리가 즐거운 여정이 될 것만 같은 분위기에 익숙해지려는 순간, 제3의 인물이 등장하면서 소동이 벌어진다. 검정 미니스커트와 밝은 오렌지색 재킷 차림의 로지 페레스가 로어맨해튼을 활보한다. 로지는 바로 요요의 처제 앤절라, 그가 혼자 나온 걸 본 요요는 화가 나서 이성을 잃는다. 요요가 택시를 세우고 앤절라를 잡으러 길모퉁이로 달려가면서 이 영화의 가장 멋진 장면 중 하나가 펼쳐진다. 택시 안에서 헬무트가 지켜보는 가운데 두 브루클린 사람이 길에서 싸우는 광경이 롱 숏으로 담기다가 화면이 전환되면서 험악한 싸움에 매료되어 싱글거리는 헬무트의 얼굴이 클로즈업된다.

요요가 저항하는 앤절라를 억지로 택시 뒷좌석에 태우고 다시 출발하면서 시퀀스의 분위기가 돌변한다. 앞 좌석에 앉

서문들

은 별난 한 쌍의 말장난은 끝나고, 요요와 앤절라 사이에 전쟁이 발발한다. 이들의 유치하고 요란한 말싸움은 자머시의 작품들 가운데 가장 실없고 가장 우습고 가장 난폭하다고 할 수 있다. 로지 페레즈는 그냥 소리치는 게 아니라 비명을 지르다시피 하며 인간의 음역을 벗어난, 비음 섞인 높고 날카로운 소리는 귀를 틀어막고픈 충동을 부른다. **씨팔, 씨팔, 씨팔.** 앤절라의 입에서 나오는 거의 모든 말이 **씨팔**이다. **씨팔** 아니면 **똥멍청이**다. 간간이 〈넌 똥구멍이 머리에 달렸어〉 같은 기막힌 재담을 섞기도 한다. 두 남자가 거의 똑같은 모자를 쓰고 있는 걸 보고는 이렇게 말한다. 〈이게 뭐야, 씨팔 로키와 불윙클 쇼*야 뭐야?〉 물론, **닥쳐, 닥쳐, 닥쳐.**

어쨌거나 헬무트는 앤절라에게 홀딱 반해 앤절라가 아름답다고 생각한다. 그가 광대용 소형 리코더 두 개를 동시에 불자 마침내 앤절라도 웃는다. 그다음엔 마법처럼 잠시 정적이 흐르면서 택시는 브루클린 다리를 건넌다. 그들을 둘러싼 모든 것의 아름다움에 대해 경외감에 찬 침묵이 이어진다. 그러다 다시 싸움이 시작된다. 요요는 앤절라가 치와와처럼 늘 자신의 발목을 깔작거린다고 불평한다. 앤절라가 그의 존나 큰 엉덩이를 존나 크게 물겠다고 응수하자 헬무트는 미소 지으며 혼잣말로 웅얼거린다. 〈멋진 가족이야.〉 진심인 듯하다.

예정된 대로, 그 여정은 끝난다. 요요는 앤절라에게 마지막

---

* 다람쥐와 사슴이 주인공인 미국의 텔레비전 애니메이션.

으로 욕을 한 번 더 얻어먹고 뒤에 남아 헬무트가 맨해튼으로 돌아갈 수 있도록 최선을 다해 운전법을 가르쳐 준다. 그에 대한 응답으로 헬무트는 빨간 광대 코를 붙인다. 택시는 다시 출발하고, 헬무트는 전과 다름없이 두 발로 가속 페달과 브레이크를 밟아 요동치며 전진하다가 첫 교차로에서 우회전 대신 좌회전을 한다. 헬무트는 낯선 세상에서 홀로 길을 잃었다. 〈영어 좀 배워야겠어.〉 그가 자신에게 말한다. 어두운 거리들, 갑작스럽게 쏟아지는 불빛, 멀리서 들리는 사이렌 소리, 하지만 이제 택시는 경련하듯 나아가지 않는다. 헬무트가 자동 변속 장치에 익숙해진 듯하다.

택시가 밤을 헤치고 미끄러져 간다. 지상의 끝없는 밤. 헬무트가 광대 코를 벗는데 얼굴에 공포와 불안이 어려 있다. 그는 교통사고 현장과 많은 경찰차를 지나친다. 잠시 후 그가 속삭이듯 중얼거린다. 〈뉴욕…… 뉴욕.〉

사랑하는 도시 뉴욕에 대한 짐 자머시의 작은 시는 그렇게 막을 내린다.

2007년

서문들

조 브레이너드

　나는『나는 기억한다 *I Remember*』를 얼마나 여러 번 읽었는지 기억하지 못한다. 내가 이 책을 처음 발견한 건 1975년 출간 직후였고, 그때부터 지금까지 35년 동안 몇 년에 한 번은 다시 읽었으니 도합 일고여덟 번은 읽었을 것이다. 분량이 길지는 않지만(초판이 138페이지밖에 안 된다) 놀랍게도 나는 조 브레이너드의 이 작은 걸작을 그토록 여러 번 읽었음에도 다시 책을 펼칠 때마다 처음 만나는 듯한 이상한 기분을 느낀다. 뇌리에 깊이 박혀 지워지지 않는 몇몇 구절을 제외하면『나는 기억한다』에 기록된 거의 모든 기억이 내 기억에서 사라져 버린 것이다. 장기간 기억에 담아 두기엔 내용이 너무 많다. 너무 많은 삶이 소용돌이치며 변하는 회고의 콜라주에 꽉 들어차 있어서 누구라도 전체를 다 기억하기는 어렵다. 따라서 내가 다시 그 책을 읽기 시작하는 순간 많은 부분을 기억한다 하여도 기억하지 못하는 내용이 많다.『나는 기억한다』는 늘 새롭고 기이하며 놀라운 책으로 남아 있다. 크기는 작아도 무궁무진하며, 영원히 고갈되지 않는 귀한 책들 가운데 하나이다.

　다작한 시각 예술가로서 간간이 글을 쓰기도 한 브레이너드는 1969년 여름 『나는 기억한다』의 단순하면서도 기발한 작법을 우연히 발견했다. 당시 그는 스물일곱 살에 불과했지만 고도의 발전과 성취를 이룬 스물일곱 살이었다. 오클라호마 털사에서 초등학교에 다닐 때 이미 작품을 전시하고 상을 탄 조숙한 소년 예술가였고, 스무 살이 되기도 전에 맨해튼 로어이스트사이드에 발을 디뎠다. 1969년까지 개인전도 몇 번 하고, 그룹전에도 여러 번 참여하고, 수십 개의 작은 문예지와 시집의 표지도 디자인하고, 리로이 존스와 프랭크 오하라의 연극 무대도 장식하고, 많은 시인 친구들과 만화 공동 작업(대부분이 유쾌한)도 했다. 콜라주, 크고 작은 아상블라주,* 데생, 유화 ― 그는 다양한 결과물을 끊임없이 내놓았을 뿐 아니라 글을 쓸 시간까지 냈다. 1969년의 기적적인 대약진 이전에 이미 뉴욕시파와 관련된 많은 문예지에 시, 일기, 짧은 산문을 실었으며, 자신만의 분명한 스타일 ― 매력적이고, 변덕스럽고, 가식적이지 않고, 빈번히 문법을 파괴하고, 투명한 ― 을 발전시킨 상태였다. 그 모든 특성이 『나는 기억한다』에 들어 있으며, 우연히 하나의 구성 원리를 착안해 냄으로써 그 글은 완전히 다른 영역으로 솟구쳐 올라갔다.

　브레이너드는 그해 여름 시인 앤 월드먼에게 보내는 편지에

---

　* 폐품이나 일용품을 모아 만드는 미술 작품.

서 새 작품을 쓰는 동안 느낀 흥분을 특유의 냉담하고 예리한 태도로 이렇게 묘사했다. 〈나는 요즘 『나는 기억한다』라는 작품을 쓰면서 아주, 아주 흥분된 상태예요. 마치 성경을 쓰는 신이 된 기분이지요. 내가 작품을 쓰는 게 아니라 나로 인해 글이 쓰이고 있는 듯한 기분 말예요. 이 작품이 나에 관한 글인 동시에 모두에 관한 글이라는 느낌도 들고요. 그래서 기뻐요. 내가 모두가 된 것 같아서. 그건 멋진 기분이에요. 오래가진 않겠지만. 하지만 이 기분을 즐길 수 있을 때까지는 즐겨 보려고 해요.〉

　나는 기억한다……. 이젠 너무도 당연하고 자명하며 기본적인 글쓰기 비법이라, 글이 발명된 순간부터 알려지기라도 한 것처럼 고색창연하기까지 하다. **나는 기억한다**라고 쓴 다음 잠시 기다리면 마음이 열리고 기억이란 걸 하게 된다. 놀라울 정도로 선명하고 구체적인 기억. 대상이 아이건 대학생이건 노인이건, 글쓰기를 가르치는 곳에서는 어디서든 사용되는 이 비법은 오래도록 잊고 있던 과거의 경험들을 되살리는 데 실패하는 법이 없다. 시리 허스트베트는 신작 『덜덜 떠는 여자 혹은 내 신경의 역사*The Shaking Woman or a History of My Nerves*』[11]에서 이렇게 말했다. 〈조 브레이너드는 하나의 기억 장치를 발견해 냈다.〉

　일단 그 장치를 발견하면 어떻게 사용해야 할까? 홍수처럼 밀려드는 기억들을 어떻게 활용하여 자신이 아닌 다른 사람들에게 말을 걸 수 있는 하나의 예술 작품으로, 책으로 만들어 낼 수 있을까? 1975년 이래로 많은 이들이 나름의 **나는 기억한다**를 썼지만, 지극히 사적이고 개인적인 영역을 초월한 **모두**에 관한 작품 — 모든 위대한 소설이 모두에 관한 이야기인 것과 같은 방식으로 — 을 탄생시킨 원조 브레이너드의 빛나는 천재성은 누구도 흉내 낼 수 없었다. 나는 브레이너드의 위대한 성취가 작품 전체에서 동시에 작용하는 몇 가지 힘들의 산물이라고 생각한다. 주문을 거는 듯한 최면적 힘, 산문의 경제성, 대부분의 사람이 민망해서 밝히지 못하는 자신의 진실까지(주로 성적인) 드러내는 저자의 용기, 세부를 보는 화가의 눈, 이야기꾼으로서의 재능, 타인에 대한 심판을 꺼리는 경향, 내적 기민성, 자기 연민의 결여, 직설적인 주장부터 정교한 공상에 이르기까지 폭넓게 변화하는 어조. 그리고 무엇보다도(가장 기분 좋은) 작품 전체의 복잡한 음악적 구조.

여기서 음악은 몇 개의 다른 목소리들이 대위법, 푸가, 반복의 형식으로 뒤섞이며 거의 1천5백 가지에 이르는 항목을 엮어 내는 현상을 의미한다. 하나의 테마가 등장했다가 얼마 후 사라졌다가 다시 나타나는 흐름이 마치 오케스트라에서 잠시 흐른 소리가 들리다가 바이올린에 자리를 내주었다가 첼로로 넘어갔다가 거의 잊힐 때쯤 갑자기 다시 들리는 것과 같다.『나는 기억한다』는 여러 악기를 위한 협주곡이며, 브레이너드가 이 자유로이 떠돌며 시시각각 변하는 곡에 담은 다양한 현악기와 목관 악기에는 다음과 같은 것들이 있다.

가족(70개 이상 항목) — 이를테면 〈나는 튀튀를 입은 아버지를 기억한다. 아버지는 교회 공연에 발레리나로 출연했다〉, 〈나는 아버지를 《father》라고 부르면 너무 격식을 갖추는 것 같고, 《daddy》는 말도 안 되고, 《dad》는 친근한 척하는 듯이 느껴졌던 걸 기억한다. 셋 중에서 제일 덜 나쁜, 친근한 척하는 쪽을 택했다〉, 〈나는 어머니가 우는 모습을 처음이자 마지막으로 보았던 때를 기억한다. 나는 살구파이를 먹고 있었다〉.

음식(1백 개 항목) — 버터와 설탕 샌드위치, 소금을 뿌린 수박, 영화관에서 먹은 씹는 캔디, 그리고 반복해서 등장하는, 아이스크림에 관한 언급들. 〈나는 아이스크림을 먹은 후 마시는 물의 맛이 얼마나 좋을 수 있는지를 기억한다.〉

옷(대략 90개 항목) — 분홍색 와이셔츠, 필박스 모자*, 물고기 문양의 넓은 넥타이 등. (브레이너드는 어릴 때 꿈이 패션 디자이너였다.)

영화, 영화배우, TV, 팝 음악(1백 개 이상 항목) — 페리 코모, 리버라치, 호펄롱 캐시디, 다이나 쇼어, 탭 헝거, 매릴린 먼로(몇 차례 등장), 몽고메리 클리프트, 엘비스 프레슬리, 주디 갈랜드, 제인 러셀, 라나 터너, 론 레인저 등 무수한 인물들. 〈나는 베티 그레이블이 백만 달러짜리 다리 보험을 들었던 일을 기억한다〉, 〈나는 말론 브랜도가 첫 배역을 따내기 위해 한 일에 관한 루머를 기억한다〉, 〈나는 「공중그네」에 출연한 지나

---

* 알약 상자 모양의 모자.

롤로브리지다의 **아주** 가느다란 허리를 기억한다〉.

학교와 교회(대략 1백 개 항목) ─ 〈나는 고등학교 때 잘생기고 인기가 많기를 얼마나 바랐는지를 기억한다〉, 〈나는 미국사 선생님이 우리가 조용히 하지 않으면 창문으로 뛰어내리겠다고 늘 협박했던 걸 기억한다(겨우 2층이었다)〉, 〈나는 3시부터 3시 반까지의 시간을 기억한다〉, 〈나는 2년 동안 스페인어 시험을 볼 때 연필로 흐릿하게 뜻을 적어 놓고 부정행위를 했던 걸 기억한다〉.

몸(1백 개 이상 항목) ─ 내밀한 사적 고백들, 〈나는 내 성기와 고환을 자세히 살펴보고 지독한 혐오감을 느꼈던 걸 기억한다〉. 다른 사람들의 몸 관찰, 〈나는 테디라는 덩치가 아주 컸던 아이와 다리털이 무성했던 그 애 엄마를 기억한다(길고 검은 털들이 스타킹에 납작하게 눌려 있었다)〉.

꿈, 공상, 환상(70개 이상 항목) ─ 섹스에 관련된 것들이 많으나(〈나는 숲에서 낯선 사람과 하는 성적 환상을 품었던 걸 기억한다〉) 그렇지 않은 것들도 많다. 〈나는 가수가 되어 배경 없는 큰 무대에 홀로 서서 스포트라이트 하나만 받으며 열창하여 객석을 사랑과 애정의 눈물바다로 만드는 공상에 젖었던 걸 기억한다.〉

명절(50개 항목) ─ 크리스마스, 추수 감사절, 부활절, 핼러윈, 독립 기념일 관련. 〈나는 선물을 풀어 본 후의 크리스마스가 얼마나 공허한 날이었는지를 기억한다.〉

물건(130개 이상 항목) ─ 유목(流木) 램프, 플라스틱 구슬,

콩 주머니 모양 재떨이, 진주색 플라스틱 변좌, 보석 박힌 병따개, 〈에이스〉 머리빗, 롤러스케이트 열쇠, 애스퍼껌,* 찌그러진 탁구공, 미니어처 성경. 〈나는 최초의 볼펜을 기억한다. 가끔 잉크가 안 나오거나 너무 많이 나와서 볼펜 끝에 뭉쳐 있곤 했다.〉

　섹스(50개 이상 항목) — 고등학교 때 이성과의 서툰 시도에 관한 자세한 내용. 〈나는 처음 손으로 당한 경험을 기억한다(수음을 스스로 발견한 게 결코 아니었다). 나는 상대가 무얼 하려는지 몰랐고 그래서 아무 도움도 못 주고 좀비처럼 누워만 있었다.〉 그다음엔 동성과의 섹스 경험들과 동성애자의 삶. 〈나는 거절당할까 봐 마음에 드는 상대에게 접근하지 못하는 자신이 못마땅했던 걸 기억한다.〉 그리고 좀 더 보편적인(마음에 와닿는 경우가 많은) 내용. 〈나는 초기의 성 경험들과 후들거리던 무릎을 기억한다. 이제 그때보다 섹스를 훨씬 잘하게 되었지만 후들거리던 무릎이 **정말로** 그립다.〉

　농담과 일반적 표현(40개 이상 항목) — 고약한 농담과 매리 앤 농담. 〈나는 기억한다,《엄마, 엄마, 나 남동생 싫어》,《매리 앤, 입 다물고 내가 먹으라는 거 먹어!》〉 외판원 유머와 다음과 같은 구절들. 〈To coin a phrase(새로운 표현을 쓰자면)〉, 〈See you later alligator(나중에 보자)〉,** 〈Because I say so, that's why(내가 그렇다면 그런 거지)〉, 〈나는 아기들이 넘어지면

---

　*　껌 형태로 된 진통제.
　**　〈alligator〉는 〈later〉와 라임을 맞춘 익살스러운 표현.

《oopsy-daisy(아이쿠)》를 기억한다〉.

친구와 지인(90개 이상 항목) — 짧은 서술의 형태를 취하며 전반적으로 다른 부분보다 길다. 예를 들면, 〈나는 부모님의 브리지 게임 선생님을 기억한다. 그는 무척 뚱뚱하고 남자 같았으며(짧게 깎은 머리) 줄담배를 피웠다. 그는 성냥을 가지고 다닐 필요가 없다는 사실을 자랑스럽게 여겼다. 피우던 담배로 새 담배에 불을 붙였던 것이다. 그는 레스토랑 뒤편의 작은 집에 살았고 아주 장수했다〉. 다른 예. 〈나는 앤 케플러를 기억한다. 그는 플루트를 불었다. 나는 그의 곧은 어깨를 기억한다. 커다란 눈도 기억한다. 살짝 매부리코였던 것도 기억한다. 도톰한 입술도 기억한다. 그가 플루트를 연주하는 모습을 그린 내 유화도 기억한다. 몇 년 전 그는 브루클린의 한 보육원에서 플루트 연주회를 하다가 화재로 숨졌다. 아이들은 모두 구조되었다. 그에겐 흰 대리석 같은 면이 있었다.〉

자전적 내용(20개 항목) — 브레이너드가 탐구한 다른 주제들보다는 덜 눈에 띄지만, 그의 작품과 삶을 이해하는 데 필수적이다. 우리는 그가 처음 뉴욕에 도착했을 때의 모습을 보고, 그가 말을 더듬는 수줍은 청년이었음을 알게 되며, 시인 프랭크 오하라와의 첫 만남을 목격하고, 보스턴에 처음 머물던 시절의 가난과 궁핍에 관해 듣고(〈나는 보스턴 미술관 앞 재떨이에서 담배꽁초를 주워 모으던 일을 기억한다〉), 짧고 불행했던 데이턴 미술 대학 장학생 시절 이야기를 들으며(〈나는 오하이오 데이턴의 한 공원에서 열린 아트 페어에서 사람들이 나의 나체 자화상들을 전부 내리게 했던 걸 기억한다〉), 징병 신체 검사에서 동성애자임을 밝힌 뒤 탈락한 일에 관한 자세한 이야기를 듣고(당시 그는 성 경험이 없었음에도), 또한 예술가로서의 자신을 회의하는 그를 보게 된다. 그 자기 회의는 브레이너드가 생애 마지막 15년간 작품 전시를 중단하기로 결심하는 데 분명 영향을 미쳤을 것이며, 그는 다음과 같은 간결하고 통렬한 글을 남겼다. 〈나는 자신이 위대한 예술가라고 생각했던 때를 기억한다.〉

통찰과 고백(40개 항목) — 대부분이 브레이너드의 정신적 삶과 성격, 압도적인 자의식에 관한 것들이며(〈나는 다른 사람들 앞에서 절대 울지 않았던 걸 기억한다〉, 〈나는 사람들 앞에서 코 풀기를 민망하게 여겼던 걸 기억한다〉), 사교적인 자리에서의 어색함(〈나는 파티에서 어떤 사람에게 할 말이 다 떨어졌는데도 함께 서 있어야 했던 일들을 기억한다〉), 그리고 여기저기에 눈이 부실 정도의 감정적 명료함이 보인다. 〈나는 그때도 지금과 마찬가지로 삶이 진지했던 걸 기억한다.〉 이것은 이 책에서 가장 중요한 문장일지 모르며, 『나는 기억한다』의 1천5백 개 조각들이 궁극적으로 견고히 통합된 하나의 작품이 된 이유일지 모른다.

명상(30개 이상 항목) — 의식을 넘나드는 다양한 단상들을 따라간다. 세상을 이해하려고 애쓰는 사람의 곤혹감, 모두가 결국 언젠가는 자신에게 묻게 되는 기이한 질문들. 〈나는 지구 반대편 사람들이 떨어지지 않은 걸 이해하지 못하던 때를 기억한다〉,〈나는 여자애들도 방귀를 뀌는지 궁금해했던 걸 기억한다〉,〈나는 거북이들은 어떻게 섹스를 하는지 궁금해했던 걸 기억한다〉,〈나는 오줌을 누고 변기 물을 내리는 건 큰 낭비일 수도 있다고 생각했던 걸 기억한다. 오줌도 쓸모가 있을 것이고 그 용도만 찾아내면 떼돈을 벌 수 있으리라 생각했던 것이다〉.

이상이 『나는 기억한다』를 이루는 다양한 주제들이다. 이 책의 많은 미덕들 가운데 하나는, 육체적 삶의 상세한 감각들에 강한 초점을 맞추고(이발소에서 머리를 깎을 때의 기분,〈똑바로 설 수 없을 정도로 아주 빠르게 맴을 도는〉 기분, 난생처음 배 속에서 물이 출렁거리는 소리를 듣고 암이 아닌가 생각하는 것) 1940년대와 1950년대, 1960년대 미국 풍경의 지극히 평범하고 사소한 세부 사항들을 아름답게 기록한 동시에 특정한 남자 — 겸손하고 자기를 내세우지 않는 젊은 조 브레이너드 — 의 초상을 너무도 정확하고 거리낌 없는 화법으로 제시하여 우리 독자들이 그 초상 속에서 자신의 삶을 보기 시작하지 않을 수 없게 만든다는 점이다. 그의 기억들은 끊임없이, 시간이나 장소의 제한 없이 잇따라 우리에게 다가온다. 우리는 한순간 뉴욕에 있다가 다음 순간 털사나 보스턴에 있고, 20년 전에 대한 회고가 지난주의 기억과 나란히 선다. 우리가 책 속으로 깊이 들어갈수록 그의 목소리는 더 큰 공명을 불러일으킨다. 조 브레이너드가 『나는 기억한다』를 쓰면서 생각한 대로, 이 책은 진실로 우리 모두의 것이다.

브레이너드의 책에 담기지 **않은** 것들에 대해 생각해 보는 것도 흥미롭다. 우리가 책상에 앉아 자신의 『나는 기억한다』를 쓴다면 대부분 넣게 될 내용들 말이다. 브레이너드의 책에는 형제자매와의 갈등, 잔혹 행위나 신체적 폭력, 분노의 폭발, 복수 충동, 비통함이 없다. 지나가는 말로 케네디 암살 사건, 〈한국〉(인용 부호를 붙여서), 아이젠하워 대통령 선거 운동의 슬로건 〈나는 아이젠하워를 좋아한다 I Like Ike〉를 언급한 부분을 제외하면 정치적이거나 공적인 문제, 국가 행사에 관한 기억은 없다. 몬드리안, 피카소, 반 고흐는 언급하지만 브레이너드 자신이 시각 예술가로서 이룬 발전에 관한 내용은 전혀 없으며, 보스턴에서 도스토옙스키의 소설을 전부 읽었다는 말은 있지만 그가 소설의 열렬한 독자였음에도 그 외 다른 작가들의 작품에 관한 기억은 없다. 슬픔도, 분노도 없고 눈물도 거의 없다. 감정적 고통이나 심오한 내적 혼란을 암시하는 내용은 하나뿐이다(〈나는 어느 검은 밤 스태튼 아일랜드 페리에서 극적인 우울감에 사로잡혀 바다로 안경을 던졌던 일을 기억한다〉). 브레이너드의 책은 이른바 고백적인 시가 미국 문학계를 지배하던 시기에 쓰였다. 실비아 플래스, 앤 섹스턴, 존 베리먼이(모두 자살한) 인기를 끌었고 사적인 감정들을 요란하게 외쳐 대는 것이 용인 가능한, 심지어 칭송되기까지 하는 시적 화법이었다. 브레이너드도 고백을 하지만 요란하게 외쳐 대지는 않으며, 자신의 삶 이야기를 신화화하는 일에 관심이 없다. 그

는 온화하고 거드름을 피우지 않으며 세상이 그에게 제공한
모든 것들에 차분한 관심을 보임으로써 우리의 마음을 끈다.
작게 시작하고 작게 끝나지만, 작고 정교하게 제시된 수많은
의견들의 축적된 힘이 그의 책을 위대한 것으로, 미국 문학의
영원한 한 부분으로 만든다.

『나는 기억한다』 이전과 『나는 기억한다』 이후, 심지어 『나
는 기억한다』 도중에도(이 작품은 1969년부터 1973년까지 네
단계에 거쳐 쓰였다) 조 브레이너드는 수백 페이지에 이르는
다른 글들을 썼다. 30년 동안(1960년대 초반부터 1990년대 초
반까지) 쓰인 이 글들은 짧은 문학 작품(픽션, 논픽션, 시)과
일기(브레이너드가 〈diary〉라고도, 〈journal〉이라고도 칭한)라
는 두 범주로 나눌 수 있다. 짧은 작품은 유머러스한 경향을 지
니며 폭소를 자아내는 경우도 많다. 일기는 그보다 단조롭고
내향적이긴 하나 유머의 분출이 없지 않다. 브레이너드는 분
류 불가능한 작가이지만 그의 익살스러운 창작물은 앞선 미국
유머 작가들, 특히 링 라드너와 S. J. 페럴먼이 부린 엉뚱한 묘
기들을 연상시키기도 한다. 세 사람은 다른 점이 너무도 많지
만 난센스와 패러디, 패스티시,* 일관성 없는 서술을 애호하고
유머에 대한 소란스럽거나 무표정한 접근법을 번갈아 사용했

---

   * 다른 작품에서 내용이나 표현 형식을 빌려 와 복제하거나 수정하여 작품을
만드는 것. 패러디는 특정 의미를 표현한다는 목적의식을 갖지만 패스티시는 목적
의식 없이 다른 작품들의 요소를 단순 나열한다.

다는 공통점을 지닌다. 브레이너드의 경우 뉴욕 시파 시인들의 익살과 아이러니를 통해 여과된 다다이즘과 초현실주의의 영향을 받았다고 할 수 있다. 그뿐만 아니라 이따금 거트루드 스타인에게도 경의를 표했는데, 「메이 다이May Dye」라는 제목의 초기 단편에 들어 있는 이 달콤한 구절이 그 사례이다. 〈우리는 새 깃털을 부러뜨리는 것이 무척 쉽고 굉장히 즐거운 일임을 알게 되었고, 즐거운 일을 즐길 수 있는 가장 즐거운 방식으로 즐겼다.〉

「다시 털사에 돌아와서Back in Tulsa Again」의 넘치는 신명에서부터 불손하고도 고무적인 「세상 사람들: 긴장 풀어! People of the World: Relax!」(〈마음 놓고 담배 실컷 피워 / 변기에 앉아서 마음껏 소리 내 / 다른 사람들이 들어도 상관없어 / 세상 사람들: **긴장 풀어!**〉), 그리고 한 문장짜리 「노 스토리No Story」(〈내가 이 이야기를 쓰지 않는 걸 즐겼던 것만큼 당신이 이걸 읽지 않는 걸 즐겼으면 좋겠어〉)의 공허한 위트에 이르기까지, 브레이너드는 무심하게 툭 던지는 듯한 자연스러운 화법과 자만심에 찬 경건함을 고집스럽게 거부하는 태도로 우리를 무장 해제시킨다. 우리는 그가 이 작품집의 가장 거친 글들을 쓸 때 아주 젊었음을 — 아직 20대였다 — 기억해야 하며, 내가 보기에 이 짧은 글들이 가장 완벽하게 포착한 대상은 바로 젊음의 의미, 젊음의 웃음, 젊음의 에너지인 듯하다. 왜냐하면 결국 이 글들은 무엇보다도 젊다는 것의 의미, 우리 앞에 모든 길이 열려 있고 무한한 미래가 펼쳐져 있는 것만 같은 그 희망

조 브레이너드

차고 무법적인 시기에 관한 이야기니까.

브레이너드는 계속해서 가벼운 터치를 유지하지만, 글들은 서서히 우울한 어조를 더해 가기 시작한다. 피시바흐 갤러리에서 1천5백 점에 이르는 대규모 콜라주 전시회를 마친 후인 1970년대 중반쯤에 그는 한 인간으로서, 그리고 예술가로서 위기를 맞이하여 이런 고뇌에 찬 글을 쓰게 된다. 〈내가 늘 나라고 생각했던 사람이 더는 없다: **존재하지 않는다!**〉(「특별히 내세울 게 없다Nothing to Write Home About」 중에서.) 그리고 몇 문장 뒤에는 이런 구절이 이어진다. 〈더는 무한한 가능성이 열려 있지 않다. (……) 자신의 오물 속에서 뒹굴고 싶은 ─ 그냥 굴복해 버리고 싶은 ─ 포기하고 싶은 ─ 유혹이 너무 강하다. 그리고 편안해질 가능성이 너무도 사실적으로 다가온다.〉

1978년 앤 월드먼과의 인터뷰를 보면 브레이너드는 이미 떠날 준비가 되어 있다.

월드먼   예술가로 사는 것이 우리가 선택할 수 있는 문제라고 생각하나요?

브레이너드   오, 그럼요. 우리에겐 선택권이 있다고 생각합니다.

월드먼   당신은 언제 그런 선택을 했나요?

브레이너드   나는 그런 선택을 한 적이 없지만, 선택권은 있다고 생각합니다. 지금 그만둘 수 있다고 생각해요.

서문들

월드먼 그만두기엔 너무 늦지 않았을까요?

브레이너드 아니, 그렇게 생각하지 않아요. 나는 내일이라도 그만둘 수 있어요. 정말로.

그리고 오래지 않아 정말 그만두었다. 더는 전시회도 열지 않고, 글을 써서 출간하지도 않았다. 그 후 15년간 — 52세가 되던 1994년에 에이즈로 죽음을 맞이할 때까지 — 책을 읽고 그가 사랑한 많은 사람들, 그를 사랑한 많은 사람들과 우정을 돈독히 다지며 시간을 보냈다. 그가 왜 예술계를 떠나게 되었는지는 수수께끼로 남아 있다. 어떤 이들은 그가 너무 많은 작품을 광적인 속도로 쏟아낸 결과 탈진했다고 말한다. 또 어떤 이들은 그가 유화 작가로서 열망한 경지에 이르는 데 실패하면서(자각적 실패) 예술가로서의 발전에 대한 실망감으로 떠났다고 말한다. 한편, 시인 앤 라우터바흐(브레이너드의 말년에 좋은 친구였던)는 그가 충분한 야심이 없었거나 아니면 〈올바른 종류의 야심〉이 없었다고 전했다. 게다가 예술계에서 경쟁과 상업화가 가속화되면서 브레이너드의 불편함과 위화감은 커져만 갔다는 것이다. 이와 관련해 라우터바흐는 이렇게 말했다. 〈조는 이 새로운 공격적 전투가 취향에 맞지 않았다. 조 브레이너드에게 삶과 예술은 헌신적 동지애와 생성적 협업의 행위였다.〉[12]

이 모든 요인이 브레이너드의 결심에 나름의 역할을 했을지 모른다. 하지만 중요한 건, 그가 결심을 고통스러워하지 않고 아무 여한 없이 예술계를 떠났다는 사실이다. 오클라호마 털사에서 고등학교 1학년 때 브레이너드와 친구가 되어 브레이너드가 뉴욕에서 세상을 떠나던 날까지 우정을 이어 간 론 패짓(이 책의 편집자이기도 한)은 브레이너드가 예술가에서 전직예술가로 나아간 일은 거의 피할 수 없는 흐름이었다고 믿는다. 그는 브레이너드에 관한 저서에서 이렇게 말한다. 〈1973년의 편지에서 (……) 조는 자기 안의《예술에 대한 헌신의 근본적 결여》라고 느낀 무언가에 대해 언급했다. 그에게 예술은 사람들에게《선물》을 주고 그 대가로 사랑을 받고자 하는 욕구를 실현하게 해주는《삶의 방식》일 뿐이었다. 조금씩 (……) 자신의 삶 자체가 예술이 되면서 예술을 창작하겠다는 욕구가 감소해 갔다.〉[13]

그 점을 염두에 둔다면, 론 패짓이 이 책 2부의 시작과 끝에 지금까지 출간된 적 없는 두 작품을 배치한 것은 지극히 온당해 보인다. 브레이너드가 겨우 열아홉 살이었던 1961년에 쓴 「크리스마스 밤의 자화상Self-Portrait on Christmas Night」과 그로부터 반평생 가까이 지난 1978년 1월에 쓴 제목 없는 짧은 글 — 첫 번째 작품을 통해 조 브레이너드가 되기 전의 조 브레이너드를 얼핏 본 후, 두 번째 작품을 통해 예전의 조 브레이너드에게서 거리를 두기 시작하는 조 브레이너드를 얼핏 볼 수 있으니까.

「크리스마스 밤의 자화상」은 아주 젊은 청년(아직 소년)이 예술가로서, 그리고 한 인간으로서 품고 있는 희망들과 두려움들을 진심을 다해 열정적으로 외치는 지극히 감동적인 글이다. 브레이너드는 자신 앞에 놓인 회의들과 잠재적 걸림돌들을 본 능적으로 알았던 듯, 작품 속 젊은 청년이 떠나게 될 여행에 대해 섬뜩할 정도의 예지력을 발휘한다. 그의 나머지 작품들과는 다른 어조를 지닌 이 낭만적이고 과한 글은 독립 선언인 동시에 갈등하는 영혼의 해부도이다. 〈나는 늘 알 테지만 결코 진정으로 알지는 못할 것이다. 위대한 그림들을 그리겠지만 결코 내가 원하는 걸 하지 못할 것이다. 삶을 이해하고 받아들이는 법을 배우겠지만 왜 그래야 하는지는 결코 알지 못할 것이다. 사랑하고 사랑을 나눌 테지만 그런 행위가 더 위대해질 수도 있음을 알 것이다. 똑똑해지겠지만 늘 더 배워야 할 것이 너무 많다는 사실을 알 것이다. 나는 저주받은 운명이지만 바꿀 수는 없다.〉

사춘기적 고뇌의 분출임에 분명한, 장장 열네 페이지에 걸쳐 숨 가쁘게 써내려 간 이 한 단락짜리 글은 지극히도 정직하고 통찰력이 뛰어나며, 브레이너드의 작품을 이해하는 데 꼭 필요한 열쇠이다. 그리고 16년 하고도 1개월이 지난 후, 사춘기의 불꽃은 거의 꺼지고 작가이기도 한 화가는 책상에 앉아 글로 작은 장면을 구성한다. 그는 방에 앉아 창밖을 내다보며 시각적·감각적 지금을 그려내는 것 외엔 아무 야심도 없이 차분하고 끈기 있게 글을 써서 자신의 인상들을 선물로 바친다. 브레이너드에게 예술은 타인(실제 혹은 상상 속의 누군가)을 위한 선물이니까. 그리고 그 숭고한 작은 단락은 다음과 같이 끝을 맺는다.

　창밖엔 오렌지빛 감도는 라벤더색 반투명 하늘을 배경으로 눈이 내린다. 하늘 밑자락은 지그재그를 그리며 검은 빌딩들의 실루엣으로 녹아든다. (냉장고가 찰칵거리며 요동친다.) 내가 당신에게 말하고 싶은 건 간단하다. 별건 아닐지라도 이게 전부다. 오늘 밤 당신을 위해 이 순간을 그리는 것.

　　　　　　　　　　　　　　　　　　　　2010년 12월

예술 인생

　나는 되도록 사적인 입장에서 이 글을 쓰고자 하며, 레코드 숍은 이제 찾아볼 수 없고 서점은 줄어 가며 우리가 지난 2백 년 동안 알던 형태의 출판사들은 멸종 위기에 처한 지금 세상에서 절망적으로 과거를 그리워하는 듯한 목소리를 내는 것에 대해 사과하지 않을 생각이다. 1940년대 말에서 1950년대 초에 태어난 우리 세대는 이제 60대가 되었다. 우리가 예술에 헌신하겠다는 뜻을 품은 문학 청소년들이었을 때 출판사는 어떤 역할을 했는가 하면, 우리가 자신이 누구이고 어떤 존재가 되고 싶은지 깨닫기 위해 꼭 필요한 발견들을 향해 나아갈 수 있도록 인도해 주었다. 당시 우리의 관점에서 절대적인 신뢰를 보낼 만한 가치가 있는 미국 출판사는 뉴 디렉션스와 그로브 출판사 단 두 곳뿐이었다. 뉴 디렉션스는 미국 안팎의 핵심적인 모더니즘 시인들을 확보해 둔 상태였고, 그보다 젊고 활기찬 그로브 출판사는 새바람을 일으키고 어떻게든 현 상황에 도전장을 내밀겠다는 사명을 지닌 반항의 투사 바니 로싯의 지휘하에 있었다. 마침 그런 도전의 분위기가 무르익은 시기였다. 세상이 경제 침체의 암흑기와 세계 대전의 긴 악몽에서 깨어나면서 갑자기 새로운 아이디어들이 부상하고 새로운 예술가들이 등장했으며, 바니 로싯은 그들 중 누가 최고인지 본능적으로 알았던 듯하다. 나는 이 매력적이고 생동감 넘치는 편지와 문서, 회고록의 스크랩북을 읽으며 내가 아는 많은 사람들의 이름을 발견하고 놀라움에 젖었다. 예술 안에서 살아온 오랜 세월 나에게 막대한 영향력을 끼친 사람들, 그 명단은 조앤 미첼로 시작한다. 바니 로싯과 같은 시카고 출신이며 그의 학교 친구이자 첫 아내였던 명석하고 관대하며 잊을 수 없는 조앤, 그는 내가 1971년 스물네 살의 초심자로 파리에 건너갔을 때 친구가 되어 주었고, 내가 친구들과 함께 펴낸 『리빙 핸드*Living Hand*』라는 잡지 창간호의 표지를 작업해 주었으며, 사뮈엘 베케트와의 만남을 주선해 주었다. 그리고 당시 조앤의 동거인이었던 프랑스계 캐나다인 화가 장폴 리오펠, 그 역시 나의 친구가 되어 캐나다 로렌시아산맥에 있는 집을 한 달간 빌려 주었고, 내가 프랑스에서 출간한 첫 책의 삽화를 그려 주었다(그 석판화 다섯 점은 조앤이 잡지를 위해 제작한 석판화와 함께 지금까지도 우리 집 거실 벽에 걸려 있다). 그리고 장 주네, 내가 그를 처음 만난 건 컬럼비아 학부생이던 시절, 그가 흑표범당을 옹호하는 연설을 하러 학교에 왔을 때다(당시의 시대 분위기가 그랬고, 1968년 봄에 일어난 우리의 작은 혁명 이후 컬럼비아 대학교는 그토록 매력적이었다). 나는 프랑스어를 잘한다는 소문이 나서 연설 통역도 하고 그가 컬럼비아 대학교에 머무르는 동안 통역가 노릇도 해달라는 요청을 받았다. 그로브 출판사의 가장 기억에 남는 작가들 중 하나인 장 주네와 함께한 몇 시간은 정말이지 기억에 선명히 남아 있다. 아름다운 미소를 지닌 장 주네, 그는 작은 꽃을 귀에 꽂고 돌아다녔다. 그리고 1988년에 함부르크에서 만난 알랭 로브그리예, 우리는 함부르크 탄생 8백 주년 기념행사에 초청된 일곱 개 도시들의 일곱 작가들 명단에 들어 있었다. 알랭은 파리를, 나는 뉴욕을 대표해서 그곳에 갔고 우리는 독일에서 사흘을 함께 보낸 후 영원한 친구로 남았다. 그리고 해럴드 핀터, 나와 마찬가지로 그로브 출판사뿐 아니라 영국 페이버 앤드 페이버 출판사 작가이기도 했던 그와는 런던 페이버 만찬에서 만나게 되었으며, 크리켓과 야구의 우열을 가리는 잊을 수 없는 대화를 나눴다. 그리고 사진작가 리처드 애버던, 그는 1990년대 중반쯤 내 초상 사진을 찍어 주었는데 나중에 그 작품이 엉망이었다며 사과했다. 그리고 그로브 출판사 편집자로 일했던 리처드 시버, 그와는 1970년대 중반에 파리에서 돌아와서 처음 만났으며 고맙게도 그는 이후 수십 년간 나의 작품을 응원해 주었다. 그리고 1960년에 출간된 도널드 앨런의 역사에 길이 남을 시 선집에 담긴 몇몇 시인들과의 긴 우정, 특히 존 애시버리와 로버트 크릴리는 내가 태어나던 해에 하버드 대학교 강의실에 나란히 앉아 있던 이들이다. 그리고 수전 손태그, 그가 이 책에 실린 건 내전 중이던 사라예보에서 『고도를 기다리며』를

예술 인생

403

무대에 올린 일 때문이다. 열정적이고 고집 센 수전, 그는 가끔 의도치 않게 사람들을 불쾌하게 만들었지만 내겐 그런 적이 결코 없었다. 우리는 친구였고, 서로를 흠모했으며, 아주 잘 지냈다. 그와의 마지막 만남을 어떻게 잊을 수 있으랴. 우리는 미국 펜PEN 클럽에서 주최한 인권 행사에 참석하려고 쿠퍼 유니언의 대기실 소파에 함께 앉아 있었고, 손을 잡고서 우정의 중요성에 관해 이야기했다. 그가 암이 재발한 사실을 내게 숨겼기 때문에 그때 사실상 그가 작별 인사를 하고 있음을 알지 못했다. 그리고 에드워드 앨비, 그와는 바로 지난해 스트랜드 호텔 꼭대기 층에 있는 답답한 방에서 고(故) 리처드 시버의 부인 지넷 시버의 진행하에 사뮈엘 베케트를 주제로 토론했다. 그리고 물론 사뮈엘 베케트, 그와는 1970년대 초반에 조앤 미첼을 통해 만나게 되었다. 내 젊은 시절의 문학적 영웅이 당시 지금 내 나이와 정확히 같은 예순일곱 살이었다니, 이 얼마나 신기한 일인가. 위대한 사뮈엘 베케트, 그 첫 만남 이후 그는 여러 해 나와 서신을 교환했으며 내가 회의와 좌절에 빠져 고난의 시기를 겪을 때 구명 밧줄처럼 나를 지켜 주었다. 수십 년 후 사뮈엘 베케트 탄생 백 주년이 다가오던 무렵, 나는 그에게 진 마음의 빚을 갚고 싶어서 그의 작품들을 모은 네 권짜리 백 주년 기념판을 엮어 2006년에 그로브 출판사에서 출간했다. 사뮈엘 베케트의 조카이자 유언 집행자인 에드워드 베케트가 그 프로젝트에 따뜻한 성원을 보내 주었으며 그에게도 감사의 뜻을 표하고 싶다. 그리고 마지막으로, 하지만 실제로는 가장 우선순위인 바니 로싯, 그의 배짱과 지혜 덕에 나는 베케트를 비롯하여 그로브에서 출간한 여러 작가들의 글을 읽을 수 있었다. 백만 명에 한 사람 나올까 말까 한 바니 로싯, 그의 말년에야 그를 처음 만났으나, 늦었지만 너무 늦지는 않은 만남이었다. 바니는 나이 들었음에도 젊었으니까. 미국에서 제일 젊은 노인이었으니까. 이제 미국의 가장 용감한 출판인은 세상을 떠났다. 사뮈엘 베케트도 세상을 떠났고, 조앤 미첼도, 장폴 리오펠도, 장 주네도, 핀터도, 손태그도, 로브그리예도, 시버도, 애버던도, 크릴리도 세상을 떠났다. 이제 그들은 유령이 되었어도, 나는 방문을 열고 그들을 맞이하지 않는 날이 단 하루도 없다.

2014년 12월 3일

특별한 계기에 쓴 글들

살만 루슈디를 위한 기도

　오늘 아침 글을 쓰려고 책상 앞에 앉았을 때, 내가 맨 처음 한 일은 살만 루슈디를 생각하는 것이었습니다. 아침마다 루슈디를 생각한 지도 벌써 4년 반이 되어 갑니다. 이제 그것은 나에게 빼놓을 수 없는 일과가 되었습니다. 펜을 들고 글을 쓰기 시작하기 전에 바다 건너편에 있는 동료 소설가를 생각하는 것입니다. 나는 그가 또다시 24시간 동안 살아남기를 기도합니다. 영국의 보호자들이 그를 죽이려 드는 자들 — 벌써 그의 번역자를 한 사람 죽였고 또 다른 번역자에게 상처를 입힌 자들 — 의 눈을 피해 그를 꽁꽁 숨겨 놓기를 기도합니다. 무엇보다 나는 이런 기도가 더는 필요 없는 날이 오기를 기도합니다. 살만 루슈디가 나처럼 세계 어디서나 자유롭게 길거리를 걸어 다닐 수 있는 날이 오기를 기도합니다.

　나는 아침마다 그를 위해 기도하지만, 마음속으로는 그것이 나 자신을 위한 기도이기도 하다는 것을 압니다. 그는 책을 한 권 썼다는 이유로 목숨에 위협을 받고 있습니다. 책을 쓰는 것은 내 일이기도 합니다. 역사의 변덕과 운명의 장난 때문에 나도 그와 같은 처지에 빠질 수 있다는 사실을 압니다. 오늘은 아니라 해도 내일은 그렇게 될지 모릅니다. 우리는 같은 클럽*에 속해 있습니다. 단독자, 은둔자, 괴짜들, 작은 방에 틀어박힌 채 종이 위에 글을 써넣으려 안간힘을 쓰면서 인생의 태반을 보내는 자들의 비밀 결사인 것입니다. 그것은 기묘한 생활 방식이고, 다른 선택의 여지가 없는 자만이 글쓰기를 천직으로 선택합니다. 그것은 너무 힘들고, 대가는 형편없고, 실망이 거듭되는 생활 방식이어서, 어쩔 수 없는 경우가 아니라면 도저히 감당할 수 없는 일입니다. 작가들은 다양한 재능과 야심을 가지고 있지만, 제 몫을 하는 유능한 작가라면 누구나 똑같이 말할 것입니다. 픽션을 쓰기 위해서는 할 말을 자유롭게 할 수 있어야 한다고. 나는 지금까지 쓴 모든 글에서 그 자유를 행사했고, 살만 루슈디도 마찬가지였습니다. 그것이 우리를 형제로 만들어 주었으며, 그의 곤경이 곧 나의 곤경이기도 한 것은 바로 그 때문입니다.

내가 루슈디와 같은 처지에 놓인다면 어떻게 행동할지 모르겠지만, 상상할 수는 있습니다. 적어도 상상하려고 애써 볼 수는 있습니다. 솔직히 말하면 루슈디가 지금까지 보여 준 용기를 과연 나도 발휘할 수 있을지 자신 없습니다. 그의 생활은 파탄 상태에 빠져 있지만 그는 여전히 천직인 글쓰기를 계속해

* 국제 문학 단체인 펜PEN 클럽. 이 글이 발표된 지 11년이 지난 2004년, 살만 루슈디는 펜 클럽 미국 본부 회장에 지명되었다.

왔습니다. 은신처를 이리저리 옮겨 다니고, 아들과도 연락을 끊고, 경찰의 보호에 둘러싸여 있으면서도 매일 책상으로 가서 계속 글을 썼습니다. 가장 좋은 상황에서도 그것이 얼마나 힘든 일인지 잘 알기에, 나는 그가 이룩한 업적에 그저 경외심을 느낄 뿐입니다. 그는 장편소설을 한 권 썼고, 지금도 장편소설을 쓰는 중이며, 그 밖에 표현의 자유와 관련한 기본적 인권을 옹호하는 훌륭한 에세이와 연설문도 많이 썼습니다. 그것만으로도 충분히 놀랍지만, 나를 정말로 놀라게 하는 것은 그가 이처럼 기본적인 일을 하는 틈틈이 짬 내어 남의 책에 대한 비평까지 썼다는 사실입니다. 무명작가들을 위해 책 표지에 추천문을 쓰기도 했습니다. 그와 같은 처지에 있는 사람이 자기가 아닌 남을 생각할 수 있을까요? 루슈디라면 그렇다고 대답할 것입니다. 하지만 그런 막다른 궁지에 몰렸을 때 루슈디처럼 할 수 있는 사람이 얼마나 될지 궁금합니다.

살만 루슈디는 살기 위해 싸우고 있습니다. 투쟁은 5년 동안 지속되었지만, 〈파트와fatwa〉*가 처음 공표되었을 때에 비해 문제 해결은 조금도 가까워지지 않았습니다. 많은 사람들과 마찬가지로, 나도 그를 도울 방법이 있기를 바랍니다. 좌절감은 강해지고 절망감이 밀려오지만, 외국 정부의 결정을 움직일

---

* 1988년에 살만 루슈디가 『악마의 시 The Satanic Verses』를 발표하자, 이 소설이 이슬람교 창시자 무함마드를 모독했다는 이유로 이듬해인 1989년 당시 이란의 최고 지도자 아야톨라 호메이니가 루슈디에게 〈파트와〉(죽음의 선고)를 내렸다. 신변이 위험에 처한 루슈디는 잠적해야 했고, 은둔 및 망명 생활은 1998년 모하마드 하타미 이란 대통령이 〈파트와〉를 공식 철회할 때까지 계속됐다.

힘도 없고 영향력도 없는 나는 그를 위해 기도하는 것이 고작입니다. 그는 우리 모두를 위해 짐을 짊어지고 있습니다. 나는 이제 그를 생각하지 않고는 내가 하는 일을 생각할 수 없습니다. 그의 곤경이 내 관심을 집중시켰고, 내 믿음을 재검토하는 계기를 마련해 주었으며, 내가 누리는 자유를 당연하게 여기면 안 된다는 것을 가르쳐 주었습니다. 그 모든 것에 대해 나는 커다란 고마움을 느끼고 있습니다. 나는 자신의 생활을 되찾기 위해 싸우는 살만 루슈디를 지지하지만, 사실은 루슈디도 나를 떠받쳐 주었습니다. 그 점에 대해 그에게 감사하고 싶습니다. 펜을 들 때마다 그에게 감사하고 싶습니다.

1993년

특별한 계기에 쓴 글들

펜실베이니아 주지사에게 보내는 탄원서

나는 오늘 여기서 사형에 대한 찬반을 논할 생각도 없고(개인적으로는 사형에 열렬히 반대하지만), 미국의 인종 문제를 거론할 생각도 없고(확실히 이것은 우리 문화의 핵심적이고 중대한 문제지만), 언론의 자유와 헌법 수정 조항 제1조를 둘러싼 논의로 탈선할 생각도 없습니다. 다만 펜실베이니아 주지사인 토머스 리지 씨에게 몇 마디 하고 싶을 따름입니다. 이제 무미아 아부자말*의 비참하고도 비극적인 사건에서 중요한 것

* 1970년대 미국에서 흑인 인권 운동을 주도한 〈흑표범당Black Panthers Party〉의 필라델피아 지역 활동가이자 라디오 저널리스트인 무미아 아부자말은 1981년 12월 9일 거리에서 동생이 경찰에게 구타당하는 것을 목격하고 이를 말리던 중 경관 대니얼 포크너가 쏜 총에 맞아 의식을 잃고 쓰러졌는데, 경관 포크너 또한 총에 맞아 현장에서 사망한 채 발견되었다. 검찰은 무미아를 살인범으로 기소했고, 경찰의 강요에 따른 증인들의 위증, 원천 봉쇄된 변론, 인종 편견을 지닌 배심원 선정 등 숱한 문제점들이 제기되었음에도 펜실베이니아주 법원은 그에게 사형을 선고했다. 1995년 6월 무미아는 구제를 위한 청원을 제기했으나 기각되었고, 펜실베이니아 주지사 토머스 리지는 사형 집행 일자를 그해 8월로 잡았으나 미국 안팎의 대규모 항의 때문에 집행이 유예되었다. 이는 흑인 인권 운동에 대한 탄압과 사형 제도 및 사법 제도의 문제점을 드러내는 상징적인 사건으로 부각되어 전 세계의 관심을 끌었다.

은 오직 리지 주지사의 의견뿐입니다.

같은 미국 시민으로서 나는 주지사가 잠깐 걸음을 멈추고 자신에게 주어진 막강한 권한을 생각해 주기 바랍니다. 무미아 아부자말이 했거나 하지 않은 일에 대해 배심원단이 어떤 판단을 내렸든지 간에, 무미아 아부자말을 사형에 처할 수 있는 펜실베이니아주의 권리를 법률이 아무리 지지한다 해도, 바로 그 법률에 따라 주지사는 펜실베이니아주에서 배심원단의 판단을 무효화하고 무미아 아부자말의 목숨을 구해 줄 수 있는 유일한 인물로 지명되었습니다. 그것은 법률이 스스로 완벽하지 않다는 것을 알기 때문입니다. 법률은 자기가 실수를 저지른다는 것, 법을 집행하는 인간은 불완전한 존재라는 것, 따라서 법률의 판단을 무효화할 권한을 법률 자체 속에 써넣어야 한다는 것을 이해하고 있습니다. 법률이 한 사람의 목숨을 빼앗으려 할 때보다 이 권한이 더 중요한 경우는 없습니다. 그런 경우에 탄원서가 주지사에게 직접 가는 것은 그 때문입니다. 법률은 그렇지 않다 해도 주지사는 항상 현명하고 공정할 것으로 간주되기 때문입니다.

리지 주지사, 당신은 인간에게 주어질 수 있는 임무 가운데 가장 엄청나고 무서운 임무를 맡으라는 요청을 받았습니다. 바로 타인의 운명을 결정하는 일입니다. 무미아 아부자말의 목숨은 문자 그대로 당신 손에 달려 있습니다. 당신에게 주어진 막대한 권력과 책임을 생각할 때, 당신은 당연히 사건과 관련된 모든 사실을 잘 알고 있을 것입니다. 아무 권력도 없는 평범한 시민인

특별한 계기에 쓴 글들

나도 재판에 관한 수많은 자료를 전부 읽었는데, 모든 보고서는 배심원 선정과 증거, 증인들의 증언과 관련하여 수많은 변칙과 모순을 보여 주었습니다. 그것은 가장 냉소적인 관찰자도 무미아 아부자말이 정말로 그런 범죄를 저질렀는지 의심스럽다고 결론짓기에 충분합니다. 그리고 조금이라도 의심스러운 점이 있는 한, 무미아 아부자말이 저질렀다고 되어 있는 범죄를 그가 저지르지 않았다는 주장이 성립하는 한, 그에게서 목숨을 빼앗는 것은 극악무도한 일로 여겨집니다. 극악무도할 뿐만 아니라 수치스럽고, 인간의 법률과 신의 율법에 어긋나는 죄악입니다.

리지 주지사, 우리는 누구나 자랑스럽게 여길 수 있는 나라에서 살고 싶습니다. 우리는 미국이 모든 사람에게 정말로 정의로운 나라라고 믿고 싶습니다. 그것은 지금까지 우리가 만들어 낸 사상 가운데 가장 중요한 것입니다. 이제는 당신이 그 원칙을 떠받치고, 미국이 정말로 우리가 주고 싶어 하는 경의와 찬탄을 받을 가치가 있는 위대한 나라임을 입증할 차례입니다. 모든 눈이 리지 주지사 당신에게 쏠려 있습니다. 나도 당신을 지켜보고 있습니다. 펜PEN의 동료 작가들도 당신을 지켜보고 있습니다. 전 세계의 수많은 사람들이 당신을 지켜보고 있습니다. 그리고 우리는 모두 당신이 현명하고 공정한 일을 해주기를 기원합니다.

우리에게 긍지를 느끼게 해주십시오, 리지 주지사. 무미아 아부자말의 목숨을 구해 주십시오.

1995년

전쟁의 최고 대체물

〈밀레니엄〉에 관한 글을 써달라는 청탁을 받았을 때 가장 먼저 떠오른 단어는 **유럽**이었다. 결국 밀레니엄은 유럽적 아이디어이고, 기독교 달력인 유럽 달력을 기준으로 해야 뜻이 통하니까. 지금은 세계 대부분의 국가들이 그 달력에 따르지만 천 년 전만 해도 아시아나 아프리카, 아메리카 대륙에서는 지금이 서기 1000년이라고 말하면 무슨 소린지 아무도 몰랐을 것이다. 유럽은 지구상에서 이 밀레니엄을 처음부터 끝까지 체험한 유일한 대륙이며, 나는 지난 천 년간의 유럽사를 아우를 수 있는 하나의 지배적인 이미지나 관념을 찾아볼 때면(누군가 〈밀레니엄〉에 관해 말하라고 하면 당신은 장기적인 관점을 취하게 될 테니까) **유혈**이라는 단어가 떠오르곤 한다. 여기서 유혈은 전쟁, 대량 살상, 무고한 사람들에 대한 학살 같은 폭력의 형이상학을 의미한다.

유럽의 찬란한 문화와 문명을 폄하하려는 의도가 아니다. 그러나 단테와 셰익스피어, 페르메이르와 고야, 샤르트르 대성당과 인권 선언에도 불구하고 지난 천 년 동안 유럽에서는 한 무리가 다른 무리를 죽이려는 시도가 끊이지 않았음은 입증된 사실이다. 국가와 국가가 싸우고(백 년 전쟁), 동맹국들이 다른 동맹국들과 싸우고(삼십 년 전쟁), 한 나라 국민들이 서로 싸우기도 했다(프랑스 종교 전쟁들). 미국을 보더라도, 우리가 찬양해 마지않는 발전과 계몽의 세기에 그런 일들이 있었다. 지구상에서 대학살은 끝났다고 생각하는 사람은 신문을 펼쳐 과거에 유고슬라비아였던 지역에서 현재 벌어지는 상황들에 관해 읽어 보기 바란다. 지난 30년간 북아일랜드에 벌어져 온 일들은 말해 무엇하랴.

다행스럽게도 제2차 세계 대전 이후 유럽 열강들은 평화를 지켜왔다. 전후 45년 동안 그 평화는 다른 종류의 전쟁으로 얼룩졌지만, 베를린 장벽이 무너지고 소비에트 연방이 해체된 다음부터는 평화가 유지되었다. 지금은 유럽 역사에서 유례가 없었던 시기이다. 공동 통화 제도 실시가 임박하고 여권 없이 국경을 넘나들게 된 지금, 전사들은 마침내 무기를 내려놓은 것처럼 보인다. 그렇다고 해서 그들이 서로를 좋아하거나 국수주의의 열기가 식었다고 말할 수는 없지만, 이제 유럽인들은 서로를 난도질하지 않고도 미워하는 방법을 발견한 듯하다. 이 기적은 축구라는 이름으로 불린다.

나도 과장하고 싶진 않지만 그 사실을 달리 어떻게 해석하겠는가? 지난여름 월드컵에서 프랑스가 깜짝 우승을 거뒀을 때 백만 명 이상의 인파가 샹젤리제로 모여들어 기쁨을 나눴다. 1944년 독일군에게서 해방된 날 이후로 파리에서 목격된 가장 큰 규모의 축하 인파였다고들 한다.

그 거대한 규모와 과도한 기쁨의 표현에 입이 벌어지지 않을 수 없었다. 나는 그게 스포츠에서의 승리일 뿐이라고 되뇌었지만, 모두가 그 광경을 지켜봤다. 54년 전 드골 장군이 개선문을 지나던 때와 같은 도시, 같은 거리에 같은 축제의 환희, 같은 국민적 자부심이 넘쳐흐르는 광경을.

나는 텔레비전으로 그 장면을 보면서 몇 해 전에 읽은 책의 제목을 떠올렸다. 리샤르드 카푸시친스키의 『축구 전쟁*The Soccer War*』. 축구가 전쟁의 **대체물**이 되었다는 게 과연 가능한 일인가?

아메리칸 풋볼American football에 비해 유럽 축구soccer는 온순한 느낌을 주지만 사실 축구의 역사는 늘 폭력에 물들어 있었다. 이 이야기는 전설에 불과할 수도 있지만, 금(今) 천 년 최초의 축구에 관한 언급은 전쟁에서 나왔다. 1000년경에 영국인들은 그들의 땅을 침공한 덴마크 족장의 목을 베어 머리를 축구공 삼아 차면서 승리를 기념했다고 한다. 그 이야기를 믿을 필요는 없지만, 1100년대에 이르자 영국 전역에서 참회의 화요일이면 온 도시 사람들이 다른 도시 사람들과 겨루는 대규모 축구 경기가 열렸다는 사실은 검증 가능한 문서들에 기록되어 있다. 한 팀 선수가 5백 명이었다. 그리고 경기장 길이가 수 킬로미터에 이르기도 했다. 경기는 종일 이어졌고 정해진 규칙도 없었다. 이 경기는 〈군중 축구〉라는 이름으로 알려졌으며, 이 반쯤 조직적인 싸움 때문에 빚어진 대혼란은 너무도 많은 부상과 골절, 심지어 죽음으로 이어져 1314년 에드워드 2세는 축구 경기 금지령을 내리기에 이르렀다. 〈큰 공을 두고 벌이는 난폭한 몸싸움으로 인하여 도시가 몹시 소란스럽고 그로 인해 많은 재앙이 일어날 수 있으며 (……) 이에 우리는 왕을 대신하여, 장차 도시에서 그런 경기를 벌일 경우 투옥을 각오해야 할 것임을 공표한다.〉

계속해서 에드워드 3세, 리처드 2세, 헨리 4세도 금지령을 내렸다. 이 왕들은 축구라는 스포츠의 폭력성을 경계했을 뿐 아니라, 병사들이 지나치게 〈축구에 개입하느라〉 활쏘기 연습 시간이 줄어 적군의 침공에 대비한 군사훈련에 지장을 초래할까 염려하기도 했다. 그러니까 이미 금 천 년 초반에 축구와 전쟁의 관계가 형성되었던 것이다. 전쟁과 축구는 동전의 양면이었다.

그러다 17세기 말에 이르러 화기의 발달로 병사들이 활쏘기를 익힐 필요가 없어지자 찰스 2세는 축구를 적극 장려하게 된다. 1801년에 표준 규칙들이 도입되었고, 모든 학생들이 알고 있듯 14년 후 나폴레옹은 〈이튼 경기장에서〉* 패했다. 1863년에 케임브리지 대학교에서 현대 축구의 규칙들이 정해지면서 축구는 유럽과 전 세계로 전파되었다. 이후 축구는 인류 역사

---

* 1815년 워털루 전투에서 나폴레옹군에 승리한 웰링턴 장군은 〈오늘의 승리는 이튼 경기장에서 이루어졌다〉는 말로 귀족 명문 학교의 축구 열풍이 학생들의 투지를 길러 줬음을 선언한다.

상 가장 인기 있고 가장 널리 퍼진 스포츠 경기로 발전했다.

미국은 축구의 매력을 거부해 온 유일한 국가인 듯하며, 유럽에서 축구가 지니는 중요성, 포르투갈에서부터 폴란드까지 수천만 명에 이르는 사람들의 상상력을 지배하는 축구의 힘은 결코 과대평가된 것이 아니다. 축구에 대한 유럽인들의 집착이 어느 정도인지 가늠해 보려면 미국인들이 야구, 아메리칸 풋볼, 농구에 보내는 관심을 모두 합한 다음 거기에 10이나 20을 곱해야 할 것이다. 나아가 각 나라가 국가 대표 팀을 경기에 내보내고 이 팀들이 유럽 및 세계 토너먼트에서 맞선다는 점을 고려하면, 축구와 조국을 향한 사랑이 어떻게 광신적 애국주의의 과잉으로 발전하고 묵은 원한을 해결하는 수단이 될 수 있는지 상상하기 어렵지 않다. 지난 천 년간 유럽의 어느 나라도 이웃 나라의 침공과 모욕을 피할 수 없었으며, 금 천 년이 마무리되는 현 시점에서 보면 가끔 유럽 대륙의 역사 전체가 축구 경기장에서 요약되어 재현되는 듯하다. 네덜란드 대 스페인. 영국 대 프랑스. 폴란드 대 독일. 경기마다 과거의 적대감에 관한 섬뜩한 기억이 떠돈다. 득점이 이루어질 때마다 과거의 승리와 패배의 메아리가 들린다. 관중석의 열기가 고조된다. 관중들은 국기를 흔들고, 애국가를 부르고, 상대편 응원단을 모욕한다. 미국인들은 그 익살스러운 행동들을 보고 다들 재미 삼아 그러는 것이려니 생각하지만, 그렇지 않다. 그들은 진지하다. 그래도 최소한 짧은 반바지 차림의 대리군(軍)들이 벌이는 모의 전쟁은 과부와 고아 들의 증가로 이어지진 않는다.

특별한 계기에 쓴 글들

그렇다, 나는 영국 축구 훌리건들에 관해 알고 있으며 지난 해 월드컵 기간에 프랑스의 몇 개 도시들에서 일어난 폭동과 상해에 관해서도 모르지 않는다. 하지만 이러한 극단적이고 폭력적인 행위의 사례들은 내 의견을 강화할 뿐이다. 축구는 전쟁의 대체물이다. 국가들이 경기장에서 싸우는 한, 사상자 수는 두 손에 달린 손가락으로 셀 수 있을 정도에 머물 것이다. 한 세대 전만 해도 그 수는 수백만에 이르렀다.

그렇다면 유럽은 유혈의 천 년을 보낸 후 마침내 서로의 다름을 평화롭게 해결할 방법을 발견해 냈다고 할 수 있을까?

그건 두고 볼 일이다.

1998년 12월 1일

뉴욕에서 금지된 영국 예술

브루클린 박물관 앞 시위에서 한 연설

우리는 그것을 좋아할 필요도 없고 그것이 훌륭하다고 생각할 필요도 없습니다. 하지만 그렇다고 해서 그것이 전시될 권리를 옹호하고 나서지 말아야 하는 건 아닙니다.

이건 검열이나 예술적 자유에 관한 논쟁이 아닙니다. 공적 기금의 사용에 관한 문제입니다. 이 예술가들에게 그들이 만들고자 하는 작품을 만들어선 안 된다고 말하는 사람은 없습니다. 하지만 브루클린 박물관 큐레이터들은 작품들이 불쾌감을 준다는 이유로 그것들을 전시할 수 없다는 말을 들었습니다. 박물관 운용 기금을 대는 시 정부는 불쾌한 예술을 홍보할 생각이 없다는 것이었습니다.

뉴욕시는 시내 박물관을 재정적으로 지원할 법적 의무가 없습니다. 시민들의 문화생활을 지원해야 한다는 의무감에, 그리고 예술이 가치를 지닌다는 생각으로 경제적 도움을 주는 것입니다. 일단 예술에 관여하면 어떤 결과가 나오든 내버려 둬야 합니다. 결과에 개입하려 한다면 그건 예술이 아니라 정치에 관여하는 셈입니다.

예술의 아름다움은 자유로움에서 나오고, 자유로운 것은 예측이 불가합니다. 그리하여 예술은 우리의 마음을 뒤흔들기도 하고, 우리에게 도전장을 내밀기도 하고, 영감을 주기도 하고, 혐오감을 주기도 합니다. 그걸 왜 걱정합니까? 우리가 자신의 생각과 신념에 확신이 너무도 부족한 나머지 하나의 예술 작품이 우리의 정신을 파괴할 수도 있다는 겁니까? 내 눈에는 흉한 것이 다른 사람 눈에는 아름다울 수 있습니다. 그건 좋은 일입니다. 안 그렇습니까? 누군가가 말했듯이, 그것이 세상을 움직이는 힘입니다. 안 그렇습니까?

제가 이 사태에 슬픔을 느끼는 이유는, 뉴욕을 위대한 도시로 만드는 힘 — 관용의 정신, 새로운 생각과 다른 의견에 대한 개방성 — 이 공격받았기 때문입니다. 줄리아니 시장은 각성해야 합니다. 그는 예술을 가지고 정치를 하고 있습니다. 그는 정치인이기에 예술에 관해 잘 모를 수 있고 그래서 어떤 예술이 싫다고 여기는 것일 수도 있습니다. 그런데 최근 발언을 들어보면 그는 정치에 대해서도 잘 모르는 듯합니다. 시장님, 이 나라는 민주주의 국가입니다. 부디 그 사실을 기억하십시오.

1999년 10월 1일

종이 상자에 대한 단상

20세기의 종말을 11일 앞둔 가랑비 내리는 추운 아침이다. 나는 이 음산한 12월 날씨에 밖에 나가지 않아도 되는 걸 기뻐하며 브루클린의 내 집에 앉아 있다. 여기 원하는 만큼 오래 앉아 있을 수 있으며 설령 이따가 외출을 하게 되더라도 이곳으로 돌아올 수 있음을 안다. 그럼 몇 분 내로 몸이 따듯해지고 물기도 마를 것이다.

나는 이 집을 소유하고 있다. 7년 전에 집값의 5분의 1에 해당하는 현금을 끌어모아 집을 샀다. 나머지 80퍼센트는 은행에서 빌렸다. 은행에서는 30년 동안 대출금을 갚으라고 했고 나는 매달 수표를 써서 은행에 보낸다. 7년이 지난 지금도 원금은 거의 줄지 않은 상태다. 은행에서 내게 저당 수수료를 물리는 바람에 지금까지 은행에 갖다 바친 돈은 거의 이자를 줄이는 데 들어갔다. 그래도 불만은 없다. 이 집에서 살 기회를 잡을 수 있었기에 기꺼이 원금의 두 배가 넘는 이자를 지불한다. 이 집이 좋다. 특히 오늘 아침처럼 쌀쌀하고 고약한 날씨에

특별한 계기에 쓴 글들

는 하늘 아래 이 집 말고 달리 가고 싶은 곳이 없다.

이 집에 거주하는 비용은 적잖이 들지만 처음 생각한 만큼 많진 않다. 4월에 세금을 낼 때 1년간 지불한 이자 전체를 공제받을 수 있기 때문이다. 무조건 그 액수만큼 수입에서 공제된다. 연방 정부에서 그런 혜택을 제공했고 나는 그 점에 대해 무척 감사한 마음이다. 왜 안 그렇겠는가? 해마다 수천 달러씩 아낄 수 있는데.

다시 말해, 나는 정부로부터 복지 혜택을 받는다. 나 같은 사람도 집을 소유할 수 있도록 정부가 수단을 강구해 준 것이다. 모든 미국인이 이를 좋은 정책이라고 여기며, 나는 이 법을 바꿔야 한다고 주장하고 나선 하원 의원이나 상원 의원이 있다는 소리를 들어 본 적이 없다. 지난 몇 년 사이에 가난한 사람을 위한 복지 프로그램들은 거의 폐지되었지만, 부자를 위한 주택 장려 정책은 아직 남아 있다.

길거리에서 종이 상자에 사는 노숙자를 보면 그 사실을 기억하기 바란다.

정부가 국민들의 주택 소유를 장려하는 건 그게 사업에도, 경제에도, 대중의 사기 진작에도 좋기 때문이다. 또한 집을 갖는 건 모두의 보편적 꿈, 가장 순수하고 필수적인 형태의 아메리칸드림이기도 하다. 미국은 이 기준에 따라 문명국이라고 자평하며, 우리 미국인들은 우리가 얼마나 성공했는지 증명하고 싶을 때면 미국이 세계 어느 나라보다 국민의 자가 소유 비율이 높다는 사실을 보여 주는 통계 수치를 내놓는다. 〈주택 착공 건수)는 핵심 경제 용어이며 재정 건전성을 나타내는 근본 지표이다. 더 많은 집을 지을수록 우리는 더 많은 돈을 벌게 되고, 더 많은 돈을 벌수록 모두가 더 행복해질 것이다.

그럼에도 이 나라에 평생 집을 마련하지 못하고 매달 집세를 내느라 허덕거리며 살아야 하는 사람이 수백만에 이른다는 사실은 누구나 아는 상식이다. 집세가 밀려 길바닥에 내몰리는 사람도 많다. 우리는 그들을 집이 없는 사람들, 즉 홈리스 homeless라고 부르지만, 정확히 말하자면 그들은 돈이 없는 사람들이다. 미국에서는 매사 그러하듯, 이 역시 돈 문제로 귀결된다.

종이 상자에 사는 게 좋아서 거기 사는 사람은 없다. 종이 상자에 사는 사람은 정신 이상자일 수도 있고 마약 중독자나 알코올 의존자일 수도 있지만 반드시 그런 문제들 때문에 거기 사는 건 아니다. 나는 평생 수십 명의 정신 이상자를 만나 봤는데, 그들 중 다수가 아름다운 집에 살았다. 알코올 의존자는 길거리에서 자야 할 운명이라고 쓰인 책이 있으면 내게 보여 달라. 알코올 의존자라도 얼마든지 검은 모자를 쓴 운전 기사가 모는 차를 타고 시내를 돌아다닐 수 있다. 거기에는 인과 관계가 없다. 종이 상자에 사는 사람은 달리 살 데가 없어서 거기 사는 것이다.

가난한 이들은 살기가 힘든 시대다. 우리는 엄청난 번영의 시기로 들어섰고, 우리가 날로 불어나는 이윤의 고속 도로를 질주하는 동안 무수히 많은 사람들이 중도 탈락하고 있음을

　　　　　　　　　　特別한 계기에 쓴 글들

잊었다. 부는 가난을 만든다. 그것이 자유 시장 경제의 비밀 방정식이다. 우리가 이야기하고 싶어 하지 않는 사실인데, 부자가 더 부자가 되어 쓸 돈이 더 많아지면 물가는 올라간다. 지난 몇 년간 뉴욕 부동산 시장에서 어떤 일이 일어났는지 다들 알 것이다. 주거비가 아무도 상상하지 못한 수준으로 치솟은 것이 불과 얼마 전이다. 자랑스러운 자가 소유자인 나조차도 현재의 집값으로는 집을 마련할 여유를 갖지 못했을 것이다. 주거비 상승은 많은 사람들에게 살 집이 있고 없고의 차이를 만들었다. 어떤 사람들에게는 삶과 죽음의 차이와도 같았다.

불운은 언제 누구에게 닥칠지 모른다. 우리에게 닥칠 수도 있는 여러 불행을 떠올리는 데는 대단한 상상력이 필요치 않다. 다들 자신의 파멸을 염두에 두고 살며, 아무리 행복하고 성공한 사람이래도 뇌의 어두운 구석에서는 끔찍한 이야기들이 계속 펼쳐진다. 우리는 집이 불타 버리는 상상을 한다. 직업을 잃는 상상도 한다. 우리에게 경제적으로 의존하는 사람이 병에 걸려 저축한 돈을 병원비로 다 써버리게 되는 상상도 한다. 투자에 실패하거나 주사위를 잘못 굴려 저축한 돈을 날려 버리는 상상도 한다. 우리들 대부분이 한 가지 재난만 겪어도 역경에 처하게 된다. 연속적인 재난은 우리를 파멸시킬 수 있다. 뉴욕 길거리를 떠도는 사람들 중에는 한때 안정적인 지위를 누린 이도 있다. 대학 졸업장이 있는 이도 있다. 책임 있는 자리에서 가족을 부양하며 살던 이도 있다. 그런 이들이 불운으로 역경에 처했으니 우리라고 해서 그런 일을 겪지 않으리란 법은 없다.

지난 몇 개월 동안 뉴욕에선 **그들** 문제를 어떻게 처리할 것인지를 두고 끔찍한 논쟁이 벌어졌다. 하지만 우리가 논해야 할 주제는 **그들**이 아닌 우리 모두의 문제를 어떻게 처리할 것인가이다. 뉴욕은 결국 우리의 도시이고, 그들에게 일어나는 일은 우리에게 일어나는 일이다. 가난한 사람을 돈이 없다고 해서 괴물 취급해선 안 된다. 그들은 도움이 필요한 사람들이며, 가난을 이유로 그들을 벌하는 건 누구에게도 도움이 되지 않는다. 현 정부에서 제안한 새 법률안들은 잔인할 뿐만 아니라 전혀 말이 안 되기도 한다. 이제 길거리에서 자면 체포된다고 한다. 쉼터로 들어가면 그 대가로 일을 해야만 한다. 일을 안 하면 길거리로 도로 쫓겨나고, 그럼 다시 체포될 것이다. 자녀를 둔 사람이 노동 규정을 준수하지 않으면 자녀를 빼앗기게 된다. 이런 제도를 옹호하는 자들이 독실하고 경건한 사람임을 자처한다. 그들은 세상의 모든 종교가 자선의 중요성을 강조한다는 점을 알아야만 한다. 자선은 장려되어야 할 것이 아니라 의무이며, 신과의 관계에서 필수적인 부분이다. 어째서 그들을 위선자라고 비난하는 수고를 마다하지 않는 사람이 아무도 없는 것일까?

그사이 날이 저물고 있다. 내가 책상에 앉아 이 글을 쓰기 시작한 지도 몇 시간이 지났다. 그동안 나는 꼼짝 않고 앉아 있었다. 달그락거리는 소리와 함께 난방이 들어오고 방 안은 따뜻하다. 바깥 하늘은 어둡고 비바람이 집 옆구리를 때린다. 나는

특별한 계기에 쓴 글들

어떤 답도, 조언도, 제안도 내놓을 게 없다. 그저 날씨를 생각해 보라고 말하고 싶다. 가능하다면 그다음엔 종이 상자 안에서 온기를 잃지 않으려고 애쓰는 자신의 모습을 상상해 보라. 이를테면 20세기의 종말이 11일 남은 오늘 같은 날, 춥고 시끄러운 뉴욕 길거리에서 말이다.

1999년 12월 20일

생각나는 대로 끄적거린 글
—2001년 9월 11일 — 오후 4시

열네 살 된 딸아이가 오늘 고등학교에 입학했다. 아이는 난생처음 브루클린에서 맨해튼까지 지하철을 타고 갔다 — 혼자서.

딸아이는 오늘 밤 집에 돌아오지 않을 것이다. 현재 뉴욕에는 지하철이 운행되지 않으며, 아내와 나는 어퍼웨스트사이드에 사는 친구들에게 딸아이를 재워 달라고 부탁해 놓았다.

딸아이가 세계 무역 센터 지하를 지나간 지 한 시간도 채 되지 않아 쌍둥이 빌딩이 폭삭 주저앉았다.

우리 집 꼭대기 층에서 보면 연기가 도시의 하늘을 가득 채우고 있다. 오늘은 바람이 브루클린 쪽으로 불어와서 화재 현장의 냄새들이 집의 모든 방으로 들어왔다. 화염에 휩싸인 플라스틱, 전선, 건축 자재, 시체들의 고약한 냄새, 코를 찌르는 그 악취.

세계 무역 센터가 있던 자리에서 북쪽으로 열 블록 떨어진 트라이베카에 사는 처제가 전화를 걸어와 처음 빌딩이 무너진

특별한 계기에 쓴 글들

후에 들은 비명들에 관해 이야기해 주었다. 처제 친구들은 참사 현장에 더 가까운 존스트리트에 사는데, 사고 여파로 집 건물 문짝이 박살 나서 경찰의 구조를 받았다고 한다. 그들은 온갖 잔해들을 헤치고 북쪽으로 걸어갔는데, 잔해들 속에는 인체 부위도 있었다고 한다.

아내와 나는 오전 내내 텔레비전을 본 후 동네를 걸으러 나갔다. 많은 사람들이 손수건으로 얼굴을 가리고 다녔다. 페인트공이 쓰는 마스크를 착용한 이들도 있었다. 내 머리를 잘라 주는 이발사가 고통스러운 얼굴로 빈 이발소 앞에 서 있어서 걸음을 멈추고 그와 이야기를 나눴다. 그의 말이, 몇 시간 전에 옆 골동품점 주인이 사위와 통화했는데 사위가 세계 무역 센터 107층 사무실에 갇혀 있다고 했다는 것이다. 통화가 끝나고 한 시간도 안 되어 그 건물은 무너졌다.

나는 온종일 텔레비전 화면 속 끔찍한 영상들을 지켜보고 창밖의 연기를 내다보면서, 세계 무역 센터 완공 직후인 1974년 8월 쌍둥이 빌딩 사이를 건넜던 내 친구, 고공 줄타기 예술가 필리프 프티를 생각했다. 지상 460미터 높이의 줄 위에서 춤추는 작은 남자, 그 아름다움은 결코 잊을 수 없는 것이었다.

오늘 바로 그곳이 죽음의 장소로 변했다. 얼마나 많은 사람들이 목숨을 잃었는지 생각하니 섬뜩하다.

우리 모두 이런 일이 벌어질 수도 있다는 사실을 알고 있었다. 우리는 수년 전부터 그 가능성을 이야기해 왔지만, 막상 비극이 터지고 보니 누구도 상상하지 못했을 정도로 끔찍하다. 미국 땅에서 마지막으로 외국인의 공격이 벌어진 때는 1812년이었다. 오늘 발생한 사건은 전례가 없으며 이 공격의 결과는 분명 끔찍할 것이다. 더 많은 폭력, 더 많은 죽음, 그리고 더 많은 고통이 따를 것이다.

마침내 21세기가 시작되었다.

2001년 9월 11일

특별한 계기에 쓴 글들

지하철

붐비는 시간 — 아침 러시아워, 저녁 러시아워 — 에 지하철을 타고 가다가 운 좋게 자리를 잡고 앉는다. 영어가 아닌 다른 언어로 된 신문의 수를 세고, 책들의 제목을 훑어본 다음 책 읽는 사람들을 지켜보고(타인의 마음에 들어가는 건 불가능하기에 그렇게 지켜보는 행위엔 미스터리함이 있다), 대화를 엿듣고, 누군가의 어깨 너머로 야구 득점표를 훔쳐본다.

서류 가방을 든 마른 남자들, 성경과 종교 팸플릿을 든 덩치 큰 여자들, 20킬로그램 가까이 되는 교과서들을 진 고등학생들. 쓰레기 소설들, 만화책들, 멜빌과 톨스토이, 『마음의 평화를 얻는 법*How to Attain Inner Peace*』.

통로 건너편에 앉은 승객들 얼굴을 살펴본다. 피부색과 이목구비의 다양함에 놀라고, 사람마다 코와 턱이 고유한 것에 당황하고, 인간들이 카드 패처럼 무한히 섞이는 것에 환희를 느낀다.

음정도 안 맞는 노래를 부르며 구슬픈 사연을 늘어놓는 걸인들, 새 삶을 얻은 전도사들의 통제 불가능한 장광설, 승객의 무릎 위에 공손히 수화 알파벳 카드를 올려놓는 농인들, 종종 걸음으로 객차 안을 누비며 우산, 식탁보, 싸구려 태엽 장난감을 파는 조용한 남자들.

열차의 소음, 열차의 속도. 정차역마다 스피커를 통해 쏟아져 나오는 무슨 소린지 알아들을 수도 없는 잡음. 열차가 갑작스럽게 요동치면서 승객들은 균형을 잃고 낯선 사람들과 부딪힌다. 남의 일에 간섭하지 않는 세련되고 교양 넘치는 태도.

그러다 뚜렷한 이유도 없이 전등이 꺼지고 환풍기가 윙윙거리기를 멈추면, 모두들 조용히 앉아 열차가 다시 움직이기를 기다린다. 누구 하나 입을 열지 않는다. 한숨 소리조차 듣기 어렵다. 우리 뉴요커들은 어둠 속에 앉아서 천사의 인내심으로 기다린다.

2001년 10월 11일

특별한 계기에 쓴 글들

NYC = USA

나는 1년 동안 매일 이야기들을 읽었다. 미국 전역에 사는 사람들이 나에게 보내온 이야기들로 짧고, 진실하고, 개인적이었다. 나는 매달 첫 토요일에 그중 가장 마음에 드는 이야기들을 골라 NPR 라디오 프로그램 「위켄드 올 싱스 컨시더드」에서 낭독했다. 그 프로젝트는 〈전국 이야기 공모전〉이라고 불렸으며, 당시(1999년 10월부터 2000년 10월까지) 4천 편이 넘는 응모 글이 도착했다. 시골 사람과 도시 사람, 늙은 사람과 젊은 사람, 그리고 다양한 직업의 사람이 쓴 글들이었다. 농부, 성직자, 주부, 퇴역 군인, 사업가, 의사, 우체부, 계량기 조사원, 자동 피아노 수리사, 트롤리버스 운전사, 그리고 주립 교도소 수감자도 몇 명 있었다.

나는 공모전 초기에 놀랍고 분명한 경향 하나를 발견했다. 사람들이 이야기하고 싶어 하는 도시는 오직 뉴욕뿐이었다. 뉴요커뿐 아니라 미국 전역의 사람들이 그런 경향을 보였는데, 그들 중에는 과거에 뉴욕에 살다가 다른 곳으로 이사한 걸 후

회하는 이들도 있었고 딱 한 번 뉴욕을 방문한 이들도 있었다. 그 이야기들 대부분에서 뉴욕은 그저 사건의 배경이 아니라 **이야기 자체의 주제**였다. 미친 뉴욕, 영감을 불러일으키는 뉴욕, 괴팍한 뉴욕, 추한 뉴욕, 아름다운 뉴욕, 견딜 수 없는 뉴욕 — 이 시대 최고의 인간 전시장 뉴욕. 미국은 수년간 뉴욕과 지극히 고통스러운, 심지어 적대적이기까지 한 관계를 유지해 왔지만, 미시간, 메인, 네브래스카에 사는 놀라운 수의 사람들에게 다섯 개 자치구로 이루어진 뉴욕이라는 도시는 미국의 본질인 다양성과 관용, 법 아래에서의 평등이 구현된, 살아 있는 화신이다. 미국 도시들 중 오직 뉴욕만이 단순한 하나의 장소, 사람들의 집합체 이상의 의미를 지닌다. 뉴욕은 하나의 이념이기도 하다.

나는 에마 래저러스의 시가 자유의 여신상 받침대에 새겨졌을 때 그 이념이 우리 안에 확고히 자리 잡았다고 믿는다. 바르톨디*의 거대한 조각상은 애초에 국제적 공화주의 원칙들을 기념하기 위해 만들어졌으나, 에마 래저러스의 시 「새 거상 The New Colossus」이 그 조각상에 새로운 목적을 부여하면서 자유의 여신은 따뜻하게 맞이해 주는 어머니, 세상에서 버림받고 짓밟힌 이들을 위한 희망의 상징이 된다. 뉴욕은 언제나 그 정신을 표방해 왔으며, 자유의 여신상 제막식이 거행된 지 116년이 지난 오늘까지도 우리는 우리의 뉴욕을 이민자들의

---

* 뉴욕 자유의 여신상을 제작한 프랑스 조각가.

도시로 정의한다. 현 인구의 40퍼센트가 외국에서 태어났으니 뉴욕은 전 세계의 단면이라고 할 수 있다. 다양한 민족들이 뒤섞여 북적거리며 사는 도시 뉴욕은 혼돈의 나락으로 빠질 가능성이 농후하다. 우리가 수많은 문제들에 시달리고 있지 않다고 주장할 사람은 없겠지만, 사라예보나 벨파스트, 예루살렘 같은 도시들에서 민족적 차이가 어떤 결과를 초래했는지를 고려하면 뉴욕은 시민적 평화와 질서의 빛나는 예라고 할 수 있다.

작년 9월 세계 무역 센터에 가해진 잔인무도한 공격을 미국에 대한 공격으로 이해하는 건 온당한 일이다. 뉴요커들도 그렇게 생각했지만, 폭격을 맞은 건 우리 시였다. 우리는 3천 명의 무고한 생명을 앗아간 가증스러운 광신주의를 이해해 보려고 안간힘을 다하는 한편, 그날 우리가 겪은 경험을 가족적 비극으로 받아들였다. 대부분이 깊은 애도 상태에 빠져 몇 날, 몇 달을 집단적 슬픔에 사로잡힌 채 무거운 걸음으로 천천히 걸어 다녔다. 그만큼 우리 모두와 밀접한 사건이었으며, 뉴요커 중에 그 공격으로 친구나 친척을 잃지 않은 사람을 직접, 혹은 한 다리 건너서라도 아는 이는 단 한 명도 없을 것이다. 그 수를 계산해 보면 충격적인 결과가 나온다. 희생자 3천 명에 그들의 직계 가족, 확대 가족, 친구들, 이웃들, 직장 동료들을 더하면 갑자기 수백만이라는 숫자로 불어나는 것이다.

작년 9월 11일은 미국 역사상 최악의 날들 가운데 하나였지만 그날 아침에 일어난 무시무시한 대재앙은 깊은 성찰의 기회를, 우리 모두 잠시 멈추어 자신이 누구이고 무엇을 믿으며 사는지 돌아볼 시간을 주었다. 나는 마침 지난가을에 〈전국 이야기 공모전〉 선집 『나는 우리 아버지가 신인 줄 알았다 *I Thought My Father Was God*』 출간에 맞추어 NPR 방송국의 재키 라이든과 공동 진행을 맡은 행사들에 참석하기 위해 많은 시간을 길에서 보내게 되었다. 우리는 보스턴에서 샌프란시스코까지 여행하며 그 사이의 도시들에 들렀고, 해당 지역에 거주하는 응모자들이 주의 깊게 경청하는 대규모 청중 앞에서 자신의 이야기를 낭독했다. 나는 그 여행에서 수십 명, 아니 어쩌면 수백 명에 이르는 사람들과 대화를 나눴는데, 거의 모두가 같은 이야기를 했다. 9·11의 여파로 그들은 미국의 가치들을 재평가하고, 무엇이 우리를 공격한 사람들과 우리를 갈라놓았는지 밝혀내고자 애쓰는 중이었다. 거의 예외 없이 그들은 **민주주의**라는 단어를 사용했다. 그것이 미국인의 삶의 근본 신조다. 개인의 존엄성에 대한 믿음, 문화적·종교적 차이들에 대한 관대한 포용. 우리가 그런 이상들에 부응하는 데 아무리 빈번히 실패한대도 그것이 미국의 참모습이며, 앞서 말한 믿음과 포용이라는 원칙들이 뉴욕의 변함없는 일상적 현실이다.

이제 1년이 지났다. 부시 행정부에서 아프가니스탄을 침공하면서 테러와의 전쟁에 들어갔을 때, 우리는 뉴욕에서 아직도 사망자 수를 세느라 바빴다. 우리는 연기가 피어오르는 건물 잔해가 점차 치워지는 광경을 공포의 눈으로 지켜보고, 빈 관

특별한 계기에 쓴 글들

으로 치러지는 장례식에 참석하고, 눈물을 흘렸다. 국제 정세가 악화 일로로 치닫는 지금도 우리는 희생자들을 위해 어떤 기념비를 세울지 격론하며, 재해 지역을 어떻게 재건할지를 고민하는 데 골몰한다. 탈레반 정권이 축출된 것을 유감스러워하는 사람은 아무도 없지만, 요즘 뉴요커들과 이야기를 나눠 보면 그동안 정부가 해온 일에 대한 실망도 없지 않다. 조지 W. 부시에게 표를 준 뉴요커는 소수에 불과하며 대부분은 의심하는 눈으로 그의 정치 활동을 바라본다. 우리 관점에서 그는 충분히 민주적이지 못하다. 부시와 그의 내각은 국가가 직면한 문제들과 관련해 열린 토론을 장려하지 않는다. 임박한 이라크 침공에 관한 뉴스가 신문에 나도는 가운데 점점 더 많은 뉴요커들이 불안해하는 중이다. 그라운드 제로에서 바라보면, 세계적인 대재앙이 다가오는 것만 같다.

얼마 전에 우편으로 받은 시(詩) 잡지 표지에 이런 글이 있었다. **미국은 뉴욕을 떠나라USA OUT OF NYC.** 모두가 그렇게까지 되기를 원하진 않겠지만, 지난 몇 주 동안 나는 많은 친구들이 뉴욕이 연방에서 분리되어 독자적인 도시 국가를 설립할 가능성에 관해 몹시 진지하고 열정적으로 이야기하는 걸 들었다. 물론 그런 일은 결코 일어나지 않겠지만, 나는 한 가지 현실적인 제안을 하고 싶다. 부시 대통령은 워싱턴이 싫다는 말을 입버릇처럼 해왔으니 뉴욕에 와서 살면 어떨까? 우리는 부시가 뉴욕에 대단한 애정을 품고 있진 않다는 걸 알지만, 그래도 우리 도시로 이사하면 그가 통치하는 나라에 대해 뭔가 배

우게 될 테니까. 의구심을 극복하고 뉴욕이 미국의 진정한 중
심부임을 깨닫게 될지도 모르니까.

2002년 7월 31일

특별한 계기에 쓴 글들

1968년 컬럼비아

그해는 해 중의 해, 격동과 광기의 해, 불과 피와 죽음의 해였다. 스물한 살에 접어든 나는 다른 모든 사람들처럼 미쳐 있었다.

미국의 베트남전 파병 인원이 50만 명에 이르고, 마틴 루서 킹 주니어가 암살당하고, 미국의 도시들이 불타고, 세상은 묵시록의 종말을 향해 나아가는 듯했다.

1968년 당시 내가, 아니 모든 청년들이 처한 상황에서는 미치는 것이 가장 온당한 반응이었다. 대학을 졸업하는 즉시 내가 도덕적·정치적으로 반대하는 무의미한 전쟁에 끌려갈 처지였고, 참전을 거부하기로 결심한 내 앞에는 오직 두 가지 선택만이 놓여 있었다. 감방에 가느냐 아니면 추방당하느냐.

나는 폭력적인 사람이 아니었다. 지금 그 시절을 회고해 보면, 나는 작가가 되기 위한 길을 모색하며 컬럼비아 대학교에서 문학과 철학 공부에 몰두하던 조용한 책벌레 청년이었다. 반전 시위에 참가하긴 했지만 학내 정치 조직에서 활동하진 않았다. SDS* — 과격 학생 단체들 가운데 하나였으나 결코 가장 과격한 단체는 아니었던 — 의 목표에 공감하면서도 그 집회에 참석한 적도, 전단을 배포한 적도 없었다. 나는 그저 책을 읽고, 시를 쓰고, 웨스트엔드 바에서 친구들과 술을 마시고 싶은 마음뿐이었다.

40년 전 오늘, 컬럼비아 캠퍼스에서 시위가 열렸다. 전쟁과는 무관한, 대학에서 모닝사이드 파크에 체육관을 짓는 것에 반대하는 시위였다. 그 공원은 공유지였는데 대학 측에서 (대부분 흑인인) 지역 주민들을 위한 출입구를 별도로 만들 작정이어서, 체육관 건립 계획은 부당한 동시에 인종 차별적이기까지 했다. 나는 그런 의견에 동조하긴 했지만 체육관 때문에 시위에 참가하지는 않았다.

나는 폐 속에 든 베트남전의 독으로 미쳐 있었기 때문에 시위에 나간 것이었다. 그날 오후 캠퍼스 중앙에 있는 해시계 주위로 몰려든 수백 명의 학생들 역시 체육관 건립에 항의하기 위해서라기보다는 광기를 분출하고 어디에라도 분풀이를 하려고 모인 것이었다. 우리 모두 컬럼비아 학생인데, 군수 업체들을 위한 영리적 연구 프로젝트들을 진행하여 베트남 전쟁에 기여하는 컬럼비아에 벽돌이라도 던져야 하지 않겠는가?

열띤 연설이 줄을 잇고, 분노한 군중이 찬성의 함성을 내질렀다. 그러다 누군가 건설 현장으로 다 같이 몰려가서 무단 침

---

*   Students for Democratic Society, 민주 사회를 위한 학생 연합.

입자를 막기 위해 세워 놓은 철책을 무너뜨리자고 제안했다. 군중은 그게 멋진 아이디어라고 생각했고, 미친 듯 함성을 질러 대는 학생 무리가 컬럼비아 캠퍼스를 떠나 모닝사이드 파크로 돌진했다. 놀랍게도 나 또한 무리 속에 있었다. 평생 홀로 방에 앉아 글을 쓸 계획이던 온순한 청년에게 도대체 무슨 일이 일어난 것일까? 그는 철책을 무너뜨리는 일에도 가담했다. 수십 명의 학생들과 함께 철책을 밀고 잡아당겼으며, 진실을 말하자면, 그 파괴적인 미친 짓에서 커다란 만족감을 얻었다.

공원에서의 폭동 이후 학생들은 캠퍼스로 몰려가 건물들을 점거하고 일주일을 버텼다. 나는 수학관에 자리를 잡고 연좌 농성 기간 동안 그곳에 머물렀다. 컬럼비아 학생들은 동맹 휴학에 들어갔다. 우리가 실내에서 차분하게 회의를 여는 동안, 캠퍼스는 동맹 휴학 찬성파와 반대파가 노골적으로 맞서면서 격렬한 말다툼과 주먹다짐으로 소란스러웠다. 4월 30일 밤, 학교 측은 참을 만큼 참았다는 판단을 내리고 경찰을 불렀다. 유혈 폭동이 이어졌다. 나는 7백 명이 넘는 학생들과 함께 체포되었다. 경찰 한 명이 내 머리채를 잡고 호송차로 끌고 가는 동안 다른 경찰이 장화 신은 발로 내 손을 짓밟았다. 하지만 후회는 없었다. 대의를 위해 내 몫을 해낸 것이 자랑스러웠다. 미칠 듯 흥분되고 자랑스러웠다.

그때 우리가 이룬 것은 무엇인가? 별로 없었다. 체육관 건립 계획이 무산되긴 했지만 진짜 중요한 건 베트남전이었는데, 그 끔찍한 전쟁은 7년을 더 끌었다. 민간 기관을 공격해서는 정부

정책을 바꿀 수 없다. 그 해 중의 해 5월에 프랑스 학생들이 봉기했을 때 그들은 중앙 정부에 직접 맞섰고 — 프랑스 대학들은 교육부 감독하의 공립 학교였으니까 — 프랑스인의 삶을 바꿔 놓을 수 있었다. 컬럼비아 대학교의 우리들은 무력했고, 우리의 작은 혁명은 그저 상징적 몸짓에 불과했다. 하지만 상징적 몸짓도 무의미한 몸짓은 아니며, 그 시대의 특성을 감안한다면 우리가 할 수 있는 일을 한 것이다.

나는 그때와 지금을 비교하기가 망설여지며, 그래서 이 회고 글을 **이라크**라는 단어로 마무리하진 않을 것이다. 이제 예순한 살이 되었지만 생각만은 불과 피의 해 이후로 크게 달라지지 않았다. 나는 손에 펜을 들고 방에 홀로 앉아 내가 여전히 미쳐 있음을, 어쩌면 그 어느 때보다 더 미쳐 있음을 깨닫는다.

2008년 4월

특별한 계기에 쓴 글들

낯선 사람에게 말 걸기

아스투리아스 왕자 문학상 수상 연설

저는 제가 하는 일을 왜 하는지 모릅니다. 만일 그걸 안다면 아마도 그 일을 할 욕구를 느끼지 못할 것입니다. 제가 할 수 있는 말은 사춘기가 되면서부터 그 욕구를 느끼기 시작했다는 것이 전부이지만, 그 점만은 의심의 여지가 없습니다. 저는 지금 글쓰기, 특히 이야기하기 수단으로서의 글쓰기에 관해 말하고 있는 것입니다. 우리가 현실 세계라고 부르는 곳에서 일어난 적이 없는 상상 속 이야기들 말입니다. 확실히 그건 이상한 삶입니다. 몇 시간, 몇 날, 몇 해를 홀로 방에 틀어박혀 펜을 들고 자신의 머릿속에서만 존재하는 것들을 세상에 내놓기 위해 종이 위에 글을 적으려고 분투하는 삶이니까요. 도대체 왜 그런 일을 하고 싶은 걸까요? 제가 할 수 있는 대답은 이것뿐입니다. 그래야만 하니까. 달리 선택의 여지가 없으니까.

무언가를 만들고 지어내고자 하는 창작 욕구는 인간의 기본적 충동임이 분명합니다. 하지만 무엇을 위해서일까요? 예술, 특히 소설이라는 예술은 우리가 현실 세계라고 부르는 곳에서 어떤 목적을 지닐까요? 저는 아무 목적도 생각이 나지 않습니다. 적어도 실용적 측면에서는요. 책은 배고픈 아이에게 먹을 것을 주지 못합니다. 책은 살인자가 쏜 총알이 피해자의 몸에 박히는 걸 막지 못합니다. 전시에 무고한 시민들에게 폭탄이 떨어지는 걸 막아 낸 적도 없습니다. 예술적 심미안이 우리를 더 나은 사람들로, 더 공정하고 도덕적이며 민감하고 이해심 깊은 사람들로 만들어 줄 수 있다고 생각하는 이도 있습니다. 어쩌면 그럴 수도 있겠지만 드문 사례일 뿐입니다. 히틀러가 처음엔 예술가였다는 사실을 잊지 마시기 바랍니다. 폭군도, 독재자도 소설을 읽습니다. 교도소의 살인자도 소설을 읽습니다. 그들이 다른 사람들처럼 책에서 즐거움을 얻을 수 없다고 누가 말할 수 있겠습니까?

다시 말해, 예술은 무용합니다. 적어도 배관공이나 의사나 철도 엔지니어가 하는 일에 비하면 말입니다. 하지만 무용함은 나쁜 것일까요? 실용적 목적이 결여됐다고 해서 책이나 그림, 현악 사중주는 단순한 시간 낭비일 뿐일까요? 많은 사람들이 그렇게 생각합니다. 하지만 저는 예술의 가치가 바로 무용함에 있다고 주장하고 싶습니다. 예술 작품을 만들어 내는 행위는 우리를 이 행성에 거주하는 다른 모든 생명체와 차별화하는 동시에 근본적으로 우리를 인간으로 정의해 줍니다. 그저 최대한 잘해 내는 것 외엔 아무 목적도 없이, 그 행위의 순수한 기쁨과 아름다움을 위해 무언가를 한다는 것. 뛰어난 피아니스트나 댄서가 되는 데 요구되는 노력을, 그 장시간의 연습과 훈련을 생각해

낯선 사람에게 말 걸기

보십시오. 지극히도, 그리고 장엄하게도 무용한 무언가를 이루기 위해 그 모든 고통과 노력, 그 모든 희생을 바치는 것이지요.

그러나 소설은 여타의 예술과 조금은 다른 영역에 존재합니다. 소설의 매개체는 언어이며, 언어는 우리가 타인들과 공유하는 것, 우리 모두의 공유물이기 때문입니다. 우리는 말하기를 배우는 순간부터 이야기를 향한 갈망을 키워 갑니다. 어린 시절을 기억하는 사람들은 잠들기 전 듣는 이야기를 얼마나 열렬히 즐겼는지 알 테지요. 어머니나 아버지가 어둑어둑한 방에서 곁에 앉아 동화책을 읽어 주던 순간을 말입니다. 자녀를 둔 사람은 동화책을 읽어 줄 때 넋을 잃고 듣는 아이의 눈빛을 떠올리기가 어렵지 않을 것입니다. 그렇다면 이야기를 듣고 싶어 하는 우리의 갈망은 왜 이토록 강렬한 것일까요? 동화는 잔인하고 폭력적인 경우가 많으며 참수, 식인, 기괴한 변신, 사악한 마법 따위의 요소가 등장합니다. 그런 소재들이 어린아이에겐 너무 충격적이리라 생각할 수도 있겠지만, 이야기가 제공하는 체험은 아이가 완벽히 안전하게 보호받는 환경에서 자신의 공포들과 마음의 고통들을 대면할 수 있게 해줍니다. 그것이 이야기의 마법입니다. 이야기는 우리를 지옥 밑바닥까지 끌고 내려갈 수도 있지만 궁극적으로 무해합니다.

우리는 나이를 먹지만 변하지 않습니다. 성장하면서 지적 수준이 점차 높아지지만, 마음 깊은 곳에서는 계속해서 어릴 적 자신과 닮은 모습으로 남아 다음 이야기, 그다음 이야기, 그다음 이야기를 갈망합니다. 지난 수년간 서구의 모든 나라에서 책 읽는 사람이 점점 줄어 가고 이제 이른바 〈탈문자 시대〉가 도래했다고 개탄하는 기사들이 줄을 이어 왔습니다. 사실일 수도 있지만, 그렇다고 해서 이야기에 대한 보편적 욕구까지 줄고 있지는 않습니다. 소설이 이야기의 유일한 근원은 아니니까요. 영화, 텔레비전, 심지어 만화책까지 방대한 양의 허구적 서사들을 만들어 내며, 대중은 여전히 그것들을 열정적으로 빨아들입니다. 인간에겐 이야기가 필요하기 때문입니다. 인간에겐 이야기가 음식만큼 절실히 필요하며, 이야기가 어떤 식으로 제공되건 — 종이에 인쇄되건 텔레비전 화면으로 전달되건 — 이야기 없는 삶은 상상 불가능합니다.

그렇지만 저는 소설의 현 상태, 그리고 미래를 낙관적으로 봅니다. 책에 관련해서는 숫자가 중요하지 않습니다. 늘, 언제나 독자는 오직 한 명뿐이기 때문입니다. 그런 까닭에 소설은 특별한 힘을 지니며, 제 견해로는, 그래서 소설이라는 형식은 영원히 사라지지 않을 것입니다. 모든 소설은 작가와 독자가 동등하게 기여한 협업의 결과물이며, 낯선 두 사람이 지극히 친밀한 만남을 가질 수 있는 유일한 장소입니다. 저는 단 한 번도 본 적이 없고 영원히 아는 사이가 되지 못할 사람들과 평생 대화를 나눠 왔으며, 앞으로도, 숨이 멎는 날까지 계속해서 그렇게 살고 싶습니다.

오직 그것만이 제가 하고 싶었던 일입니다.

2006년 10월

낯선 사람에게 말 걸기

스타니슬라프의 늑대들

어떤 사건이 진실로 받아들여지기 위해선 반드시 진실이어야만 할까, 아니면 실제로 일어나지 않은 일이라고 해도 어떤 사건이 진실이라는 믿음이 그걸 진실로 만드는 걸까? 만일 당신이 이바노프란키우스크라는 우크라이나 서부 도시의 카페 테라스에서 누군가에게 어떤 이야기를 듣고 그런 일이 실제로 일어났는지 밝혀내려는 노력을 기울였음에도 결국 불확실성의 교착 상태에 빠져, 그 이야기가 잘 알려지진 않았으되 입증 가능한 역사적 사건에서 유래한 것인지 아니면 전설이나 허풍, 아버지에게서 아들에게로 전해지는 근거 없는 소문에 불과한 것인지 확신할 수 없다면? 그보다 더 중요한 건, 만일 그 이야기가 너무도 경악스럽고 강렬해서 당신이 놀라움에 입이 벌어지고 세계에 대한 이해가 바뀌거나 높아지거나 깊어진 것 같은 기분을 느끼게 된다면, 그 이야기가 진실인지 아닌지가 문제가 될까?

나는 사정이 생겨서 2017년 9월에 우크라이나에 가게 되었다. 볼일이 있었던 곳은 리비우였지만, 마침 하루 쉬게 되어 그곳에서 남쪽으로 두 시간 거리에 있는 이바노프란키우스크에서 오후를 보내게 되었다. 이바노프란키우스크는 나의 부계 할아버지가 1880년대 초쯤에 태어난 곳이다. 사실 난 할아버지에 대해 전혀 몰랐고 지금도 여전히 거의 아는 게 없으니 내가 거기 갈 이유는 호기심이나 아니면 가짜 향수의 유혹이라고 불러야 할 것밖에 없었다. 할아버지는 내가 태어나기 28년 전에 돌아가셨기에 기록에도, 기억에도 남아 있지 않은 그림자 인간이었고, 나는 할아버지가 19세기 말인가 20세기 초에 떠난 도시로 향하면서도 그분이 어린 시절과 청소년기를 보낸 그곳이 내가 오후를 보내게 될 도시와 더는 같은 장소가 아닐 것임을 알고 있었다. 그래도 나는 그곳에 가고 싶었는데, 지금 그때를 돌아보며 왜 거기 가고 싶었는지 이유를 생각해 본다면 하나의 입증 가능한 사실로 귀결될 수 있을 듯하다. 그 여행은 20세기 대학살의 중심 지대, 동유럽 피의 땅으로 나를 데려다줄 것이었으며, 나에게 성(姓)을 물려준 그림자 인간이 그 땅을 떠나지 않았더라면 나는 이 세상에 태어나지 못했을 것이다.

내가 그곳에 도착하기 전에 이미 알고 있었던 사전 정보에 따르면 4백 년 역사를 지닌 그 도시는 1962년에 (우크라이나 시인 이반 프란코의 이름을 따서) 이바노프란키우스크가 되기 전에 폴란드, 독일, 우크라이나, 소련의 통치를 차례로 거치며 스타니스와부프, 스타니슬라우, 스타니슬라비프, 스타니슬라프로 불려 왔다. 폴란드 도시가 합스부르크 제국의 도시가 되고, 합스부르크 제국의 도시가 오스트리아-헝가리 도시가 되고, 오스트리아-헝가리 도시가 제1차 세계 대전 첫 2년간 러시아 도시가 되고, 전쟁이 끝난 후 짧은 기간 동안 우크라이나 도시가 되었다가 폴란드 도시가 되고, 그다음엔 소련 도시(1939년 9월부터 1941년 7월까지), 그다음엔 독일 지배하의 도시(1944년 7월까지), 그다음엔 소련 도시, 그리고 1991년 소비에트 연방의 붕괴와 함께 우크라이나 도시가 되었다. 나의 할아버지가 태어났을 당시 그곳의 인구는 1만 8천 명이었고, 1900년에는(그가 떠난 해쯤) 2만 6천 명이 살았으며, 그중 반이상이 유대인이었다. 내가 방문했을 때쯤엔 인구가 23만 명으로 늘었으나 나치 점령기에는 8만에서 9만 5천 명쯤이었고, 유대인과 비유대인이 반반이었다. 내가 수십 년 전부터 알고 있던 바로는 1941년 여름에 독일군이 침공해 들어오고서 그해 가을에 유대인 1만 명이 유대인 공동묘지로 끌려가 총살당했고, 12월이 되자 남은 유대인들은 게토로 강제 이주되었으며, 그곳에서 또 1만 명이 폴란드 베우제츠 죽음의 수용소로 실려 갔다. 독일군은 1942년부터 1943년 초까지 스타니슬라우의 생존 유대인들을 한 사람씩, 다섯 사람씩, 스무 사람씩 도시 근처의 숲으로 끌고 가 유대인의 씨가 마를 때까지 총살, 총살, 또 총살했다. 수만 명이 뒤통수에 총을 맞고 쓰러져 먼저 총살된 이들이 죽기 전에 파놓은 구덩이에 함께 묻혔다.

리비우에서 만난 친절한 여성이 나를 위해 여행을 주선해

주었는데, 그는 이바노프란키우스크에서 태어나고 자랐을 뿐
아니라 아직 그곳에 살고 있어서 어디로 가서 무엇을 보아야
할지 잘 알았으며 우리를 그곳으로 태워다 줄 사람을 물색하
는 수고도 마다하지 않았다. 우리를 태워다 준 운전자는 죽음
의 공포를 모르는 젊은 미치광이로, 자동차 경주 영화 스턴트
맨 오디션이라도 보는 듯 좁은 2차선 고속 도로를 쏜살같이 질
주하며 심지어 맞은편에서 차들이 우리를 향해 달려올 때조차
도 침착하고 갑작스럽게 다른 차선으로 휙 들어가 앞차들을
다 추월하는 과도한 모험을 걸었고, 나는 2017년 가을 첫날의
그 칙칙하고 흐린 오후가 지상에서의 마지막 시간이 될 수도
있겠다는 생각이 몇 번이나 들었다. 할아버지가 1백여 년 전에
떠났던 도시를 찾아 머나먼 길을 와서 그곳에 도착하기도 전
에 죽다니 이 얼마나 아이러니하면서도 섬뜩하리만큼 온당한
일이냐고 마음속으로 말했다.

빠르게 달리는 승용차들과 천천히 움직이는 트럭들이 뒤섞
인 도로는 다행히 한산했고, 건초를 산더미처럼 실은 마차가
느린 트럭들보다 열 배는 느린 속도로 지나가기도 했다. 머리
에 바부시카를 쓴 땅딸막하고 다리 굵은 여인네들이 식료품이
가득한 비닐봉지를 들고 도로변을 따라 터벅터벅 걷고 있었다.
비닐봉지를 들지 않았더라면 2백 년 전 인물들로 보일 수도 있
었을 터였다. 21세기까지 이어져 온 오랜 과거 속에 갇힌 동유
럽 시골 아낙들. 최근에 수확을 마친 넓은 들판이 양쪽으로 펼
쳐진 가운데 우리는 여남은 개 소읍의 외곽을 지났다. 목적지

까지 3분의 2쯤 갔을 때 시골 풍경이 해체되면서 무인지경의 중공업 지대가 나왔는데, 우리 왼쪽 앞에서 불쑥 솟아난 거대한 발전소가 그 가장 극적인 예였다. 친절한 여성이 차 안에서 들려준 이야기를 내가 잘못 알아들은 게 아니라면, 그 일체식 구조의 시설물은 독일과 다른 서유럽 국가들에 전기를 대량으로 공급하고 있었다. 한편으로는 불을 밝히고 세상을 굴러가게 하는 전기를 대면서 다른 한편으로는 그 축소되어 가는 교전지를 지키기 위해 피를 흘리고 있는 것이, 동유럽과 서유럽 사이 살육의 땅에 갇힌 1천2백여 킬로미터 너비 완충국 우크라이나의 모순된 진실이다.

이바노프란키우스크는 매력적인 곳이었고, 내가 상상했던 붕괴되어 가는 폐허의 도시와는 거리가 멀었다. 우리가 도착하기 겨우 몇 분 전에 구름이 걷혀서 햇살이 빛나고 있었고 많은 사람이 거리와 광장을 걷고 있었다. 깨끗하고 질서 잡힌 도시의 모습이 인상적이었으며, 그곳은 과거에 갇힌 지방의 낙후지가 아니라 여러 서점과 극장, 레스토랑을 갖춘 작은 현대 도시였다. 건축은 신구의 조화가 보기 좋았고, 폴란드인 창건자들과 합스부르크 정복자들이 세운 17세기와 18세기 건물과 교회에 전통이 살아남아 있었다. 나는 도시를 두세 시간 정처 없이 걷다가만 돌아가도 만족스러울 것 같았지만 그 방문을 주선한 친절한 여성이 내가 그곳에 가는 목적이 나의 할아버지와 관련이 있고 나의 할아버지가 유대인이었음을 알던 터라, 그는 그곳에 남아 있는 한 랍비와 이야기를 나눠 보는 것이 내게 도움이 될 거라고 했다. 그 랍비는 이바노프란키우스크에 남은 마지막 유대교 회당 — 20세기 초에 세워진 견고하고 멋진 건물로 용케도 작은 손상들만 입고 제2차 세계 대전을 견뎌 냈으며 그 손상들은 이미 오래전에 복구되었다 — 의 영적 지도자였다. 그때 내가 무슨 생각을 하고 있었는지는 모르겠지만 어쨌거나 그 랍비와 이야기를 나누는 것에 이의는 없었다. 아마도 그는 아직 세상에 남아 있는 사람들 중에 나의 가족에 대해, 뿔뿔이 흩어져 죽음을 맞이하여 우리가 알 수 있는 영역에서 사라져 버린(왜냐하면 그들의 출생 기록은 지난 1백 년 사이에 폭탄이나 화재, 혹은 어느 지나치게 열성적인 관료의 서명에 의해 소실되었을 것임이 거의 확실하니까) 그 보이지 않는 이름 없는 조상의 무리에 대해 말해 줄 수도 있는 — 어쩌면 — 유일한 인물일 테니까. 그 랍비와의 대화는 쓸데없는 짓이고 애초에 나를 그 도시로 데려간 가짜 향수의 부산물에 불과할 수도 있었지만, 기왕 그곳에 간 김에 그곳에서 보낼 유일한 날(다시 방문할 생각은 없었으니까) 몇 가지 질문을 하고 그에 대한 답을 얻을 수 있을지 확인한다고 해서 해될 게 무엇이겠는가?

답은 얻지 못했다. 턱수염을 기른 그 정통파 랍비는 우리를 반갑게 맞이해 주긴 했으나 내가 이미 아는 사실 — 오스터가 오직 스타니슬라프의 유대인 사이에서만 흔한 성이었다는 — 을 말한 다음 잠깐 주제에서 벗어나 전쟁 중에 오스터 성을 가진 한 여자가 독일군을 피해 굴속에서 3년을 숨어 살다가 실성한 상태로 굴에서 나왔고 그 뒤로 평생을 미친 사람으로 살았다는 이야기만 들려주었을 뿐, 나에게 제공할 정보가 없었다. 몹시도 분주하고 초조해 보이는 랍비는 대화 내내 줄담배를 피웠는데 아주 가느다란 담배를 겨우 몇 모금 빨고 비벼 끄고서 책상 위 비닐봉지에서 새 담배를 꺼냈다. 그는 친절하지도, 불친절하지도 않았고 그저 주의가 산만했으며, 머릿속에 다른 생각들을 품고 있었고, 내가 보기론 미국인 방문객이나 그 만남을 주선한 여자에게 큰 관심을 보이기엔 자신의 문제들로 너무 바빴다. 오늘날 이바노프란키우스크에 사는 유대인은 2백~3백 명을 넘지 못한다는 것이 중론이다. 그들 중 얼마나 많은 수가 신앙을 실천하거나 유대교 회당의 예배에 참석하는지는 알 수 없지만, 내가 랍비를 만나기 한 시간 전에 목격한 바로는 그 감소된 인원 가운데 작은 일부만이 참여하는 듯했다. 내가 그곳에 간 날은 마침 유대력에서 가장 성스러운 날 중 하나인 나팔절*이었는데도 새해를 맞이하는 양각 나팔 소리를 듣기 위해 회당에 온 사람은 여자 둘, 남자 열셋, 도합 열다섯뿐이었다. 그런 행사에 참석하는 서유럽과 미국의 유대인과는 달리, 남자들은 검은 정장에 넥타이를 매지 않고 나일론 점퍼 차림에 머리엔 빨간색이나 노란색 야구 모자를 쓰고 있었다.

우리는 다시 밖으로 나가 한 시간가량, 한 시간 반이나 어쩌면 그보다 오래 거닐었다. 친절한 여성이 4시에 또 한 사람을

* 대체로 9월 중순쯤인 유대인의 새해를 기념하는 날.

만나 이야기를 나눌 수 있도록 주선해 놓았는데, 그 사람은 이바노프란키우스크 출신 시인으로 이 도시의 역사를 수년간 파헤쳐 온 모양이었다. 아직 못 본 곳들을 탐사할 시간이 남아서 우리는 계속 걸으며 도시의 많은 부분을 둘러보았다. 그때쯤엔 해가 쨍쨍했고 우리는 아름다운 9월의 빛 속에서 드넓은 광장으로 걸어 들어가 성 부활 교회 앞에 서게 되었다. 그 18세기 바로크 대성당은 이바노프란키우스크가 스타니슬라우로 알려져 있었던 시대에 지어진 가장 아름다운 합스부르크 건축물로 손꼽힌다. 나는 안으로 들어가며 서유럽의 여러 소읍과 도시에서 보았던 아름다운 교회와 대성당처럼 그곳도 카메라를 든 관광객 몇 명을 제외하면 거의 비어 있으리라 생각했다. 하지만 예상은 보기 좋게 빗나갔다. 결국 그곳은 서유럽이 아니라 과거 소비에트 연방의 서쪽 끝, 예전 오스트리아–헝가리 제국 동쪽 끝의 갈리시아 지방에 위치한 도시였고, 로마 가톨릭이나 러시아 정교가 아닌 그리스 정교인 그 교회는 사람들로 거의 가득 차 있었다. 그중 관광객이나 바로크 건축을 연구하는 학자는 없었고, 9월의 햇살이 스테인드글라스 창을 통해 쏟아져 들어오는 그 드넓은 석조 공간에서 기도하거나 생각하거나 자신 혹은 신과 교감하러 온 현지인뿐이었다. 그들은 1백 명, 아니 어쩌면 2백 명은 되었고, 내게 가장 인상적이었던 건 그 조용한 군중 속에 젊은이가 많았다는 점이었다. 젊은이들이 전체의 족히 절반은 되었고 20대 초반의 남자들과 여자들이 신도석에 앉아 고개를 숙이거나 무릎을 꿇은 자세로 두 손

스타니슬라프의 늑대들

을 모으고 고개를 들고서 스테인드글라스 창문으로 쏟아져 들어오는 빛을 응시하고 있었다. 날씨가 유난히 화창하다는 것 말고는 다른 날들과 아무런 차이가 없는 보통의 평일 오후였지만, 그 찬연한 오후에 성 부활 교회에는 직장에 가거나 노천카페에 앉아 있지 않고 기도의 자세로 돌바닥에 무릎을 꿇고 두 손을 모으고서 하늘을 응시하는 젊은이들이 가득했다. 줄담배를 피우는 랍비, 빨간색과 노란색 야구 모자들, 그리고 그 광경.

그런 것들을 보고 나서 시인을 만난 것이기에, 나는 그가 불교 신자라는 말을 듣고도 조금도 놀라지 않았다. 그는 선(禪)에 관한 책을 몇 권 읽은 게 전부인 뉴에이지 개종자가 아니라 네팔의 수도원에서 넉 달을 머물고 이제 막 돌아온 오랜 신자였고, 진지한 인물이었다. 그는 시인이었을 뿐 아니라 나의 할아버지가 태어난 도시를 연구하는 학생이기도 했다. 그는 거구의 사내로 손이 두툼했다. 붙임성 있는 태도를 보였으며 명석하고 사려 깊은 사람이었고 유럽식 옷차림을 하고 있었다. 그는 무심코 자신이 불교 신자임을 밝혔는데 나는 그 사실을 고무적인 조짐으로 받아들였고 그에 대해 신뢰감을 갖게 되었으며 그가 해주는 말이 진실이라고 믿을 수 있을 듯한 기분이 들었다. 그 만남이 있었던 건 겨우 2년 반 전이라 그로부터 시간이 얼마 지나지도 않았을뿐더러 이후 거의 매일 그 일에 대해 생각해 왔는데도 그가 늑대 이야기를 꺼내기 전에 그 도시에 대해 해준 말들은 이상하게도 전혀 기억이 나지 않는다. 그가 늑대 이야기를 시작하면서 다른 것들은 모두 지워져 버린 것이다.

우리는 카페 테라스에 앉아 있었는데 스타니슬라우-스타니슬라프-이바노프란키우스크의 심장부에 위치한, 그 도시의 가장 큰 광장이 보이는 자리였다. 햇빛이 흘러넘치는 그 넓은 광장에는 차는 없고 아주 많은 사람이 사방으로 이리저리 걷고 있었으며, 기억으로는 소리를 내는 사람이 아무도 없어서 내가 시인의 이야기를 듣는 동안 조용한 군중이 내 앞을 지나가고 있었다. 1941년부터 1943년 사이에 유대인 인구 절반이 당한 일에 대해서는 나도 이미 안다는 걸 확인한 그는 그 이후의 이야기를 들려줬는데, 연합군의 노르망디 침공 6주 만인 1944년 7월에 소련군이 도시를 점령하러 밀려들었을 때 독일군은 이미 철수한 뒤였을 뿐만 아니라 남은 인구 절반도 떠나고 없었다. 모두 동서남북으로 뿔뿔이 도망친 후였기에 소련군은 빈 도시, 무의 영역을 정복한 꼴이 되었다. 사람들은 사방으로 흩어지고 도시엔 인간 대신 늑대들이 살고 있었는데 그 수가 수백, 아니 어쩌면 수천 마리에 이르렀다.

그 이야기는 끔찍해서, 너무 끔찍해서 가장 무서운 악몽의 공포를 담고 있었고 나는 마치 꿈을 꾸다가 깨어난 것처럼 불현듯 게오르크 트라클의 시가 떠올랐다. 「동부 전선Im Osten」, 50년 전에 처음 읽은 후 읽고 또 읽어서 외우게 되었고 내 손으로 다시 번역까지 한 그 작품은 1914년 스타니슬라우에서 멀지 않은 갈리시아의 도시 그로덱을 무대로 한 제1차 세계 대전에 대한 시로 다음과 같이 끝난다.

> 가시투성이 황야가 도시를 둘러싸고
> 피투성이 계단에서 달이
> 겁에 질린 여자들을 뒤쫓네.
> 야생의 늑대들이 문들을 지나 돌진했네.

그걸 어떻게 알게 되었느냐고 내가 물었다.

그는 아버지에게 들었다고, 아버지가 여러 차례 이야기해 주었노라고 대답하고는 1944년 당시 자신의 아버지는 갓 스무 살의 청년이었다고, 소련이 스타니슬라우를 지배하면서 도시 이름이 스타니슬라프가 되었을 때 아버지는 군에 징집되어 늑대 소탕 작전에 투입되었다고 설명했다. 그 작업은 몇 주가 걸렸고(아니, 몇 달이었다고 했나? 기억이 잘 안 난다), 스타니슬라프가 다시 사람이 살 수 있는 곳이 되자 소련은 군인들과 그 가족들로 도시를 채웠다.

나는 앞에 있는 광장을 바라보며 1944년 여름의 광경을 상상했다. 여기저기로 볼일을 보러 가는 사람들이 갑자기 모두 사라지고, 장면에서 지워지고, 늑대들이, 버려진 도시에서 먹을 것을 찾아 작은 무리들을 지어 이동하는 늑대 수십 마리가 광장을 천천히 달려가는 광경이 보이기 시작했다. 그 늑대들은 악몽의 종점, 전쟁의 파괴로 이어지는 어리석음의 최후 결과이며, 그 동쪽 피의 땅에서는 3백만 명에 이르는 유대인이 종교가 다르거나 없는 무수한 시민, 군인과 함께 살해되었고, 대학살이 끝나자 야생의 늑대들이 도시의 문을 부수고 들어왔다. 늑대들은 단순히 전쟁의 상징만이 아니다. 전쟁의 산물, 전쟁이 세상에 들여놓은 것이다.

나는 그 시인이 그때 자신이 진실을 말하고 있다고 믿었을 것임을 의심치 않는다. 그에게 그 늑대들은 진짜였고, 이야기를 할 때 그의 목소리에 차분한 확신이 어려 있었기에 나도 그걸 진짜로 받아들였다. 그가 자기 눈으로 직접 늑대들을 본 건 아님을 나도 인정하지만, 그의 아버지는 늑대들을 보았으며 그게 진짜가 아니라면 아버지가 무엇 하러 아들에게 그런 이야기를 하겠는가? 나는 그렇게 결론지었고, 그날 오후에 이바노프란키우스크를 떠나며 러시아가 독일에게서 스타니슬라프를 빼앗은 후 짧은 기간 동안 늑대들이 그 도시를 점령했다고 확신했다.

그 후 몇 주, 몇 개월 동안 나는 그 문제에 대해 더 철저히 조사하기 위해 할 수 있는 모든 일을 했다. 나는 리비우(예전 이름은 리보프, 르부프, 렘베르크)의 대학에 몸담고 있는 역사가들과 교류하는 친구에게 그 이야기를 했고, 특히 한 여성 역사가가 그 지역 역사를 전문으로 연구하고 있었는데 스타니슬라프의 늑대에 대한 이야기는 들어 본 적이 없었다고 했으며 관련 자료를 더 철저히 찾아본 후에도 그 시인이 내게 들려준 이야기를 뒷받침할 참고 문헌을 발견하지 못했다고 했다. 하지만 역사가는 그 과정에서 1944년 7월 27일 도시를 점령하러 들어

스타니슬라프의 늑대들

오는 소련군에 관한 짧은 다큐멘터리 영화를 발견했고, 나는 그 영화가 담긴 비디오를 전해 받아 지금 앉아 있는 이 의자에 앉아 내 눈으로 직접 볼 수 있었다.

50명에서 1백 명가량 되는 군인들이 스타니슬라프로 질서 정연하게 행군해 들어오고 영양 상태가 양호해 보이고 옷도 잘 입은 시민들로 이루어진 작은 군중이 그들을 환영한다. 그러다 그 장면이 약간 다른 각도에서 다시 펼쳐지며 똑같은 50명에서 1백 명가량 되는 군인들과 역시 똑같은, 영양 상태와 옷차림이 훌륭한 군중이 보인다. 그다음엔 장면 전환이 이루어지면서 무너진 다리가 보이다가 결말로 흘러가기 전에 다시 처음의 군인들과 환영 인파 장면으로 돌아간다. 그 군인들은 진짜 군인들이었을 수도 있지만 이 경우 군인 역할을 해달라는 요청을 받은 것이었고, 소련의 영웅적 선함과 용맹함을 찬양하기 위해 제작되어 조잡하게 편집된 미완성 선전 영화에서 환영 인파 연기를 한 배우들처럼 자신들의 배역을 연기한 것이었다.

말할 필요도 없이, 그 영화에는 늑대가 한 마리도 등장하지 않는다.

이제 나는 다시 처음으로 돌아가 대답 없는 질문을 던지게 된다. 가상의 사실이 진실인지 진실이 아닌지 확실히 알 수 없을 때는 무엇을 믿어야 할까?

그 시인이 들려준 이야기를 사실로 확인해 주거나 거짓이라고 입증할 정보가 없는 상황에서 나는 그 이야기를 믿기로 한

다. 그리고 그곳에 늑대들이 있었건 없었건 늑대들의 존재도
믿기로 한다.

브루클린, 2020년 3월 27일

(코로나19 봉쇄 속에서)

스타니슬라프의 늑대들

1 인용된 문장은 로버트 블라이가 옮긴 버전(패러, 스트로스 앤드 지루 출판사, 1967년)을 따랐다.

2 『컬럼비아 대학 포럼 *The Columbia University Forum*』 1961년 여름 호에 실린 톰 드라이버와의 인터뷰 「마들렌에서 만난 베케트 Beckett by the Madeleine」 중에서.

3 1971년 프랑스 갈리마르 출판사에서 출간. 질 들뢰즈가 서문을 썼다.

4 나의 번역이다.

5 『시간으로부터의 탈주』 존 엘더필드 편, 앤 라임스 옮김. 바이킹 프레스, 1975년.

6 첼란은 시에서 반 고흐의 이름을 여러 번 언급했다. 이 시인과 화가는 서로 유사한 점이 많다. 두 사람 다 작업을 하는 것이 마치 생을 유지하는 길인 양 맹렬하게 많은 작품을 단기간에 제작했다. 두 사람 다 프랑스에서 외국인으로 살다가 심한 정신적 위기를 겪어 입원했고 자살했다.

7 첼란 시의 번역자인 캐서린 위시번에게 감사의 말을 전하고 싶다. 위시번은 나를 위해 이 시의 독일어 텍스트를 번역해 주었고 여러 가지 해석을 일러 주었다.

8 인용된 모든 시는 앨런 맨들바움이 번역한 것을 그의 번역 시집 『주세페 웅가레티 시 선집 *Selected Poems of Giuseppe Ungaretti*』(코넬 대학교 출판

부, 1975년)에서 가져왔다.

9 『유켈의 서 *Le Livre de Yukel*』(1964), 『책으로의 귀환 *Le Retour au Livre*』(1965), 『야엘 *Yaël*』(1967), 『엘리야 *Elya*』(1969), 『아엘리 *Aély*』(1972), 『엘, 혹은 마지막 책 *El, ou le dernier livre*』(1973)이 연달아 나왔으며 그 뒤 세 권짜리 『유사성의 서』가 나왔다. 이 중 네 권이 영역되었는데, 번역자는 로즈마리 월드롭이다. 『물음의 서』, 『유켈의 서 』, 『책으로의 귀환』은 웨슬리언 대학교 출판부에서 나왔고, 『엘리야』는 트리 북스 출판사에서 나왔다.

10 할 수 없이 빼버린 시인들은 다음과 같다. 피에르 알베르비로, 장 콕토, 레몽 루셀, 장 아르프, 프랑시스 피카비아, 아르튀르 크라방, 미셸 레리스, 조르주 바타유, 레오폴드 생고르, 앙드레 피에르 드 망디아르그, 자크 오디베르티, 장 타르디외, 조르주 셰아데, 피에르 에마뉘엘, 조이스 망수르, 파트리스 드 라 투르 뒤 팽, 르네 기 카두, 앙리 피셰트, 크리스티앙 두트르몽, 올리비에 라롱드, 앙리 토마, 장 그로장, 장 토르텔, 장 로드, 피에르 토레유, 장클로드 르나르, 장 주베르, 자크 레다, 아르망 뤼뱅, 장 페롤, 쥐드 스테판, 마르크 알랭, 자클린 리세, 미셸 뷔토르, 장 피에르 파예, 알랭 주프루아, 조르주 페로스, 아르망 로뱅, 보리스 비앙, 장 맘브리노, 로랑 가스파르, 조르주 바댕, 피에르 오스테르, 베르나르 노엘, 클로드 비제, 조제프 구글리에미, 다니엘 블랑샤르, 미셸 쿠튀리에, 클로드 에스테방, 알랭 쉬에드, 마티외 베네제.

11 뉴욕 헨리 홀트 출판사, 2010년.

12 조 브레이너드 사후인 2008년 로스앤젤레스 시글리오 출판사에서 펴낸 『낸시 책 *The Nancy Book*』의 서문.

13 『조: 조 브레이너드 회고록 *Joe: A Memoir of Joe Brainard*』, 미니애폴리스 커퍼 하우스 프레스, 2004년.

출전

굶주림의 예술

굶주림의 예술: 1970년 봄 컬럼비아 대학교 영문학 및 비교문학과 석사 논문 첫 챕터. 1988년 출간된 『미국 편지들과 논평*American Letters and Commentary*』에 수록.

뉴욕의 바벨탑: 『뉴욕 리뷰 오브 북스*The New York Review of Books*』, 1975년.

다다의 유골: 『멀치*Mulch*』, 1975년.

관념과 사물: 1975년 11월 『하퍼스*Harper's*』에 처음 실린 초기 버전.

진실, 아름다움, 침묵: 『뉴욕 리뷰 오브 북스』, 1975년.

케이크와 돌: 『코멘터리*Commentary*』, 1975년.

추방의 시: 『코멘터리』, 1976년.

순수와 기억: 『뉴욕 리뷰 오브 북스』, 1976년.

죽은 자들을 위한 책: 『뉴욕 리뷰 오브 북스』, 1976년.

카프카의 편지들: 『샌프란시스코 리뷰 오브 북스*The San Francisco Review of Books*』, 1977년.

레즈니코프 × 2: 1. 『파르나소스*Parnassus*』, 1979년. 2. 1984년 메인주 오로노의 미국 시 재단에서 펴낸 『찰스 레즈니코프: 인간과 시인*Charles Reznikoff: Man and Poet*』에 수록.

바틀부스의 어리석은 소행들: 『뉴욕 타임스 북 리뷰*The New York Times Book*

Review』,1987년.

포의 유골 & 오펜의 파이프

I: 모건 도서관 & 박물관에서 큐레이터 아이작 지워츠가 연 포 전시회 「에드거 앨런 포: 영혼의 공포Edgar Allan Poe: Terror of the Soul」(2013년 10월 4일부터 2014년 1월 26일까지) 소개 카탈로그에 실린 에세이. 뉴욕 공립 도서관, 2013년

II: 레이철 블라우 뒤플레시가 엮어 낸 『오펜 부부 회고록: 시, 정치, 그리고 우정*The Oppens Remembered: Poetry, Politics, and Friendships*』(앨버커키 뉴멕시코 대학교 출판부, 2015년). 주: 고 리처드 스위그(『조지 오펜과의 대화: 조지·메리 오펜과의 인터뷰들*Speaking with George Oppen: Interviews with the Poet and Mary Oppen 1968-1987*』의 편집자)의 근면함과 끈기 덕에 「오펜의 파이프」에서 언급된 1981년 인터뷰가 『재킷 2 *Jacket 2*』2016년 5월 호에 실렸다.

나의 타자기 이야기

뉴욕: D.A.P. 출판사, 2002년.

잡문들

뉴욕 매거진의 질문에 대한 대답: 1995년 12월 25일 자 『뉴욕』 매거진. 다음 질문에 대한 응답: 〈뉴욕〉이라는 단어를 들으면 가장 먼저 떠오르는 것은?

찰스 번스타인이라는 단어가 든 스물다섯 개의 문장들: 1990년 3월 14일 프린스턴 대학교에서 열린 시 낭송회의 소개 글.

고섬 핸드북: 소피 칼의 저서 『더블 게임*Double Game*』. 런던 비올렛 출판사, 1999년.

조르주 페렉을 위한 엽서들: 『조르주 페렉의 초상(들)*Portrait(s) de Georges Perec*』. 파리 프랑스 국립 도서관, 2001년.

베케트를 추모하며: 제임스와 엘리자베스 놀슨이 엮어 낸『베케트 추모 / 베케트를 추모하며: 1백 주년 기념판Beckett Remembering / Remembering Beckett: A Centenary Celebration』. 뉴욕 아케이드 출판사, 2006년.

바이 더 북: 2017년 1월 12일 자『뉴욕 타임스 북 리뷰』.

서문들

20세기 프랑스 시: 폴 오스터가 엮은『랜덤 하우스 20세기 프랑스 시The Random House Book of Twentieth Century French Poetry』. 뉴욕 랜덤 하우스, 1982년.

말라르메의 아들: 폴 오스터가 번역한 스테판 말라르메의『아나톨의 무덤 A Tomb for Anatole』. 샌프란시스코 노스 포인트 출판사, 1983년. 개정판: 뉴욕 뉴 디렉션스 출판사, 2005년.

고공 줄타기: 필리프 프티의 저서『고공 줄타기의 여정Traité de funambulisme』. 프랑스 아를 악트 쉬드 출판사, 1997년. 이 글은 필리프 프티의 저서를 폴 오스터가 번역한『고공 줄타기On the High Wire』에 수록. 뉴욕 랜덤 하우스, 1985년.

역자 후기: 폴 오스터가 번역한 피에르 클라스트르의 저서『과야키 인디언 연대기Chronicle of the Guayaki Indians』. 뉴욕 존 북스, 1998년.

셰이 구장에서의 어느 저녁: 테리 리치와 톰 클라크가 쓴『모든 일에는 이유가 있다: 떠돌이 야구 인생 이야기Things Happen for a Reason: The True Story of an Itinerant Life in Baseball』. 버클리 프록 출판사, 2000년.

전국 이야기 공모전: 폴 오스터가 엮어 낸『나는 우리 아버지가 신인 줄 알았다 외 NPR 전국 이야기 공모전 실화들I Thought My Father Was God and Other True Tales from NPR's National Story Project』. 뉴욕 헨리 홀트 출판사, 2001년.

작은 초현실주의 시 선집: 폴 오스터가 번역하고 엮어 낸『작은 초현실주의 시 선집A Little Anthology of Surrealist Poems』. 미니애폴리스 레인 택시 출판사,

2002년. 1972년에 처음 출간된 시 선집의 새 서문.

걱정의 예술: 2003년 이탈리아 브레시아의 뉘아주 갤러리에서 열린 아트 스피걸먼 전시회 카탈로그 서문.

집에서의 호손: 『너새니얼 호손: 줄리언과 작은 토끼와의 20일, 아버지 씀』. 뉴욕의 뉴욕 리뷰 북스 출판사, 2003년.

지상의 밤: 짐 자머시 감독의 영화 「지상의 밤: 뉴욕 편」. 뉴욕 크라이테리언 컬렉션, 2007년.

조 브레이너드: 론 패짓이 엮어 낸 『조 브레이너드 전집 *The Collected Writings of Joe Brainard*』. 뉴욕 라이브러리 오브 아메리카, 2012년.

예술 인생: 바니 로싯이 쓰고 로이스 오펜하임이 편집하고 아스트리드 마이어스 로싯이 큐레이팅한 『친애하는 베케트 씨(사뮈엘 베케트 파일) *Dear Mr. Beckett (The Samuel Beckett File)*』. 뉴욕 턱시도 파크 OPUS 출판사, 2017년.

특별한 계기에 쓴 글들

살만 루슈디를 위한 기도: 1993년 6월 18일 자 『뉴욕 타임스 *The New York Times*』 칼럼.

펜실베이니아 주지사에게 보내는 탄원서: 1995년 7월 28일 뉴욕 펜 PEN 클럽 미국 센터 기자 회견 중의 연설. 다른 참석자들로는 데니스 브루터스, 톨라니 데이비스, 코닐리어스이디, 윌리엄 스타이런이 있음.

전쟁의 최고 대체물: 1999년 4월 『뉴욕 타임스 매거진 *The New York Times Magazine*』에 실린 글의 축약판. 〈금 천 년 최고의 경기는 무엇인가?〉에 대한 응답.

뉴욕에서 금지된 영국 예술: 1999년 10월 1일 브루클린 박물관 앞 시위에서 한 연설.

종이 상자에 대한 단상: 뉴욕 노숙자 연합의 요청으로 쓴 글로, 이 글이 실릴 예정이었던 책자는 출간이 무산됨. 2004년 페리셔블 출판사(위스콘신 마운트 호렙)에서 한정판으로 출간됨.

생각나는 대로 끄적거린 글―2001년 9월 11일―오후 4시: 2001년 9월 13일
　　자 『디 차이트*Die Zeit*』(독일)에 실림.

지하철: 2001년 10월 『뉴욕 타임스 매거진』.〈당신이 사랑하는 뉴욕의 모습을
　　묘사해 주세요〉라는 요청에 대한 응답.

NYC = USA: 2002년 9월 9일 자 『뉴욕 타임스』 칼럼.

1968년 컬럼비아: 2008년 4월 23일 자 『뉴욕 타임스』 칼럼.

낯선 사람에게 말 걸기

2006년 10월 스페인 오비에도에서 한 연설. 2006년 11월 4일 자 『옵서버 오브
　　런던*The Observer of London*』.

스타니슬라프의 늑대들

2020년 4월 2일 〈리터러리 허브*Literary Hub*〉 웹 사이트에 게재됨.

옮긴이의 말

　폴 오스터는 프랑스 개념 미술가 소피 칼에게 주는 「고섬 핸드북」이라는 뉴욕 생활 안내서에서 〈낯선 사람에게 말 걸기〉를 주문한다. 길에서 낯선 사람들에게 먼저 미소를 보내고 말까지 걸어 보라는 것이다. 마땅한 대화거리가 없으면 날씨 이야기를 꺼내 보라는 세심한 권고도 잊지 않는다. 날씨는 서로에 대해 알지 못하는 초면의 두 사람이 상대에게 마음의 상처를 입히거나 무례를 범할 위험을 피할 수 있는 안전한 화제이며, 사실 날씨에 대해서는 누구나 할 말이 있을 테니 대화로 이어지기도 쉽다. 하지만 낯선 사람과의 날씨 이야기는 짧고 피상적인 일회성 만남을 전제로 하며 그건 만남이라기보다는 스쳐 지나감에 가깝다.

　〈낯선 사람에게 말 걸기〉는 이와 사뭇 다른 양상으로 이루어지기도 한다. 그것은 길거리가 아닌 책에서의 만남으로 심오하고 폭넓은 대화, 뜨거운 공감과 감동, 평생에 걸친 굳건한 유대로 이어진다. 물론 작가와 독자의 만남을 이야기하는 것이다. 폴 오스터는 2006년 아스투리아스 왕자 문학상 수상 연설에서 다음과 같은 의미심장한 말을 한다. 〈모든 소설은 작가와 독자가 동등하게 기여한 협업의 결과물이며, 낯선 두 사람이 지극히 친밀한 만남을 가질 수 있는 유일한 장소입니다. 저는 단 한 번도 본 적이 없고 영원히 아는 사이가 되지 못할 사람들과 평생 대화를 나눠 왔으며, 앞으로도, 숨이 멎는 날까지 계속해서 그렇게 살고 싶습니다.〉 현실에서는 영원히 낯선 사람들로 남아 그저 날씨 이야기 정도나 나누어야 할 독자와 작가가 책이라는 매개체를 통해 영혼을 뒤흔드는 깊고 강렬한 정신적 교류를 갖게 되는 것이다. 이러한 교류가 이루어진 후 독자에게 작가는 대단히 소중한 존재가 되며 그 순수하고 본질적인 관계는 평생 지속되기도 한다. 작가 폴 오스터는 1980년대부터 『우연의 음악』,『달의 궁전』,『거대한 괴물』,『뉴욕 3부작』 등 10여 편의 경이로운 소설들을 통해 독자들과 〈지극히 친밀한 만남〉을 가져왔다. 종일 방에 홀로 틀어박혀 글과 씨름하는, 일견 고독하고 단절된 삶을 살아가는 듯한 그가 시간과 공간이라는 장벽을 넘어 무수한 독자들과 소통하면서 그들의 정신세계에 지대한 영향력을 끼쳐 온 것이다.

『낯선 사람에게 말 걸기』는 작가 폴 오스터가 1967년부터 2017년까지 50년 동안 쓴 문학 비평, 서문, 신문 칼럼, 연설문 등의 논픽션을 모아 놓은 책이다. 서두를 장식한 갓 스무 살 문학청년 폴 오스터의 작문 노트는 〈세상은 내 머릿속에 있다. 내 몸은 세상에 있다〉라는 냉철한 세계관으로 시작하여, 〈언어에서 멀어진 기분을 느끼는 건 자신의 몸을 잃는 것과 같다〉는 자못 비장한 선언으로 마무리되면서 앞으로 펼쳐질 그의 문학 인생을 예고해 준다. 그다음엔, 폴 오스터가 시인으로 문학계에 데뷔한 후인 1970년대에 주로 『코멘터리』나 『뉴욕 리뷰 오브 북스』에 기고한 문학 평론들이 실려 있다. 철학적이고 관념적인 통찰이 돋보이는 이 평론들은 우리가 이미 잘 알고 사랑해 마지않는 카프카(늘 도달 불가능한 기준을 설정했기에 번번이 실패할 수밖에 없었으나 아이러니하게도 그런 이유로 걸작을 써낼 수 있었던)와 사뮈엘 베케트(〈탈소유〉, 혹은 〈덜어내기〉를 향해 나아가는)에 대한 심오하고 독창적인 해석을 내놓고, 전통적 예술 형식과 가치에 도전한 다다이즘에 대해 고찰하고, 로라 라이딩, 찰스 레즈니코프, 파울 첼란, 조르주 페렉 같은 작가들의 작품 세계를 소개한다. 그다음엔, 에드거 앨런 포에 대한 연설문과 조지 오펜에 대한 편지가 등장하는데, 에드거 앨런 포가 대서양 건너 프랑스의 보들레르, 말라르메 같은 대시인들에게 미친 영향력과 프랑스 시인들이 거꾸로 미국 시단에 미친 영향력에 대한 이야기, 겉치레에 무관심하고 본질에만 충실했던 시인 조지 오펜의 파이프 관련 일화가 주목을 끈다. 그다음엔, 1974년부터 무려 25년 이상 폴 오스터의 충실한 벗이 되어준 수동 타자기에 관한 애틋한 사연과 타자기 그림들이 등장한다. 그 뒤를 이어 소피 칼을 위한 뉴욕 생활 지침서 「고섬 핸드북」, 조르주 페렉에 대한 단상, 사뮈엘 베케트 탄생 백 주년을 기념하는 추모 글, 『뉴욕 타임스 북 리뷰』 인터뷰 내용이 소개된다. 그다음엔, 폴 오스터가 직접 엮어 내거나 번역하거나 특별한 관심을 갖게 된 책들에 실린 그의 서문들이 이어지는데, 특히 어린 아들을 잃은 말라르메의 비극, 고공 줄타기 예술가 필립 프티, 전국 이야기 공모전, 아트 스피걸먼의 9·11 관련 『뉴요커』 표지, 호손의 육아 일기, 짐 자머시 감독의 뉴욕 영화, 조 브레이너드의 기억에 대한 책이 인상적이다. 그다음엔 『뉴욕 타임스』와 『뉴욕 타임스 매거진』, 『디 차이트』 등에 실린 칼럼들이 등장하며, 전쟁, 예술적 표현의 자유, 노숙자 문제, 9·11 테러, 뉴욕 지하철 풍경, 1968년의 컬럼비아 대학 시위 같은 현실적인 주제들이 다루어진다. 그리고 대미를 장식하는 「낯선 사람에게 말 걸기」, 폴 오스터가 아스투리아스 왕자 문학상 수상식에서 한 이 연설에서는 소설의 특별한 힘과 가치에 대해 들을 수 있다. 마지막에 실린 「스타니슬라프의 늑대들」은 2020년 코로나19 봉쇄 상황에서 쓰인 글로, 폴 오스터의 할아버지가 살았던 우크라이나 스타니슬라프의 피로 얼룩진 역사를 담고 있다.

그동안 주로 픽션을 통해 폴 오스터를 만나 온 독자들에게 『낯선 사람에게 말 걸기』는 색다른 체험의 장이 될 것이다. 이 책의 독자들은 작가이자 문학 평론가이자 독자이기도 한 폴 오스터의 심오하고 예리한 예술론을 들으며 지적 유희를 즐기기도 하고, 동시대를 살아가는 뉴요커의 생생한 세상 이야기에 현실적 공감과 감동을 맛보기도 할 것이다. 나는 폴 오스터의 오랜 팬으로서 그의 진지하고 열정적인 목소리들이 담긴 이 책을 우리말로 옮길 소중한 기회를 갖게 된 것에 감사하며, 폴 오스터를 사랑하는 무수한 독자가 이번 만남을 통해 그에게 더 가까이 다가갈 수 있게 되기를 기대한다.

2022년 4월

민승남

옮긴이 목록

타자기를 치켜세움 황보석

잡문들

서문들

특별한 계기에 쓴 글들

옮긴이 소개

김석희

서울대학교 불문학과를 졸업하고 동 대학원 국문학과를 중퇴했으며, 1988년 『한국일보』 신춘문예에 소설이 당선되어 작가로 데뷔했다. 영어·프랑스어·일본어를 넘나들면서 존 파울즈의 『프랑스 중위의 여자』, 허버트 조지 웰스의 『타임머신』, 『투명인간』, 존 르카레의 『추운 나라에서 돌아온 스파이』, 폴 오스터의 『빵 굽는 타자기』, 짐 크레이스의 『그리고 죽음』, 『사십일』, 허먼 멜빌의 『모비 딕』, 헨리 데이비드 소로의 『월든』, F. 스콧 피츠제럴드의 『위대한 개츠비』, 앙투안 드 생텍쥐페리의 『어린 왕자』, 알렉상드르 뒤마의 『삼총사』, 쥘 베른 걸작 선집(20권), 시오노 나나미의 『로마인 이야기』 등을 번역했다.

민승남

서울대학교 영문학과를 졸업하고 전문 번역가로 활동 중이다. 옮긴 책으로는 니코스 카잔차키스의 『알렉산드로스 대왕』, 카렌 블릭센의 『아웃 오브 아프리카』, E. M. 포스터의 『인도로 가는 길』, 애니 프루의 『시핑 뉴스』, 앤드루 솔로몬의 『한낮의 우울』, 잉마르 베리만의 자서전 『마법의 등』, 유진 오닐의 『밤으로의 긴 여로』, 이언 매큐언의 『솔라』, 피터 케리의 『켈리 갱의 진짜 이야기』, 메리 올리버의 『기러기』, 『완벽한 날들』, 에인 랜드의 『아틀라스』 등 다수가 있다. 제15회 유영번역상을 수상했다.

이종인

　고려대학교 영문학과를 졸업하고 한국 브리태니커 편집국장과 성균관 대학교 전문 번역가 양성 과정 겸임 교수를 역임했다. 어니스트 헤밍웨이의 『무기여 잘 있거라』, 『노인과 바다』, 폴 오스터의 『보이지 않는』, 『어둠 속의 남자』, 『폴 오스터의 뉴욕 통신』, 크리스토퍼 드 하멜의 『성서의 역사』, 프랭크 로이드 라이트의 『자서전』, 존 르카레의 『팅커, 테일러, 솔저, 스파이』, 니코스 카잔차키스의 『향연 외』, 『돌의 정원』, 『모레아 기행』, 『일본 중국 기행』, 『영국 기행』, 앤디 앤드루스의 『폰더 씨의 위대한 하루』, 줌파 라히리의 『축복받은 집』 등 다수를 번역했고, 『번역은 글쓰기다』를 펴냈다.

황보석

　서울대학교 불어교육과를 졸업하고 전문 번역가로 활동 중이다. 옮긴 책으로는 폴 오스터의 『기록실로의 여행』, 『공중 곡예사』, 『거대한 괴물』, 『달의 궁전』, 『우연의 음악』, 『고독의 발명』, 『뉴욕 3부작』, 『환상의 책』, 『신탁의 밤』, 『브루클린 풍자극』, 막심 고리키의 『끌림 쌈긴의 생애』, 피터 메일의 『내 안의 프로방스』, 친기즈 아이트마토프의 『백년보다 긴 하루』, 시배스천 폭스의 『새의 노래』, 프레드 울만의 『동급생』 등 다수가 있다.

옮긴이

김석희
서울대학교 불문학과를 졸업하고 신춘문예에 소설이 당선되어 작가로 데뷔했다. 영어·프랑스어·일본어를 넘나들면서 전문 번역가로 활동 중이다.

민승남
서울대학교 영문학과를 졸업하고 전문 번역가로 활동 중이다. 제15회 유영번역상을 수상했다.

이종인
고려대학교 영문학과를 졸업하고 전문 번역가로 활동 중이다. 한국 브리태니커 편집국장과 성균관대학교 전문 번역가 양성 과정 겸임 교수를 역임했다.

황보석
서울대학교 불어교육과를 졸업하고 전문 번역가로 활동 중이다. 폴 오스터의 주요 작품들을 비롯해 다수의 책을 옮겼다.

낯선 사람에게 말 걸기

발행일   2022년 4월 10일 초판 1쇄
         2024년 5월 25일 초판 6쇄

지은이   **폴 오스터**
옮긴이   **김석희·민승남·이종인·황보석**
발행인   **홍예빈·홍유진**
발행처   **주식회사 열린책들**

경기도 파주시 문발로 253 파주출판도시
전화 **031-955-4000** 팩스 **031-955-4004**
www.openbooks.co.kr

Copyright (C) 주식회사 열린책들, 2022, *Printed in Korea.*
ISBN 978-89-329-2204-1 03840